不忘初心·不负此生

时代与梦想

官金仙与中国物流30年

高小莉/著

南方出版传媒

花城出版社

中国·广州

图书在版编目（ＣＩＰ）数据

时代与梦想：官金仙与中国物流30年 / 高小莉著
. -- 广州：花城出版社，2017.5（2017.7重印）
ISBN 978-7-5360-8367-7

Ⅰ. ①时… Ⅱ. ①高… Ⅲ. ①报告文学－中国－当代
Ⅳ. ①I25

中国版本图书馆CIP数据核字(2017)第097515号

出 版 人：詹秀敏
责任编辑：陈宾杰　许泽红
技术编辑：薛伟民　凌春梅
封面设计：介　桑

书　　　名　时代与梦想：官金仙与中国物流30年
　　　　　　SHIDAI YU MENGXIANG：GUAN JINXIAN YU ZHONGGUO WULIU 30 NIAN
出版发行　花城出版社
　　　　　　（广州市环市东路水荫路11号）
经　　　销　全国新华书店
印　　　刷　广东新华印刷有限公司
　　　　　　（广东省佛山市南海区盐步河东中心路23号）
开　　　本　787毫米×1092毫米　16开
印　　　张　25.5　1插页
字　　　数　305,000字
版　　　次　2017年5月第1版　2017年7月第2次印刷
定　　　价　58.00元

如发现印装质量问题，请直接与印刷厂联系调换。
购书热线：020 - 37604658　37602954
花城出版社网站：http://www.fcph.com.cn

前　言

　　老人走到门边，对着走廊那头的电梯口，望了又望，嘴上念叨着："金仙该回家了，吃饭了。"

　　我说："奶奶，官总今天很忙，不一定回来吃饭的。"

　　老人认真地说："金仙说了，要回来吃饭的。"

　　我说："那，奶奶您进屋坐着等吧。"

　　老人依旧看着走廊，没有要走开的意思。

　　一会儿，电梯有了动静。老人像个孩子似的喊起来："金仙回来了！"

　　果然是金仙，高跟鞋敲打地面的节奏轻快利落。走到跟前，伸手扶住老人，笑笑地问一声："妈，今天高兴吗？"

　　95岁的老人满脸乐开了花，看着金仙，点头回答："高兴，高兴。"

　　金仙牵着她的手回到客厅，哄小孩一样："高兴就好，每一天都要高高兴兴的。"两人一起笑起来。

　　看着这婆媳俩，我的心里满是羡慕和温暖。

　　深入生活住在官金仙家，时间越长，感触越多，最初的创作构想也一次次被推翻。一个具有影响力的集团公司掌门人，一个操练大团队的铁腕女总裁，一个头顶无数光环的传奇人物，一个实现梦想的成功企业家……这样的人，在包括我在内的大众的认知中，往往与"女强人""女汉子"挂钩，骨子里往外渗的是坚硬决绝，少了人间烟火的温情。

没有人能够随随便便成功，何况是女人！我曾经有过猎奇的心态，对她的过往、她的私生活心怀好奇。我犯了写小说的人都会犯的毛病，我很想挖掘她在这方面的素材，那可是很好的故事元素。

我失望了。在她家住了半年之后，采访逐渐深入，跟她的家人、员工都熟悉了，尤其是跟她朝夕相处，她的故事脉络渐渐清晰。透过那些光环，我看到的是铅华洗尽的普通女子，喜怒悲欢是如此真实，柴米油盐是如此朴素，她所有的努力只是为了家，先是小家，继而大家。

没有噱头，没有故弄玄虚，更没有吊胃口的"调料"，即使是矛盾、斗争，最后的结果也都是和风细雨。作为文学作品，似乎不够出彩。

但是，即使没有那些，她的故事也足够打动人心。苦难的童年，为了尊严而奋不顾身的勇气；顽强的意志，为了梦想而不屈不挠的信念。风雨路上不忘初心，春华秋实懂得回报，她用行动印证了：梦想是人生永恒的光辉。

官金仙的梦想带着时代深深的印记，正如她所言：只有改革开放，只有广东这片热土，才能成就她的梦想。她是中国改革开放近40年来，成千上万到广东的寻梦者中民营企业家的代表。他们是人民的一员，不仅见证了时代风云，同时为广东的改革开放做出了巨大的贡献。

是的，官金仙只是个普通人，当一名成功的企业家不过是实现梦想的需要，在她的内心，她更想做一名好媳妇、好母亲、好妻子、好女儿。这，才是她毕生的事业！

她是坚强的，又是温情的；她可以铿锵豪迈，又可以平和贤惠；她勇于开拓创新，又乐于秉承传统。时代特征和传统美德，在她的身上几乎完美体现。

这样的人民，不正是这个时代所呼唤的吗？写改革开放，写广东特色，写新客家，写正能量，写我的梦，官金仙这样的人民，太值得写了！

我没有错过。

我幸运并感恩。

2017年4月12日

目录
contents

1

第三季

重生之路

第一季　暗夜之光

从城市到农村，从工人变成农民，只用了半天的时间；从农村回到城市，从农民变回工人，"农转非"之路，足足走了13年！

"我的生命为他们而生，也是为他们死。没有人逼着我去做，可是似乎有一股力量，势不可挡的力量，推着我一步步向前。我的使命就是拯救世界，我的世界就是我的家。"官金仙说。

办身份证时的一个小失误，管金仙的名字从此变成了"官金仙"。

运河边的小村庄

夏天，稻穗扬花的季节，田野绿油油一片。一块块的农田看似随意的布局，却又有紧密的关联，大小稀疏，方圆短长，衔接得恰到好处，韵律灵动。纵横交错的河道，蜿蜒在田野之间，那河水不急不缓，与田野相依相偎。蓝天碧水绿色的田野，清新质朴，鸟语花香。

一群鹭鸟从河边的草丛中飞起，无声地掠过田野。河道上一前一后出现了两条小木船，桨声咿咿呀呀地响着，打破了江南清秋的寂静。前头那条小木船，船头一个红点，好像是什么装饰品，小船渐渐近了，原来是一个花衣裳的女孩。

女孩短头发，大眼睛，圆脸盘，清秀可人。她站在船头，好奇地张望着。女孩子一忽儿喊："看哪，好多小鱼，彩色的小鱼呢！"一忽儿又叫："水鸭子，这里有水鸭子。"

船篷里传来妈妈的声音："金仙，别摔水里了。你都看了好久了，来，快进来，太阳大着呢！"金仙回头冲妈妈说："妈妈你看，鸭妈妈带着一群小鸭子。"妈妈走上前，轻轻揽住女儿的肩膀。金仙拉住妈妈的手，指着水鸭子问："妈妈，小鸭子也跟着妈妈搬家吗？"

妈妈的眉头不经意地动了一下，停顿片刻回答："是的吧。"妈妈说完沉默了。金仙觉得妈妈有些不高兴，好像跟这次搬家有关。金仙心里也害怕，一个完全陌生的地方，一个人都不认识。她问妈妈什么时候再回去，妈妈没有回答。

二哥发话了："吵什么吵！我们不回去了！"二哥人没有出现，嗓门大得吓人。金仙的目光越过妈妈的臂膀，去看那船篷。也不知怎么啦，眼泪抑制不住地涌出眼眶，止也止不住。

小船顺着河道继续前行，金仙没有了看风景的兴致，跟随妈妈船上坐好，闷声不响。阳光炽热，风儿悠悠，比起城里来，乡村更显宽阔辽远，也更令人觉得无所适从。

这是1962年，国家遭遇严重的经济困难，中央要求大量精减城市人口。作为职工精减对象，金仙家举家返乡。父亲开始有点犹豫，金仙的母亲铁了心要回乡。在城里填不饱肚子，她的孩子们嗷嗷待哺，她不能眼看着亲生骨肉饿死，她要到乡下去，无论如何，乡下有田地，有田地就可以种粮食，就有饭吃。

跟天下的母亲一样，金仙的母亲生命中最重要的就是她的孩子们，犹如老鹰护着雏鹰，哪怕天塌地陷，也要以血肉之躯换得孩子的平安。政策说的一旦国家经济情况好转，将优先把他们召回去。她没有想那么多，以后的事情，没有谁能预测。眼下最要紧最现实的，就是解决孩子们的吃饭问题。

浙江省湖州市德清县南部，与杭州市接壤之处，有一个雷甸乡。甸，古时称郊外，可见此地就在城郭不远处。雷甸之名因人名而来，相传元代神霄派高道潘洞雷真人在此地创建"玉枢观"，故后人取名雷甸。

出了雷甸乡的老街，再往南走，京杭大运河遥遥在望时，阡陌纵横之中，大同村就在那儿了。大同村紧挨着京杭大运河，顺着大运河而去，几里之外，就是杭州市的塘栖镇。大同村距离湖州市将近80公里，倒是与塘栖镇一脉相承，远亲不如近邻，所以大同村人赶集凑热闹都是到塘栖镇，跟湖州市或者德清县城，反而远了。

平原上的大同村一小片人家，典型的江浙风格，房屋依水而建，白墙灰瓦，小船在村中穿梭而行。屋后春种秋收，门前小河流水；人们或种桑养蚕，或插秧栽菜，地里收获五谷杂粮，水中捕捞水产鱼虾。自古以来，这片享有鱼米之乡美誉的土地就以富庶闻名。

金仙一家下放的目的地大同村，那时候叫大同大队。说起来也不是金仙父亲或者母亲的老家，只是有点渊源而已。父亲的老家在温岭，除了爷爷，好像已经没有什么人了。金仙父亲的大名管小歪，有着温岭人不甘命运的基因，14岁出外打工闯荡，在德清县雷甸乡一带的砖瓦厂打工多年。

京杭大运河边上的武林头，是他和金仙妈妈罗阿头结识的地方，或许这正是他们选择下放在此的缘故吧。罗阿头和他同在一间砖瓦厂打工，由此相识，组成了家庭。罗阿头家住余杭县，再往上追溯，老一辈也是从温岭过来的，这让他们有了他乡遇故知的温暖。管小歪多年在雷甸打工，熟悉了这方水土的人和事。从地理位置讲，雷甸得天独厚。到县城近，和繁华的余杭县相连，京杭大运河直通杭州城。

职工下放农村是国家的政策，大同村作为接收方，为他们家提供一间平房，还派出两条小木船到县城帮忙搬家。

两条小船带着他们家全部家当，带着母亲求生的渴望，带着金仙的忐忑不安，一步步靠近大同村。那时候城关镇是德清县的县城，到大同村只有二十几里地，水网四通八达，水路交通远远比公路方便，每天有固定的班船往返。

"看，前面就是武林头了。"顺着父亲手指的方向，金仙看见了一座桥，河边有竖着大烟囱的楼房。河面宽阔了，有好几条河道在这里交错汇合，许多船来来往往，很是热闹。父亲说："再往前走，不远，就是杭州城。"金仙看着浩浩荡荡的大运河，眼里满是神往。

"武林头，是练武功的吗？"二哥好奇地问父亲。

"不是，只是个叫法。"父亲简短地回答。

小船在武林头拐弯，通过一个水闸，进入大同村的河道。水闸的水很急，水面宽阔，小船摇晃了几下，金仙有点害怕，紧紧抓住船边。她怕水，因为三岁时发生的那次意外，爸爸妈妈也不让她玩水。

小船在岸边停稳，一家人齐心协力，把家当搬了下来。回头看去，码头边上是一栋与众不同的大楼房，堂皇而气派。有厂房、花园，还有店铺，一派繁华热闹景象。几个打扮时髦的男女，在店铺前说笑着，神情里有一种高高在上的清高。妈妈告诉金仙，那是武林头丝厂。

金仙和弟弟到家时，饿得前胸贴着后背。弟弟哭得力气已经没有了，倒在床板上睡去。比金仙大两岁的二哥，狼一样翻箱倒柜找吃的。妈妈淘米做饭，父亲在摆放行李，呵斥二哥："去，一边去！"二哥身子一闪，到灶台帮母亲烧火去了。金仙看看周围，一间平房，泥土地面，角落里一个灶台，另一边一张床架，简陋得寒酸。屋前一条小河，通往小河的石阶布满了青苔，石阶的尽处，一条两头尖梭子一样的小船。一丛黄色的野菊花，在河边静静地开着，闪烁出奇妙的光。金仙走下石阶，水边坐了，对着野菊花看，看得入神。

一只黄色的蝴蝶飞了来，在金仙的头上转几圈，歇落在野菊花上。金仙对着蝴蝶挥挥手，嘴巴发出"嘘嘘"声。蝴蝶也不走，翅膀轻轻抖动，花瓣一般。金仙对蝴蝶说："你怎么自己在这儿呀？你叫什么名字？"蝴蝶不动。太阳光落在水面上，照见了水里游弋的鱼，还有河底下的水草。那些水草茂密，随着水流漂来漂去，像极了长头发。蝴蝶飞起来，围着金仙飞，似乎逗她玩。金仙站起身，伸出双手，提高了音量再问："你叫什么名字呀？"

"你叫什么名字呀？"谁在接话？一个女孩子的声音从身后传来，怯怯的，犹疑不定的。金仙回头看，一个跟她年纪相仿的女孩，红裤子，蓝色碎花衣裳，也是一头短发，女孩手里拿着半截熟玉米。两个女孩子对看了好一会儿，陌生的女孩说："我知道了，你是新搬来的这家。"

"你怎么知道呀？"金仙从石阶走上来，与女孩子面对面站着。金仙觉得这个女孩长得虽然不是很好看，脸上还有一小块黑灰，但说话和神情都很亲切，这让她感到舒服。初来乍到，有一个跟自己差不多大的同伴，金仙对这个陌生之地的恐惧感减去了大半。

"我妈妈告诉我了，有一家人要从城里搬来我们这儿。"女孩开始像个小主人，打开了话匣子。金仙知道了女孩名叫玉梅，就住在他们家的隔壁。

"我叫金仙。"金仙对着玉梅笑。

"金仙，到我家来玩。"玉梅拉起金仙的手，要玉梅跟着到她家去。金仙走了两步，停下了。她饿了，她要先回家吃饭。玉梅把半截玉米递过来："吃。"金仙瞄了一眼自己家门口，估摸着妈妈应该还没有做好饭，接过玉米，大口啃起来。

"你是老虎呀？"玉梅逗趣。

金仙认真地说："我不是老虎，我是鸡。咯咯咯，鸡。我今年五岁了。"金仙俏皮地学鸡叫的样子。

玉梅两只手竖起四根手指，举到头顶，摇晃着脑袋说："咩咩咩，我是小羊。我今年七岁了，比你大两岁。"

金仙和玉梅笑个不停，笑声在正午的阳光下荡漾开去，洒落田野。

这一年，1962年，金仙五岁。这是她一生中最重要的事件，也是她生命中永不磨灭的印记。她的记忆正是从这一年这一天开始的，五岁之前，她的记忆库一片空白。她的出生地城关镇是什么样子，见过谁，发生过什么事，她懵懂不清。到雷甸乡大同村的那一天，她的脑子忽然开窍，对世界的感知从此鲜活具体。大运河、武林头、丝厂、瓦房、小河、野花、玉梅，还有野鸭子和彩色的小鱼，那些散发出清香的金色稻田，成为组合元素，占据了她心灵的一角。

很快，金仙和玉梅成了好姐妹。只要有机会，她们就会待在一起。金仙伶俐，嘴巴甜，人又聪明，点子总比别人多，没多久就和村里其他小姐妹熟悉了，大家都接纳并喜欢跟她一起玩。马建芳、马富英、马建梅、马凤南，她们都一个姓，玉梅也叫马玉梅。金仙的全名叫管金仙，村里只有她一家是姓管的。

管小歪原来是德清砖瓦厂的烧窑大师傅，技术好，名声响，下放到大同村没多久，就被一家砖瓦厂请去了。那时候，德清县城关镇周边有好多家砖瓦厂，管小歪这样一技傍身的，不愁没人请。管小歪去的砖瓦厂也不近，好像在城关镇附近，差不多一个月才回家一次，把工资、口粮和日用杂货送回家里，通常，他还会带一些肉回家让孩子们开开荤。

每个月父亲回家的日子，金仙和哥哥弟弟就特别开心，因为，有荤菜吃了。管小歪下班后坐晚上9点钟城关镇开往塘栖的班船，这班船在武林头不停，他要在塘栖下船后，往回走个把小时，到家已经是凌晨两点。他总是在后门拍门，啪啪啪，所有人都醒了，金仙和哥哥一骨碌从床上蹦起，争着去给父亲开门。

管小歪的工资高，在大同村，他们家日子算过得去，还能偶尔吃上一顿肉，金仙能穿上一件新衣服。大同村大大小小几百户人家，分成几个生产队，每个生产队百十户，金仙家在木桥头队。木桥头这个名称，来源于一座小木桥。小木桥在金仙家旁边，桥下是清凌凌的河水。

下放了，一家大小户口全在木桥头，作为木桥头的社员，当然得劳动挣工分。管小歪每个月能挣一百来块，但是大部分的钱上交给生产队了，一部分是用来买工分，还有一部分也不知道什么名堂，总之队里要交的。最后剩下的也就十几二十块了。他们一个月的生活费用，就靠这些钱了。这在当时算是不错了，农村家庭，有的根本没有收入。

苦的是金仙母亲。罗阿头毅然决然申请下放时，一门心思只想着孩子们的温饱，也许没有多想乡村农活的艰辛。砖瓦厂的工人虽然也是体力活，但是总有个下班的时候，而且干好分内工作就行。当一个农民却大不相同，尤其是作为一家之主顶梁柱。

生产队按劳动计工分，工分最后折算成粮食。挣的工分多，分到的粮食也多。四个孩子，三个男孩一个女孩，大的十来岁，小的两岁，四张嘴一日三餐不能少。她就像一只老母鸡，两只爪子拼命地刨，不能让孩子们饿着。

罗阿头是农活的生手，一切都要从头学起。劳动强度远远超出她的承受力，但是罗阿头扛着。人是环境的产物，适应环境并被环境改造，是生存之道。罗阿头有一颗倔强的心，手脚也麻利，她干的活没有别人干得灵巧，但是她的速度不落后。正赶上秋收，一年一度最苦的活，太阳一团火球一样，熊熊的火焰能把人烤焦了。这天晌午，收工哨子吹过，罗阿头挑一担谷子，在田埂上走得有点吃力。

"会不会太重了？挑得起吗？"有个社员问。

"不重，行。"罗阿头回答，故作轻松的样子。

罗阿头中等身材，面容清雅，有着江南女子的韵致。柔弱的外表下，她有着刚强柔韧的心。她天性好强，不服输，人活一世，不就是争口气吗？为了活得像个人样，为了她的孩子们，拼了命也在所不辞。

天气闷热难当，没有一丝儿风，野鸟们也不知道躲到哪儿了，天地寂寂，悄无声息，人的影子被太阳压缩，重叠一起了。罗阿头的衣衫被汗水浸泡，湿了干，干了湿，潮乎乎黏在身上，极不舒服。惦记着孩子们，不知道她们有没有饭吃。她的脚步加快了。

金仙在炉灶前帮忙烧火，大哥做饭。金仙懂事，力所能及的家务事，她抢着做。扫地，喂鸡，学着大人们的样子有板有眼。番薯饭，素炒白菜，等着妈妈回家一起吃。弟弟嚷着饿，伸手抓灶台上的菜。大哥叫金仙盛饭，弟弟先吃。

二哥手上拎着一条鱼，一阵风一样卷进来："吃鱼咯！吃鱼咯！"边喊边把鱼放落水盆。金仙过来看，二哥说："咦，又哭啦？泪包！"听大哥说了金仙哭的由头，原来金仙让村里一个调皮捣蛋的男孩欺负了。二哥胸脯一拍，响亮地说："不用怕，有哥！谁敢欺负你，看我把他揍扁！看，看，就这样。"夸张地左右开弓挥舞了几下拳头。

金仙笑了。

门外突然传来吵闹声，有人在惊慌地说话，好像发生了什么紧急事情。金仙她们侧耳听，正想出门去看，"哐当"一下子，门被撞开，玉梅的妈妈和生产队另外几个人，半搀半抬着他们的母亲。母亲浑身瘫软，由他们放倒床上，也没有说出话来。金仙扑上前，喊着妈妈，小脸瞬间惊吓得煞白。

"妈！妈！"金仙见母亲没有说话，以为她要死了，放声大哭起来。弟弟在一旁也哭，饭碗打翻，一地碎片。

玉梅妈妈说："别哭别哭，你妈妈生病，躺一下就好了。"端一碗水，给金仙妈妈喝了。金仙一只手揽住弟弟的肩膀，一只手去摸妈妈的手。妈妈的手好凉，而且还在轻轻地颤抖。"妈，妈！"

金仙嘴巴一撇，哭得凄惨。妈妈的样子让她很害怕，妈妈要是死了可怎么办？！好一会儿，妈妈坐起身，靠在床头，看着她的孩子们，轻轻叹了一口气。

这个场景深刻在金仙的脑子里，以致她后来一想起来心里还控制不住地悸动。虽然妈妈只是中暑累倒加上血压高晕倒了，第二天又下地干活，没事人一般。可是金仙总听见自己对自己说：妈妈不能死，我要看着妈妈，让她好好的。这个想法深深在她的心里生根。

罗阿头有高血压病，这事金仙听说过好几次。可是她不明白高血压是怎么一回事。她只知道，妈妈容易晕倒，所以要特别看着妈妈，万一妈妈晕倒了她可以赶紧叫人帮忙。

"妈，你饿了吧？我拿饭给你吃。"金仙小大人一般，搬了张小凳子放在灶台前，踩在上面，踮起脚尖，用勺子一点点把饭盛在碗里。罗阿头看着女儿，嘴角漾起了一丝笑意。

捡回来的小命

金仙永远不会忘记这一幕，在后来她无数次回想起，觉得这是她奋斗的原动力。别人再多的赞扬她不在乎，她最想得到的就是父亲的肯定。父亲越是那样，她就越是憋着一股气，好像跟父亲较上劲了。

童年生活乏善可陈，周而复始的单调，日出日落的重复，就是日子了。到木桥头的第二年冬天，小弟弟金虎降生人世。小弟弟在学会走路之前，一直是趴在金仙背上的，家务事成了习惯，没有人跟她抢。等到小弟弟大一点，妈妈也常常离开村子，到外面做短工。

大哥老实厚道，该干吗干吗，守着本分。二哥就不同了，性子急，炮仗脾气一点就着，跟村里的小伙伴们隔三岔五惹点事，严重时还动手，非把人揍趴下不行。金仙说她几句，二哥回话："你个小屁丫头懂什么？我们一家外来的，全村就我们一家外姓，我就是要让他们知道，我们不是好欺负的。"一次跟人打架，把人家的脸打紫了，还差点拗断人家胳膊。家长找了来，罗阿头又是赔礼道歉，又是送东西，因着她平日里待人不错，人缘好，也就作罢。

　　又一次村里一个野小子跟金仙吵架，吵不赢，动手推倒金仙，金仙的屁股上一片泥污。那是她过新年才做的新裤子，心疼得不行，呜呜哭半天。二哥得知，那还得了，居然敢欺负我的妹妹？我就这么一个妹妹呢！二哥最心疼金仙，谁要动她一个手指头，他绝对不会善罢甘休。找到那小子不由分说一顿拳脚，差点把人家打到泥里去。从此，村里没人敢欺负金仙。在金仙心里，二哥待她格外好，她也跟二哥特别亲。

　　管小歪存了点钱，把房子做了改造，翻新了原来那间，又用毛竹把房子延伸，多盖了两间毛竹房。这样一来，家里宽敞多了。既然在木桥头安了家，做了木桥头人，就要有长远打算。谁也不知道以后的政策怎么变，说实话，他们也没有想过有朝一日能回城。反正就这样过着吧，安于天命才能知足常乐。

　　1966年，中国发生的那场史无前例的文化大革命，席卷了大江南北。金仙父亲说，城里的动静很大，简直是闹翻天了。雷甸乡大同村这样一个小村庄，城郊之外，田野之中，都是种地的农民，也不能偏安一隅。喊口号，刷标语，热火朝天。最惨是玉梅家，她家成分是地主，玉梅的父母都被戴上高帽轮番游街，押到台上批斗，一些人在玉梅家横冲直撞趾高气扬，玉梅受了惊吓，从此变得胆小自卑。

这年九月份，金仙上学了。凤南、阿红、富英这三个与金仙同年姐妹，都是这一年入学，玉梅大两岁，高一个年级。

大同小学与金仙家只隔着一条窄窄的小巷，在金仙家的窗外。小学名副其实的"小"，几间砖瓦平房，三两个老师，百十个学生。房子原本是玉梅家的，斗地主分田地的年代，房子充公，后来做了小学。一个老师同时管几个班，语文数学全包了。孩子们也谈不出什么理想，反正该上学了就上学，读几年书，认得字，能算数也就差不多了。

金仙还要同时照看弟弟。弟弟在门口玩，她随时能看到。最担心的是弟弟到水边去，她对水怀着深深地的恐惧。那天，第一节课下课，金仙跑回家看弟弟在干吗，不见人，房前屋后找，也没有，她大喊起来。她发现弟弟时，弟弟在石阶下的水边，拿一根棍子，在扒拉停靠在那的小船。他的身体前倾，脚后跟踮起，好像随时都会掉下去。金仙哎哟一声惊叫，跑上前不由分说把弟弟拖住，一直抱到门前才松手。啪！抬手就给了弟弟一巴掌。

"我跟你说过多少次了，不要玩水，不要到水边去，你就是不听！"金仙气得哭了，声音大得吓人。

小弟弟金虎吓住了，不明白姐姐为什么突然发这么大的火，结巴着辩解："我，我不怕，我能游水。"

金仙呵斥："你能个屁！水会淹死人的你知不知道？那边的水里，水闸的洋面那边，淹死过好几个了。"

金虎委屈地说："我又没有去那边。"

金仙的气还没有消，凶巴巴地说："叫你不要玩水你就不要玩水，你不听姐姐的，下回姐姐还打你。"

金虎见姐姐的样子又急又气，知道事情严重了，乖乖地说："好的，姐姐，我听姐姐的。"

金仙松了口气，放缓了语气说："姐姐就被淹死过一次。"金仙的眼里流露出恐惧，深深的恐惧，还有隐约的泪光。

金仙三岁那年的夏天，在德清砖瓦厂外面跟梁凤娟玩。梁凤娟的父母也是厂里的职工，两家挨着住，金仙和梁凤娟同年出生，经常凑在一起玩。砖瓦厂周边的地被挖了一个个大坑，雨水过后积满了水，变成小水塘。那天金仙和梁凤娟在水塘边玩，突然金仙掉到了水里。关于这件事，有个在旁边菜园子摘菜的女人说，看见了一个女孩推了另外一个女孩一把，也就是说，金仙是被梁凤娟推下去的。梁凤娟的妈妈怎么也不认，她说是金仙自己没有站稳掉下去的。

金仙被捞上来时，已经没有了气息。一帮人手忙脚乱抢救，又是按压又是人工呼吸，都没有奏效。看来不行了，金仙的脸色变紫，嘴唇没有一丝血色，整个人没有了生命的迹象。金仙妈妈号啕大哭，悲痛欲绝。金仙爸爸怎么也不放弃，可是又束手无策。金仙小小的躯体摆放在地上，时间一分一秒地过去，有人劝说："这孩子不行了，伤心也没用，处理后事吧。"还有人感慨："都是命啊！人的命都是天定，可能就是被召到天上做神仙了。"纷纷劝说金仙父母。

这时候，来了一个五大三粗的男子，上前看看，摸摸金仙的鼻孔，拍拍金仙的手脚，说："好像不行了。你们要是相信我，死马当作活马医，让我来试试。"金仙父母看了看那个人，还能怎么样呢？无论如何也是一线希望啊！

男子拎起金仙的双脚，用劲往后背一甩，再往前一拖，金仙被倒吊挂在他的背上。接着他开始跑，跑到马路上去，拼命地跑，越跑越快，越跑越快。金仙的躯体在他后背晃动着，剧烈地晃动着。终于，吐出来了。

金仙得救了。这是金仙遭遇的第一次人生劫难，当时她并没有多大印象，但是为了警告她，让她明白水的凶险，母亲不止一次地对她提起，让她记忆深刻，心里有了抹不去的阴影。对梁凤娟，也不免有了芥蒂。

有人说："大难不死必有后福，金仙以后是享福的命。"

金仙把这件事讲给弟弟金虎听，金虎半知半解，有些想不通地说："可以游泳呀，游泳就不会淹死了。"金仙无可奈何。

中午，金仙背一个竹篮，出去割草。田埂上水沟边的草长得没有割得快，短短的，割起来很讲究方法。金仙早学会了，左手压住草，右手拿镰刀，动作娴熟。但是草不是成片的，这里一撮那里一丛，转不少地方才能割上半篮子。

水田边有一丛青草长得好，油绿绿的，金仙喜出望外，赶紧跑过去。田埂窄，站不稳，干脆下到水田里，那样割起来更快更方便。二哥跟几个男孩从河堤上奔跑而过，也不知道干什么去。见了金仙叫："金仙，水里有蚂蟥。"

一听蚂蟥，金仙一个激灵，跳跳鱼一样从水里跳到了田埂上。看看左脚，前后左右没有，脚趾缝也没有，再看看右脚，干净的，并没有蚂蟥，这才松口气。她最怕蚂蟥，给蚂蟥叮住甩也甩不掉，扯又不敢扯，那种令人浑身每一个毛孔都不自在毛骨悚然又十分恶心的感觉，金仙一想起来就汗毛倒竖。她给蚂蟥叮过几次，每次都吓得哭，田沟水边都有蚂蟥，非不得已，金仙不敢下水。可是，像刚才那样，一下子忘记了。

大脚趾的脚趾缝里有点痒，金仙本能地低头去看，没有看见什么，抬起脚，反过来看脚底，我的妈呀，一条黑蚂蟥就在那儿。啊啊啊！金仙乱跳起来，一边跳一边失魂落魄地尖叫："蚂蟥啊！蚂蟥啊！蚂蟥啊！"把脚使劲在泥地上搓，在石头上蹭，想用手去扯又不敢，拿树枝撩又下不来，又怕又急眼泪哗哗地往下流。最后还

是二哥金生跑过来，伸手一下子把蚂蟥给揪出来，扔在石头上，拿石块剁剁剁，剁成若干截，血溅出来，在石头上红红的，那一截截的蚂蟥还在动。金仙看着血，想着那是自己身上的血，给蚂蟥吸了去，又恨又气又怕又无可奈何。

蚂蟥成为一种意象，根植在金仙的记忆中。她认为，世上最恶心的莫过于蚂蟥，一个人坏得不能再坏恶心得不能再恶心，她就会自然地联想到蚂蟥。

秋风起，秋意浓，从城里蔓延而来的运动越演越烈，大字报贴得到处都是，村头村尾喊口号的人列队而过。大同小学上课越来越松散了，有时候都不照着课本上课了，学生们拿到了一本《毛主席语录》，老师念一句同学们跟一句。他们年纪太小，根本不知道中国正在发生的影响了无数人命运的文化大革命到底意味着什么，他们的头等大事依旧是一日三餐。

最惨的是玉梅家。玉梅家成分高，地主，被抄家抄得几乎是挖地三尺，家人被批斗游街，脖子上吊着石头，头顶顶着高帽，走街串巷，口号震天。玉梅小，虽然没有受批斗，但是自觉矮人三分，还有小孩见了她吐口水，骂她是地主婆、坏蛋。玉梅虽然还在大同小学念书，但是不敢主动找人说话，没事就躲在一个角落里，生怕惹是生非。

越是怕事越出事。一次玉梅在念"不是东风压倒西风，就是西风压倒东风"这句时，一下子慌了神，倒过来念了。这下闯祸了，有人抓住她的把柄，非要批斗她。她一个小姑娘，除了流也流不尽的两眼泪，还能怎么样呢？所幸，可能因为她年纪太小，这件事情后来没有深究下去。

过了一年，玉梅读到小学三年级，没有再上学了。学校的墙上，写了一个大大的"忠"字。金仙就是不明白，玉梅一家这么好的人，怎么会是恶霸呢？玉梅妈妈心善，人慈祥，对金仙这家新邻居十分照应，冬天添一把柴火，夏天送一壶凉茶，说不尽的热心肠。就是这样一家人，却挨批斗，境况凄惨。金仙如何想得明白呢？

夏天的晚上，金仙和玉梅坐在河边乘凉，看月亮。金仙说："玉梅玉梅，你看水中的月亮，好看哩！"

玉梅说："是好看。"

金仙突然难过起来。玉梅不上学了，还有村里别的女孩，大都是念几年书就回家干农活，然后嫁人生子。念书也不是正经念，原来是因为农活，三天打鱼，两天晒网，后来是学校不怎么上课了，有时候读读《毛主席语录》，有时候喊喊口号跳跳舞。有点混日子的味道了。

金仙突然想，自己能读几年书？读书也没见什么出息，男孩子有门路的当兵，我呢？我的出路在哪？莫非，我也像那些老太婆老大妈一样，在农村种田种地，嫁个农民，生一群娃，就那样到死吗？

金仙问："玉梅，你以后也会像那些人一样，嫁人，生小孩，一辈子种地吗？"

玉梅回答："还能怎样呢？我也不知道。"

月色空蒙，照见了金仙和玉梅的迷茫。她们好久没有再说话，看月色，看萤火虫在飞。耳边，青蛙呱呱呱叫得人心烦。

金仙说："走，我们到上面去，我跳舞给你看。"两人手牵手上了石阶，在门前空地，金仙边唱边跳：

公社是棵常青藤，

社员都是藤上的瓜；

瓜儿连着藤，

藤儿牵着瓜，

藤儿越肥瓜越甜，

藤儿越壮瓜越大。

武林头

不得不说武林头。

武林头不是一个镇或者村名，也不是哪家厂名，它所指的一片区域与大运河有关，在德清县雷甸乡境内，靠近余杭县塘栖镇。地图上标示，武林头在运河边，几条水道交汇之处。史料记载，千里京杭大运河在宋、元时期，进一步疏浚、拓宽了杭州城北武林门至余杭塘栖的河道，武林头地处运河东西南北的水上交通要冲，进入杭城的门户；同时，杭申航道、杭湖锡航道也在武林头交汇。

武林头是否与杭州武林门有直接关联，无从考证。不过从武林头到杭州城，确实是一衣带水。在当地人眼里，武林头的具体位置是武林头码头一带，坐落在武林头的德清最著名的丝厂，人们通常称"武林头丝厂"，因为武林头码头一上岸，就是丝厂的楼房。

丝厂的所在地就是大同村，或者说，丝厂与大同村连在一起。对于金仙他们，大同村就是武林头，木桥头生产队也是武林头，比如在后来，他们回老家通常不说回木桥头，而会说回武林头。在他们看来，这是同一个地域概念。事实上，只是很小的一片，慢悠悠走，一袋烟的工夫也就转完了。

没有人能绕开武林头丝厂，那是一座辉煌的标志，即使最终没落，也将载入史册，并深深投影在武林头人的心中。那年月，到武林头来或者从武林头出去，必经之路是坐船。在德清县境内约长度一公里的京杭大运河，北岸是德清县，南岸是余杭县，北岸德清县这边，武林头码头，往来船只停泊之处，繁忙热闹之所。上得岸来，无论到哪儿，都得先经过武林路。

　　武林路不长的一条街，临街的铺面鳞次栉比，百货琳琅满目，有邮电所、信用社，街边还有摆摊卖青菜和杂物的，人来人往，完全是集镇的规模。而且，除了丝厂之外，武林头还住着一些非农业人口，虽然不多，已经足以彰显与农业人口的差别。

　　当然，最重要的是丝厂。武林路36号，高大的门楼，堂皇气派的建筑，大门上高挂某某丝厂的大招牌。招牌几经更替，名称换了再换，当地人甚至叫不出那些名称，也没有必要搞清楚，不管怎么变化怎么换，他们都叫"丝厂"，或者"武林头丝厂"。这家丝厂的历史足够悠久，村里的老人说，在1914年就有了。刚开始是官办的，来头很大，那样规模的在全省也没有几家。有见识的人说，它是德清县从农耕文明到工业文明过渡的标志，是德清县第一大规模的丝厂。在浙江甚至上海，都很有名。在金仙他们家从城关镇下放到武林头的那些年，正是丝厂的鼎盛时期。

　　丝厂和大同村，在一片土地上，同享一片蓝天，共饮一江水，可是又截然不同。不同在于阶层、地位、身份、阶级，不同的两个世界。大同村人是农民，面朝黄土背朝天，一身泥土一身臭汗；丝厂的人是工人，上班风吹不着雨淋不到，细皮嫩肉头发梳得灵光。大同村人吃的是谷子，生产队分的，还要交公粮；丝厂的人吃的是米，粮所供应的。大同村人浑身上下散发出泥土气息，天生就是农业人口；丝厂的人从头到脚油光水亮，额头上的标记是"非农业人口"。分水岭就在这儿，农民和居民，国家职工和种地的农民。

在那个年代，这种差别的巨大，只有那个年代的人明白，后来的人觉得简直不可理喻。那时候的丝厂有上千人，很多住在城里的人在丝厂上班。丝厂的大烟窗高高竖起，厂里有花园、商店、月亮门、篮球场、俱乐部、职工学校，还有招待所。武林头本地人是做不了丝厂的正式职工的，能够在里边做临时工——通常是搬运装卸或是缫丝工，可以自豪地在村人面前吹牛皮吹上几个月。

丝厂深深地刺激、甚至刺痛了金仙。

毫无疑问，那里是一个诱惑。那里的店铺有漂亮的花布、文具，还有点心糖果。到那里去，就像是逛集市一样。金仙有时候和玉梅阿红她们一起去玩，有时候背上弟弟去买盐、酱油。有一次，她在百货店门前看了很久，柜台上的花布实在太漂亮了，两个长得漂亮的女工，一个穿深蓝色的裙子，上身一件白衬衣，干净清爽，显得皮肤特别白净；另一个苗条身材，一件军绿色裤子，浅蓝格子圆领上衣，领口下面，有一只蝴蝶结，很洋气。她们在看一匹水红色暗花布，相互比画着。

"好看吗？"

"好看，洋气。"

"做一件连衣裙怎么样？"

"配上一条细细的腰带，美死了。"

衣服上有蝴蝶结的女工指着货架上的花布说："我觉得那花布也好看，做一条裙子，上面穿一件素色衣裳，蛮好的。"

另一个说："不好看，这个太土气了，穿起来像乡下人。"转头看见金仙，嘴巴一努说："喏，像这样子，多土！一看就知道是乡下人。"

金仙的衣服是过年的时候爸妈买回来的布料，妈妈找裁缝做的，是金仙最喜欢的。听她们如此说，金仙挺生气，嘴巴一噘，抗议地瞪着她们。乡下人？乡下人怎么啦？你城里人了不起啊？凭什么瞧不起人？金仙心里如此想，可是不敢说出来。这时，小弟弟金虎不耐烦了，吵着要回家。弟弟的鼻涕流下来，吸溜一下又吸回去，鼻子周围脏兮兮。女工看见了，本能地往后移，十分厌恶地说："哎呀妈呀，脏死了恶心死了。"另一个说："乡下人就这样。"

金仙瞬间觉得她们面目可憎，她的内心升起来强烈的自卑感，但是气愤的情绪远远超出了自卑。她对着女工愤怒地喊出一句："你！你是丑八怪！"两个女工大笑起来，笑得前仰后合。

女工的嘲笑声像一块通红的烙铁，重重地烙在金仙的胸口上。

小学快毕业的那年，学校组织到丝厂参观，进了丝厂大门，老师就开始不断地提醒同学们不能乱动。金仙对那些机器没有什么印象，只记得参观结束出来，富英问阿红："你以后要到丝厂来的吧？"

阿红的妈妈是大队妇女主任，她要进丝厂是有可能的。阿红不好说什么。

再问金仙："让你来的话，你来不来？"这根本就是不可能的事，听上去有点像是取笑。

金仙回答："你去吧。我不去。"

富英拖长声调说："那就更加轮不到我了！"

金仙说："有什么了不起的，让我去我还不去呢！"

她们心里都清楚，这是说的反话。因为，根本就没有可能。武林路有些窄，学生们涌过来，显得拥挤。金仙和阿红拉着手，迎面走来一个挑担往码头去的老人，金仙往旁边一躲闪，不小心踩到了一个鼻梁上架着金丝眼镜年轻男子的脚。金仙吐了吐舌头，心想幸好踩到的是个男的，要是个女的，免不了挨骂。

长得白净脸皮薄嘴唇一副斯文相的帅气年轻男子把金仙往后一扯，一长串很难听的话从他好看的牙缝里吐出来："你走路不看路呀你没长眼睛是不是怎么往我的鞋子上踩我刚买的皮鞋你看让你踩脏了乡巴佬不懂礼貌。"

　　金仙完全蒙了，阿红富英也蒙了。她们看着年轻帅气斯文眼镜男子，非常奇怪长这么好看的男人怎么这么会吵架，那一个个字好像不是吐出来的，简直就是嘴巴一张自动滚出来的。金仙低头认错："我不小心的。"年轻男子又来了一串字符："你不小心的你就不能小心一点吗这不是你家院子看清楚了这是武林头这是丝厂你踩到我还算你好运要是踩到别人你早挨揍了……"

　　金仙差不多崩溃。

　　还是阿红用劲拽走金仙的，金仙没有掉眼泪，她好像没有反应过来。走了好远，金仙说："那个人是不是神经病呀！"

　　上了高中之后，金仙经过丝厂更频繁了。每次她从德清县城坐班船回家，经过武林头丝厂，看着丝厂的大楼，街道上三五成群的丝厂工人，心里总有点那个。虽然，年幼时的愤愤不平渐渐消失了，但是，丝厂还是提醒她农民和工人的差异，乡下人和城里人的差异。在她的内心，慢慢滋长起一种东西，起初她以为只是一种情绪，后来她懂得，那就是梦想。

　　金仙印象中的丝厂工人，优越感洋溢在他们的脸上，他们的眼睛是俯视的，他们走路的姿势跟螃蟹一样。

　　这一切，也许是金仙心理作用使然。丝绸之府的德清，缫丝工业发展源远流长，武林头缫丝厂自1914年创办，历经时代风雨，几易其主，命运潮起潮落。缫丝厂工人看上去风光，其实工作很苦。在闷热潮湿的车间，工人日夜轮班，八小时上班双手长期浸泡在高温水中，脱皮、溃疡很常见。在计划经济时代，工人阶级领导一切，工人老大哥的地位本来就比农民高，能当上工人吃上国家粮，是无上光荣的。缫丝工人的苦，只有他们自己知道，外人根本不了解。人们看到的，仅仅是光鲜的一面。

到了改革开放之后，长三角地区丝厂遍地开花，外资的、民营的、私人作坊式的，在短时间内抢占了市场，武林头丝厂也渐渐走向衰落。从那时候开始，很多村民进武林头丝厂做临时工，才真正体会了缫丝工人的辛苦。再往后，农民洗脚上田，有了更多的选择，他们再也不愿意进丝厂打工。三十年河东三十年河西，武林头丝厂，在2003年前后，完成了历史使命，从此偃旗息鼓一片荒芜。

这都是后话了。

人往往如此，从仰视他人的角度，看到的是一个画面，换一个角度，又是另一个画面。年幼的金仙站的高度不同，看到的感受到的只是她的角度。究其因由，是她感受到阶层的差异，这种差异来源于她的处境和地位。

金仙的父亲管小歪的使命就是挣钱，挣钱买米买油买家用，挣钱供孩子上学给妻子治病，挣钱盖房子。长年在外打工，他这个父亲跟孩子们相处的时间少之又少。孩子们每天在做什么，心里有什么想法，他不了解。在他看来，吃饱穿暖是世上最重要的大事，什么乱七八糟的念头全是吃饱了撑的。挣钱养家是一个父亲的天职，在这一点上，他做到了。

金仙有一些想法。不是她一定要去想，而是那些想法就是一个个小鬼，不时地跳出来，惊扰她一下。比如武林头丝厂的那些人那些事，常常让她感觉到自身的矮小。她不甘心永远在木桥头做一个农民，有朝一日，她也要走出去，到城里去，做一个光鲜体面的城里人。

管小歪不会认同女儿的想法，金仙也就没有必要告诉她。有时候他回来，金仙还是努力表现，试图得到他的称赞，管小歪依旧没有半句表扬的言辞。不仅如此，还常常会拿别人家的孩子做比较，人家的孩子懂事能干做事卖力靠谱，总之就是比你强。金仙虽然明知道父亲会那样，但是她的心里有了更多的想法。

父母还是隔些天才回来一次，他们坐两个多小时的船，从武林头码头下来。对他们来说，武林头不过是一个码头，丝厂跟他们没有关系，管他干什么？从丝厂的门前经过无数回，管小歪根本就没有注意里边是什么样子。当然，他回到武林头的时间，往往都是半夜了。

妈妈不能死

金仙病倒了。

金仙不是第一次病倒，每年暑假结束，她都要大病一场。发高烧说胡话，脸色惨白，嘴唇发紫，昏迷中大小便失禁，气若游丝的样子好像就不行了。金仙病了母亲就会回家，悉心照看金仙。妈妈了解自己的女儿，知道女儿这是累病的。给金仙灌汤药，把西瓜汁一滴滴喂给女儿。

金仙在整个暑假拼了命干活。生产队把农活打包计件，比如翻一块地是多少工分，金仙要多挣工分，就得豁出去。金仙有毅力，但是缺少耐力和体力。她一个十几岁的小姑娘，怎么跟五大三粗干惯了农活的村民比？短时间力量的爆发她赢了，但是时间长了就吃不消了。一门心思只想着拼命干活，对自己没有半点的疼惜。

金仙上初中的第二年，大哥金春娶了媳妇。这个大嫂家里也贫穷，姐妹多，人长得漂亮，嫁给金仙做嫂子算是下嫁了。金仙家穷，兄弟多，主要是没有房子，两间毛竹房不像个样子。在农村，没有房子娶媳妇很难。大嫂过门后，大哥很多时间都是在丈母娘家干活，一头牛一样任劳任怨，干活干到累趴下为止。这样子家里这头大哥就顾不上了。大嫂听了她母亲的话，不下田，什么也不要干，在家里好好待着就行，反正他们家兄弟姐妹多。大嫂果真一直不下田，最多也就在家煮煮饭。

金仙白天干活太累了，晚上把衣服泡在小河的水中，本来想第二天早上洗的，可是第二天天没亮又下地了，披星戴月，累得狗一样，总也顾不上。大嫂知道金仙的衣服泡在水中，但是她当作没看见。金仙回家迟了，大家都吃过了，大嫂不会给她留点菜，剩菜也没有。金仙捞一碗剩饭，浇点酱油，吃得很难过。

金仙怕见大嫂的妈妈，她看不惯金仙，每次都要冷嘲热讽一番。那天金仙没有来得及躲出去，这个威风的亲家母来了，逮着这个小姑子，好一顿奚落。金仙的脾性，岂是任人欺负的？但是再怎么样，她也忍着，她不能发作，为了大哥。为了这个家，家里讨个媳妇太不容易，她无论如何得忍受。

大嫂妈妈的话很难听，肆无忌惮骂开了："你家这个姑娘也好不要脸，这么大了还留着白吃饭。嫁出去得了，女的读什么书啊！读书再多，还不是别人的货！"金仙全听见了，要是别人，她一个巴掌早甩到人家脸上了，可是她不能。心里憋得慌，眼泪憋不住，不听使唤地汹涌。那是1972年，金仙15岁。

大哥老实，大哥知道妹妹受委屈，但是他什么也帮不上。不比老二金生，见不得妹妹受委屈流眼泪，别说在外人面前受气他义无反顾护着妹妹，就是在家里，跟妹妹闹别扭了，无论他有多大的气，只要妹妹一哭一闹，他立马跪地求饶："好啦好啦我不对我错了，你别哭了。"老二的脾气暴躁是村人皆知的。就凭这一点，金仙心里认定这个哥哥是对自己好的，护着她这个妹妹的。

金仙认为，大嫂是不坏的，都是她妈妈教的，大嫂没读什么书，不懂道理。所以大嫂怎么都好，她都息事宁人。二哥有时候忍不住，他会站在金仙一边，回击大嫂的妈妈。那样有好几回，虽然金仙表面劝说二哥，心里还是对二哥充满了感激。

金仙对大哥金春的好，是有缘故的。罗阿头在嫁给管小歪之前，有过一段婚姻。前夫就在武林头那一带，金春是罗阿头和前夫所生。前夫病死后，罗阿头带着金春嫁给了管小歪。管小歪视金春为己出，跟亲生儿子一样看待。但是因为大哥是带来的，金仙总是特别对大哥好，生怕怠慢亏欠了大哥。

罗阿头知道金仙受的苦和委屈，但是，她又能如何？又能改变得了什么呢？金仙那么拼命干活，她没有要金仙那样，家里任何人都没有要求金仙那样，金仙自己那样干。她要挣工分，而且她要强，她不能输给别人。一个暑假，把人累得脱了人形，漂漂亮亮水灵灵的一个小姑娘，体能严重透支，脸黄肌瘦不像个人样。

金仙觉得，妈妈更苦。妈妈性子刚烈，眼里揉不下沙子，心里有苦说不出，一口气上不来，她会采取极端的行为。因为妈妈的两次绝望举动，金仙发誓要为母亲分担，不让母亲那么苦。她的愿望和使命，就是让家里生活好起来，妈妈再也不会做出那样极端的举动。金仙的母亲当然不会想到，自己对女儿造成的影响那么大，甚至影响了女儿的一生。

罗阿头第一次出事，是在金仙12岁那年。那一天，金仙父亲又是半夜回到家，给家里带回来一些吃的。父亲进门的时候，金仙还看见他们两个好好的，并没有什么异常。贫贱夫妻百事哀，有时候会因为鸡毛蒜皮的小事冲突起来，完全不可理喻。他们开始在说家里的琐事，说着说着有了分歧，然后就吵起来。越吵越激烈，互不相让，半夜里吵得鸡飞狗跳。金仙和哥哥弟弟都醒来了，谁也不懂怎么劝他们，小的吓得哇哇哭，大的干着急。金仙父亲管小歪是个直性子，发起火来电闪雷鸣。罗阿头也有一肚子的心酸委屈，见丈夫这样，顿时万念俱灰。

在孩子们的哀求声中，争吵停止了。坏脾气的人炸药包一样一点就着，但是炸过之后偃旗息鼓，好像什么事也没有发生过。

千种心酸万般苦楚在罗阿头心中汹涌澎湃，瞬息之间眼前漆黑一片，没有一点一滴希望的亮光。哀莫大于心死，再苦再累能忍受，人活着看不到希望，活着没有任何意义。罗阿头神情木然地走出房门，到了院子里。

金仙一直在观察着母亲。她的心里害怕极了。弟弟金虎在她的怀里，双眼惊恐地看着她。金生、金荣他们回到隔壁房间，睡觉去了。金仙安慰着弟弟，心里突然冒出来不好的预感。刚到木桥头不久，附近村子里有一个女人死了，跟丈夫吵了架之后自杀的。金仙还听说过，大同村也有人喝药自杀，也是夫妻吵架引起的。吵架都是鸡毛蒜皮的琐事，平常家里也是好好的，一句半句合不来，马上就要寻死。金仙很不理解，这么小的事情也要死，太小气了吧？在农村生活时间长了，渐渐长大了，金仙慢慢有了新的认识。人活着真的很苦很累，靠一点点希望支撑，万一希望倒塌，活不活都不重要了。生命非常脆弱，难的是活着，死有时候很容易。

不祥的预感折磨着金仙。她立即从床上蹦起来，嘴里喊着"妈妈"，冲出门去。眼前的景象让金仙吓呆了，她浑身发抖地扑到妈妈身上，惊慌失措地哭喊："快救妈妈呀！爸，快来呀，快来救救妈妈呀！"

妈妈已经把农药喝下去了。管小歪慌神了，左邻右舍也来了，和金仙父亲一起，对罗阿头采取了一些简单的抢救措施之后，急忙忙把罗阿头抱起，用小木船送往塘栖镇救治。

这个场景金仙永生难忘。无论过去多久，每每想起，金仙就会忍不住地浑身发抖。母亲当时披散的头发，黑紫的嘴唇，绝望的神情，犹如一个子弹，穿过了金仙的肌肤，永远留在了她的身体里。日后每逢阴雨天，风吹草动，那颗子弹就在她的身体里搅动，令她痛不欲生。

罗阿头第二次出事，是因为一枚金戒指。金戒指是管小歪送给罗阿头的定情信物，在当时，可是个稀罕物。有一天，村里有个人来借罗阿头的毛衣去做样板，罗阿头的毛衣款式时尚，毕竟是从城里来的。后来罗阿头想起，金戒指在毛衣口袋里没有拿出来，去找那个人，那个人一口否认。也没有证据说金戒指一定是人家拿了，罗阿头吃了个哑巴亏，但是她的为人是不会把事情闹大的，虽然心里特别难过，但是也只得作罢。

要过管小歪这一关是个问题。定情信物意义重大，关键是这样一件传家宝，能值不少钱。罗阿头如实相告，管小歪责怪起罗阿头。

"一个金戒指就这样送人了，真是个败家女人！"

"男人挣钱养家，女人看家理家，你看你，会理家吗？把这个家都理成什么样子了？"

"好，我不会理家？这个家还不是我在理吗？我光吃饭不干活吗？"

"只有你挣钱养家，我没有吃苦吗？我要看顾家，还要出去打工，里里外外，不都是我管的吗？你什么时候过问过家里的事？过问过孩子们的事？"

"一个金戒指了不起，你看作比我的命还重。"

罗阿头被点着了，两个人针锋相对互不相让，最后愈演愈烈大打出手。管小歪的气势很快就把罗阿头给压住了，罗阿头哭，哭得昏天黑地。

金仙的一颗心提到了嗓子眼。她哀求父母不要吵了，但是他们根本就听不见。她难过极了，又无可奈何。她紧盯着母亲，生怕母亲又做出什么事来。上次母亲喝农药那件事之后，金仙惊吓过度，他们一吵架，金仙就本能地恐惧，眼睛一刻不离地看紧母亲。她了解母亲，母亲的刚烈秉性，钢一样坚硬，刀砍不进锯子锯不动，但是脆的，猛烈敲击脆生生就断裂了。母亲一直在哭，凄惨地哭，不过还好，也没有什么更进一步的举动。金仙憋得慌，上厕所去了。

就是这上厕所的工夫，罗阿头不见了。金仙预感到灾难降临，发疯一样到处找妈妈。父亲还在气头上，也没想到真会出什么事，金仙的叫喊他没当回事。金仙一个人找，一边找一边哭喊着妈妈。她有预感，这种预感跟上次是那么相似，她认准妈妈会出事，必须尽快找到她，不然妈妈就没得救了。不能没有妈妈！千万不能！没有了妈妈，这个家就散了啊！

在羊圈，金仙发现了妈妈。妈妈正在用一条绳子了结自己。金仙呼天抢地叫喊，扑上前去。人们闻声而来，救下了妈妈。只差半步，半步之遥，妈妈就到了另外一个世界，就不在人世了，他们就没有妈妈了，这个辛辛苦苦维系起来的家也就碎裂了。

爸爸脸色铁青。

金仙突然冲着爸爸哭喊："爸爸，你再不要这样了，不要这样对妈妈了。妈妈多苦呀，你再这样对待妈妈，妈妈就真的死了。"金仙扑在妈妈身上，哭得几近昏厥。

爸爸没有出声，金仙扑过来，抱住爸爸的双腿求爸爸，声泪俱下："爸爸！你一定要应承我，以后不能再骂妈妈打妈妈，妈妈死了，我也会死，我第一个死！"

爸爸神情黯然，眉头动了动，双唇轻轻地颤了颤。爸爸没有说出话来，但是自此以后，爸爸的脾气好了很多。

母女心连着心，罗阿头心里，从此对女儿刮目相看。时过境迁，好像风平浪静，然而金仙的心里明镜一般。她明白那个金戒指让谁拿去了，她没有办法让人家承认交出来，但是金仙牢牢记住了。妈妈善良心地好，不会去找人家理论，只能自己忍着，爸爸的指责妈妈承受不了，忍着忍着就扛不住承受不住，死的念头就有了。

盛夏酷暑，屋里闷热难当，门前的空地上，一张养蚕的竹匾，躺着高烧昏迷的金仙。她像一只蚕宝宝一样蜷缩着，妈妈一边给金仙喂西瓜汁，一边轻轻地为金仙打扇子。在母亲的照料下，金仙慢慢清醒过来。金仙睁开眼看到母亲，轻轻叫一声："妈。"眼泪顺着眼角流下来。金仙怜惜妈妈的苦，妈妈怜惜金仙的苦，母女俩心意相通，尽在不言中。

罗阿头性情虽然刚烈，但是很少对金仙动怒。有一次是金仙和弟弟金荣不和，说着说着就吵了起来，吵到后来就动了手。金荣弟弟有个毛病，容易流鼻血。有时候没有人碰他，也会无缘无故流。金仙跟弟弟吵了几句，弟弟的鼻血流了下来。妈妈过来，以为是做姐姐的把弟弟打得流鼻血了，随手抄起一根桑树枝，不由分说要打女儿。金仙也不会站在那儿挨打，见形势不好，拔腿就跑。她在前面跑，妈妈在后面追，一条田埂追过一条田埂，一直追了几里地。天黑了，金仙不进屋，躲在墙边等着，等到妈妈出来找到她，把她领回家。她心里想：你不找我，我就是不回去，天黑了也不回去。此后，妈妈没有再打过金仙。随着渐渐长大，金仙自尊心强，脸皮薄，做错了事妈妈说两句就十分难过，更不用说打了。

罗阿头没有想到，女儿金仙日后有那么大的作为。她没有什么文化，也不懂"天将降大任于斯人也，必将苦其心志，劳其筋骨，饿其体肤"的大道理，那时候，她只觉得，女儿如此好强，不服输，凡事要么不做，做了就要做得最好，这样的个性太苦了自己。

开学了，金仙回到大丰中学。接下来的一个月，金仙基本上是昏昏欲睡，她的身体还在康复之中。说来奇怪，那时候也不看医生，不吃什么药，病了歇几天，养养就好了，完全靠身体的自我修复功能。暑假里，学生都是强劳力，劳累过度是常有的，班主任张老师也不多说什么，金仙在课堂上睡得迷糊，读的什么书，念的什么课，基本记不住。到了第二个月，才慢慢调养过来，有了精神。

金仙的脑子好用，落下的课紧赶慢赶，也就追上了。张老师觉得金仙聪明，不好好读书浪费了，有时间就给金仙做一些辅导。

张老师对金仙蛮好的，金仙却对张老师犯了一个错。张老师有一支黑色的钢笔，平常拿出来写写画画，不用了就放在抽屉里。钢笔在那个时代属于新鲜时髦东西，能够有一支钢笔是每个学生的梦想。金仙没有用过钢笔，每当张老师用钢笔写字时，她就万分羡慕。终于有一天，金仙打开了那个抽屉，拿走了钢笔。

张老师好像发现钢笔不在了，又好像没有发现，反正，他一直没有提这件事。金仙把玩了几天，拿出来写写，写完还把钢笔随手放在桌子上。有一个女同学看见了，认出是张老师的钢笔，立即报告了张老师。张老师没有说金仙偷了钢笔，也没有跟金仙要回钢笔。金仙在拿钢笔的时候，只是觉得好玩，一点也没有偷的意思。她玩了一阵，过瘾了，把钢笔放到张老师讲课的台上。张老师拿回了自己的钢笔，依旧什么也没说。

金仙当时没有什么感觉，时隔多年之后，才恍然明白，张老师保护了她。保护了她的自尊，也保护了她不受伤害。遗憾的是，张老师过早离开了，金仙明白过来之时，张老师已经不在人世了。每每想起，金仙心里难言的辛酸和感激。这是张老师对金仙做的第一件事。

张老师对金仙做的第二件事，是走了好几里地，到金仙家背铺盖。金仙看不到读书有什么出路，上大学是保送的，这辈子是轮不上自己了。就是考上了高中，也还是要回村的，一样嫁人生娃，潦草地活下去。阿红不同，阿红有当干部的妈妈，即使考不上高中，也会被保送，高中毕业后会有一份好工作。

运动还在继续，学校也没有正规上课，劳动课却增多了。都是劳动，我不如回家劳动挣工分。反正已经耽误了不少功课，也考不上高中了。金仙只惦记着家，在初中最后一个学期，金仙不想在学校浪费时间了。她不敢跟张老师说，在一个午后，悄悄把自己的被子席子捆好，从学校的围墙扔出去，自己翻墙而出，逃离了学校。

几天之后，金仙在田里耙草，忙得大汗淋漓。张老师背着一卷铺盖，直接到田里找到金仙。金仙心里有愧，正不知道从何说起，张老师隔着几步远对她说："金仙，我把你的铺盖背回去了，你明天来上课啊。"

正是这一句话，改变了金仙的命运。

张老师没有做金仙的思想工作，更没有责罚她。他跑到金仙家里，把金仙的铺盖直接背回了学校。如果张老师没有背铺盖，金仙是肯定不会回学校去；如果张老师批评金仙，金仙也不愿意再回学校了。金仙不回学校，也就不可能考上高中，没有考上高中，就不会有那些见识和知识，不会遇见后来的那些人那些事，她的人生，应该就是另外一种格局了。

铺盖都已经让张老师背回学校了，还能怎么样？回呗！这是她的铺盖，拿走了就没有了。一床铺盖，在当时可是很大的事。金仙那时候还小，无法揣测张老师的苦心。她想得很简单，可能张老师觉得她还算比较聪明，好好用点功应该能考上高中。世间的事情阴差阳错，看上去是人为的努力，事实上冥冥之中早已天定。漫漫人生路，遇见谁，错过谁，什么人扮演什么角色，都是安排好的。

这个张老师，是金仙生命中一个重要的贵人。

胖哥、亚芬和双妹

也不知道怎么考上的高中，金仙自己都觉得意外。劳动远远多于上课，一门心思都在家里，正儿八经地读书，也就初中快毕业的那个学期。大丰中学的班主任张老师把金仙的被子席子背回学校，金仙的心收了一些，听了张老师的话，在课本上用功了。

没有考虑过前途问题，因为根本就没有前途，考虑也没有用。上学，认字，会算数，不过如此。张老师认为金仙是能上高中的，不上高中太浪费。至于上了高中是不是有前途，张老师也说不好。最简单的道理，读高中，上县城，自然是能见世面的。

那一年，村里两个女孩上了高中，金仙和阿红。暑假结束，她们结伴从武林头上船，前往县城城关镇德清一中。

暑假的高强度劳动，金仙又是大病一场。身体摇摇晃晃，课堂上半睡半醒。头一个月学了什么，基本没有印象。班上都是些什么人，也拎不清。到了第二个月，金仙的体质慢慢恢复，眼睛才有了神采。眼睛明亮，看得清楚了，耳朵也灵光了，整个人充满青春活力。这个时候，有两个人进入了她的视线。

亚芬和双妹。

先说亚芬。人群中，亚芬不算标致，但是极为引人注目，是那种看一眼就会引起注意的那种。亚芬的家在雷甸乡上，城市居民户口，老爸是水产养殖场的书记。在计划经济年代，温饱是头等大事，水产养殖也就是有鱼有虾，简言之，有吃的。这很了不起。亚芬在五姐妹当中是老大，虽然雷甸乡是个小镇，可是城市居民户口比起农村人来，那是天差地别，加上父亲的位置，即使饥荒年也饿不着，因此亚芬也算养尊处优。

亚芬最大的特点是"嗲"，本地方言称"裒"（读音niǎo，作者注），说话"裒"，走路"裒"，举手投足"裒"，眼神表情"裒"，对她的评价是："哎哟裒死了！""哎呀太裒了！""裒"，吴语中"嗲"的意思，嗲声嗲气。在吴地之外的地区，大众对"吴侬软语"的印象是轻软丝滑，甜美温柔得能把人给化了。民间有"宁和苏州人吵架，不和宁波人说话"的说法。

与苏州话同根同源的德清方言属于"吴语"范畴，同谓"吴侬软语"，与上海话、苏州话、杭州话、无锡话等同属北部吴语（吴语太湖片，即狭义的吴语，作者注）。在"吴侬软语"的环境之中，还有"裒"的，足见亚芬不一般。

亚芬的"裒"其实是一种与众不同的气质。一个班60人左右，来自全县4个乡镇，城镇居民户口学生和农业人口学生差不多各占一半。在"灰黑"色调的潮流中，共性是大势所趋，几乎谈不上个性。别说农村来的学生土里吧唧，城镇户口的学生也不相上下，而且，对军绿色的痴迷到了崇拜的地步。

亚芬不是这样，亚芬是个女孩子，爱美是女孩子的天性，为什么不呢？在灰黑主旋律中，亚芬穿一件最时髦的水红色的确良上衣，像一个跳跃的音符。虽然她的五官不算俊俏，倒也协调，而且她身材苗条，玲珑轻盈；她的脖子特别长，有着天鹅一般的优美神韵。每当亚芬像个洋小姐一样在人前裒裒婷婷走过，立即成为焦点。亚芬爱美，敢美，不在意他人怎么评论，我行我素。反正，你说好了，我"裳"我的。

金仙一下子被吸引。金仙以前没有见过亚芬这样的人，从亚芬身上，她看到了人不一样的活法。在她眼里，亚芬时尚、洋气，洋溢出城里人清雅的气息。而她和阿红，双脚沾满了泥土，脸上满是乡野的野性和土气。

亚芬对着金仙微笑，友好地友善地微笑，这让金仙舒服。亚芬没有瞧不起她这个乡下人，而且，很欣赏金仙。也许是金仙浑身散发出的乡村特有的质朴、单纯、清澈，在亚芬看来是一种魅力。何况，最重要的，金仙确实长得俊美。女性与女性之间，毫无疑问也会因为外貌而相互产生好感，一个丑女和一个美人在一开始就能走得很近是比较难的，所谓惺惺相惜吧。

再说双妹。双妹家其实跟金仙家很近，武林头为数不多的城镇居民当中，就有双妹一家。双妹也在武林头长大，跟金仙、阿红一起上的大同小学，后来又一起在大丰中学读初中，一起进入德清一中。

如果说亚芬的"洋气"属于小家碧玉，那么双妹的漂亮可以归类为大气。五官清秀，身材姣好，聪明活泼，组织能力、号召能力强，文艺气质满满，被选为班级文艺委员。开学第二个月，班上要成立宣传队，太高的不要，太矮太小的不行，太丑的靠边站，中等身材长得漂亮的金仙、亚芬、双妹都被选上了。也是从宣传队开始，三个女生结成了好姐妹，最终成为一辈子的闺密知己。

双妹的才华在宣传队得到充分的展现。排练的时候，两名男生吹笛子伴奏，动作都是自己编排的，大家一遍又一遍地练习，满头大汗却也不亦乐乎。令人惊讶的是，双妹也没有学过，她就能自己编舞，根据歌曲主题，编排出一个个舞蹈动作，跳起来好看又顺当。

这让金仙非常佩服。金仙从雷甸农村来，显得有些拘谨、自卑，与人交往比较含蓄、被动。双妹虽然以前熟络，但是因为双妹家是武林头的居民户口，金仙跟她没有跟阿红那样朝夕相处，关系也就不是十分密切。上了一中，一下子走近了，双妹的落落大方很感染人，她对金仙特别好，一点不摆谱。金仙适应能力强，很快就融入了新的环境。而且，金仙脑子灵活，常常有别人意想不到的点子。

双妹和亚芬是同年，金仙比她们大一岁，三个人都有着江南女子的婉约韵致，走在一起，无意之中就成了别人的风景。她们一起上课，一起排练，一起玩儿，一起分享感受和悄悄话，经常三个人同时出现，操场、饭堂、宿舍，如影随形，令班上其他同学羡慕嫉妒恨。

宣传队五个男生七八个女生，每天下午的自习课排练，放学之后有时还接着排，很投入。她们排了好几个节目，比较大型跳得比较好的是《洗衣舞》和《映山红》。《洗衣舞》上了八个女生，跳得很有阵势。大家每天排练积极得不得了，跃跃欲试准备参加学校的会演。王老师说，学校的文艺会演要在县委大会堂举行。

还有一个人是胖哥。胖哥的大名潘永航，因为长得有点胖，金仙她们几个"胖哥""胖哥"地叫开了，后来再也没有改口。胖哥不是她们的老师，也不是同学，而是学校饭堂的职工，负责开着拖拉机到市场采购食物，在饭堂掌勺。

胖哥只比金仙她们大三四岁，人长得憨厚，一看就是值得信任的样子。他算不上德清人，老辈人是江苏盐城的，俗称的"江北人"。江北比江南要贫困得多，胖哥的父母跟许多江北人一样，行船为生。顺水而行，行船行到了江南，在德清与余杭一带谋生，后来上了岸，定居在德清县。

一个饭堂的职工，怎么会跟三个女生扯上关系？还得从班主任王老师说起。

王老师大名王慧才，也是外地人，家住六朝古都南京城。一场文化大革命，王老师被席卷而来，在德清扎根，曾是著名学府武汉大学历史系高材生的他，成为德清一中一名普通教师。独在异乡为异客，同是天涯沦落人，王老师和胖哥来往密切，意气相投，进而义结金兰，称兄道弟。胖哥1954年生人，王老师1945年生人，相差近十岁，一个是名牌学府毕业；一个只上过初中；一个是教师；一个是饭堂职工；一个清逸俊秀；一个朴实憨厚，无论从哪方面看，两个人都好像不可能有什么共通之处，偏偏他们投缘投契，情深义重。

王老师一个人下放到德清，家属还在南京，一人吃饱全家不饿。他的全副身心都在学生身上，课又讲得好，加之他年轻，没有代沟，深得孩子们喜爱。金仙、双妹、亚芬这个铁三角，王老师又格外爱护，时不时叫上她们，到家里一起包饺子吃。王老师擀面，女孩们学着包饺子，但是常常不得要领，把饺子包得不成形，女孩们你看看我，我看看你，大呼小叫，互相打趣。

在王老师家里，金仙她们见到了胖哥。姑娘们一口一个"胖哥"，叫得可甜了，叫得胖哥乐滋滋的。既然是当哥的，当然要照顾小妹妹了，胖哥的实权就是饭勺，饭堂师傅不止胖哥一个，姑娘们排队都自觉排在胖哥这边。偶尔排在另外一边，胖哥悄悄使个眼色：来，到这边来。姑娘们的碗里，会额外地增加一些分量。胖哥就是稍微有点胖，其实长得蛮好看，顺眼。

吃饱饭至关重要，学校为了照顾贫困学生，给一部分有困难的学生发放一个月两块钱的伙食补助，金仙也在补助之列。两块钱已经可以解决问题，当时食堂最常见的一份榨菜冬瓜三分钱，金仙舍不得，经常和阿红合起来买一份。肉类当然是很难吃到了。

阿红没有进宣传队，一起活动的时间少了，没有在一起玩，共同话题不多，金仙跟阿红的关系就渐渐疏远了。说武林头，木桥头，说村里的那些事，一点新鲜感没有，也总有个说完的时候。阿红见金仙跟亚芬、双妹她们打得火热，而自己是个局外人，不免有些失落。虽然跟金仙从一开始就是同桌，也住一间宿舍，但是金仙没有叫上她一起玩。有一天，阿红悄悄给金仙递了一张纸条：你嫌我泥土气了，不跟我玩了。金仙否认：没有呀没有呀，我们还是很好呀！但是无论是阿红还是金仙，都感觉到了变化。

金仙在变化。

金仙如鱼得水。

阿红对金仙还是很好，家里带了好吃的给金仙品尝，有新衣服让金仙先穿。秋天来临，阿红妈妈给阿红做了一件长袖外套，红黄蓝三种颜色彩条布料，鲜艳夺目，款式也时尚。阿红对金仙说："这衣服穿在我身上一点也不好看，你穿，你穿好看。"金仙盛情难却，衣服一上身，果然效果就出来了。阿红说："怎么你穿什么都好看。"这件新外套金仙穿了两天才还给阿红。那个时候，一件新衣服是很大一件事，要是小气的人，碰一下都不高兴，别说让别人先穿了。金仙心里领情，阿红对她确实没说的。

金仙的聪明才智被激发，得到了老师和同学们的肯定，她找到了自我，变得自信、开朗、活泼。回木桥头并不多，因为金仙的父亲在城关镇的砖瓦厂做事，妈妈也在县城附近找到事做，不上学的时候，她和爸爸妈妈在一起。木桥头当然是挂心的，大嫂娶进门后，种种不快在心头，一起相处有时候挺尴尬的。大嫂生了孩子后，家里更显得局促狭窄，父亲说了好多次要盖新房子。

学校的生活新鲜，又有了双妹、亚芬这两个好朋友，金仙很舒心。她会带亚芬、双妹去妈妈做工的地方玩，亚芬、双妹也会叫上金仙到她们家去。

她们的衣服会互相换着穿，用具也共用。双妹就有一个新的搪瓷脸盆，金仙的脸盆破旧不堪，都不好意思到饭堂打水，双妹说："用我的。"金仙端着那个大大的有着漂亮花朵图案的脸盆，从宿舍到饭堂的路上，像一只快乐的百灵。

第二个学期，金仙、亚芬、双妹同时加入了共青团。

《映山红》和《洗衣舞》的排练她们煞费苦心。参加全校会演，要到县委大会堂去，这可是非同一般。拿第一不敢想，但是起码也要拿到好名次。很多时候，同学们空着肚子，饿得手脚发软，但是没有人退出。那个年代，人真的很单纯，很朴实。

"开饭啦！开饭啦！"王老师叫了几次，同学们还没有散。直到觉得动作协调了没有什么问题了，才停下来。

"不饿了吗？一会儿饭堂没有饭了。"王老师催促。

王老师很多时候也参与，或是指点一番，或是跟同学们一起唱。王老师唱歌好听，同学们都喜欢听他唱歌。有一次金仙调皮地说："我们不跳舞了，我们听王老师唱歌吧。"王老师果真随口就唱了起来。

后来，她们自编自演的《映山红》和《洗衣舞》在学校的会演中崭露头角，《洗衣舞》还作为会演的压轴节目，由学校宣传队为她们伴奏，姑娘们出色的表演获得了阵阵喝彩，两个节目都拿了满分5分。姑娘们高兴极了，围着王老师，麻雀一样叽叽喳喳个不停。

"你们一个个都很棒，我就知道你们能行。"王老师喜笑颜开。

"想不想吃饺子？"其他同学都散了后，王老师问。

姑娘们高兴地跳起来。

到了王老师家，门一开，胖哥系着围裙，乐呵呵站在姑娘们面前。胖哥说："吃饺子咯！"话音还没有落地，姑娘们甜甜地叫："胖哥！胖哥！胖哥太好了！"叫得胖哥有点不好意思起来。

　　胖哥照顾她们，她们也都记着胖哥的好。在她们眼里，胖哥就是个大小孩。有一次学校搞大串联，按照线路经过雷甸乡，再往余杭的塘栖镇。到了武林头，家门口了，金仙对胖哥说："胖哥，到我家玩去。"串联队伍是由县里工宣队指挥的，胖哥作为学校职工，也担负着组织工作任务，中途掉队是要犯错误的，何况还跟一个学生一起掉队。胖哥几乎没多想，跟着金仙回了家。金仙家两间毛竹房，生活的窘迫一目了然。但是金仙和胖哥都很开心，还煮了粽子吃。

　　三个人当中，亚芬对胖哥尤其好。亚芬有一次从家里带回来一网兜螃蟹，悄悄塞给胖哥。胖哥来不及吃，把螃蟹放在宿舍，自己到饭堂上班去了。结果，螃蟹四散奔逃，爬到隔壁同事的宿舍去了，后来知道螃蟹是亚芬送给胖哥的，金仙和双妹笑话亚芬："好啊亚芬，偷偷给人家胖哥送螃蟹吃，都不给我们吃，你说，是不是对胖哥有意思了？"说得亚芬面红耳赤。

秋北农场

　　"起床了！"

　　"天亮了！"

　　"鸡叫了！"

　　王老师的声音打破了清晨的寂静。同学们赶紧爬起来，揉揉惺忪睡眼，衣服往身上一套，五个指头在头发上耙几下，然后找毛巾牙刷。虫在叫着，鸟在唱着，空气中飘过野草混合着农家肥的气息。

金仙从土屋里走出来，东边天幕上橘红色的朝霞，映照得她的脸红扑扑。经过一个晚上的休息，昨日的疲劳已经消去，觉得神清气爽。人就是奇怪，累得趴下，累得骨头散了架，歇一晚上，睡一大觉，又活了过来。

金仙没有想到，在家里天天干活，接触的是污泥呀大粪呀，种水稻种黄豆，三伏酷暑，数九寒冬，为的是从泥土里刨食。到了学校，还要干这样的活。不同的是，不是为了刨食，而是学农。我本就是一个农民，还学什么农呀？这不是画蛇添足——多此一举吗？但是由不得你，这是运动，是最高指示，必须服从。

德清县秋山公社的北边，有一个秋北农场，是德清一中开门办学基地，也称"秋北学农分校"。有河道可以通往秋北农场，但是学生们都是先从城关镇坐车到秋山公社，再步行三五里路，背上大包小包一应生活用具，浩浩荡荡犹如行军。

文化大革命期间，语录代替了课文，上课就是劳动。金仙的两年高中，第一个学期算是正规上课读书，第二个学期批林批孔，第三个学期最后一个月和第四个学期前四个月，都在秋北农场学农。秋北农场，在她的高中生活里，是一个特有的符号；在她的青春记忆中，是一个永不磨灭的深深烙印。

关于秋北农场的故事很多，有苦也有乐。一些片段经过岁月的发酵，愈加凸现出来，并常常在夜深人静之时重现眼前。那么清晰，那么鲜活，一幕幕历历在目，仿佛就在昨天。漫漫人生路，有些记忆是永不磨灭的，深入骨髓，融合成生命的一部分。

一个班级几十号人，都住在农场，同吃同住同劳动，像是一个大家庭。外面的世界运动如火如荼，农场里远离尘嚣，反倒显得宁静祥和。日子简单得回归远古，生活却是丰富多彩。蓝天很低，云彩从眼前飘过；星星很明亮，似乎触手可及；山野的风是那么清爽，带着香气，坡上的野花肆意地盛开，五彩斑斓。

天晴的日子，金仙和同学们下地劳动。或是插秧、施肥、摸草，或是割稻谷、挖番薯、收黄豆，大家一起有说有笑，也不觉得多脏多苦了。下雨天，老师带领同学们上课，其实也不是正规课本，不外是读读报纸，学学毛主席语录，讲讲祖国大好形势。

空闲下来，还可以打乒乓球、篮球、羽毛球，同学们你争我夺大呼小叫，把青蛙的叫声都压了下去。三三两两要好的同学，结伴到一处，河沟里摸鱼虾，竹林边吹笛子，也有到田里找荸荠的，野地找野果子的，天地广阔，自由自在。

油菜花开的季节，秋北农场的春天最漂亮。蚕豆花，油菜花，还有无数说不上来的小花花，纷纷开了，姹紫嫣红，灿烂了每一个人的脸。河沟里的水哗啦啦流着，大大小小的鲫鱼在水中来去。哪里还坐得住？金仙和双妹她们跳落水中，稀里哗啦摸上来不少。最后，人也跟鱼一样，湿漉漉，滑溜溜了。可是，一颗心跳跃着，和春天的花儿一起盛放。在湿冷的春天，一碗自己动手做的鲫鱼汤，暖暖的，暖了肚子也暖了心。

上一年冬天挖过的荸荠田，还留着零星的荸荠。女孩子们嘴馋，也不顾王老师的劝阻，偷偷摸摸下了田。荸荠没有找到几个，弄得一身泥水，脸蛋让太阳晒得皮都掉了，还是很高兴。

有时是早晨，有时是黄昏，竹笛声悠然响起，清亮空灵，在农场毛竹房的上空久久缭绕。会吹笛子的有男生也有女生，不是显摆文艺，也不谈情怀，吹奏的水平也不高，有时甚至还走调，但是笛声一响，总是令人心念一动。在那个年月那个环境中，一曲笛音，无疑是最打动人心的天籁了。

苦的时候也蛮苦的,像金仙这样来自农村干惯了农活的人都觉得苦,那些来自城镇的就更加不用说了。

水稻长到半截高,要施肥了。肥料都是土杂肥,从学校的厕所里掏的,用一条大船沿着水路运到农场。河道岸边,男生们负责挑肥,一担担地挑,还没有发育成熟的身体,被担子压得歪斜。他们赤脚走过田埂,吭哧吭哧,再苦也不说出来,那个时刻,没有人愿意服输。金仙她们一帮女生负责施肥,用一把长长的木勺子,一勺勺舀起粪肥,尽量均匀地泼在稻田里。

肥料就是屎尿,那个臭,那个恶心,能把人熏晕。有好几个女生实在忍不住,蹲在田埂上呕吐,一边吐一边掉眼泪。

金仙也有点难受,但是还不至于那样,毕竟她早就习惯了。她觉得庆幸,过去在家吃的那些苦让她受到锻炼,现在能够驾轻就熟轻松应对。想想蛮有意思,每个人所经历的所承受的,其实都是在为后来做准备。

平整土地是件重活。高低不一的农田,必须把高处的土送到低洼处填起来,让田地基本平整。旱地还好,水田做起来就比较吃力。同学们挑的挑,抬的抬,提的提,各种招数。王老师想出了一个办法,他自制了一块大木板,系上绳子,把泥土装在木板上,借助水的浮力,前头拉,后面推,这样装的泥土多些,搬运效率也提高了。装满了泥土的木板死沉死沉,同学们齐心协力,愚公移山一样。王老师还喊起了号子,同学们呼应着,热火朝天。

摸草,就是把稻田里的杂草抓起来拔掉,虽然劳动强度不大,但是金仙最有心理障碍,因为田里有蚂蟥。可是又不能不下田。真是越怕越有事,胆战心惊一步一回头,果不其然,拎起脚来一看,我的个妈哎!蚂蟥一二三四五六条咬在小腿肚上,顿时魂飞魄散,跳到田埂上不要命地跺脚转圈子，还一边哇里哇啦惨叫。等到把那些蚂蟥都揪下来，自己不叫了，才听见周围好些女生都在惨叫。她们也被蚂蟥叮上了。唉，没有哪个女生不怕蚂蟥的。男生们在这方面天生胆大，见了女生们的洋相，在一旁坏坏地笑。

想起了二哥金生，想起她那次被蚂蟥咬住，二哥帮她解围的情景。木桥头，毛竹房，大哥、二哥、金荣弟弟、金虎弟弟，也不知道他们怎么样了。大嫂生了儿子后，大哥一定是更忙了。他那个凶巴巴的丈母娘，现在想骂她也骂不着了。金仙还是有点发怵，不想见到这个人。最担心的是二哥，前不久，二哥出事了，出了很见不得人的事。想到这里，金仙的心情沉重起来，思维乱糟糟的。原来逃学只想回家干活，上了高中后，离家远了，想法也不同了，回头去看过往的那些事，忽然发现自己已经不太愿意再回到木桥头了。

农场比较偏远，半个月才可以回家一次。没有电话，也没有谁的家长跑到农场看孩子，每个人都忙于生计。有的同学想家想得厉害，但是又不能逃跑。亚芬有一次就使了个鬼心眼，假装肚子疼，哎哟哎哟喊叫起来，吓住了几个老师。几个老师一商量，生病了可不是小事，不能耽误的，得赶紧送医院。立马叫来一条小船，把亚芬送走了。后来，据随行的老师说，船还没有完全停好，亚芬跳上岸去，一溜烟跑了，动作灵活轻巧，一点也没有生病的样子，好像她自己也忘记了肚子疼这回事。

金仙记得清楚的是最后一个学期的水灾，没有车，船动不了，她和雷甸的同学一起，步行回家。触目皆是汪洋泽国，他们沿着小路，避开深水，一路走得很艰难。人成了落汤鸡不说，还险象环生。不过，一点也不害怕。年轻，就是那样无所畏惧！

农场还有人谈恋爱，是两个高年级的学生，看上去比金仙她们成熟了好多。有人看见一男一女收工后在竹林那边幽会，天天如此，于是猜测他们是在谈恋爱。到底怎么谈？不知道。这种事情在当时很严肃，被老师发现是要挨批的。有人跟老师报告了，老师好像知道了这件事，好像不知道，反正那两个人一直没有受到什么处分。

金仙和双妹、亚芬觉得新奇，就想去看看他们在那里做什么，恋爱怎么谈的。他们的约会地点也不改，天天都是在那片竹林。金仙她们会提前赶到，潜伏在附近。后来果然先来了一个，有时是男的先来，有时是女的先到，先到的就在那儿等，张望，转圈子，揪竹叶，通常只是一会儿，另一个出现了。两个人满脸的笑，在那儿说悄悄话，轻轻地笑着。暮色四合，天地苍茫，荒郊野外显得格外宁静。这样的场景，谈恋爱很合适。那两个人似乎知道周围有人偷看，也不当回事，该干吗继续干吗。去看谈恋爱的不止金仙她们几个，新奇又好玩。没有电视，没有其他文娱活动，偷看谈恋爱这样的事情，也算是一种娱乐吧。

老师们对学生的包容之心，让孩子们平安地度过那一个非常时期。这是孩子们的幸运。在别的地方，同样的事情，也许早就上纲上线，轻则轮番批斗思想改造，重则招致无妄之灾。在秋北农场一个学期，除了皮肉的苦累，没有别的压力，不用担心没完没了的作业，不用天天贴大字报喊口号，精神上学生们自由舒展，同学之间建立起深厚的友情。阳光田野明月清风的大自然，带给他们开阔的心境，同甘共苦的生活，培养了他们互助友爱的集体精神。

还有不少有趣的事儿，属于他们那个年龄才做得出来的事。曾经有两个女同学跑出去采桑果子，见到一条四脚蛇，不知道听谁说过，对着蛇吹口哨蛇就会跳舞，两个人使劲吹口哨，吹了《大海航行靠舵手》，又吹《敬祝毛主席万寿无疆》，那四脚蛇说来也怪，真的不跑，瞪着眼睛踮着脚看着她们。不过，并没有跳舞。因为太过全神贯注，没有觉察她们的口哨声引来了一群同学，在她们后面围观多时。螳螂捕蝉黄雀在后，同学们被她们的傻样逗得哄堂大笑，她们才回过神来，无地自容。

男同学做的傻事就更多了，其中一件跟吃饭有关。平日里饭堂都是清汤寡水，萝卜冬瓜，有一天过节，饭堂做了咸肉青豆糯米饭，这是当地名吃，男女老少都喜爱。离家很久的同学们对着锅里冒着油光的糯米饭，一个劲地吞口水。重要的是，这一餐不用凭票供应，放开肚皮吃。于是两个男同学打赌，看谁吃得多。一顿狼吞虎咽风卷残云，结果一个吃了1斤7两，另外一个甘拜下风。

年轻，做什么都可以，怎么做都行。年轻不犯傻，老了用什么来回忆呢？

月朗星稀，同学们围坐在王老师周围，听他讲故事。王老师大学读的是历史，讲的历史故事引人入胜。王老师不但讲故事，还会唱歌。王老师的歌声好听极了。

乌苏里江水长又长，
蓝蓝的江水起波浪，
赫哲人撒开千张网，
船儿满江鱼满舱，
啊啷嗬哪嗬呢哪嘞呀，
嗬哪呢嗬哪。

白云飘过大顶子山，
金色的阳光照船帆，
紧摇桨来掌稳舵，
双手赢得丰收年，

啊啷嗬哪嗬呢哪嘞呀，

嗬哪呢嗬哪。

王老师唱完，同学们不罢休，非要再唱一次。王老师又唱了，还不依不饶。王老师其实早就知道他们的心思，装作顺水推舟的样子说："好吧，我教你们。"同学们欢呼雀跃。

王老师唱：乌苏里江水长又长……

同学们跟：乌苏里江水长又长……

王老师一句一句教，同学们一句一句跟，起初是轻轻的，后来大家一起放声歌唱。歌声轻盈地飞旋起来，在旷野里经久不息。音乐的神奇美妙，把他们从荒凉带到了鲜花盛开的地方，他们深深陶醉其中，心里充满了温暖与感动。

同学们最喜欢唱得最多的是王老师自己写词谱曲的一首歌，叫作《我们战斗在秋北农场》。

金光大道向前展，

满怀豪情迎朝阳，

五七指示心头照，

我们战斗在秋北农场。

书声琅琅、歌声嘹亮，

新生事物苗壮成长。

用双手锦绣大地，

用汗水浇红思想，

我们今天在农场滚一身泥巴，

明天在广阔的天地里苗壮成长。

征途万里，步步有人民的厚望，

上山下乡，处处都是我们家乡。

歌曲情感真挚朴实，节奏热情奔放，写的就是他们自己，就是他们劳动生活的秋北农场，这首歌一下子抓住了同学们的心。在蚕豆地里，在毛竹房中，在清澈的河边，在行军的路上，同学们唱起这首歌。唱起这首歌，心中充满了力量。

一个时代有一个时代的歌，不是同时代的人也许很难理解，更没有资格指手画脚。犹如50后很难懂得90后的思维，90后也理解不了50后的情怀，只有亲身经历过，用心感受过，痛过哭过，爱过恨过，方能谈得上真正的懂得。张爱玲"因为懂得所以慈悲"让无数人怦然心动，足见人生的懂得多么难能可贵。

王老师

晚自习时间，学生们在课室里待着，百无聊赖。课本早不知道扔哪儿了，天天都是社论、语录、最高指示，乏味得很。窗口望出去，月色空蒙，操场的跑道泛着微微的白光。萤火虫忽闪着，飞过来飞过去，无拘无束；夏虫唧唧，此起彼伏，叫得人不得安宁。

金仙溜出去了。一会儿，亚芬和双妹也先后溜出去了。也没见她们有什么小动作，好像心灵感应似的。这三个人简直就是连体姐妹，在哪儿都是同时出现。同学们已经习以为常，何况，都知道班主任王老师对她们格外偏爱。

操场一边，王老师和胖哥站着说话，王老师还扶着一辆自行车。自行车在那个时代可是稀罕物，一般人家都没有，所以，会骑自行车的人不多。偶尔，小巷里有辆自行车骑过，车铃丁铃铃响着，引得一双双羡慕的目光，那骑车人自是得意得很。王老师这辆自行车是学校教务处的，胖哥偷偷牵了出来。

金仙、亚芬和双妹像三只小鸟一样扑腾过来，围着自行车叽叽喳喳说个不停。今晚谁先来？她们偷偷溜出来学自行车不止一次了，姐妹们轮番学，王老师扶着车架做教练。

"我来吧。"双妹拿第一。

大家闪开了一点，双妹扶住车把，慢慢地推行，左脚蹬镫，右腿试探了几下，坐了上去。车身一摇晃，双手有点不稳，王老师鼓励说："别紧张，车把不要抓得太死，身体平衡，对，就是这样，不错。"双妹手脚慢慢协调，骑得平稳了，王老师松开车架，让双妹自己骑。但还是怕双妹不放心，就跟着车跑，始终跟车架紧紧相随，准备随时出手保护。

"双妹，你胆子够大的，都敢自己骑了。"亚芬羡慕道。

胖哥说："一会儿到你了。"

亚芬犹疑说："我怕不行，摔下来怎么办？前天晚上，我摔得屁股疼，到现在都没好呢！"

金仙在一旁笑。金仙说："你就是胆小亚芬，你腿长，骑车最好了。"

亚芬看着金仙说："谁像你呀，你胆子那么大。"

金仙说："你信不信？你不怕摔倒就不会摔倒，你越是怕摔倒就越是会摔倒。"

亚芬说："不信不信，反正我是不行了。"

双妹骑了两圈，平稳地在他们前面停下，满脸都是高兴的神色："蛮好玩的，没有那么难。"

王老师叫亚芬下一个，亚芬在大家的鼓动下，接过了车子。每一次她都没有落下，但总是没有金仙双妹学得好。她觉得自己天生胆小，骑自行车这样的事情，需要冒险精神。话说回来，亚芬这样的洋小姐，是应该坐在老爷车里优雅地看风景，而不应该骑自行车招摇过市。

亚芬左脚蹬、蹬、蹬，蹬了好长一段路，就是不敢跨腿骑上去。胖哥看着都着急了，喊起来："坐上去呀，上车呀！"一边说一边挥舞双手，恨不得把亚芬拎到车上去。亚芬终于骑上了车，王老师不断地鼓劲，扶着车架没有松手。后来，亚芬渐渐平稳了，王老师让她自己试一试，亚芬一见王老师松手了，自己吓自己："哎呀我的妈呀！不行不行！"重心全部在左边，不敢往右边去一点点，车子摇晃两下，哐当，倒地了。"我说了我不行，我学不好！"亚芬急得通红了脸。

轮到金仙了。金仙前几次就学得很好，好像天生就会，王老师稍作指点，她拉过车子，踮踮脚，骑着就跑，而且，跑得平稳有速度。她找到了平衡点，胆大心细，很快掌握了诀窍。亚芬问她有什么秘诀，金仙回答："没有什么秘诀呀，胆子大一点，不怕摔就行。"

王老师赞许地点点头。

晚自习教学生骑自行车，这样的事情恐怕只有王老师才做得出。在金仙她们眼中，他不仅是能把《岳阳楼记》讲得出神入化的班主任老师，更是童心未泯的顽童。疼爱学生他像一名父辈，保护学生他像一位兄长，跟学生一起玩一起疯，他像一个知己好友。多年之后，沧海桑田斑驳了时光记忆，在有关德清一中的所有记忆里，任何一件都离不开王老师。王老师跟德清一中旁边的河流一样，跟城关镇的方山一起，构成了整个高中时期的影像。没有王老师，画面一片空白，那一段历史，一片空白。

王老师的大名王慧才，江苏南京人，在南京一中读的高中，随后考入武汉大学历史系。大学毕业正赶上文化大革命，下放到上海警备区横沙岛军垦农场劳动锻炼，两年之后到德清一中，当了一名人民教师。1970年到德清一中的时候，他25岁，风华正茂。

人的命运在时代大潮中沉浮跌宕，每一个人的身上，都带着时代深深的烙印。有的是天意难违，有的是阴差阳错，坦然接受和顺应时势，自古以来就是中国人的本能和智慧。本来，一个前途无量的大学毕业生，家又在大城市，在小小的县城做一名中学老师，好像有点屈才了。出人意料的是，很快王老师发现自己很喜欢教师这份职业，相比于外面污浊喧腾的世界，学校的氛围相对干净安宁。他一介书生，满腹才华，正好跟学生们分享，这让他有了如鱼得水的欢快。

喜爱一件事，才能真正投入。因为他年轻，依然保持着纯真之心，跟学生们的相处亲如一家；因为他热爱，心无旁骛，能够一心扑在学校工作上；因为他有才，从春秋战国到焚书坑儒，中国历史讲述得精彩纷呈，深得学生们的拥戴。

第一次见到王老师的情景，无论隔了多少年，金仙依旧记得一清二楚。入学报到，在校园一角的新生报到处，她和阿红找到自己的班级，登记，填表，办手续。有人指着一个年轻男子介绍："喏，那个就是你们的班主任王老师。"金仙看去，一下子傻眼了。这个王老师也太年轻了吧？一个大小伙子，看上去比她们也大不了多少，高挑身材，俊朗面孔，眼神亲和而有神采。也不知道怎么的，金仙的心扑通扑通地跳起来，腼腆地低下头去。

"这就是班主任？这么年轻。"金仙说。

"是呀，好像跟我们差不多。"阿红说道。

"这个老师长得蛮好看的。"金仙笑。

"是蛮好看的。"阿红也笑。

后来跟亚芬、双妹熟悉了，说起初次见到王老师的感受，双妹、亚芬嘻嘻哈哈笑起来，说她们的感觉跟金仙一样一样的。也就是单纯的喜欢，小女生对帅哥的喜欢，天下一理。她们还了解到，王老师已经成家了，爱人在南京。时隔一年之后，王老师的妻子调到了德清工作。

王老师对金仙、双妹她们好，对班上的学生都好。60个学生，从全县4个乡镇而来，在不到两年的时间里，王老师逐一家访，无论多远，无论条件多艰苦，他一视同仁。有时候路太远不能赶回学校，他就在学生家住一宿，赶上农忙，还下地帮忙干活。学生对老师的敬重，老师对学生的疼爱，如父如兄，亦师亦友。虽然物质匮乏，精神却充实；没有利益交集，人与人之间的信任源自内心。

高中第一学期，王老师讲的是语文课。王老师的课讲得好，好就在于他不局限于书本，视野开阔，博古论今。听王老师的课是一种享受，要是王老师一直讲下去，那该多好！遗憾的是，那是个特殊的年代，高中两年，仅仅上了一个学期的课，然后就是批林批孔、学农学工了。金仙当时还没有意识到，这一个学期，王老师传授给他们的知识、学习的方法，是如此弥足珍贵。

柳宗元的《捕蛇者说》、范仲淹的《岳阳楼记》、白居易的《卖炭翁》、毛泽东的《蝶恋花·答李淑一》、鲁迅的《呐喊》……在王老师绘声绘色的讲述中，同学们学得用功，兴致盎然。在学期一开始，针对当时的学习和学生的情况，王老师首先给同学们补习初中的课程，温习巩固初中学过的拼音、语法、文言文，纠正错别字和错误语法，所以，接下来的学习同学们津津有味。

王老师讲《岳阳楼记》。他介绍了范仲淹的身世，写《岳阳楼记》的背景，讲到"先天下之忧而忧，后天下之乐而乐"时，王老师充满了激情。"做人，要先立志。有理想有抱负，才能成就大事业。一个人没有志气，那就是一个废人。你们是祖国的未来，要胸怀天下，报效祖国！"饱满的热情，感染了每一位学生。王老师严肃凌厉的目光，令人肃然起敬。金仙被深深打动，王老师的这番话对她产生了深远的影响。

深秋季节，王老师带着学生们上山采野果子，附近的方山、百凉山，都上去过。野莓之类的鲜果解馋了，山栗子拿到王老师家，煮了吃。有一次，同学们采了很多野橡果，王老师拿到集市上卖了，买了一摞子书，全班同学人手一本。金仙记忆犹新，那本书是《鲁迅杂文集》。至于卖野橡果的钱够不够买60本书，王老师一直没有提过。

王老师永远起得比学生早，睡得比学生晚。早上，他是一只司晨的公鸡，喔喔喔一叫，把学生们叫起床；晚上，他是尽忠职守的老房东，学生宿舍的灯熄了，吵闹声没有了，他才安心歇下。他操心每一个学生，每一件事，像个慈爱的家长。

每天清晨，学校的钟声响过，王老师的喊声随即传来："天亮了！""起床了！""鸡叫了！"他就在门外等着，谁也不敢再拖拉。同学们都起来了，他做领队，在操场上跑步，500米一圈，跑上5圈，跑完了跟学生一起吃早餐。接着上课，语文、政治、历史，上完课了也不走，同学们围着，有说不完的话。一天到晚，往前看是王老师，往后看也是王老师；课堂上是王老师，操场上也是王老师，王老师王老师，王老师无所不在。

那样的师生关系，在中国的教育史上，也是绝无仅有了。关于那个时代的痕迹大多不堪回首，走过那段岁月的人们，多数是伤痕累累。金仙、阿红、双妹、亚芬她们，高中阶段却是一辈子最难忘最温暖的记忆，这也许是因为王老师，也许因为那个时代的人简单纯粹朴实无华的心灵。

说一说德清县吧。德清县，取名于"人有德行，如水至清"。位于长江三角洲杭嘉湖平原西部，素有"名山之胜，鱼米之乡，丝绸之府，竹茶之地，文化之邦"的美誉，先后出现过沈约、孟郊、俞樾、俞平伯等在中国有着重大影响的巨匠大家。德清，一个水灵灵的充满了江南诗情画意的称谓。

德清县第一中学，有着德清"黄埔军校"的美誉，创办于城关镇百梁山下、东苕溪畔，自1944年起，历经时代风雨，几度风云几度秋，从方山保宁寺到城东城隍庙，从德清县立简易师范学校到德清县第一中学，从灾难深重的旧中国，到改革开放的新时代，从老县城城关镇到新县城武康镇，一条历经艰辛的坎坷路，一代又一代人无私的奉献付出。在德清一中60周年校庆的有关文字里，有一段话特别提到"文革"："文革"开始后，一中像其他学校一样，文攻、武斗充斥着这个平静的校园。正常的教学秩序被破坏，设备、仪器被损坏，然而并没有阻碍学校的发展，仅仅停办了不到一年的一中于1967年复校，并在极其艰难的条件下开办了秋北学农分校。

王慧才老师，从德清一中开始，一辈子没有改行。从一名普通的教师到担当重任的校长，从1970年到1986年，在德清一中任职的日子里，他与德清一中风雨同舟，见证了德清一中的坎坷和辉煌。

1986年之后，王老师被委以重任，担任另一所重点中学湖州中学校长。在德清一中的有关文献里，有一篇报道记载了王老师在2010年8月30日回到德清一中为师生做专题报告的内容。在这场题为《师德是有效教学的灵魂》专题报告里，老校长把"师德"分成四个方面进行阐述。

师德是有准则的。师德是国家的旗帜，教师的良知。爱教爱生是根本，为国育才才能担重任。

师德是具体的。师德要落实在教书育人的行动中，体现在课堂教学的有效行为上。教师的一言一行要影响到学生的一生。

师德是要培养的。认识自我，规范行为，培养自己。启发学生，树立信心；点滴引导，循序渐进。

师德是有回报的。要有爱心、信心、责任心，获得的将是学生的尊敬、人生的快乐。

积四十年的教育经验，老校长通过一个个生动的事例，把"师德是有效教学的灵魂"这一抽象理论，解读得有血有肉、发人深省。

这些场面，金仙没有亲历。有关师德的话题，她的记忆依然定格在她的高中时代。尽管在以后漫长的时光里，她每次回到家乡，最重要的事情就是把胖哥、双妹、亚芬他们几个约出来，请出王老师，大家一起叙叙旧，说说家常。时代在变化，她们在变化，王老师也在变化，然而，在金仙的脑子里，王老师还是那个整个冬天都穿一件旧蓝布棉衣的王老师。

王老师那件蓝布棉衣，实在是太旧了。袖口的线磨破了，有一些开始散开。肘子部位沾上了粉笔灰，灰白的一片。胸前到衣襟处，积存了大大小小隐隐约约的斑点，显得有些脏兮兮油汪汪。王老师不觉得，整个冬天里，他就穿着这一件棉衣，从来没有换过。学生们也不觉得，他们看惯了，他们眼里的王老师依然很帅，很亲，很可爱。

"起床了！"

"天亮了！"

"鸡叫了！"

王老师的喊声落地，同学们纷纷跑出宿舍，跑向操场。他们的王老师就在他们的队伍里，他蓝色的棉衣朴实老旧，既有庄稼和泥土的气息，又有浓浓的书卷味。"金黄色的泥浆，沾满了我的衣裳，谁说我的衣裳不漂亮，这是大地献给我的奖状。"这首无题诗，是王老师在秋北农场的即兴之作，同学们口口相传，铭记于心。

二哥出事了

管金生出了大事。

有人给金生介绍了一个对象，邻近村的。男大当婚女大当嫁，金生二十岁了，也差不多该娶媳妇了。老大金春两年前成家，儿子也有了，金生要是说上了媳妇，对这个家可是大事。兄弟多，家境贫穷，娶个媳妇不容易。玉梅家几个哥哥，因为地主成分，娶媳妇就成了最大的难题。好在那时候农村也没有什么富人，家家处境不相上下。

姑娘与金生见过面之后，没有什么意见。金生见那女子眉清目秀，心下欢喜，开始憧憬未来甜蜜的生活。人逢喜事精神爽，那些日子，金生喜笑颜开，看天天蓝，看花花娇。金仙在学校得知这个消息，也是由衷的高兴。

不料，平地起波澜，横祸从天降。这天下午，家里突然来了几个大队干部，阿红的妈妈大同村妇女主任陈金田也在，进门要找管金生。

"我们找管金生。管金生呢？"大队干部问。

大嫂见这些人神色严肃，不免心里害怕，也不知道出了什么事，只好如实相告："他不在家"。

陈金田说："事情很严重，要找到他。他去哪儿了？"

大嫂说："到田里去了吧。"

大队干部义正词严地说："我们刚才在田里转过了，没有。哪块田？马上叫回来。"

另外两个人在屋里屋外张望，没有什么发现。大嫂悄悄问陈金田："主任，什么事这样子？吓死人了。"

陈金田说："我不能跟你说。现在要马上找他回来。不然，后果更严重。"

大嫂出去找人，刚走没多远，见金生穿个大裤衩，光着脚板，扛把锄头晃荡晃荡往家走，大嫂喊："哎呀不得了，家里来了人，要喊你去。"压低嗓门又说了句："好像很紧要的事，那些人很凶。"

金生见大嫂那慌张样子，想想自己一不犯法二没欠谁钱，能有什么事？大大咧咧走回家去。

"你是管金生吗？"大队干部用审视的眼光盯着他问。

金生把锄头往旁边一扔，爱理不理。这些人也太横蛮，金生非常不喜欢他们说话的语气和审视人的目光。

陈金田说："对的。他就是管金生。"

金生冷冷地问："我就是，找我什么事。"

大队干部嘴巴撇了撇，鼻孔里哼出鄙夷之气："找你就是有事，有事才找你。你自己做了什么事你不知道吗？"

金生一激灵，脑子有点蒙。容不得他多想，大队干部站在他的面前，威风凛凛地说："管金生，跟我们到大队去。"

"什么事情？在这儿说。"管金生年少气盛，从来也没有怕过谁。

陈金田说："就去一趟，问问话，说说清楚，也就没事了。"

金生想，反正我没做什么亏心事，去就去，谁怕谁？跟着他们去了大队。

吃完饭的时候，金生没有回家。以为可能事情没有说完，晚一些总要回来。可是等啊等，等不到人。当天晚上，金生没有回家。管小歪和罗阿头听说儿子被叫去大队部，心急火燎赶回武林头，找人打听，也打听不出什么消息，去问陈金田，陈金田顾左右而言他。一家人焦虑万分，可是又求救无门。

　　第二天晚上，金生依然没有回来。村里开始有各种各样的议论，说是管金生脾气暴躁爱打架，可能犯了什么大事，要判刑了。也有的说管金生谈的女朋友，人家是有男朋友的，管金生把那个男的给捅了，出了人命。大队部那边，干部们轮番审问，在审管金生呢！如果这样，他彻底完蛋了，还能回家吗？

　　熬过暗无天日的两天，依然得不到确凿的消息。两天后，大队召集全大队的社员到大队部开大会，内容跟管金生有关。会上宣布：管金生因破坏军婚罪，即刻逮捕，送往上一级法办。

　　管金生彻底傻了。如果说他打过人骂过人，他服帖。但是说他破坏军婚，他怎么也不能接受。他处的这个对象，单身未婚，从来没有听说她有别的交往，破坏军婚从何说起？他一万个不服，他要解释，要申诉，要说个明白。然而，哪有他说的份？他想找女方问个清楚，更是不可能了。

　　偷鸡摸狗杀人犯法这样的事情，最见不得人，谁家要是出了这样的丑事，祖宗三代跟着蒙羞，家族名声一落千丈，人前矮三分，小孩子见了都要绕着走。管小歪家天塌地陷，羞耻，愤怒，悲痛，无奈，一家人躲在屋子里哭，哭到天明。

　　处个对象，怎么就破坏军婚了？真是时运不济，大白天走路踩着狗屎。木桥头的人说，这家人遭了霉运了。

　　也许真是命中有此劫，逃也逃不过。金生谈的对象，之前曾被一个当兵的看中，找人去说合。女方没有那份心思，拒绝了。可是家长觉得当兵的不错，那年头当兵吃香，也就没有回绝人家。于是，当兵的得知女方开始跟别人来往，一纸状书把人告了。管金生无论如何也想不到，这样不明不白就成了犯人。他被判劳教五年，送往300公里之外的衢州常山某劳教农场。

金仙的情绪一落千丈。家里出了这样丢人现眼的丑事，自觉颜面无光。尽管心里十分难过，也不敢跟亚芬、双妹她们吐露半点。纸终究包不住火，雷甸到德清一中的学生又不止她一个，慢慢地好像有人知道了，王老师也曾关切地问起过。金仙回家勤快了，虽然帮不上什么忙，很多时候，只是陪母亲掉泪。

母亲到常山去看二哥，金仙要跟着去，母亲不让。那样的地方，姑娘家去做什么？母亲带一些用品和吃的，翻山越岭见儿子一面，每次回来都要大哭一场，眼泪好几天不干。儿子是母亲的心头肉，骨肉相连，儿子受的每一份苦，母亲的心都要痛十分。母亲先从城关镇乘车，再走山路，那个地方偏远，不通车，几百公里奔了去，苦和累不说，一颗心生生地牵扯、碎裂。

有一个冬天特别寒冷，大雪下了一场又一场，母亲要去给儿子送棉被棉衣。这么大的雪，就不要去了吧？那么远的路，怎么走？越是劝她，她越是要去。正因为天冷啊！儿子在那边怎么样了？挨冻受寒了吧？我不去送棉被，还有谁去送？山里更冷，雪更大吧？儿子没有人照顾，会给冻死的啊！这样想着，母亲心如刀绞，仿佛看见儿子在山的那边眼巴巴地盼望着母亲。她执意地上路了，带着一颗慈母心，背上棉被和食物，跋山涉水，顶风冒雪。

后来金仙听母亲描述，那些山路被大雪覆盖，一脚踩下去，到膝盖那里了。黑沉的天，北风刀子一样拉过来拉过去，每走一步都异常艰辛。金仙听着听着就哭了，眼前出现了母亲在风雪中跋涉的情景。山路上没有一个人，只有她的母亲，佝偻着背，老牛拉犁一样，顶着风雪前行。雪那么深，风那么凶，要是母亲一个不小心摔落山崖，他们的母亲就再也没有了。金仙哭得很伤心，为苦命的母亲，为不幸的二哥，为这个多灾多难的家庭。

我一定要为母亲分担一些什么，一定要为这个家做一点什么。尽管，金仙还不知道应该怎么做，应该如何分担，但是她的内心深处，渐渐升腾起一种责任和信念。如果说小时候她时时处处抢着做事，只是为了获得赞许，那么从这个阶段开始，她已经懂得了责任和担当的含义。

是轮到她了。父亲是个忠厚耿直的烧窑工，没有什么文化，更没有什么门路；母亲一个普通的家庭主妇，砖瓦厂的小工，要她做多大的事也是无能为力；大哥成家后，过上了小日子，他丈母娘家和自己老婆孩子等着他照顾；两个弟弟少不更事，还没有能力承担。父母没有亏待她这个女儿，送她上了高中，她是这个家庭目前为止念书最多的。眼看这个家庭迫切需要一个能干事能负责的人，不是她还有谁呢？！

可是，如何做？金仙不知道。她为此常常困惑和难过。没有人给她指出一条路，她一个十几岁的高中生，纵然再有责任感，又能如何呢？

现实是，金仙高中毕业必须回到木桥头。她的家在那儿，不回木桥头能去哪儿？没有后门，不能招工成为工人；没有关系，进城也没有她的份。她是个地地道道的农民，唯一的去处就是回家当农民。1975年，中国还没有恢复高考，高中毕业回乡，是所有农民子弟的结局。这样看来，读书也真的没有多大用处，兜一圈，这不又回来了。跟玉梅那样只读了三年小学的人，都是一样的命运。女孩子接下来就是嫁人，生小孩，当农妇，过日子。

金仙坚决不服气。两年的高中改变了她，她的见识和视野，她的观念和胆识，完全不同了。她的心野了，飞得高了，她看到了木桥头之外的世界，那个世界更广阔，更多姿多彩。事实上，也就是两年之后的1977年，中国恢复了中断了十年的高考制度，成千上万的寒门学子通过高考改变了命运。金仙没有赶上。这是金仙的命运。

金仙回村不久，大同小学刚好有一位老师有事不能继续任教，高中毕业生管金仙被请去当代课老师。

阿红起初跟金仙一样，在大同小学做了一阵子代课老师。但是很快，有她母亲的关系，被安排在信用合作社工作。这预示着，阿红跳出了农门，可以整天坐在屋子里，夏天不用挥汗如雨种田，冬天不必踩着冰雪下地。一句话，是个吃国家粮的人。亚芬的父亲也有门路，为亚芬在莫干山管理局找到一个位置，时尚洋气的亚芬工作清闲，令人羡慕。双妹呢，原本就是居民户口，家里也有办法，把她安排到了县里最吃香的服装厂，当了一名工人。

金仙的出路在哪儿？金仙曾无数次想到过这个问题，很小的时候就想到过。没有人为她指路，她看不到光明。她觉得自己是走在一条窄窄的弯弯曲曲的小道上，四周黑乎乎一片，她努力地睁大眼睛，朝前看，看得更远一些，她期待看见一点亮光，黑暗尽头的亮光，哪怕是一点点忽明忽暗的亮光，她也会毫不犹豫地狂奔而去。然而，黑暗的尽头依然是黑暗，令人绝望的黑暗。

秋收过后的一个晚上，金仙又是对月感怀，独自垂泪。夜深了，她依然睡不着。父母这些天也在家，他们看孩子们都安睡了，开始压低嗓门说话，语调有点不同寻常，好像在商量什么大事。家里发生什么事情了吗？莫非是二哥？金仙装睡，其实是在竖起耳朵听。

"就一个名额，让谁去呢？"母亲为难地叹了口气说道。

"金春成家了，金生又不在，要不，金荣去？"父亲少见的犹疑不决。

"金荣去也行，只是金仙……你也知道金仙的脾气，不让她去，可能会闹。"母亲有些拿不准。

"金仙读书多，她去比较有用。但是，她是一个小丫头，日后总要嫁人。"父亲的态度开始明朗。

"那么，就金荣？金荣和金虎兄弟俩，金虎小，只有金荣合适。"母亲说完，马上补充一句："只是金仙这丫头……"

金仙一骨碌坐起来，插话说："我去。"

金仙明白了一个大概。前两天听母亲提过，上头政策有变化，下放农村的家庭，可以给一个名额，照顾一名子女回城。当时母亲只是轻描淡写地提了一下，金仙没有追问。刚才听父母一席话，她立即明白这件事是真的。就在那一瞬间，她脑子里灵光一闪：我去！我一定要去！

那一瞬间，金仙看见了黑暗尽头的亮光了吗？为了考验一个人的意志，上天总是先设置重重障碍，让人在黑暗中挣扎。之后，天无绝人之路，晨曦初现，又会给陷入困境的人一线生机和希望，这也是人活着最重要的理由。

金仙想到的，除了个人的命运，更多的是家庭的命运。英雄无用武之地，她太需要一方天地了，她坚信，只要给她一方天地，她就能有所作为，为这个家，为父母，为兄弟，担负更多的责任。只要给她这个机会，她一定会竭尽全力，让这个家抬起头来，让亲人们过上好日子。

金仙说出了自己的想法和理由，可是，父母最后并没有做出决定。他们说还要考虑考虑，商量商量。一夜无眠，天亮时大家该忙啥忙啥，回过头发现金仙没有起床。她从不赖床的，这是怎么啦？

"金仙，起来做饭了。"母亲喊。

金仙不吭气。

"金仙，到菜园摘点白菜来。"父亲吩咐。

金仙没有动静。

"姐，太阳晒屁股了，还不起来呀？"弟弟金虎过来拉她。

金仙用被子蒙住头，转过身去，不理人。

知道金仙在怄气，让她怄吧。这丫头，犟起来比她爸还犟，刚烈起来比她妈还刚烈。在五个孩子当中，金仙算是最乖巧最勤快的，也为父母分忧最多。他们相信金仙说得到做得到，虽然他们文化水平不高，但是几十年的人生经验，他们懂得，金仙这样不达目的誓不罢休的个性，正是能成大事的特质。无论从哪个条件讲，把这个家庭唯一的一线生机交给金仙，都是最明智的决定。

"金仙，你起不起来？"母亲站到了床前。

父亲也过来了，声音沉闷地说："不起来就躺着。我看她能躺到牛年马月！"

沉默。世界寂静无声。

"不让我去我就不起来！"金仙突然爆发出一声呐喊。

一台缝纫机

砖瓦厂，就是与泥巴打交道，挖起泥团，和好稀泥，用模具做成砖块，晒干，送到砖窑里烧，都是又脏又苦的活。女孩子在砖瓦厂能干啥？

父亲买了个大火腿（花去了他差不多一个月的工资），带着金仙，去了一趟厂长家。结果，金仙得到了全厂最轻松的工作岗位：机修车间万能铣床工。金仙是高中生，有文化，开万能铣床也是重用人才，合情合理。多少人都想得到这个工作岗位，机会给了金仙。金仙如沐春风，像一只快乐的小鸟，在蓝天下自由自在地飞翔。

走到厂区，迎面有人打招呼："你就是新来的管金仙呀？漂亮，衣服好洋气。"旁边的人议论："看，那个小姑娘就是万能铣床的管金仙，哎哟哟，怎么长的呀，这么好看，仙女似的。"金仙脸上的笑容花朵一般，心花也朵朵开放。

金仙一进厂，首先被派往化纤厂学习万能铣床的操作。师傅姓马，是个热心的大姐，技术好，见多识广。每天上班时间一到，金仙打扮得漂漂亮亮，跟随马师傅左右，一口一个"马师傅""马师傅"地叫，可甜了，马师傅自然是高兴，很用心地带这个徒弟。

十八的姑娘一朵花，花季年华的金仙爱美，她把自己收拾得妥帖清爽，穿的衣服都是最新款的，鞋子是最时髦的。一头短发，洋溢出清新单纯的美；有时候用橡皮筋随手扎起两个小尾巴，显得利落干练，很有工人阶级的风范。化纤厂是当时县里最大的厂，工人大部分是男性，枯燥单调的车间突然飘来个如花似玉的小姑娘，犹如一缕阳光，照亮了所有人的眼睛。金仙只认识马师傅，其他人她都不认识，见了谁她都是面带微笑，两个小酒窝，可爱极了。

消息传开，有些愣头小伙子有事没事就过来转转，也不好意思上前，隔一点距离瞧一眼马师傅的学徒。也有人过来搭讪，金仙礼貌性地应酬两句。她的心思全在这万能铣床上，一个崭新的世界刚刚在她面前展开，充满了新鲜感和未知的诱惑，她的前途一片光明。

是的，金仙看到了那一点亮光，黑暗尽头的亮光。她不仅看见了，还捉住了。她把亮光捧在手心里，为炫目的光华震惊并深深陶醉。她不再是个农民了，她已经是居民户口，拿工资吃国家粮的工人了，跟武林头丝厂的那些人一样。

"咱们工人有力量！嘿！咱们工人有力量！每天每日工作忙，嘿！每天每日工作忙，盖成了高楼大厦，修起了铁路煤矿，改造得世界变呀变了样！"以前听到这首歌，金仙特别不舒坦，现在听，挺顺耳的。

哪里有花香，哪里就有蝶舞。金仙犹如一缕清新的风，一朵含苞待放的花，吸引了砖瓦厂小伙子们的目光。其中有个黄小勇，对金仙格外上心。落花有意，流水无情，金仙根本没有放在心上，并婉言拒绝了黄小勇。

黄小勇不甘心，从小到大娇生惯养，何曾受过这般冷遇？爱不成反生恨，你伤害了我，我也不让你好过。他果然有手段，很快，金仙从机修车间调到土坯车间，从铣床工变成了炼泥浆搬砖头的。

这对金仙无疑是致命的打击，她万万没有想到，自己居然砸在这件事情上。有人劝金仙："黄小勇蛮不错的，家境好，人也长得俊，他的舅舅在砖瓦厂很有实力。"金仙却认为黄小勇根本不适合自己，况且，她年纪轻，还没有考虑这件事。又有人提醒她："你怎么不做做工作呢？你不走动走动，谁帮你说话？"金仙醒悟过来。在人际关系这方面，是她的弱项，从小到大，父母就没有教过她该如何应对人际关系。

人心险恶，世道功利，这件事给初涉世事的小姑娘金仙上了终生难忘的一课。单纯稚气的金仙似乎一下子长大了，也明白了自己一个农村人，跟城里人的不同。也许亡羊补牢犹未为晚，但是她较上劲了。我偏不这样做！我就不溜须拍马不阿谀奉承不纡尊降贵，我就不求你们！我宁愿站着哭，也绝不跪着笑。

挑泥搬砖，浑身泥巴满脸土灰，都是些五大三粗的大老爷们干的，金仙一个身高一米六身材娇小的女孩子，哪里干得了！即使干得了，她从农村来，什么苦活累活都干过，但是她受不了那份委屈。除了工作繁重，更重要的是她的心情一片灰暗，她不想见到砖瓦厂那些人，特别是黄小勇。她知道黄小勇得意忘形地在冷笑。

这是1977年，金仙20岁。这一年的中国发生了很多大事件：恢复高考、学习《毛泽东选集》第五卷、工业学大庆，最重要的是当年7月16日，中国共产党第十届三中全会在北京召开，会议决定永远开除"四人帮"的党籍，撤销其党内外一切职务。全会通过关于追认华国锋任中共中央主席、中央军委主席的决议；关于恢复邓小平领导职务的决议；关于王洪文、张春桥、江青、姚文元反党集团的决议；关于提前召开党的第十一次全国代表大会的决议。十年文化大革命浩劫结束，大地春回，拨乱反正，中国进入了一个的新时代。

在这样的大气候下，金仙有了好运气。

金仙从德清县砖瓦厂调到了德清县淀粉厂。淀粉厂是一个小厂，金仙其实很想进县里最大的化纤厂，她跟着马师傅学习的地方。但是没能如愿。淀粉厂也很不错，能离开砖瓦厂那个是非之地，金仙就达到目的了。有时候想想真是莫名其妙，当初那么期待到砖瓦厂，仿佛那就是个天堂。父母把唯一一个回城指标给了她，对她充满期待，全家人的命运系于她一身，她非但没有什么作为，而且还在众人面前出洋相。想到这里，金仙心里一阵阵地难过，暗地里伤心落泪。

她并非逃离，而是渴望寻找新的生机。她的心里，每时每刻都装着她的亲人们，她的父母，她的兄弟。父母是没有什么能力了，她就是这个家族的希望之光。她读了书，进了城，她肩负着改变家庭命运的责任。如果说在砖瓦厂她能够看到前途，哪怕自己苦点累点，她也会忍辱负重。可是她觉得前途一片黑暗。

金仙懂得自己在做什么，在她柔弱的外表下，藏着一颗倔强好强的心。她是不会甘愿坐以待毙的，绝不。

德清县的工厂不多，数得着的也就几家：化纤厂、砖瓦厂、服装厂、淀粉厂，这其中，化纤厂最大最热门，能进到化纤厂是需要一点本事的。金仙的目标也是化纤厂，她想调离砖瓦厂那个是非之地，到化纤厂去。可是，上天没有完全满足她的愿望，她从砖瓦厂出来，进了淀粉厂。虽然有那么一点小遗憾，但是也不错了，能离开砖瓦厂就是胜利。

金仙的岗位在劳保仓库，有人来领东西登记一下，开开票，清闲得很。三两个同事，织毛衣的织毛衣，发呆的发呆，金仙常常是百无聊赖。像她这样的人怎么闲得住？突然有一天她盯上了面粉袋子，水洗棉做的，白色，手感绵软。灵机一动，她拿一把剪刀，三几下剪裁出一件衣服的样子。她自己都觉得好神奇，从来没有学过，甚至没有看过别人做衣服，脑子指挥她的手，居然有板有眼，像模像样。

午后，安静得出奇，仓库里只有金仙一个。一张沾满了面粉深色基调的老旧办公桌上，摊开着白色面粉袋剪裁的衣服。阳光透过门外高高的树木，投射在桌子上，剪开的面粉袋晃晃地白，散发出一种温润亲切的气息。周遭都是面粉的味道，平常闻得人发晕，今天却格外地舒服，甚至还有些香甜。一只黑色的大老鼠光天化日之下摇摆而过，看了看金仙，并不忙着逃窜。金仙没有像平常那样操起门角的扫把扔过去，而是冲着老鼠扮了个鬼脸。

金仙做裁缝无师自通，像发现了新大陆一样兴奋和投入，身体内的热情重新燃起。她偷偷收集了一些面粉袋子，有空就练练手，很快就掌握了窍门，得心应手。万事俱备只欠东风，裁缝师得有缝纫机呀!

缝纫机可是个稀罕物。自行车、手表、缝纫机是20世纪70年代最时尚的"三大件",结婚最体面也不过如此。上海的蝴蝶牌缝纫机、杭州的西湖牌缝纫机几乎是所有女孩子的梦想。别说买不起,即使买得起也无法买,因为这种商品国家计划之内,凭票供应。谁能搞到票谁就牛×,哪家姑娘出嫁有一台缝纫机,那简直是牛×到天上去了,走路都要螃蟹那样横着走的。

缝纫机,缝纫机,缝纫机!我要缝纫机!拥有一台缝纫机,是金仙的奋斗目标。不是为了出嫁,不是为了显摆,只是要来做衣服。做衣服是一件很好玩很有意思的事情,在那样平淡乏味的日子里,她渴望创造,渴望在平淡乏味中有一点色彩。

就有这么巧!

厂里分到了一台缝纫机指标,也就是说,有一张买缝纫机的票。得到这张票的人有资格自己花钱去买。全厂那么多人,一个指标,谁能如此幸运?颇有点像买彩票,中头彩的那个,绝对是个幸运儿。

淀粉厂为了公平起见,采取抽签方式,谁的手气好缝纫机归谁。金仙兴奋莫名,同时忧心忡忡。抽签让自己有机会,但是,那么多人,自己抽中的可能性微乎其微。她一个个去找同事,熟悉的或者不那么熟悉的,要好的或者没有那么要好的,都找过了,逐一问他们如果抽中了要不要缝纫机,如果不要,请让给她。她十分想要这台缝纫机,这台缝纫机对她意义重大。有部分同事并没有打算买缝纫机,一来缝纫机不便宜,二来家里没有人会做衣服,便都答应了金仙,如果抽中,指标让给她。

结果,金仙没有抽中。抽中的那位同事恰巧是金仙打过招呼的,她觉得缝纫机120元挺贵的,一个月的工资才十几块,一台缝纫机差不多一年的工资了。她没那个钱买，于是把指标让给了金仙。金仙渴望的西湖牌缝纫机到手了。

金仙买缝纫机的钱从何来，是一个谜。

最早的弄潮儿

缝纫机让金仙兴奋不已，梦里都是她踩缝纫机的旋律，世间一切美好的事情成为这旋律的背景。

缝纫机摆在仓库的一角，用别的物件挡住。休息的时候，金仙把缝纫机踩得嗒嗒嗒响，顺着踩，倒着踩，随心所欲。面粉袋子练得差不多了，她到新华书店买来服装剪裁的书，照着做，触类旁通。觉得可以了，她买来布料，给自己做衣服。她的双手飞快地动着，她的眼神闪烁出光亮。她把自己做的大衣穿在身上，做自己的模特，袅娜着走在厂区，立即吸引了无数的目光。金仙笑意盈盈，自得像个公主。

金仙会做衣服的消息传扬开去，爱美的姑娘们来找她，时尚的小伙子来找她，实惠的老太太来找她，好学的大嫂也来找她。起初是找金仙做衣服，接着要找金仙学做衣服。金仙也真大胆，一块崭新的布料到了她手上，目测一下，比画比画，纸板都不用，手起剪刀落，咔嚓咔嚓，动作麻利连贯，看得人眼花缭乱，暗暗佩服。再看那剪过的布料，裤子就是裤子，裙子就是裙子，衬衣就是衬衣，分毫不差，简直神了！

"金仙，帮我做一件衣服吧！"

"金仙，我要做一件你那样的裤子。"

"金仙，我也要做一件你穿的这样的大衣，这个好洋气。"

金仙成了红人，许多人每天围着她转，看她做衣服，要她帮忙。金仙一看，好家伙，真热闹啊！她手一摆，笑笑说："好好好，裤子2元，衬衣3.5元，大衣18元。"金仙的速度很快，做出来的款式也时尚，大家交口称赞。做一件大衣十五块，三两天也就做好了，那时候，金仙一个月的工资是16.5元，市场上的猪肉一斤0.75元。

也有搞笑的时候。有一次一个男青年要金仙帮忙做一件中山装，结婚穿的。一生中最重要的一件衣服，交给金仙做，而金仙从来没有做过。她琢磨来琢磨去，居然也做出来了。不过，那人来试穿衣服，金仙一看，哎呀我的妈呀！纽扣钉反了。幸亏那人并不知道，因为从来没有穿过中山装，以为就是那样的，拿着衣服高高兴兴走了。金仙转身笑得止不住，后来想起都忍不住发笑。

还有一次，金仙穿的裙子被一个姑娘看中，一再央求金仙把裙子转让给她。金仙很是为难，告诉她裙子已经穿了半年了，要这个款式可以重新做一条，很快可以帮她做好。姑娘说来不及了，她马上立刻就要，她有重要的事情，必须要穿金仙这件裙子。说来说去，金仙只好把裙子换下来给了那个姑娘。

人们在灰黑色调的笼罩下生活太长时间了，对新鲜事物的渴望尤其强烈。对于爱美的年轻女孩子来说，一件款式不同的衣服，就是最直接而具体的向往。

文化大革命结束，一个旧时代已经过去，新时代的曙光隐约可见。政局会怎么变化？社会将如何变革？生活将迎来什么样的未来？没有人知道。但是，每一个人都心怀渴望，渴望来一番大的改变。已经有少数人预见到，改变已经在不知不觉中到来。

金仙就是其中一位。苦日子总有个尽头吧？活着总要个奔头吧？想法一万个，不如立即行动；道理一千条，不外是挣钱。挣钱，挣钱，钱不是万能，但是没有钱什么也不能。有了钱就可以帮家里做点事，为父母分忧，为兄弟们添一份力。一想到她的家，金仙的眼前全是木桥头的景物，她的父母，她的兄弟们。想着想着，金仙的眼泪就出来了。

改变果然如期而至，其中一个重大改变跟金仙密切相关，那就是县淀粉厂和县服装厂合并，不生产淀粉了，全部做服装。德清县两家最大的厂除了化纤厂就是服装厂了，兴盛之年工人有三百多。金仙进了服装厂，这下好了，对金仙的心思，积累了丰富剪裁经验的她，有用武之地了。金仙的理想是做一名服装设计师，她的内心充满了期待。

金仙骑一辆自行车，穿着自己做的大衣，风风火火飘然洒脱地进了服装厂大门。服装厂从上海请来的几个设计师正在那儿聊着，见了金仙眼前一亮，招手叫住了金仙。

"哎，来来来这位姑娘，你的衣服哪里做的，样式很不错。"一位有点年纪的老师傅好奇地问。

金仙一听，来劲了。"这是我自己做的衣服。"

老师傅说："哦？那是谁想出来的样式？"

金仙不无自豪地回答："我自己想出来的。"

老师傅又上下打量了一下金仙，伸手轻轻拉了拉她的衣领，问金仙："你跟谁学的？"

金仙说："我自己学的。我想要这个样子的，就剪出来这个样子。"

几位师傅交口称赞，金仙的心里甜滋滋的。这下子，厂里上海来的几位设计师都知道了懂设计会剪裁的金仙。也就是说，金仙进入了他们的视野。正在金仙憧憬着做一名服装设计师时，她被分派的工作却是服装检验员。可谓是理想很丰满，现实很骨感，金仙的情绪一落千丈。

后来得知，是技术科的科长坚决反对金仙到技术科搞设计，原因很简单，就是因为金仙太能了。几位上海来的权威设计师力荐金仙，认为这个小姑娘不错，设计有创意。虽然没有正经学过画图、设计，可是有灵气和创作热情，技术科需要这样的人才。谁知道，老师傅们的力荐适得其反，科长暗生妒忌，生怕这个人人都看好的新人日后抢了他的位子。于是背后使了手段，金仙当服装设计师的梦想落空。

金仙只是想发挥自己的特长，做自己喜爱的事情。可是，金仙无力改变。这样一来，金仙的心思更多倾斜于副业，八小时之外才是她尽情发挥的时候。每天晚上，学剪裁的徒弟们把她的小屋挤得满满当当，一张四方桌往墙边一靠，把小黑板竖在上面，开始讲课。她讲的都是自己的实践经验，一块布料从哪里开剪，怎么才能避免出洋相，怎么样才能把最简单的技巧学会，讲得头头是道，简单易懂。学员学会了走，没学会继续学，直到学会为止。短短几年，金仙的学徒几百人，每个人上课一周学费15元，也是一笔可观的收入。

收入是可观，但是实在忙。也不知道哪儿来的能量，金仙的身上有使不完的劲。每天打仗一样，急匆匆上下班，单车踩得飞快。苦也是苦，累也真累，但是只要一想到亲人们，多苦多累也不觉得了。年轻，有的是体力；一分希望，就有十分的动力。

检验员这份工作倒也不辛苦，接触的人多。厂里采取外包的方式，羽绒服、工作服蛮畅销的。来交货的人都希望自己的产品过关，所以对检验员很是巴结。其他同事也就公事公办客气一下，金仙却有自己的想法。慢慢熟悉起来之后，金仙认识了很多从事服装加工的人，跟他们成为朋友，了解了其中的运作流程。

"我要让他们成为我的供应商，为我加工衣服。"这个想法是突然冒出来的，金仙自己都吓了一跳。既然自己能做衣服，又有市场，明摆着的生财之道。加工户有的是，但是他们没有销售渠道，加工+销售，如果能把这两个环节连成一线，不就成了吗？

能不能发展自己的客户，自己设计剪裁，然后发包加工？为了试探，她先做好一套衣服，自己穿上，然后到乡镇、企业跑业务揽生意。她这个模特发挥了重要作用，价格实惠的普通工装穿在她身上，特别有味道，用他们的话说："你穿的这个不错，蛮好看的。"因为她的推销技巧，转了一圈下来，居然有好几个订单，首战告捷。

还等什么？行动啊！金仙很快物色了一家合作伙伴，那家个体服装加工厂，苦于产品推销不出去，金仙加盟负责推销，利润分成，一套衣服每人分两块钱。别小看区区两块钱，很短的时间，他们推销出去的服装好几千套，还卖到北京的西单去了。金仙像只陀螺一样，不辞辛劳地转啊转，不仅挣了钱，而且对社会有了更多更深的认识，还锻炼了自己做生意的能力。怎么与各色人等打交道，金仙在这个阶段学到了很多。

也有失手的时候，领带厂就让金仙跌了个大跟斗。金仙有个女同学开了间领带厂，生意挺好的，在同学的鼓动下，金仙萌生了开领带厂的念头。同学很爽快，马上派了几个人来给现场讲解，告诉她办厂的有关事项。金仙被同学的热心感动，特意在家里做好了一桌好菜，请同学来喝一杯，以示谢意。来的除了同学，还有其他几个人，金仙就在那客气让座，不料那同学突然说出一番话来，把金仙惊得晕乎乎。

同学说，她派人来培训，要金仙交培训费200元。200元？！金仙一下子没有反应过来。不是同学帮忙吗？告诉她一些做领带方法就是培训了？那几句话值200元？金仙从未听说过这种事，憋得满脸通红，心里千般滋味，却不知道从何说起。显然，同学见多识广，接触了新观念，居高临下地开始给金仙灌输大道理。说一千道一万，即使要收钱，200元也太多了！她培训一个人做衣服包学会至少一星期，也才15元呢！这就是市场经济，金仙学了一招。

领带厂是金仙和朋友合作的，开在金仙的老家武林头。金仙投入了几年的积蓄，还跟朋友借了点钱。按照预算，一条领带的成本三块钱左右，卖出去五块钱，不用多久就能翻本。

实际做起来却困难重重。领带看起来小小的一件，可是加工要求很高，尤其是走线要特别直，熨烫要特别挺括。做领带的材料滑溜溜的，一不留神就偏了线，或者起了褶皱。好不容易克服了这些难题，走上了正轨，市场却突然不行了。

没有人懂市场规律，都没有经验。做什么，怎么做，全凭感觉，成功与否全凭运气。那时候的市场也没有规律可言，一哄而起，继而东倒西歪。金仙也太自信，看同学挣钱了，认为自己的推销能力绝对比她强了多少倍，一定能做得比她好。关键是同学早了一步，抢占了先机，等到金仙急起直追，领带厂一夜之间杂草一般冒出来一地，市场饱和，供过于求了。

最后，成本三块钱的领带，几毛钱处理掉了。辛辛苦苦一场，结算下来亏了六千多块。这一下把金仙打倒了，很长时间也缓不过气来。什么是市场？如何把握市场？成功，就是快人一步。金仙交了学费，上了深刻的一课。

人生有许多机缘巧合，由不得你策划。假若金仙在砖瓦厂不被贬去炼泥巴，她也许就是个优秀的万能铣床工，安心地做一名工人；假若金仙到了淀粉厂不是看仓库，而是能发挥她才华的岗位，她也没有那么多时间和闲心学裁缝；假若金仙成了服装厂技术科的服装设计师，极有可能，她在这个领域独树一帜。如果如此，她的人生轨道将是另外一种风景，后来的故事也就完全不同了。巧合的是这一切就那样安排了，好像顺理成章。

那几年，金仙以折腾闻名。真应了"青春就是用来折腾的"这句话，金仙的折腾令她的姐妹们叹为观止。通过折腾，她的脑子活泛了，心野了，看到了除了拿工资之外的别的出路，看到了人生另外的可能。原来进厂当工人是最好的也是唯一的出路，体面光鲜又前途无量（她当然忘不了武林头丝厂的那些工人），跟种地的农民比，简直一个天上一个地下，一个香喷喷一个臭烘烘。真的当上了工人，眼界不同了，想法也随之改变。

政治环境宽松了，下海经商这个新鲜名词闪烁出前所未有的光芒，当一个时代的弄潮儿，起初并非是金仙刻意为之，而是源自本心的渴望。一个大变革呼之欲出的时代，金仙铆足了劲，整装待发。

在大多数人还安心于一个月几十块钱的工资收入，过着千篇一律的清贫生活时，金仙早就觉醒并果断行动。裁缝、收徒、劳保服、领带厂，不停地折腾，根本停不下来。还不止这些，事实上她还尝试过很多挣钱的路子，总之什么能挣钱她就想尝试一下。有成功，也有失败，无论成功还是失败，不知不觉中都累积成人生宝贵的财富，为她的未来指明方向。财富改善了她的生活，她过上了比别人更好的日子。

下一步折腾什么？金仙有计划了吗？

回城　回城

金生得了急性胸膜炎。

胸膜炎有多凶险？大家都不清楚，只是听说，这是个很急的病，必须要用克拉霉素之类的药，用不上会死人的。妈妈当即哭成了泪人儿，找关系开了药，马上赶去几百公里之外的浙江衢州常山县。

妈妈回来哭得更凄切，更哀愁。金生的病不是用一次两次药就能好的，至少要一个疗程，一个疗程的时间是6～9个月。克拉霉素这种药不是随便开的，更何况他一个劳改犯人，谁会给他用药？只有等死了。

一想到二哥在受折磨，生命危急，说不定什么时候就没有了，金仙心急如焚，悲伤哭泣。哭有什么用？想办法啊！金仙那时候刚回城进砖瓦厂不久，没认识几个人。而她的父母是老实巴交的砖瓦厂工人，一辈子最难为的就是拉关系求人。帮忙开过药的那个人说下不为例，因为克拉霉素比较紧缺，一个医生一天只能给一个病人开一次药。到哪儿找人开药呢？没有药，二哥就会死啊！绝对不能让二哥死，必须要让二哥活下来！

金仙一家家医院跑，求人开药。金仙把克拉霉素通过邮局寄到衢州常山县二哥劳改的农场，一次次跑医院，一瓶瓶把药寄走。医生也跟金仙熟悉了，有一次感慨地对金仙说："你哥真有福气，有你这么个好妹妹。他要是知道你这样为他操心，不知道多感动！"

金仙羞涩地笑笑："我哥不知道的。他是我哥哥，一家人，做什么都是应该的。"上天也被感动了，金仙的苦心没有白费，大半年过去，消息传来，二哥的病好了。药没有用完，二哥把药送给急需救治的人。

金仙破涕为笑。二哥是她的亲哥啊！为二哥奔波的这些日子，金仙脑子里全是二哥对她的好。这个世上，生存着无数的人，可是同胞亲人没有几个，真是同根同枝骨肉相连啊！

后来的一件事情颇有戏剧性。那是几年之后，金仙家已经按照政策落实回城，生活开始变好了。二哥尚未解除劳改，父亲的一个关系为二哥介绍了一个对象，木桥头附近地区的。那家人也贫困，但是家教蛮好的，他们知道金生在劳改场还没有出来，却愿意把姑娘许配给他，看中的就是金仙这一家人口碑不错，还有就是这家人已经回城了。不管怎么样，有姑娘愿意嫁给金生，总是一件大好事。亲事要定下来，总要先相亲吧？人都没在，怎么相亲？不知道是谁的主意，让金仙代替二哥去相亲。

于是，按照乡间风俗，金仙和兄弟们带着礼物代二哥相亲去。木桥头村到姑娘那个地方交通不便，走路要一个来小时。进了村，男女老少都出来看未来的新郎官，新郎官没有看着，却见到了他的妹妹。

"这个小姑娘长得好看，洋气。你看那身材，那脸蛋，好看死了。"

"啧啧啧，没看过这么俊俏的小姑娘，仙女下凡呀！"

"妹妹这么漂亮，哥哥也不会差到哪儿去。"

真的就相中了，相中了这个做妹妹的，亲事定了下来。等到金生出来后，他们结了婚，金仙有了二嫂。二嫂人实在，讲道理，勤俭持家，跟金仙相处融洽。

回头说回城的事。"四人帮"倒台之后，中央到地方拨乱反正，冤假错案该平反的平反，该落实政策的落实政策，该补发工资的补发工资，该官复原职的官复原职。还有"机构精简"下放回城的，以及紧接而来的"知青返城"大潮，影响面之宽广，堪称波澜壮阔。那时候的关键词，当仁不让是"落实政策""平反""回城"，无数中国人的命运再次发生了转折。

下班路上，金仙骑着自行车急匆匆回家。走到长桥河边，迎面遇上同事小秋。金仙跟小秋还比较合得来，两个人便停在路边说了会话。

"小秋，看你晒的，也不戴个帽子。你这是去哪儿呢？"

"找民政局，又找人事局，跑了一下午了。哦，对了金仙，你们办了没有？"

"什么呀？"

"落实政策回城呀！"

金仙一个激灵，心扑扑地跳着，好像哪一根敏感的神经被扯了一下。小秋的父母跟金仙的父母一样，也是那时候精减城市人口下放农村的。听小秋说，上头已经有政策下来，下放的职工，子女可以申请回城。

"回城"两个字，小秋说得很轻，金仙听来，却好似一块巨石投进水中，发出轰然巨响，溅起大片大片的水花。谢过小秋，金仙调转方向，直奔父母家。

果然是有这个政策，父亲也刚听说。好像是分批的，并不是所有人一下子全部回城。能不能回城？几个人回？有政策规定，符合回城条件的才能办理。这是天大的喜讯啊！这么多年，他们一直盼望着能有这一天，全家人离开农村，把户口本从农业人口变为城镇居民户口。苦日子就要熬到头了，党和国家终于想到他们了，要给这些人的子女安排工作了。仿佛黑沉沉的天幕突然拉开，太阳喷薄而出，天地刹那间被照亮。

金仙激动得满含着热泪。对这一天的盼望，她比任何人都热切。她一个人先回城了，用了全家唯一的一个名额。她欠了兄弟们的一份情。她先出来，为的就是帮兄弟们找到一条出路，把他们也带出来。机会终于来了！

跟父母商量好之后，金仙着手准备工作。到有关部门了解情况，问小秋一些细节，大致摸清了门路，接着填写各种资料，找各级政府证明盖章。手续非常烦琐，要说清楚来龙去脉，申请的理由，还要提交每一个申请人的健康状况、家庭状况、劳动能力状况、收入状况、婚姻状况等证明。金仙一项项去办，一个个部门跑，不合格，重来，填错了，再填，不厌其烦。金仙心很细，为了万无一失，她还专门找了一些关系。中国的国情，没有关系很难成事。

回木桥头开证明，村里人都知道他们家要回城了，见了面都说好话。金仙心里高兴，对木桥头生出几分留恋来。那天傍晚，金仙沿着石阶，慢慢走到门前的小河边，像刚到木桥头那天一样，坐在水边，看花开蝶舞，怀念她和玉梅的初次相识。

玉梅嫁人生子，早就是家庭主妇了。想想玉梅家那些年所承受的不公平，金仙有些落寞。多么善良勤劳的玉梅啊！即使上一辈上上一辈是地主，跟玉梅这个小姑娘有什么关系呢？却要玉梅也承受许多，读书、找对象自然也是不能如意，这一生的日子黯淡无光。水边的黄菊花依然开着，转身却没有了玉梅的声音。

金仙5岁那年到木桥头，人生中最重要的时光都是在木桥头度过的。到她顶替进砖瓦厂，1962至1975年，整整13年，她伤痕累累的童年，她劳累负重的青春期，都留给了木桥头这个小村庄。他们一家原本就是外来的，这里不是他们的故土，他们只不过是匆匆的过客，走一程歇一程，终归要离开的。农民兄弟和工人阶级的差别，城市与农村的差别，自然而然形成一种公认的定义：到城里去才是有本事有出息。

金仙自小就想做一个有本事有出息的人，让父母看看，让木桥头全村人看看，她要所有人都称赞她，要父母因为她而自豪。她先一步离开村子，在城里扎根，建立了自己的关系，也存了一些钱，她要凭自己的努力，让兄弟们都回城。只要兄弟们一天还在木桥头，她就一天不得安宁，她活着最重要的意义，就是家和亲人们。

村里人还算热心，帮她开了证明。阿红的妈妈陈金田还在大队当妇女主任，这次金仙看见她，觉得她比以前温和多了，甚至嘴角还带着一丝笑意。

经过武林头丝厂，金仙往里边瞧了瞧，脸上的笑容花朵一样灿烂。回城关镇的船上，照例是丝厂的工人占了大多数。金仙拿眼瞄了瞄，觉得这些人穿的衣服跟不上潮流了，土里土气的，神态之间，也有疲惫之色。他们当年的威风呢？还是本来就是自己的错觉？

有一个与金仙相熟的村人，大声跟金仙打招呼："金仙，你们家要去城关了？好啊好啊！"

金仙点头微笑："正在办呢，没有那么快。"

村人来了一声感慨："时间过得真快呀，你们到武林头也有十几年了吧？刚来那时，你才这么一点点高，一个小姑娘。"边说边比画着。

金仙附和："是呢，是呢！一下子就十几年了。"

话锋一转："玉梅都生孩子了，你也找对象了吧？"

金仙脸一红。村里人说话不转弯，想到什么说什么，以前金仙很习惯。不知道为什么，现在听来，觉得很不适应，蛮尴尬的。她低了头，没有回答。

那人继续说：“你也不小了，这个年纪，是该找对象嫁人了，不然，就成老姑娘了。”

金仙脸上的肌肉动了动，嘴角不自然地咧了咧，想说什么，停顿了一下，没有说。她转过头去，看远处波平如镜的运河。晚霞漫天，残阳如血，一群鸥鸟优雅地煽动着翅膀，飞向天边。大运河静静的，世人的忧伤和欢喜，全在它的怀里。它沉默着，像一百年前那样沉默着，古韵诗意的美，美得人心潮澎湃，美得人泪光盈盈。

材料递交上去之后，金仙焦急地等待公告的日子。她找关系问过，他们家的情况符合政策，应该没有问题。父母也不认得字，由金仙全盘做主。金仙骑着自行车，没日没夜地东奔西跑，劳心劳力，一段时间下来，人瘦了一圈。母亲心疼女儿，安慰女儿说：“等你哥你弟他们都到城里了，就好了。”金仙故作轻松地一笑：“很快就办好了。”母亲忽然有点担忧地问：“金仙，这件事情没有什么问题吧？能办下来吧？”金仙大大咧咧地回答母亲：“放心吧，妈。没有问题，需要的材料都交上去了，也找过人了，不会出错的。”母亲听了，欣慰地点点头。

偏偏就出错了，回城公告的名单上没有金仙兄弟们的名字。

金仙眼前黑漆漆一片，几近昏厥。这是怎么回事？她把每一份材料回忆一遍，把办事的每一个细节想了又想，把那些人说过的话咀嚼了又咀嚼，问题出在哪里呢？好些天，金仙寝食难安，到处托人，自己一个部门一个部门去找人。后来了解到，政策有规定，下放职工的子女年满十八岁，有劳动能力能自食其力的，不在回城之列。难道就这样付诸东流？金仙怎么也不甘心。

那些日子，金仙以泪洗面。她责怪自己没有把工作做仔细，心血白费不算，还错失了大好时机。有好心人同情金仙，悄悄给金仙指路，告诉她回城政策不是只有这一年这一次，明年、后年还可以申请，只要找对人，有人帮忙说话，材料又准备充分，还是有希望的。

冷静下来，金仙开始了下一轮的努力。第二年的1979年，金仙再次递交了回城申请。金仙不放弃，她已经没有退路，她宁可自己的工作没有了，回到木桥头去，也要让她的兄弟们回城。不达到这个目的，她此生再也不能安心地活在这个世上，再也没有面目见她的亲人们！

金仙的心思完全没有在工作上，白天想黑夜想，想的全是兄弟回城的事。她四处找关系，三番五次往返木桥头。有很多朋友帮她出主意，阿红也反复做她妈妈的工作。关键时刻，阿红的妈妈还是帮了忙，为金仙开出了需要的证明材料。

1979年冬天，有消息传来，德清县人民政府将公布新一批回城人员名单。金仙万分焦急，天天骑个自行车到公告栏前去看。熬过了许多个吃不香睡不稳的日夜，公告栏终于贴了出来。一步步走向公告栏，金仙四肢颤抖，心脏剧烈地跳动，犹如一个等待判决的囚徒，生与死只在一瞬间。当金仙在名单中找到自己兄弟的名字，她默默地念了一遍，再念一遍，没错，是她的兄弟们，管金生、管金荣、管金虎……

金仙的眼泪哗啦啦淌下来，多么高兴啊！可是，金仙想哭，痛痛快快地哭一场。回家的路上，她推着自行车，没有力气骑上去，她觉得浑身乏力，心口特别难受。路上人来人往，有人跟她打招呼，她没有听见。路边的小摊琳琅满目的年货，小贩们冲着她挥手，她毫无反应。她脑子里有个声音在呐喊："回城了！我们回城了！"

"我们回城了！"这一声呐喊回旋在金仙的脑子里，经久不绝。金仙被卷进这个声音的旋涡里，天旋地转，继而失去了知觉。

她病倒了。

背后的男人

金仙被诊断出心肌炎。

金仙听了，这不是心脏病吗？完了，只听过老人得心脏病，自己年纪轻轻心脏也出问题，这可怎么办？这是1979年，金仙22岁。医生要她别担心，心肌炎不一定就是心脏病，她发病的原因是太劳累太操劳，心力用过了，好好休息一段时间，养一养就好了。

母亲心疼不已，拉着女儿的手直落泪。女儿确实不像个样子，面容憔悴，消瘦得手指的关节都出来了，身体蜷缩在病床上，有气无力。本是天仙一般花容月貌的姑娘啊！

"为了你哥你弟回城，太难为你了。"母亲的眼泪掉下来，落在金仙的手背上。金仙想转过身来，输液的瓶子晃了晃，母亲按住了她，要她别动。金仙冲母亲笑笑，想安慰一下母亲，未承想，自己的眼泪也下来了。她看见了母亲的白发，苍老的面容，脑子里浮现出母亲喝农药被抢救过来的镜头，那时候母亲眼睛睁得大大的，可那眼神，分明是心如死灰的绝望。那次要是母亲死了，天就塌下来了，她没有母亲了，自己生病再也没有母亲守在床边了。人生即苦难，什么风花雪月，什么富贵荣华，生存下来就是最大的胜利啊！

金仙握住母亲的手，恍若久别重逢。

母亲说："你哥你弟他们都回城了，他们以后自己照顾自己，你不用再为他们操心了。你也不小了，也该操心一下自己了。要不头痛脑热的，也没个端药送水的人。"

金仙说："妈，放心吧。"面容掠过一丝羞涩。

母亲抹去了眼泪，脸上有了笑意，也不再问，就那样带着笑意看着金仙。金仙也不说明，对着母亲轻轻点点头。母女之间，心照不宣。

金仙母亲回去了，她要上班，还有一个家要照顾。金仙能动能走，住院也还方便，有什么情况就叫医生护士。几天下来，金仙跟他们都熟了，护士来换药的时候，跟金仙说说笑笑。

有一天上午，护士笑问金仙："昨夜里那个男的，是你对象呀？"

金仙半真半假说："没有呀。"

护士说："还说没有？我都看见了，不只是昨天晚上，还有前天、大前天，我都看见了，拎着一个饭盒，你给送吃的。"

金仙浅浅地笑着，不置可否。

护士来劲了："肯定是你的对象，不然不会那么用心。你知道吗？他昨天中午还去找我们钟医生问你的病情，听说你的病情不要紧，才松了一口气。他是真担心你呢！"

金仙笑而不答，眉宇间流露出掩饰不住的喜气。

护士接着说："你这个对象，长得蛮好的，头发梳得亮亮的，衣服穿得挺挺的，特别洋气。"

"是吗？我怎么没有发现呀？"金仙笑着打断了护士。

护士帮金仙插了针，挂好了输液瓶，吩咐她服药，临走，打趣地问："哎，你对象是哪里的？在哪上班的？"

金仙故意看了看病房里其他病人，秘而不宣。护士贴过来，在金仙耳边说："听他说话应该是新市的，我告诉你，我耳朵很灵光的，我也是新市人呢！"说完咯咯咯笑一阵，忙去了。

护士观察得没错，果然，她描述的那个男的天天到医院来看金仙，都是在下午下班后，有时拎个饭盒，有时带几个水果。来了就在金仙的病床边坐着，陪金仙说话。他看上去中等个头，很爱整洁的那种，全身上下收拾得整整齐齐，头发上了摩丝，往一边梳起，纹丝不乱。那个护士有一天见到了，故意伸个头看着金仙，对金仙眨眼扮鬼脸。

又过了些日子，小秋和几位工友来看金仙。刚好输液完了，金仙带他们在医院的院子里说话。小秋忽然提起了黄小勇："哎呀金仙，听说那个黄小勇找了个……"金仙当即打断了小秋："哎哎哎，别说那个人，他找了什么人跟我没关系，我也不想知道。"小秋说："是的嗻，就是因为他，你才离开砖瓦厂到淀粉厂去的。不是什么好人，我们再不要提他。"双眼看着金仙，装作审问一样的语气："说说现在这个人。姓什么叫什么哪里人做什么工作的。"另一个工友打趣："哎呀呀，还身高体重家里有什么人有几间房都要报告，你这是审问呢还是查户口呢？"大家都笑。

金仙慢悠悠地，并不急着说。大家着急了，不停地催促。金仙话锋一转，反问："你们觉得，我会找一个什么样的人？"

一下子把小秋他们问住了，愣了愣，你看看我，我看看你，片刻之后，抢着发言。有个工友举手说："我先说我先说。"她故意干咳了一声："嗬嗬，那还用说吗？这个人肯定是长得高大帅气有才有貌的，不是高干子弟就是有钱人家，不然怎么配得上金仙？"

小秋说："不一定。"眼睛看了看金仙，继续说："我觉得金仙会找一个能帮忙能够为她分担的。金仙即使跟人结了婚，还是要管她的家人的，她父母，哥哥弟弟们。当初她不要黄小勇，就是因为她觉得黄小勇帮不上她。我说得对不对，金仙？"

工友也来一句："是这样吗？金仙你说说。"

金仙击掌说："小秋说得太对了！确实是这样。不一定要多帅，也不要多有钱，即使没有能力帮上我，起码也要认同我。我这一辈子是甩不下我的家人的，我要管他们的，我不能自己过好了，就不管他们了，我要带着他们帮着他们，让他们全都过上好日子。"

小秋本来想说，他们都已经回城了，你已经足够尽力了，以后你应该过好自己的日子，不要委屈了自己。可是话到嘴边，没有说出口。金仙的为人和性格，她多少是了解的。于是，回归正题，要金仙说说现在的对象。

金仙卖了个关子："晚一点他会来，你们自己看就行了呗。"

金仙的心肌炎，住院一段时间康复了。医生告诫金仙，这种病不能太劳累，容易复发。金仙没怎么当回事，反正年轻，一点病治治就好了。然而，她没有意料到，这个病后来多次复发，并成为她终生的负累。

出院之后，金仙风风火火忙开了，一边上班，一边炒更挣钱。淀粉厂合并到服装厂之后，她任检验员的工作，但是没少请病假。请病假并没有好好休养，反而是更高强度的劳动，想方设法多挣点钱。

1982年，金仙结婚了。有些好姐妹知道金仙在谈恋爱，谈了几年，不过，金仙比较低调，有关男朋友的事情不怎么说。究竟是什么样的一个男人，能够把金仙娶到手？他有什么能耐？有什么魅力？众人心怀好奇。等到见过面，很普通的一个人，看不出多出众多了不起。只能感慨一声：姻缘天定！

金仙家里贴了漂亮的墙纸，不只是20世纪80年代三大件：彩电、冰箱、洗衣机全有，录像机、窗式空调都有，并且打了木家具，置办得一应俱全。在当时的德清县城，最风光最豪华的婚礼也不过如此了。所有这些，金仙用自己挣来的钱为自己置办结婚用品，心里特别自豪和高兴。

出嫁那天很有意思。按照风俗，金仙回到老家木桥头，从木桥头坐船到他家。木船已经等在武林头码头了，嫁妆隔天已经准备好，用箩筐装着，金仙也梳洗停当，只等时辰一到，和嫂子、伴娘等一班送嫁的娘家人喜气洋洋出门。

金仙和他的新家安在县城，他分到的职工宿舍。按照两个人的意思，新事新办最好。可是他家是水乡的，父母老人都在老家，当然要按照老式的风俗操办了。金仙妈妈也说这样比较好，金仙听妈妈的。姑娘家一辈子也就嫁一次，总要留下点什么用来回忆吧。

1981年农历十二月二十六日，雪已经下过几场，田野上一小片一小片的积雪，在熹微晨光中，寂静安宁。这一天应该是个好天，会有暖暖的太阳吧。门前的小河无声地流淌，那些水草依然在水中漂着，岸边的黄菊花却已经没有了。金仙没有伤感，一点伤感也没有，本来在这样的日子，长大了，嫁人了，真正离开父母了，是应该有些伤感的。可是，金仙的心平静如水。女孩子似乎都应该多愁善感，但是从小到大，金仙的情感比较粗糙，喜怒悲欢谈不上大起大落，浪漫的煽情的也不擅长。对她来说，这世上的事情，就那么回事吧，出嫁，也不过是人生必经的一件事而已。

之前，母亲见过未来女婿之后，问金仙："你真的要嫁给他？你想好了。"金仙说："是的，我想好了。""可是……"母亲的话还没有说下去，金仙拦住了："妈，你不用说了，我知道你要说什么。他那人蛮好的，老实人，对我好。"母亲轻轻舒了一口气说："那就好。"不经意间，眼里有隐隐的泪花。她生了五个孩子，唯一的一个女孩，本该是掌上明珠格外疼爱，却从小到大受了无数的苦，比她的任何一个兄弟受的苦都多。女儿懂事，长大了，有文化，有主见，明白自己要什么，懂得取舍。女儿觉得对的，那就错不了。母亲半是疼惜半是欣慰，真快呀，金仙都要嫁人了！

天已经大亮，晨雾散去，空气里飘散着柴火的气息。妈妈说时辰还没有到，金仙却开始着急了。路远着呢，到那边恐怕赶不上午饭了，他那边的亲戚都在等着，耽误了可不好！妈妈说："今天是你的大喜日子，你出嫁呢，新娘子怎么能这么着急？会让人笑话的。"金仙伸伸舌头，只好又走出去看天。

终于等到上船，金仙自己打着伞，麻利地上船坐好。回头看挑嫁妆的人还在岸上，慢吞吞站在那儿抽烟，金仙又急了，忘记了自己是新娘子，扬手喊："哎呀快点呀，挑上来挑上来。"她习惯了干脆利落，做事情从来都是快捷麻利，看见人家拖泥带水，她就想自己动手。大家笑，金仙意识到什么，低下头去，红了脸。

小船沿着河道，突突突开着，一片片田野落在身后，一个个村庄远去了，向着美丽的江南水乡古镇新市镇而去。几个时辰之后，小船在新市镇靠岸，他带着几个伴郎，在码头迎接。金仙在船上望着他，有些恍惚：这个普普通通的男人，从今天起就是我的丈夫了吗？我这一辈子，就是跟这个人过日子吗？他冲着金仙招手，对着金仙笑，说来也怪，金仙的心一下子就踏实了。

他叫张水林，德清县化纤厂钣金工。无论身材还是长相，算不上出类拔萃。但是，也许是"对上眼"了，心灵的旋律在一个频道上，金仙觉得他蛮顺眼的。一个男人，首先把自己收拾得时髦、整洁，看上去清清爽爽，这是个优点；其次，他有一技之长，勤劳、吃苦，动手能力强，工作之余，还会炒更挣钱；再者，兄弟姐妹不多，家庭负担不重。当然，最重要的，金仙是他心目中的女神，他愿意为她做任何事。忠厚可靠，会疼人，长相对得起观众还有那么点帅气，张水林的魅力金仙心里有数。事实上，金仙的西湖牌缝纫机，张水林还出了力呢！

在所有认识他的人眼里，是个老实人。老实人有老实人的讲究，也有老实人的脾气。比如他特别爱干净，金仙认为他爱干净已经达到了洁癖的程度。不过也好，金仙大大咧咧不讲究的一个人，家里有个爱干净的，收拾得整齐洁净一尘不染，也是蛮享受的。还有，他很注重衣着打扮，衣服都是最时髦的，发型也最新潮的，虽然长得不是高大魁梧，倒也给人清清爽爽干干净净的感觉。

有一件事很能体现他的个性。刚结婚没多久，他突然想买一辆本田摩托车。那时候有一辆本田摩托车，等于现在有一辆限量版的劳斯莱斯，全德清县也找不出一辆。为了这个目标，他努力着，天天在金仙面前做工作。买这辆车的钱是有的，金仙多年折腾挣钱，加上张水林自己也加班挣外快，结婚花掉了大部分，还有六千多元存了下来。不过，四千多元一辆摩托车，等于是把家里的积蓄全部花光。金仙想，水林这个人，老老实实一个工人，也没有别的什么爱好，不喝酒不抽烟不赌博，他的梦想就是这辆本田摩托车。如果不满足他，有点说不过去。这样一想，就同意了。

张水林兴冲冲赶去杭州买摩托车。那时候德清县还没有，只有省城杭州才有。买了摩托车，从杭州搭船回到德清，已经是半夜了了。他不会骑，生怕磕碰了，从码头一路推着回家。

金仙一看，微弱的灯光下，那摩托车庞大得像一头牛，闪着油亮的光。忍不住叫起来："哎呀，买了一头大黄牛回来呀！黑乎乎的大黄牛。"张水林很得意，乐呵呵地笑，围着他的摩托车转来转去，看了又看，摸了又摸，就是舍不得离开。金仙说他："看把你乐的，一辆摩托车这么高兴，要是买一辆汽车，你都不用睡觉了。"张水林这个老实人说出了一句很不老实的话："我乐我开心啊！是因为我娶了个好老婆。"

从此，张水林骑着德清县唯一的一部本田摩托车，上班，下班，发动机呜呜呜响，真像铆足了劲的斗牛一样。走到哪儿，都吸引无数艳羡赞叹的目光。

"哇，好漂亮好威风的摩托车！"

"刚买的摩托车呀？什么牌子的？从来没有见过呢！"

"本田的。""进口的。""日本的。"赞叹声中，张水林通常是故作低调地回答。

又有人问："进口货，好厉害！很贵吧？"

"还好，四千多。"张水林回答。

"啧啧啧，四千多！这么贵的东西，你老婆也让你买？"有人打趣道。

张水林头一仰，提高声调回答："老婆叫我买的。"他心里乐开了花，脸上的笑容灿烂无比，仿佛得胜回朝的将军。有一些晚上，张水林会请金仙坐在摩托车后座上，带着她兜风，在县城穿街过巷，十分自在。一部威风凛凛的摩托车，一个美若天仙的老婆，人生在世，夫复何求！那是他的幸福时光，一辈子也忘不了的美好回忆。

钢材惊魂

20世纪80年代，计划经济时代向市场经济时代过渡的特殊时期，有一个名词风靡大江南北，无数人被席卷其中，输的赢的，哭的笑的，几家欢喜几家愁。这个词汇就是"倒爷"。

资料释义："倒爷"一词广泛流行于80年代中后期和90年代初期，"倒爷"是指80年代出现的一种特殊群体。在从计划经济转向市场经济过程中，尤其是在价格双轨制时代，一些人利用计划内商品和计划外商品的价格差别，在市场上倒买倒卖有关商品进行牟利,被人们戏称为"倒爷"。"倒爷"一度盛行于全国各地,尤以北京地区最为流行。

字面上看,"倒爷"应该是男人们干的活。延伸开去还有"官倒""投机倒把""倒买倒卖""二道贩子"之类的解释,有的完全是贬义词,有的毁誉参半。

上海、浙江这样的地方,"倒爷"自然不会少。"倒爷"要有本事有人脉能折腾,简言之,能通过特殊的渠道拿到货,很有点江湖意味。这种人好像跟金仙完全不沾边,她一个女子,秀外慧中,怎么可能去当"倒爷"?不过,千万别忘了,金仙可不是一般的女子,她折腾的那些事,哪一件不是走在前面?哪一件不是应该男人干的事?卖服装、做领带、搞推销,即使后来结婚生了孩子,依旧没有停下来。而且,把丈夫张水林也拉下水了,夫妻俩一起炒更一起挣钱,一个拉单推销,一个加工生产。反正,她是一刻也不能停下的,凡是能挣钱的事,她都要试一试。

金仙认识一家乡镇企业的厂长老沈,那家企业是生产五金的,需要钢材。钢材是计划供应,很难搞到。金仙也不知道从哪里打探来的消息,说是上海有人专门卖批文的,通过关系可以搞到批文。于是跟老沈约好,她去搞批文,老沈的工厂出钱买,事成之后,差价和老沈平分。

金仙要"倒钢材"了。

七拐八拐,金仙找到了关系,和另外五六个也想搞批文的人一起,从德清启程去上海。上海有人接着,把他们送到远离市区的郊外一个小招待所,叫他们等着,然后就不管了。上海市区在哪儿也搞不清楚,更没有去玩的心思,每天就等啊等,等批文。先把批文买下来,就可以去提钢材了。但是批文什么时候有,说不准。接下来的日子,一日三餐白粥酱菜,吃得人两眼发昏,反胃,吐酸水。餐食是包含在住宿费里的，不吃白不吃，舍不得自己掏钱买好吃的，总是想应该快了吧，这一餐过了可能批文就来了。一天又一天，依旧是白粥酱菜，批文却遥遥无期。酷暑天，闷热难当，一点风儿也没有，热得人浑身长痱子，痒得人发疯。又不敢走开半步，生怕走开半步批文就下来了，前功尽弃。

后来，金仙每当回忆起这些，总有想扇自己耳光的冲动。那时候怎么就那么单纯那么蠢？等批文的人一个个像等候别人施舍的乞丐一样，可怜巴巴地等，像一条狗等候主人扔一块骨头下来。而那些所谓手握批文的人，趾高气扬，螃蟹一般走路，完全是一副君临天下的派头。他们居然确信不疑，那些人手中是有批文的，她能拿到批文，能搞到钢材。不可思议的是，居然没有产生过怀疑。

第十天，在金仙他们觉得再也忍受不下去的时候，那帮大神适时出现了，叫他们收拾东西，走，到马鞍山去。马鞍山，鞍钢所在地，到马鞍山，意味着离钢材到手不远了。再不用吃那令人反胃的白粥酱菜了（这辈子都不想吃了），然后可以回家了。想到家，想到老公和儿子，金仙有一点难过。从来没有离开家这么长时间，儿子也不知道怎么样了。转念一想：我这是出来挣钱呢，挣钱也是为了家，为了老公和孩子。

金仙高高兴兴地跟着那帮人到了安徽马鞍山。下了车，来了一部小面包车接他们，挺有派头的。那时候，面包车就很威风了。这让金仙觉得，这些人果然有实力，都有这么好的车，看来批文确实掌握在他们手中。到了招待所，叫金仙他们歇着，什么话也没留下，走了。

第二天，等待得太久的金仙她们终于等来了好消息：批文有了。谁的钱先到就给谁。等批文的这些人都是跑腿的，谁的口袋里也没有钱，都是有了批文才去找买家的。那一帮人有五六个，都是五大三粗的年轻男人。其中一个把手上的批文晃了晃，叫大家看清楚了。金仙睁大眼睛把那批文瞄了一眼，激动得心脏怦怦怦跳着。

金仙马上打电话给老沈，告诉他批文有了，要老沈赶快立即马上带上钱从德清赶来马鞍山，晚了批文就让别人抢走了。老沈大喜过望，第二天从厂里开出43万元的支票，连夜从杭州赶赴马鞍山。老沈马不停蹄，到达马鞍山时是半夜时分。从车上下来的时候，完全没有任何预兆地摔了一个跟斗，把老沈的手表给摔坏了。老沈有些不悦，心想这是怎么回事，好端端的怎么就摔着了？心里有了隐约的不安，好像有了个阴影了。先不管那么多，他决定找个地方先眯一觉，天亮后去跟金仙会合。

第二天一早醒来，老沈还想着摔跤的事。见了金仙，脸色有些凝重，对金仙说："我觉得有点不对劲，昨晚下车的时候，突然摔了一跤，手表给摔破了。这好像不是好兆头。你说这好好的，怎么会摔一跤呢？"

金仙没有多想，对老沈说："我们要快点，大家都去排队了，谁先交支票批文就是谁的。"

老沈没有再说什么，拿出支票，交给金仙。金仙接过支票，看了看，43万元。他们把支票收了，也就是说很快就能拿到批文了。收支票的人一脸严肃，没有多看金仙一眼，也没有说什么，办了手续，然后他们就走了。

他们走了，就再也没有回来。

说好的批文呢？批文在哪儿？

说好的钢材呢？钢材在哪儿？

哪有什么批文？哪来什么钢材啊！金仙和老沈面面相觑，一下子脸无人色，一个大空翻，坠落，坠落，一直从天堂坠落到地狱。

明白过来被骗了，金仙魂飞魄散。43万啊！这43万没有了，金仙也不能活了，老沈也不能活了，老沈的五金厂也不能活了！逃？逃哪儿去？香港吗？老沈怎么办？老公和孩子怎么办？爸爸妈妈怎么办？老沈也吓坏了，脸色煞白，浑身哆嗦，好像给雷劈了一样。

"我就觉得不对劲，好端端的，一下车就摔了一跤。"老沈重复着这句话，好像对金仙说的，又好像自言自语，整个人傻掉了一样。

有人提醒："赶紧去找他们啊！"对啊，找他们，找到他们，或许还有救。金仙四处打听那几个人，发疯似的一个个找。那几个人似乎从人间蒸发了，无影无踪。费尽周折，找到了一个，他家人说："那人好久没有回家了，谁知道他在哪儿？"继续找另一个，人是在着，却突发重病进了医院。在马鞍山那些大街小巷，炎炎夏日里，金仙像一个丢了牛的牧童，四处奔突找寻，哀哀呼号。双腿走得没有了知觉，烈日暴晒得一张脸像蔫了的花朵，没有半点生机。在这个陌生的他乡，谁认识她呀？没有人出个主意，没有谁能帮忙，从来没有碰到这样的事情，完全慌了手脚，根本不知道怎么去应对。只是想着把那帮骗子找出来，跟他们要回来支票。

那两天，金仙真不知道自己是怎么活过来的，绝望、恐惧、愤怒、悲痛，一阵阵撕裂着她，她清晰地听见自己的心碎成无数的碎片，四散飞溅，然后撞到墙体，发出尖利的声响。犹如一整块玻璃破碎落地的声音，对，就是那样的声音。这个声音深入骨髓，以致后来她一听见这种声音，还是忍不住浑身发抖。

第二天晚上，金仙敲开了深巷子里一户人家的门。男主人开门见是金仙，先是一愣，接着本能地要把门关上。金仙在那一刻犹如一只母狼，猛地用身体扑上去，压在一扇门上，由于用力过猛，头撞在门框上，砰的一声，金仙眼前一黑，瘫坐在门边。她已经说不出话来，眼泪，只有眼泪，哗啦啦留下来，在脸上蔓延，流到她的嘴角。她动了动舌头，抿了抿嘴，把咸咸苦苦的泪水咽了下去。终是那泪水无休无止，决了堤一般。那个人放开了关门的手，长长地叹了口气。最终，上天可怜金仙，让这个曾经当过兵的人良心发现。他不忍再看金仙的惨状，背过身去，说了一句话："去银行。赶紧去银行！"

金仙如梦初醒，叫上老沈，赶去工商银行。已经是第三天，43万元的支票被兑现了吗？被转走了吗？被转走了多少？还有剩下的吗？天还没有亮，上班时间还早，金仙和老沈在工商银行门前的台阶上，瘫软如一摊烂泥。这之后，金仙也反思，怎么当初就没有想到去银行呢？找银行，或者是找派出所，冻结账户，是最直接最有效的方法。可是在当时，毫无经验，什么也不懂。

银行的门一开，金仙第一个扑了进去。她对工作人员哭诉，求他帮忙，工作人员要她找保安科长。保安科长来了，很正气的一个人。听金仙说了大概的来龙去脉之后，对金仙说："你别着急，我先查查看。"能不急吗？这笔钱，会要了她的命啊！但是，急又有什么用呢？热锅上的蚂蚁一样，煎熬呀！

一会儿，保安科长来了，告诉他们："你们的支票已经被转走了三万五，还有39.5万元在账上没有转走。"

金仙一听，差点给保安科长跪下了。"科长，我求你了，救救我，一定要救救我！这个钱不能再让他们转走，他们是骗子，我们被骗了！"

科长尚未反应过来，金仙言辞恳切地说："我求求你了，科长！我们走投无路了，求你千万把钱扣下来。这个钱没有了，我也活不了了，请你一定帮帮我。救救我！"

银行有规定，支票在头两天可以小额转走一些，第三天才可以全额转走。这是第三天，他们肯定会来转钱，他们把钱转走了，就竹篮子打水一场空了。把钱扣住，一定要扣住！

科长答应会帮忙，这是他的分内工作。老沈也一直在掉眼泪，谁看了都难过。两个女营业员走上来，扶起金仙。金仙一个趔趄，差点栽倒。她太虚弱了，双眼布满了血丝，又红又肿，嘴唇干裂，头发凌乱。一个弱女子需要帮忙，而你正好有能力帮忙，这是行侠仗义，这是见义勇为，每一个有血性的男人都会出手相助。

在保安科长的帮助下，金仙起死回生。也是她们还没有倒霉到底，先是那个复员军人动了恻隐之心，一语惊醒梦中人，为她指点迷津；第二是时间还来得及，如果慢一点点，第三天银行一开门，他们就把钱转走了。金仙第二天夜里就守在银行门口，银行开门第一个冲进去，抢占了时机。结果，第三天一早39.5万元被冻结，后来通过法律途径追回来了。被转走的3.5万元再也追不回来，金仙和老沈各负担一半，赔偿给工厂。官司打了一年多，在款追回来之前，老沈不能当那个厂长了，直到款全部追回，工厂挽回了损失，老沈才又坐回原来的位置。

什么叫失而复得？什么叫死去活来？没有任何词汇，能够准确描述金仙在那一刻复杂的心情，那种悲欣交集的深刻感受。

这段经历不堪回首，时隔多年，金仙还是不能明白，当时怎么就那样对着保安科长哀哀恳求。她是多么骄傲的一个人啊！当时只觉得这个钱没有了就活不成了，无论如何要追回来。犹如落水者见到救命稻草，唯一的一线生机下意识地牢牢抓住。

人在什么阶段说什么话，一些事情没有亲身经历过，永远也不能感同身受。底层的艰辛，生存的不易，一步步爬过来，脚印里点点滴滴的血和泪，笑容里丝丝缕缕的痛和伤，构成了人生丰富厚重的画卷。

正因为这些经历，后来的金仙变得越来越低调、务实，对她的员工、对这个世界，心存悲悯。另外，因为上过当受过罪，她自此对瞒天过海坑蒙拐骗的卑劣手段深恶痛绝，远离言而无信不诚信不守信之辈，奉"诚信"两字为经商做人的座右铭。

没有人能随随便便成功，再聪明绝顶的人，也曾经干过一两件蠢事。人生就是学习的过程，交学费也是必须。往往，越多的障碍越多的波折，能创造出更令人叫绝的奇迹。

试水物流业

湖州市德清县，在浙江省北部，太湖南岸，是省会城市杭州的近邻。隶属浙江台州市的温岭县，地理位置在浙江的东南沿海，三面临海，东濒东海，典型的海滨之城。一南一北，隔着近四百公里的距离，遥相对望。自古以来，湖州地区是富庶之地，经济发达，商贾云集；温岭则相对偏远，在海之一角，发展缓慢。温岭人有到德清寻求出路的传统，行船跑码头，做一些苦力活。20世纪70年代末80年代初，中国处于计划经济向商品经济转型时期，机灵的温岭人看到了机会，纷纷到湖州地区谋出路求发展。

金仙的父亲是温岭人，十几岁离开温岭老家到德清打工；金仙的母亲上一辈也是温岭的，谋生在德清与余杭之间，后来扎根在余杭。虽然金仙母亲出生在余杭，但是问起老家，通常会说是温岭人。德清县有不少从温岭来的人，名义上是落在了德清，根还是在温岭的。德清人与温岭人，有着千丝万缕的联系。金仙父母在温岭的老家虽然已经没有了至亲，但总还有一些老亲故交，牵扯来牵扯去，多少有点沾亲带故。

温岭的韩元再来了德清，找到金仙。

这个老韩在温岭是开托运站的，温岭人在这方面起步比较早，托运站不止老韩一家，生意又不多，就想着向外发展。货运这个行当跟经济发展有着直接的关联，地方经济发达了，货运生意才做得起来。那时候，个体户还是个新生群体，市场还处于半开未开状态，个体营业执照不是那么容易批的。温岭人脑子好使，路子也多，即使这样，也还是处处受阻。比如有的地方有生意，但是批不下执照；有的地方有关系批了执照，但是又没有生意。老韩就是在考虑再三之后，决定到德清的。德清可是个繁华地呀，只要能拿到执照，生意是不愁的。

老韩要金仙帮忙搞个执照。金仙觉得这个事情不难，应承了下来。她找到了工商局的庞副局长，庞副局长看过资料后，开始有些犹豫。德清还没有个体经营的托运站，一直都是只有一家县里的联运公司。按照正规的程序，这个事情必须要经过局里讨论，即使讨论通过，也是要层层审批，最后能不能批下来，谁也说不准。这个庞副局长年轻有为，比较敢说敢干，他曾经到过上海、广州参观学习，接受了一些新的观念，思路比较超前。他想，既然是新鲜事物，那就要支持。原来的那些条条框框，也应该打破了。人家广州、上海早就已经做出了榜样。于是，在庞副局长的全力支持下，执照办得出乎意料地顺利。

金仙把执照交给老韩，一点好处都没有要，完全是友情帮忙。老韩也是个明白人，心里欠了金仙一份人情。

老韩的托运站在城关镇开起来，生意怎么样金仙不知道，也一直没有去老韩的托运站坐坐。在她想来，托运站不外是装货卸货，都是些粗活重活脏活累活，大男人干的事。她刚从马鞍山打了败仗回来，情绪还在低谷，有些一蹶不振的懒散。

一天刚巧经过老韩的城关托运站，走在门口了，金仙进去打个招呼。老韩见是金仙来了，喜出望外，连忙吩咐老婆娇妹把最好的绿茶沏上来。还有个老舅妈，是老韩的拍档，金仙之前也是认识的，大家坐下来喝茶聊天。

"老韩，做这个挣钱吗？"金仙问。

老韩没有正面回答，只是问金仙："你是很会挣钱的，能跑能转，上城下府，风里来雨里去的，派头大。我知道你是挣大钱的。我问你呀金仙，你每个月能挣多少？"

金仙听老韩的语气，很随意，闲聊那样。金仙大概估算了一下，如实相告："一两千吧。"

老韩不信："一个月挣一两千？"

金仙认真地说："是的呀。你以为有多少？一两千还不够呀？老韩，我的工资一个月才三十呢！"说得大家都笑了。

老韩说出一句话来，这句话金仙永远也不会忘记，也正是这句话，改变了金仙的人生。老韩喝了一口茶水，慢条斯理放下杯子，说："才一两千，那你不要做了，来做我们的活，我们一起做，保证挣的不止这个数。"

金仙吃惊不小。老韩的口气真够大，一个月一两千是什么概念？普通老百姓一年也挣不来这个数。开这个托运站，搬搬货，能挣那么多？

老韩接着说："来做我们这个活，不用担惊受怕，不是投机倒把倒买倒卖，是正当挣钱，政府支持的。"金仙在椅子上坐稳了，听老韩细说。原来开托运站这么挣钱，金仙完全没有预料到。看老韩一个小门面，一张桌子，三个人，太简单了，却能挣大钱。金仙眼里的火光又被点燃了，当即决定也做货运这个活。老韩笑笑说："早想跟你说，怕你看不上眼。实话实说，做这个能挣钱的。"还说啥呀？只要能挣钱，做！

金仙很快就搞清楚了来龙去脉，她跟老韩说："德清东部地区，城关镇这一带，你们已经开展了业务，这样吧，我也不占你们便宜，我进来，我们算一个盘子，但是我重新申请执照另起炉灶，我不在城关镇，我到德清西部地区，我到武康去，我在西部发展业务，东部的业务归你，西部的客户我去拉。"金仙说这话，等于是加盟了。老韩他们当然求之不得，这是在金仙的地盘上，办个事求个人什么的，还不都得金仙出面？更何况，金仙做生意的能耐，谁不知道呀！

当时的县城在城关镇，是德清政治、经济、文化中心，自然是车水马龙，热闹非凡。武康镇也是德清县的重镇，地理位置优越，一边紧靠莫干山，一边连通杭州城，是南北货物、山货土产的集散地。金仙要自己拿下武康镇，一来是避开坐享其成之嫌，二来她是个有野心的人，她不会吃现成饭，而更乐于开疆辟土，在蛮荒之地耕耘得鲜花盛开。

没有费什么周折，武康托运站的执照拿下来，在车站旁边看好场地，租下来一间门面，正式开张了。开张那天，鞭炮放过，金仙站在门口看了又看，心里涌上来一种莫名其妙的感觉。兴奋的，欢喜的，激动的，担忧的，到底是什么，她想准确地捕捉到并加以确认时，却无从捕捉。有一点是明确的，那就是她有了一间自己的托运站，从这一天开始，她是个个体户，是个老板了。

这是1988年的秋天。金仙在德清县武康镇开起的小小托运站，连她自己也没有意料到，这将是她人生的一个崭新起点，是她终其一生孜孜以求的物流事业的出发地。今天的第一步，也是她人生事业正式迈开的第一步。这个小小的武康托运站，正是日后成为中国物流领军人物的金仙最早建立的根据地。

人的一生是会走一些弯路的，人类的进步如此，中国革命如此，金仙也是如此。当一个人在历经千难万险，走过很多羊肠小道，一条光明的路展现眼前，禁不住双眼发亮：这就对了！原来，拐过那些弯路，是为了走到这条大道上来；曾经的那些付出，都是为未来的某一天做铺垫。

　　经济快速发展，货物流通量加大，很多浙江本地的山货堆积如山，商户苦于货物运不出去。武康托运部的出现，可以说应运而生。业务很快开展起来，个体经营的灵活性，加上热情周到的服务，生意做得风生水起。

　　她早就不怎么回去服装厂上班了，服装厂，这个曾经是全县最为辉煌的国企，在新时代的浪潮中，摇摇欲坠。曾经挤破头都想进去，以身为服装厂的一名工人而自豪的时代一去不复返了。

　　公路运输已经不能满足日益增大的需求，铁路货运路子被打开。当时有一个很时兴的词汇：火车皮，指的就是利用火车承运货物，一节车厢称为"一个车皮"，拿到指标叫作"搞到车皮"。火车皮可不是谁都能搞到的，火车是国家的，岂能随便给私人运送物资？也是后来随着时代发展的需要，渐渐放开了，但也是有计划地审批安排。德清当地的联运公司是国营的，有任务就做，没有任务就歇着，反正工资照拿，谁还会绞尽脑汁去搞车皮？等他们认识提到，已经跟不上时代的脚步，想找关系搞车皮的时候，早已经被老韩、金仙他们占了先了。

　　老韩搞托运站起步早，把这一行的道道摸得透。金仙跟着他，用心学，把老韩的那些招数一一掌握。城关托运站和武康托运站，迅速抢占了德清货运市场的半壁江山。

　　关起门来数钱，一个月挣了三千多。一天能挣一百块，比原来做的那些都好。做货运是挣钱的，金仙做着做着上瘾了。她看到了这个新兴行业的大好前景，暗暗下决心别的都不做了，一门心思就做这个，做精，做细，做好，一直做下去。

已经是20世纪80年代末，计划经济时代渐行渐远，市场经济发展势如破竹。市场逐渐放开，各种路子发财的人都有，其间也不乏一夜暴富者。德清有人去了深圳，有人搞走私，有人往广州那边销丝绸，八仙过海各显神通。金仙的武康托运站地处武康最热闹的地方，一旁是汽车站，斜对面就是一个很大的批发市场，摩托车、三轮车、大货车来来往往，每天都是车水马龙，热闹非凡。隔着几间店铺是一家音像店，高音喇叭整天唱着流行曲，崔健《一无所有》、侯德健《龙的传人》、蔡琴《恰似你的温柔》、程琳《信天游》、叶丽仪《上海滩》、邓丽君《何日君再来》等等，音像店的店主特别喜欢叶丽仪的《上海滩》，广东话的，每天不知道要播放多少次。

听不懂歌词，对着字念也觉得蛮拗口，但是流行，好听。香港电影电视在内地热播，粤语歌曲大行其道，深受年轻人追捧，随便哪一个，都能脱口哼出两句来。谁去了一趟广州、深圳，那就是说见过大世面，牛×得很。

武康托运站请了两个员工照看，金仙每日里早出晚归，坐公交车往返于城关镇与武康镇之间。金仙这天在托运部，忙了好半天，刚想清静一下，那"浪奔浪流"又开唱了，金仙对员工说："又来了又来了。"觉得有点好笑。

"人呢？来两个帮忙。"门外传来一个男人的粗嗓门。

一个中年男人，梳着时髦的中分头，上身一件深色西装，下身一条浅色休闲裤子，脚上穿一双亮锃锃的皮鞋，西装敞开着，露出里边的衬衣和毛背心。不经意地手一拨，西装掀开了一角，皮带上别着的BB机像一只黑色的螃蟹趴在那儿，最抢眼是他的双手，左手一个黑色皮包，不是拿在手上，是夹在腋下，右手抓一部重型机器——大哥大。

金仙一看，大款到了。

"什么事？老板。""老板"这个词，那年头人人爱听。

"托运。"老板回头指了指路边的拖拉机。拖拉机装满了大包小包的编织袋，编织袋用绳子横七竖八绑着。

"什么货？托运到哪儿？来，进来开单。"金仙面带微笑。

"竹笋，到石家庄。"老板要先卸货，拖拉机赶着回去。开拖拉机的那个人和金仙、两个员工一起卸货，一包包抱下来，在门口码好。老板自始至终在用大哥大通话，高声大气地说着什么事，引得附近几家店铺的人都出来看。

开单子的时候，老板自报姓金。金仙这才注意到，老板的手指上一个大金戒指，心里暗暗发笑：果然是金老板。这种人当时叫作大款，走到哪儿都是动作夸张派头很大，特别引人注目。

金老板随口寒暄："你一个女人做托运，这个是力气活，做得来吗？"

金仙客套："还好，还好。有重活就叫人帮忙。"

"说好了，6天到。6天之内，必须到。可别耽误事！"金老板强调。

金仙说："你放心金老板，6天，肯定到。"给金老板递上一杯茶，"要是按时到，以后你有货就从我这儿走。如果我说话不算，以后你再不用照顾我的生意。"

金老板说："是个爽快人。好，一言为定！"

托运，货运，物流，看上去说的是一码子事，其实又不尽然。可以说，托运这种形式，是物流业发展链条中早期的一环，是物流的一种形式，指托运人委托具有托运资质的公司将货物运输到指定地点，交给指定收货人的服务。

这延续了中国几千年以来的传统物流方式——马帮，就是这种方式的开端。茶马古道上的马帮是托运货物的马队，是大西南地区特有的一种交通运输方式，绵延万里的丝绸之路，马帮的存在功不可没。

起于余杭，北到北京，途经浙江、江苏、山东、河北四省及天津、北京两市，贯通海河、黄河、淮河、长江、钱塘江五大水系，全长约1797公里的京杭大运河，自春秋时期开始，除了军事上的需要外，河运，货物流通，为促进南北经济的交流、发展发挥了至关重要的作用。

走运河水路的货运是一条路，在20世纪80年代，主要还是陆运，汽车、火车。金仙的托运站开张的一年间，生意红红火火，轻松挣得一大笔钱。

有人眼红了，谁？对手呗。对手是谁？原来一统天下独此一家的联运公司呗。老韩的城关托运站，金仙的武康托运站，迅速抢走了市场份额，这一边热热闹闹，那一边冷冷清清。个体户抢了公家的饭碗，岂有此理！那时候的个体户还是个边缘群体，允许个体户开张，但总是在公家的屋檐之下讨生计，个体户的地位很低，甚至让人瞧不起。

于是，税务局的人来了，保险公司的人来了，交通局的人也来了，有没有偷税漏税？保险都买了吗？车辆运输合法吗？明摆着，就是不让你活了。老韩慌了，搞不好会有人被抓进去，偷税漏税是个很大的罪，哪一个个体户干干净净的？擦边球总有的吧？三十六计走为上，撤！撤了以后再见机行事，重起炉灶另开张。仅仅经营了一年的武康托运站关门大吉，关门了也就了了，目的就是让你关门，让你别做了，让你不要抢生意。

金仙却中毒了。她再也不想做别的。班是不上了，一门心思就想重新把托运站开起来。她转换了几个地方，执照都申请不下来。张水林劝她别再想这事了，算了，看来国家不会再让私人开托运站了。反正也挣到钱了，有吃有穿的，歇着吧。金仙岂是能歇得住的人？无奈时局不好，天不从人愿，不歇着又能怎么样呢？她心里认准了，再做就做物流。你今天不让我做，我等着。总会有让我做的一天吧！反正我这一辈子，跟物流较上劲了！

这一歇，惹出大祸了！

气功之殇

1990年3月，江南的气候乍暖还寒，烟雨迷蒙。田里的油菜花还没有开，乾元山上草木枯黄，一片萧瑟景象。从去年秋天武康托运站停业，近半年的时间，金仙无所事事。金仙这样的人是闲不住的，累会累出病来，闲也能闲出病来。本来也可以尝试别的挣钱门路，但是金仙的心全在托运站上，对别的一概没有兴趣。她跟张水林开玩笑说："这辈子还真跟托运这个行当一见钟情，还放不下了，你说怪不怪？"

闲得时间长了，胸口发闷，浑身不自在。一天，金仙骑着自行车从长桥上下来，与服装厂一个姓林的副厂长擦肩而过。林厂长兴奋地说："哎，金仙，有气功大师来德清讲课传功，很多人都去学了，在县委招待所，你去不去？"金仙没有听说过这玩意，随口问："是什么东西？有什么用？"林厂长被问住了，一下子也说不清楚，挑紧要的说："能治病，练好了强身健体。你不是身体不好吗？学这个正好。不少人都是学这个病就没了，身体就好了。这个气功大师厉害得很，叫张宏堡，全国都很有名的。"

一听说能治病，金仙来了兴致。什么张宏堡她没有听说，气功也不懂，但是近些时候总是听不少人谈论气功，学的人也很多。金仙问："要多少钱？"林厂长热心地说："80块，我替你先交了。"说是家里有事，急匆匆走了。金仙愣了愣，回过神来一想："80块？听几天课这么贵？我倒要看看究竟是什么东西。"

县委招待所礼堂，密密麻麻坐满了人，也不知道这些人从哪里得到的消息，好像这个气功大师真有什么神秘力量，一下子把人都召唤来了。讲课的大师是不是张宏堡本人，谁也不关心。大师简单地讲了讲气功的高深，神秘，离奇，魔幻，玄妙，总之，超想象超自然超物质超空间超能力，没有人能理解他在说什么，但是都被唬住了，人们像中了邪一样，全神贯注，双眼发光。大师见气氛差不多了，宣布要发功了。

大师说，他发功的时候，每个人接收的程度不同，有的人强一些，有的人弱一些，要看个人的能力。大师手舞足蹈一番，人们先是盯着他，接着微闭了眼，进入冥想。礼堂安静极了，整个世界都安静极了，似乎真的有一股神秘之气，在会场中飘荡穿行，渐渐地，肉体不存在了，灵魂出窍了。

嗒嗒嗒，嗒嗒嗒……

突然，安静的会场一角有了响声，有规则的，清晰有力的震动。人们的目光聚焦而来，发现有个人坐在凳子上，全身不由自主地律动震颤，好像被施了法术一样。大师高声宣布："她接功了！"这太神奇了，全场这么多人，唯独她一个有了反应。人们好奇又羡慕，都过来看。而她，根本超然物外，随着凳子嗒嗒嗒的响动，全身动个不停。

105

是金仙。

大师称赞金仙悟性高，合适练气功，鼓励她好好学。人们围过来，问金仙什么感觉。金仙也说不上来，自己怎么会动起来的也不知道，身体仿佛不受控制，真的像是接了大师的功一样，精神愉悦，身体通畅舒服。这一下，金仙对气功的神奇功效确信无疑，并相信自己天赋异禀。

当天晚上，金仙开始在家练气功，按照大师教的方法，越练越兴奋，竟是通宵达旦。第二天，金仙还去听课，感受大师发功，居然一点不觉得累，反而精神饱满，神采飞扬。大师的讲课已经不再神秘，不仅全能领会，而且认为太浅显，不过瘾。大师还在讲前面的课程，她已经把后面的课程都看完了。既然课程上都有，不用听课也行，最重要的是，不用大师发功，能够自发功了，回家自己看书自己练吧。

剩下一天的课程金仙没有再去听，她在家把大师发的书全读完，进入了一种浑然忘我的境界。她晚上看书，过了半夜也不睡；天不亮就起床了，一阵风一样飘过弯弯曲曲的小巷，飘向屋后不远处的乾元山。

当时的德清县城城关镇不大，典型的江南古镇特色，长桥河穿城而过，临水而居的人家，青砖老墙，石板小巷，幽静而清雅。金仙家距离河边不远，上班的时候她会骑着自行车，从河这边到河那边的工厂。长桥河上三座桥，长桥、东门城桥和南门城桥，她走得最多的是长桥。桥叫长桥，河称长桥河，似乎是河因桥而得名。这有些奇巧了。据老人们说，长桥河在很久以前的名字是"余不溪"，河上的三座桥原来也是青砖古桥，到了20世纪70年代，三座古桥被拆毁，重建了钢筋水泥桥。

金仙不是那种浪漫的人，为生存奔忙的年月，也生发不出多少思古之幽情。桥这头的茭白多少钱一斤，桥那头的衣服多少钱一件，金仙了解得比较多。生活，就是这么具体而实在。

这天凌晨，时间刚过4点，天还黑着，万籁俱寂。金仙下楼，走出大门，往左一拐，沿着窄窄的青石小巷，一个弯，再转一个弯，往上走一段台阶，直接上了乾元山。进山的路口有一座坟，金仙看一眼，也不觉得害怕，她要到山顶去练功。早春的冷风飕飕而过，寒气袭人，她穿的衣服不多，一点也不觉得冷。没有光亮，她竟然摸得着路，在弯弯曲曲的泥路上走得飞快，快得像飞了起来。

金仙真有飞翔的幻觉，好像有一双翅膀，她只需要轻轻扇动，就能飞向高处。当天亮之后，早起晨练的市民看见金仙"嗖"一声蹿到树上，又在防护栏的铁杆上走得身轻如燕，无不目瞪口呆。以前从来做不了的事情，现在轻而易举做到了；以前认为不可能的，现在得心应手。也不顾旁人的眼光，完全由着内心的召唤，随心所欲，无拘无束。要多超脱有多超脱，要多任性有多任性！

弟弟金虎在工厂跑供销，全国各地跑，给姐姐搜罗回来好多张宏堡的书，金仙如获至宝，常常是抱着书本看到天亮，然后，按照书上的方法练功。渐渐地，一些奇妙的事情接连出现，她能看到别人看不到的，听见别人听不见的，仿佛是真的开了天眼，通了神灵，用德清话说：灵光得很。

比如，她会预测某人在某时某地发生什么事，后来真的应验了；她从来没有学过跳舞，音乐一响就跳起来，跳得比谁都好；她没有学过医，只要一静下发起功来，全身的经络血脉都是通达的，哪一个穴位都能点出来，准确无误；最神的是对时间的判断，无论任何时候，只要问她现在几点，她脱口而出几点几分，分秒不差，次次都是准的。张水林有意无意试探过几回，回回精确，让他拍案称奇。没有时钟没有表，她怎么就那么准？

接二连三的事情，越来越令人信服，金仙的气功练得好，练得神。有一天金虎出差回来，金仙说我知道你今天会来，而且我知道你在西安，和你的一个同事，住在一家宾馆里。接着描述那家宾馆的模样，房间里的摆设，他们进去时遇见的一些事，把金虎说得一愣一愣的。"真的就是那样，你怎么知道的？啧啧啧，看来这气功真是好东西！"金虎赞叹。金仙接下去说的一件事，更是让金虎大跌眼镜。金仙说："你那个同事有个儿子，但不是他老婆生的，隔壁那家人的儿子是他的。"这不胡扯吗？金虎对这个倒是不信，他了解同事，那个人挺老实本分的。后来逮着个机会，还是忍不住跟同事考证，把那个同事惊得给雷轰了一样。事实真如金仙所言。那个人对金虎说："了不得，你姐姐是神仙！"

还有蹊跷的事，金仙有一天若无其事地对张水林提起，他们家大嫂藏着一笔钱，在家里的衣柜里，用一个木头匣子装着。张水林问多少钱？金仙回答说6万。张水林坚决不信，认为金仙胡乱说的。那个年代，谁家能有如此一笔大数目的钱？开银行的也没有！何况，大嫂在新市，他们在城关，大嫂家是什么样子都没见过。过一阵子见到大嫂，张水林忍不住当笑话说了，意思是金仙这气功练的，人都神神道道了。言者无心，听者有意，大嫂的脸色一下子变了，呆呆地许久没有说出话来。张水林觉得有异，探寻地看着大嫂。大嫂只说出四个字："她成仙了。"

一件件事情，让所有人都信了，金仙的气功真是练成了。说来也怪，短短两个多月，金仙变了个人似的，精神饱满，抵抗力强了，身体明显好了，浑身充满能量，似乎身上的潜能被激发了。看到金仙的变化，张水林满心欢喜："气功，这是个好东西。"

张水林说这个话不仅仅是因为金仙练气功的效果，他所在的化纤厂就有一个"气功高人"。那人原本是剧团演美猴王的，剧团解散后到了工厂，时不时在小兄弟面前露一手。张水林就亲眼看见过他对着一个小兄弟发功，手一招，喊一声"来"，那个小兄弟乖乖地听话，完全听从他的指挥，好像被催眠了。都说气功太神奇了，自己老婆不一定要练到"高人"的程度，能够强身健体就达到目的了。

金仙自己也感觉不错，认为气功练好了，灵光了。

"气功"一词绝对是那个时段最热门的词汇，"气功大师"层出不穷各显神通，在席卷全国的"气功"潮中，练气功的人究竟有多少，谁也说不清楚。普通民众对气功的认识，大都只是"气功能治病"这个层面，练好了不仅自己的病没有了，还能给别人治病。金仙对气功的认识也不例外。她一门心思只想着早日练成，出成绩出效果，为家里人治病，让一家人都健康。

他们根本不可能了解，他们推崇的张宏堡大师，从中敛了多少财富。很多年之后有人披露，张宏堡创办的"中功实业"，网点覆盖全国，从1987年到1995年的8年时间里，张宏堡就建立起6个市场区（每区5个省），30个省级营销机构，300余个地、市级营销机构，2790个县级营销机构，10万余乡镇机构，网点覆盖全国每一个角落。养生产业制造出120个产品，创利数亿；张宏堡在1995年整合所有机构成立"麒麟集团"，下有10万余员工为其工作。仅1990年，听过他带功报告或参加过学习班的，就达800万人次。

正是1990年3月，金仙听了张宏堡的第一堂课。三个月之后，金仙出事了。意识到出事，是金仙接二连三的一些反常举动。本来练气功就是非常态，静则物我两忘，动则翻天覆地，在别人眼中也许就是个疯子，但是金仙的家人见证了金仙的变化与神奇，开始也以为那是正常的，直到发生了一些奇怪的事。

金仙念念不忘她的托运站，总想有一天把托运站再开起来。有个声音告诉她，主管审批的工商局长在临平，找到他就好办了。城关镇到杭州临平县几十公里，骑自行车要5个小时。也不知道哪儿来的力气，金仙把自行车骑得飞快，一身浅色的衣裳，迎风飘飘。她哪里是在骑车，她是在飞！飞到临平，有人跟她说，她要找的人正在某个地方办酒席。她径直奔了去，是政府部门的一个招待所，果真是有人在办酒席，熙熙攘攘，很是热闹。

她根本不认识那个局长，但是眼睛一扫，她就认准最里头那张桌子的某个人就是局长，于是穿过一张张桌子和人群，走到那个人的面前。意想不到的是，那么个热闹的场面，局长真的耐心听了金仙的陈述，办托运站的要求，连连点头说："没问题。""好的。""可以的。"完全听从的样子，还顺手签了一张条子给金仙。

骑单车回家的路上，金仙还一直想着刚发生的一幕。那个局长根本不认识她，怎么那么听话呢？我这气功是练得灵光，能掌控别人的大脑了。又想到托运站很快能重打锣鼓另开张了，越想越兴奋，自行车一路飞快，畅行无阻。没有什么能阻挡她了。

不料，回到家金仙感觉自己不行了，脑子里总是听见有人说话，很多人，不停地在说话。她的行为变得怪异，半夜跑到乾元山上，在空旷寂静的山上独自舞蹈。再上山时，走到路口那座坟前，就觉得有人拉扯着她，把她推到坟前，要她跪拜。眼睛一睁，看见坟墓里躺着一个穿花布衣裳的女人，真真切切就躺在那儿。无数双手按住她的身体，要她跪拜。她五体投地，磕头不止。回到家，她打不开门，她没有一点力气了。魂不守舍地游荡到长桥上，往桥下一看，河里流淌的不是水，而是密密麻麻的人头，狰狞恐怖，令人毛骨悚然。金仙肯定那是鬼，很多鬼，鬼跟她较上劲了。

金仙感觉到不对劲，身体由不得自己支配，大脑不听使唤。

要做什么，往哪里去，好像都有人指使。她想找回自己的意识，意识飘远了；她想睡觉，满世界都是叫喊声，根本无法入眠。端起饭碗吃饭，啪一声，饭碗落地而碎，她双手抖个不停。持续半个月时间，整个人走火入魔一般，她心里明白：见鬼了！这气功是练坏了！

金仙再也出不了门，浑身乏力，脑子里很多人说话。有个声音很清晰，占据了金仙的意识。

"你已经脑溢血了，你很快要死了。"

"不，我还不能死，我还没有见过我妈，我还有很多事情没有安排好，你怎么也不能让我死。"

张水林下班回来，金仙告诉他："我脑溢血了，就要死了。"张水林每天上班，早出晚归，这些天金仙的不正常，他也看到了。心想：是不是气功练坏了？连忙行动起来，请县里练气功的大师们来看看，找医生诊治，叫来新市的大嫂——大嫂在工厂当领导，见多识广。

气功大师们安慰金仙，不会有事的，休息几天就好了。金仙觉得她们言不由衷，肯定没有说真话。

医生来看过，说："放心吧，死不了。你不用怕，你根本不会死的。"金仙听了，气不打一处来，心想："我要死了，你当医生的，肯定不会告诉我要死了，你只会说没事。"心里抗拒着，越发地认定自己就要死了，甚至想好了，死了要穿什么衣服。

大嫂来了，床前看了看金仙，然后拿一本《大众电影》，坐在沙发上翻起来。"不要紧的，死不了。"大嫂对张水林说道。悲伤弥漫了金仙的全身，她绝望得无以复加。"我都要死了，你还拿本书在那儿翻翻玩，根本没把我当回事，我死了也就那样了。是啊！我为谁操那么多心又怎样呢？死了谁在乎你呢？"她觉得无比孤单凄凉。

　　她把张水林叫到床前，交代后事。"我走之前一定要把我妈叫来，我要见见我妈……水林，我走了你不能亏待儿子，我留下来的金货什么的全部给儿子。你要讨个老实一点的老婆，不然儿子要吃亏的。我走的时候，要给我穿白色的衣服、蓝色的裤子。"说到这里，停顿了一下。她在犹豫，哥借的4000块钱，要不要告诉他？这时候她的思维倒是非常清晰，她觉得不能跟张水林说。这是很大的一笔钱，哥暂时也还不回来，还是算了。这个是二哥金生，这一闪念的事情，金仙记住了一辈子，觉得自己到死，要维护的还是亲哥。

　　张水林说："别想那么多，起来坐坐，吃点东西，就会好了。你看，大嫂也来了。"

　　金仙躺着，不能动弹。张水林要扶她起来，她说不能起来，一起来后脑就会出血，马上会死掉。事实上，除了金仙，其他人都认为她是中邪了，练气功练坏了、疯掉了，根本是不会死的。

　　兄弟金虎来了，站在床前，看着姐姐的样子，非常难过。那个如花似玉的姐姐呢？那个聪明伶俐的姐姐呢？那个雷厉风行天不怕地不怕的姐姐呢？那个料事如神神仙一般的姐姐呢？躺在她眼前的是一个披头散发面容憔悴的女人，一个被魔鬼折磨着灵魂的女人，一个人不像人鬼不像鬼，在人与鬼之间惨烈厮杀的女人！她看上去是那么虚弱，那么绝望，好像穿在线上的一颗珠子，轻轻一抖就会落地粉碎，化为烟尘。

　　金虎的眼泪吧嗒吧嗒落下来，哭得像个孩子。金仙也很伤感，自己就要死了，有什么办法呢？家里的重任，今后只能托付给兄弟了。兄弟伤心的样子，她多少有点欣慰：兄弟还是心疼她的在意她的。她说："兄弟，我要走了。我走了之后，我们家就依靠你了，你有文化，见识也多些，爸妈你多照顾一些，家里的事情，你多操心一些，把家管好。"弟弟早哭得不成样子，握住姐姐的手，要扶她起来。金仙惊恐地叫："不行的不行的我不能起来，我背后有个人，我一起来就会脑溢血死掉！"双眼睁大，表情充满恐惧。

"妈个×！什么鬼！"张水林突然发飙，冲进屋子里，拿出来一把古剑，在金仙的头上使劲划两下，这时候，金仙觉得有谁用力推了她一把，她坐起来了。好好的，并没有脑溢血，意识回来：根本没有脑溢血，而是疯掉了。大热的天在床上躺了好几天没有洗澡，她闻到了身上难闻的气味，赶紧叫张水林把浴缸放满水，她要洗澡了。

一切皆因心理作祟吧？金仙想抓住自己的思想，可是无能为力。好像她的思想已经脱离她的肉体，她能看见，但是无法控制。洗澡的时候，依旧有无数鬼怪占据着她的思想，说着各种各样的话，狞笑着，做出非常恐怖的表情。她看见那些鬼怪把她的思想抛起来，摔下去，然后再一条条撕开，一点点碾碎，直到在黑暗中化作粉末，无影无踪。

"放开我，放开我！"她凄厉地喊叫。

晚上，她要所有人都坐着，不能睡觉，因为一睡觉鬼怪就涌上来，要她的命。她圆睁着眼，一刻也不敢合上。丈夫和兄弟他们陪着她，眼睁睁看着她受折磨，看着她无助地痛苦挣扎，却是无能为力。医生说没事，气功大师说没有问题，那到底怎么回事？莫非，真的有鬼吗？张水林心如刀绞，他要去寻找答案。天一亮，他出门去了，留下金虎照看她姐姐。

有一阵子，金仙的脑子出奇地清醒，我是疯了吗？一定是的！我是精神出问题了吗？一定是的？我是气功练坏了吗？一定是的！她突然想到了一个大冬瓜，皮是青的，肉是白的，里边有很多长圆形的籽。想了一遍又一遍，然后，她对兄弟说："兄弟，这样不行，带我去医院。"

医生跟金仙熟悉，听过描述之后，认为情况很严重，这是精神分裂症啊！马上为她注射了镇静类药物。安静了一些，金虎带着姐姐，回到了自己家——砖瓦厂的职工宿舍。

金仙不能眨眼，一眨眼满世界都是鬼。她把电视的音量开大，对着电视机，双眼一眨不眨。午后，金仙忽然发作起来，大喊大叫，随手拿起什么就砸。没过一会儿，金虎家一地狼藉。没有人能制止她，仿佛一头发了疯的野兽，嗷嗷叫着横冲直撞。她把电视机抱起，哐当，狠狠地砸下。在她眼里，这些全是鬼，她是在跟鬼殊死搏斗。最后，还是金虎扑上去，死死把她按住了。

远在娘家的二嫂阿英突然回到木桥头，对大哥金春他们说："不行了，你们家姑娘出大事了，你们兄弟四个要赶紧去救她，再晚就来不及了！"问她是怎么知道的，大家都觉得奇怪。因为阿英娘家距离城关镇挺远，她最近也没有见过金仙，根本不知道发生的事情。见大哥有点不踏实，焦急地催促："快点呀快点呀，再慢就来不及了！"阿英说得确凿，大家都当了真，忙忙地赶去城关镇，到了金虎家，果不其然，已经闹翻天了。

过一会儿，张水林也回来了，肃穆了一张脸，没有多说什么。问他问到了什么没有，他只说："撞邪了！"大家商量过后，决定连夜把金仙送回雷甸木桥头老家，天亮之后再送往杭州的大医院。木桥头距离杭州比较近，沿着京杭大运河，坐船可以直达。他们用煤灰涂抹金仙的脸辟邪，金仙拼命反抗："你们干什么？不要抹我的脸，脏死了，我不要！你们不要用那东西抹我的脸，不要！"由不得她了，哥哥弟弟几个合力制伏了她。乘着黑夜，他们叫了一辆三轮车，连夜往老家赶。

第二天，金仙被送进了杭州市的浙江省精神病研究所。

劫后余生

在浙江省精神病研究所住了半个月，金仙转到杭州市精神病院。这家医院在杭州资质很老，据说当时也收治了不少跟金仙类似病情的人，也都是练气功练坏的。看来，同样遭遇的不止金仙一个。

张水林沮丧到了极点。送金仙到杭州的时候，路边一个卖油条的摊子，金仙突然冲上去，抢过油条，一边喊叫："有毒！被人下毒了，不能吃！"路人侧目："疯子！神经病！"张水林强行把妻子拽走了。没走几步，金仙又喊着要去灵隐寺，有人在等她，在一棵老松树下等她，叫她去，她必须马上去现在就去。一边喊叫一边狂奔，旁人见了，低低地说："哎呀，这个女人疯了，神经病了！"张水林追上去，紧紧拽住她的手，心里万分痛苦无奈。

张水林哪里知道，金仙是千真万确听见有人在对她说话，在指挥他，暗示她，她摆脱不了。金仙疯了，这是必须承认的现实。家里有个疯子，这日子可怎么过呀？别人会怎么看？儿子就要上一年级了，他怎么面对一个疯妈妈？以后恐怕连老婆都娶不上！无论如何，这个家是倒了，完蛋了！气功，张宏堡，妈个×！到底是什么东西啊？为什么能把人折腾成这样，一会儿是神，一会儿又是鬼，一会儿是仙，一会儿又是魔！张水林真想找张宏堡去问个清楚明白。然而，别说张宏堡的影子都没有，就连县里那些练气功练得成功的，也没有任何人能说出个道道来。

一段时间的治疗后，金仙的病情稳定下来。医生说她的病属于精神分裂症，诱因是气功练坏了，练偏了。而且，像她这样的病人还不少。那么，这个气功，到底是怎么一回事？是有益的还是有害的？

"我这个病严重吗？能不能治好？还要住院多长时间？"金仙问护士。因为药物的缘故，金仙说话的语速变慢了，目光不是那么敏锐，反应也有些迟钝。

护士说："等赵医生来了，你可以问问他。他是专家。"赵医生金仙见过，个子不高前额有些光亮的老头，每天上午10点多，都会来病房看看。

赵医生再次到病房来的时候，主动找金仙说话："你不是有话要跟我说吗？说说看。"态度很是和善。金仙慢慢看了看房间里的其他病人，欲言又止。赵医生要她一会儿到医生办公室去，他今天有点空。

"医生，我这个病能好吗？什么时候能好？"在医生办公室，金仙心里着急，说出来的语调却是慢吞吞的。

赵医生说："能好。什么时候能好，还要看你自己。"

金仙探寻地看着赵医生。

赵医生说："对，完全在你自己。药物治疗是其中一种方法，病人的主动配合也很重要。你是一个自我意识很强的人，你现在要放弃一切想法，不要去想任何事任何人，把心静下来。你看，这段时间的治疗是有效的，你已经好多了。"

"那，气功……"金仙说得有些迟疑。

赵医生善解人意地说："气功是你的心结，那么好，我就跟你聊聊气功。首先，气功是有的，练好了是对身体有益。不过，这是一门高深的学问，在了解、理解它之前，不能随便练。练气功也是十分讲究方法的，方法不对就会偏，也就是练坏了。治疗

116

就是纠正偏差，让你的身体和精神回到正常的状态。比如这个时钟，现在是上午11点，如果它指在下午4点，那就是偏差了，出错了，就要把它拨回来，让它恢复正常。拨回来了就好了，它以后就能正常走动。"

金仙听着很有道理，她的脑子不是很灵光，但是，至少她懂得了一件事：她的病能好。配合治疗，好好吃药，就能好。回到病房她还在想：原来练气功也会出错的，不能随便练的，早知道这个就好了。

经过3个月的治疗，金仙从杭州市精神病院出来，回家了。3+3，是她的练功之路，从痴迷走向终结。练功3个月，治疗3个月，从1990年3月份开始，到9月份结束，不过是短短6个月时间。6个月时间，180天，她经历了天堂与炼狱，神仙与妖魔，理性到感性，常人与疯子，个中感受，千头万绪，难与外人道。她还是幸运的，回到了正常。有的人疯掉就疯掉了，再也回不来了；有的人回来了，但是忘记了曾经的一切。而她记得清清楚楚，每一个细节，每一个场景，每一句话；还有的人，回来后家散了，人没了，再次疯掉了。金仙的家还在，丈夫孩子还在，亲人们都还在，大难不死，劫后余生，千般滋味在心头。

还是有些东西变了。首先是体重，原来她90多斤，从医院出来130多斤！她的面貌，原来是清秀雅致的，现在变得虚胖病态；她的反应原来是灵敏的，现在变得迟钝缓慢，转身转不了，进门抬不起腿。一天在街上碰见胖哥，胖哥吓一大跳，都不敢认了，弱弱地问："金仙你怎么啦？"好长时间，胖哥、双妹他们没有联络了，大家各忙各的。听说金仙在学气功，没有想到学成这样！金仙听到胖哥的声音，头扭不过去，只有慢慢地转过身子，才看见胖哥。她只是平淡又不太利索地说："病了。"胖哥心里难过，又不好多问。

金仙也难过。自己都成什么样子了？这是我金仙吗？这个体态臃肿行动迟钝的老太婆，怎么可能是我金仙呢？别说胖哥不认识她，她都不认识自己了。长桥边卖服装的老板娘，以前见了金仙，就跟见了财神似的，热情得不得了，那天金仙想去买件衣服，现在胖了，以前的衣服不能穿了。那个老板娘用看外星人的眼神瞄了一眼金仙，然后就爱理不理的，一脸的冷漠，仿佛她金仙是个不祥之物，恨不得她快点滚开。金仙慢慢地走开去，心里满是悲凉。你不像样子，你不健康，谁都可以瞧不上你。这世上的事情，锦上添花平常事，雪中送炭世间稀，说得太对了！那一瞬间，她对自己说："我一定要好起来！我要改变！我再不能这样下去！不好起来不改变我宁可死死死死！"

她找来了一些书籍资料，她记住了赵医生的话，想了解气功到底是什么。可是，书本翻开，她一个字也看不见，书页上漆黑一片。怎么这样？怎么会这样？怎么会这样啊？！

一定是药物的作用，金仙其实心里清楚。听说那些药就像激素，抑制了兴奋的神经，让人镇静了，可是也会使身体虚胖，体重增加，行动迟缓。她的忧虑是有道理的，医生给她用的药是氯氮平，适用于急性与慢性精神分裂症的各个亚型，对幻觉妄想型效果明显，也用于治疗躁狂症或其他精神病性障碍的兴奋躁动和幻觉妄想。任何药都是双刃剑，氯氮平的副作用也很多，常见有头晕、无力、嗜睡、多汗、流涎、恶心、呕吐、口干、便秘、体位性低血压、心动过速等，尤其是因导致粒细胞减少症，一般不宜作为首选药。金仙的用药量一直很大，25mg的片剂每次3片，每天3次，她每天的用药量超过200mg。

我要让自己好起来，我不能太依赖药物。金仙下了这个决心，并开始行动。她私自把用药量减下来，从每次3片减到每次2片，再减到每次1片。同时，她开始走路锻炼，做一些事情。她每天对自己说："我能行，我一定能行，我会好起来的！"减药并没有出现什么不良后果，反而觉得身体轻松，精神集中，行动开始回复正常。

一段时间之后，再拿起书本，能看见字了！那一刻，金仙的欣喜无以言表。犹如失明者重见光明，犹如噩梦醒来，阳光鲜花，生命多么美好啊！热泪盈满了她的眼眶，死而复生的感动深深地打动了她。

气功在中国源远流长，古人把吐纳、行气、布气、服气、导引、炼丹、修道、坐禅等行为归为气功。中国古典的气功理论是建立在中医的养生健身理论上的，上古时代已经开始流传。原始的气功一部分称为"舞"，如《吕氏春秋》所说的"筋骨瑟缩不达，故作为舞以宣导之"。

进一步的探讨理论认为，气功的原理是心理和灵魂受囿于自身本来素质和外界条件，但人类可以有意或其后无意地调整心境与灵魂状态。人类的感知还有两种非意识的心理隐态：潜意识态与无意识态。意识——潜意识——无意识三种心态有着一定的联系：意识目的而为、潜意识不自觉而为、无意识不自主而为，其纽带是人体自序场。而体序场在传统被称为"神"：识神、元神、本神。元神是沟通识神与本神的桥梁。本神无极体是前世记忆痕迹，是维系识神和元神存在的基础，就是本能的物质基础。识神也可以从广义上统一、调整元神和本神，但在狭义上是不能入主元本二神干涉内政的，否则就会有气功过持、着相或走火的偏差。

金仙听说塘栖有个老中医，人称云鹤先生，医术高明，对气功也很有研究，便专程前往请教。

云鹤先生已经是90岁高龄，但是面容清奇，精神饱满。听过金仙的讲述，心怀恻隐，看他的神情，"你说的我全懂"的意思。金仙动了一下身体，衬衫上掉落了一粒纽扣，她没有觉察，也没有听见任何声音，却听那云鹤先生不慌不忙地说："你掉了东西了。"金仙想说："没有呀，我没有掉东西。"老人又说："在你脚下，你看看。"金仙蹲下去找，果真是她的一粒纽扣。小指甲盖那么大的一粒塑料纽扣，落地根本是没有声音的，老人是如何听见的？金仙窃喜：找对人了！认定这个仙风道骨的老人就是个奇人，藏而不露的真正的气功高人。

"我开始练得好好的，确实是有效果，后来怎么就出事了？别人也会这样吗？"金仙虚心讨教。

云鹤先生说："练气功出偏差自古就有，表现出来的症状各不相同，轻则头痛、胸闷、腹泻、狂舞，重则精神失常。为什么会出现偏差？原因主要有两条。"

金仙："哪两条？"

云鹤先生端起茶杯，喝了一小口，接着说："这第一条，不明其静而强求其功。说的就是练静气功者，首先要尽量去掉一切私心杂念，以清静为本。只有无欲，才能入静。如果片面追求气盛，狂热地引导气机发动，在内气尚未充盈之时，急于求成，导致气机出现各种紊乱状态。练动功者，如不明了动静互用之理，盲目追求所谓的气动、招式变化等，势必走向反面。武当祖师张三丰说：'一举动周身俱要轻灵，犹须贯穿，气宜鼓荡，神宜内敛。勿使有缺陷处，勿使有凹凸处，勿使有断续处，如长江大海，滔滔不绝也。'十分重视动作的'轻灵'。王宗岳反复强调气的'直养'与'顺遂'，说明自然而然练出的功夫才为真功夫。故练习动功必须以动求静，动中有静。"

原来有这么多深奥的学问！金仙肃然起敬。她不敢再贸然插话打断云鹤先生，只是虔诚地洗耳恭听。

云鹤先生接着说："这第二条，不知其意但知其宜。如果出于无知的虔诚，以为不拘任何时间、地点及精神状态，均可练功，那是大错特错了。练功的人应选择风和日暖的清晨为最佳练功时间，春、夏、秋应早起，冬季必待日出方练。至于练功的场所，应尽量选择景物清幽、花木扶疏之地，使人心旷神怡。忌在冷清古庙、荒山野墓，或阴暗潮湿等处练功，风、雪、雨、雾、雷鸣、电闪之际，亦应避练。若能节制'七情''六欲'，更能有大成就。"

金仙听得痴了。云鹤先生讲完，见金仙没有反应，也不追问，顾自斟了茶，细细地品着。云鹤先生三杯茶喝下去，金仙说话了："我懂了。"云鹤先生说："懂了就好。"吩咐了金仙一些日常该注意的事项，又给金仙抓了几服中药，金仙就离开了。走了几步，想起来还没有道谢，回头去看，云鹤先生不知所终，门已经紧紧关上了。

云鹤先生的话又在耳边响起："所有的经历都是必须要经历的，所有的苦难都是必须承受的，所有的安排都是最好的安排。你会一天天好起来，今天比昨天好，明天比今天好。你不是一般人，不要为现在的困境难过，熬过去，你会有大作为。"

金仙的思维从未有过的清晰，她确认，这次不是幻听幻觉。她记得所有的一切，最重要的是，她没有死，出院了，活过来了，又能看见这落日的绚丽了。活着，是多么艰难而又值得庆幸啊！活下去，好好活下去！这个愿望瞬间在金仙心里升腾，如此真实，如此强烈，完全触手可及。

在塘栖古桥上，金仙对着木桥头的方向，天边一抹云彩，在斜阳中粲然生辉；有一束光，落在京杭大运河中，静静的河水流光溢彩，美丽得无法言说。这是童年的河流，故乡的河流，父亲母亲的河流啊！是你把我带来，又终将把我带走，而明天，你将把我带往何方？

到广州去

到1991年夏天，金仙的病基本好了。体态恢复得差不多，精神状态也不错，感觉整个人真的活过来了。

人有劲了就想找事做，闲也闲不住，又把温岭的老韩夫妇找来，加上张水林、金虎，把县里一家国营的货运部承包了。过不了半年，独立申请了执照，办起了"城关货运部"，由张水林管着。物流这个行当就是她的宿命，想着念着牵着挂着的都是它，即使在她"疯掉"的那些日子，货运部也如此强烈地占据着她的心。

不时有从广州、深圳见过世面回来的人，在城关镇的街上招摇过市。那些人带着打扮时尚的小姑娘，手握"大哥大"，脖子上松松垮垮挂一条牛绳子粗的金链子，逢人就吹广州、深圳的发达开放，好像跟国外似的，处处是西洋景，遍地是黄金。

金仙认识的小刘，听说在深圳发了大财。小刘的爸爸原来在砖瓦厂上班，后来跟着儿子去了深圳，据说儿子在深圳福田最热闹的地方买了房，他和老伴到那享福去了。有一天金仙在车站附近碰到小刘，小刘又吹开了。

"小刘，你爸好吧？"金仙问。她比小刘大一两岁，以前说话都很随便。

小刘没有回答，瞧着金仙有些土里土气，故意卖弄地举了举大哥大，生怕金仙没有看见。他说："他们都叫我刘老板，习惯了，呵呵。"言下之意，你叫我小刘有些不敬了。

金仙是何等冰雪聪明的人，马上明白过来，笑说："是的是的，刘老板。怎么？在深圳发大财了吧？"她想探听一些信息。

刘老板故作谦虚地说："没有没有，别听他们说。也就是运气好，多少挣了一些，小意思啦！"尾音带着广东腔。

"哎呀不得了刘老板！什么东西这么来钱？"金仙表示很赞赏。

刘老板故作神秘地压低声音说："香烟、录像机、碟片、手表，很多东西都做，主要是香烟。"金仙领会了，他说的是走私。刘老板话锋一转："你开货运部来钱太慢了，不如你也加进来，我们一起发财？你是我爸老同事，我知道你做生意很有一套，我们一起干，不出两年，保证你能在深圳买房买车，想买啥买啥。"

金仙顺着她的话问："做这个的人多吗？"

刘老板回答："多，多得很！光是德清人就不少。我告诉你，我们就是一帮德清人合起来做的，都挣钱了，你知道吗？我们那个小区，整栋楼都让德清人给租下来了，牛×得很！"

刘老板吹牛是吹牛，但是这个好像是真的，金仙也曾听说过。走私就是一夜暴富，她曾多次在德清的大街上看见那些发财回来的人，趾高气扬走路跟螃蟹一样横着走。

"那么好挣钱，当地人不挣？"金仙又问。

刘老板嘴角泛起了一丝坏坏的笑，看着金仙说："挣不完呀！全国各地的人都跑去了，就是抢呀！就连做那事的……你知道的，就是女的做那个……一天24小时加班，生意也接不完。听说有个女的给家乡的姐妹拍了一封电报，几个字：人傻钱多速来。"

哈哈哈……金仙笑起来。刘老板也哈哈一阵，再问金仙是不是愿意一起发财，金仙说："谢谢了！我就做我的货运，别的不做。"

回程路上，金仙坐在货车里，货车哐当哐当地响，她还在想小刘讲的那些事。货车司机觉得气氛有些沉闷，无话找话说："那个姓刘的是不是又在吹牛皮？"金仙说："吹牛也是要本钱的。确实不少人在外面赚了钱。"司机说："是的，德清出去的人不少，有做生意的，还有当兵的。"司机是部队复员的，在部队学会了开车。生活穷苦的地方，当兵是一条重要的出路。金仙没有接话的兴致，懒懒地靠在副驾驶的座位上。

司机显然是不喜欢沉闷的，没过一会儿，他又说开了。他说有个湖州人在广州的部队上当了个不小的官，那个人家乡观念重，不少湖州人去找他，能帮忙都帮忙。"哦？广州什么部队？"金仙随口问。司机说："广州军区。你知道吗？广州军区是个大军区，还管着武汉、广西……"金仙打断了司机的话："当的什么官？"司机收回了思路，如实相告："具体不太清楚，反正不小。好像是后勤部政治部之类的。"金仙打趣："不是司令？"司机笑说："那还不是。"

金仙的思绪飘远了，那个声音，又在她的脑子里响起来，一字一句非常清晰。

一天，金仙跟张水林说，她想去广州。去广州干吗？废话，还能干吗？开货运部呗！你人生地不熟，从来没有去过广州，说说好了。我不是说说，我想好了，我就是要去广州。张水林全当金仙一时兴起，并没当回事。金仙的脑子点子多，一天一个点子，不知道哪一天突然就冒出个奇怪的点子，也不足为奇。

经过一年多的调养，金仙觉得自己完全康复了。去广州的打算在心里有些日子了，可是还没有最后下决心。他们的货运部生意不错，如果一直在德清做下去，绝对是没有人能够跟她竞争。她可以挣很多钱，足够一家人生活无忧，她轻轻松松就能把日子过好，过得比谁都好。去广州是崭新的开始，一切都是从头再来，陌生的城市，陌生的人，陌生的市场，困难可想而知。

然而，金仙想去广州。金仙心中有数，只要她决定的事情，天塌下来她也要去做，没有任何人能够拦得住她。

转眼到了1991年农历年的年底，发生了一件意外的事情。金虎在厂里跟人争执，工厂要严厉处分他。这样的麻烦金虎没少惹，次次都是金仙帮忙"擦屁股"，这一次也不例外。

新年刚过，金仙带着金虎，拿着礼物，到车间主任家去求情。敲门，有人跟他们说，主任正在里边吃饭，没空。金仙赔着笑脸说："好的呀好的呀，主任吃饭，我们等着。"院子的一侧站着，慢慢等。伸长脖子去看，里头的房子门开着一边，主任跟什么人喝着小酒吃着菜，高谈阔论。

姐弟俩直直站着，想找个凳子坐，没有，又不能贸然进屋去，只能候着，就好像罪臣等候皇上开恩召见。金仙一肚子气，都怪兄弟不争气，闹出事来，要不也犯不着低三下四来求人。大冷的天，寒风呼呼地刮过来刮过去，脚指头又麻又痛，清鼻涕不停地往外流。金仙想，再怎么着，都上门来认错求情了，多少也应该给点面子吧？姐弟俩沉默着，等待主人召见。

10分钟，20分钟……时间真是难挨啊！冷倒是其次，心里的屈辱一阵阵往上翻，堵在心口，堵上了喉咙。金仙如此刚烈冷傲的脾气，每一分钟都是煎熬。那一刻，她的心情灰暗至极，觉得姐弟俩就是两条狗，在人家门口摇尾乞怜，而人家根本不看你一眼，只顾在那里饮酒作乐。作为人的尊严，被踩在脚下，狠狠地踩，踩到泥土里。

这样的感觉不是第一次，当村里的野小子欺负她的时候，当妈妈绝望地喝下农药的时候，当哥哥含冤受屈被送去劳教的时候，当她被贬去当挖泥工的时候，当她气功练坏被服装店老板娘白眼的时候……

30分钟，犹如30年！金仙最后望了一眼屋子里的灯光，拉起弟弟的手就走。"兄弟，我们不等了，不求他了，再也不求他了！走，我们离开这里，离开德清，到广州去。我把你们都带上，去广州！走！"

这一刻，金仙下定了决心。她了解自己，一旦决心下了，不会再改变。

一片反对声。张水林认为，他们在德清已经走在前头，钱挣得比别人多，生意做得正起劲，要什么有什么，想买什么都买得起，好日子就在眼前呀，没有必要再去折腾。再说了，儿子怎么办？张水林的大嫂是家里最有主见的人，她觉得金仙不值得冒这个险。广州是什么地方？大城市呀！热嘛热得要死，讲话嘛听不懂，吃东西嘛不习惯，还有那些人，没有一个认识的，被骗了被害了怎么办？这年头，坏人多得很。你一个女人，家也不要了，儿子不管了，生意做得好好的，却要跑去广州做，真以为广州满地都是钱等着你们去捡呀？妈妈的意见是再想想，这么大一件事情，一定要好好想想，想清楚了。

金仙说："你们都不用说了，我下了决心了，广州我是一定要去的。这也是困难，那也是危险，还能做成什么事！谁也别再说什么，我不仅自己要去广州，我还要带上你们，一起去广州！"

关键还要看张水林。他对金仙最了解，金仙就是一头犟牛，往前冲的时候，多少人都拉不回来。金仙有主见，有胆识，有魄力，她看准的事情，往往都是错不了的。话说回来，如果不同意她去，她不会罢休，说不准又会闹出什么大事来。德清这地方太小，她施展不开拳脚。好像一条大鱼在一口小池塘，就一点点水，能翻起什么大浪？她是胸怀抱负的人，她这辈子是一定要做大事的。只能让她去！

张水林如果不这样想，就不是金仙选择的人。有金仙那样的人，就一定要有张水林这样的人，你进我退，你动我静，你去闯世界，我来守家园；你是澎湃的激流，我就是沉默的河岸。上天把一切都安排好的，什么人配什么人，刚刚好。

1992年3月6日，农历年的二月初三，"龙抬头"第二天，天气阴冷，寒风阵阵。长桥河边的一株腊梅花，静静地开着。对着长桥的一个小饭馆，金仙和亚芬两个聊得正欢。

明天就要去广州了，金仙觉得心里有些话跟老同学说说。

"金仙，你真要去广州呀？"亚芬有些担心。

"是的。"金仙回答。

亚芬问："你想好了？"

金仙说："想好了。"

"广州你不认识人，不像在这里，再怎么说有个事情还有人帮忙。在广州，你找谁去？"

"这个我不怕，会有熟人的。"

"做生意要办执照，在德清办个执照都不容易，广州就更难了。"

"没问题，我能办下来。"

"很多去广州深圳打工的人，兴冲冲去，虽然有的人也挣钱了，但是更多的人灰头土脸回来的。"

"亚芬，我跟你说，我去广州不是去打工的，我是去做老板的，去办公司，开货运站。"

"那你带多少钱？"

"5万块。"

这个数目不小，那个年代，"万元户"已经非常牛×了。看来金仙什么都准备好了。

"金仙，我知道你这个人，你想做的事情一定能做成。在我们同学中，你最能折腾，哪样能挣钱你折腾哪样，没有你不能折腾的。你想好了，就去吧。广州那地方大，发达，你去合适。"

金仙突然问："你去不去？"

亚芬有点突兀，看金仙的表情，一点不像开玩笑。想了想，亚芬说："我不去。我不敢去。我怕。"

金仙笑起来，亚芬也笑。又闲聊了一会儿，两个人离开小饭馆，各自回家。想着金仙明早要出发，亚芬还是不放心。她问："金仙，你明天到了广州，找谁呀？"

金仙秘而不宣："这个，先不告诉你。"好像胸有成竹的样子。

回家路上，走到长桥中间，金仙站了一会儿，对着长桥河，看泛着微弱白光的河水。水闸那边的灯光亮着，有几艘船停在那儿，水不动，船也不动，静静地，画上去一般。从小到大，江河与船是最深刻的记忆，来来往往，大都是坐船。而明天，她不坐船了，她要坐飞机了，她要到天上去，到广州去了。

这是金仙平生第一次坐飞机。

第二季　成败之间

　　进与退，成与败，天堂与炼狱，往往只是一念之间。商场如战场，在枪林弹雨中杀出一条血路，英雄注定逃不过孤独的宿命。任何人都不可能是永远的赢家，但是，又有谁甘当对手的手下败将呢？战士的使命就是战斗，直到最后一口气。

　　"我一定要赢，我必须赢！"这是官金仙决一死战的信念。

　　拼搏，为了心中的理想，更是为了有尊严地活着。

初探广州

1992年3月7日，广州下着霏霏细雨，天气阴冷。

金仙从白云机场出来，眼前的景象新奇又陌生，时代气息扑面而来。"时间就是金钱，效率就是生命""解放思想，改革开放""实践是检验真理的唯一标准""贫穷不是社会主义，让一部分人先富起来"之类的标语，让人感到与内地完全不同的生机与活力，让人热血沸腾。

春寒料峭中，鲜花开得灿烂，树木全都翠绿着。来来往往的人们匆匆忙忙，好像都急着赶去办什么要紧事。女人们有的穿着带毛领的大衣，有的穿超短裙。那超短裙短得不能再短，屁股紧绷，有点像被绑起来的青蛙。"不冷吗?"金仙忍不住想。女人们的头发很时髦，烫着卷发，有的大波浪披肩，有的鸡冠一样竖起。女人们的行李箱也漂亮，带轮子拉着走的，前面还有一个小皮包斜挎着，五颜六色。金仙一条踩脚紧身裤，一件墨绿色风衣，短发，斜跨一个大嫂帮她做的枣红色布袋子。风衣是在杭州百货大楼花一百多块钱买的，腰带一扎，还是蛮时尚的。

先是坐的士到广州火车站，接着，直奔东山区的广州军区后勤部。为什么不直接去广州军区后勤部? 这其中有个插曲。金仙的弟弟金虎送姐姐到机场，刚好遇见一个朋友，朋友刚好也乘这班机到广州，就托朋友帮忙，姐姐没有去过广州，请他到了广州之后把姐姐送到广州军区后勤部。朋友答应了。到达后，他们叫了一辆的士，他要司机先到火车站，结果他在火车站下来了，要司机继续走，去东风东路的广州军区后勤部。金仙就有点愣住了，这个人不但没有帮忙送她到目的地，反而坐了她的顺风车。

的士在广州的城区穿行。马路上绿树婆娑，垂挂着长长大胡子的巨大老树，自由伸展枝繁叶茂。鳞次栉比的店铺，琳琅满目，令人目不暇接。最具视觉冲击力和震撼力的是扑面而来的广告，"当太阳升起的时候——太阳神""万家乐，乐万家""威力洗衣机，献给母亲的爱""挡不住的感觉——可口可乐"，双层巴士上，也刷着巨幅广告标语，"柯达胶卷""鹰牌花旗参""555电池""中国大酒店"等等，看得金仙眼花缭乱。曾经在电影电视里看到过的场景，如今身临其境。

为什么到广州军区？金仙不是不认识人吗？她去找谁？打听到有个湖州老乡在广州军区后勤部工作，从小当兵出去的，可是人家根本不认识你，这样贸然找去，恐怕门都没有。事实上，自从萌生到广州发展的念头后，已经由张水林和金虎先行到广州打探，他们在广州兜了一圈，也曾经试图找老乡，却门都没摸着，只得空手而回。张水林的印象是，广州那地方，大城市，复杂，乱，外地人去，不容易。

他们在德清不但开了城关货运部，还把国营的货运部也承包了，生意做得风生水起，一切水到渠成。这时候跑去广州开疆辟土，真是没有必要。吃苦受累且不说，搞不好连老本都赔进去。金仙不这样想，她是铁了心，一定要去广州。

"兄弟，你再不要到厂里上班了，我们不受那份窝囊气，再也不要去低三下四求人！你跟水林两个管好德清的生意，我去广州。等广州那边打开局面，站稳了，我把你们带出去。你、金荣，还有哥他们，一个个都把你们带出去。"金仙说得认真，不容置疑。

金虎和张水林他们表面没说什么，心里其实很不以为然。因为，这样的话，他们不是第一次听到。"你们现在照顾我，以后我会照顾你们。我会把你们都带出去，让你们挣钱，过好日子。"金仙这样说的时候神态很正常。听的人都窃笑："又说疯话了！"那时候，金仙疯了，住在精神病院。金仙也明白，他们不信她的话。然而她的内心明镜一般，她不仅要到广州，还要找部队的人帮忙。因为，曾经有人为她指路，每句话，每个细节，她都记得清楚。那是她的个人秘密，或者第六感潜意识，别人又如何懂得？不懂得又如何相信？

每个人的感受都属于自己，苦和痛，悲和喜，惆怅与哀伤，只是自己的，不能与外人道，即使说出，往往言不由衷。因而，所谓的懂得，所谓的感同身受，这个世上是不存在的，说理解懂得不外是一种安慰罢了。她所见所听所思所想，历历在目，言犹在耳，她确信无疑。多说无益，既然听见了内心的召唤，那就行动吧！

"实践是检验真理的唯一标准"，踏上广州第一眼看到的这幅标语，让她精神为之一振。

1992年，中国发生了一件载入史册的大事件：邓小平南方谈话。时间就在金仙到广州的一个多月前，1992年1月18日至2月23日，邓小平视察武昌、深圳、珠海、上海等地，发表了重要谈话。对中国90年代的经济改革与社会进步起到了关键的推动作用的邓小平南方谈话，是一个划时代的标志。在讲话中，邓小平强调，改革开放的胆子要大一些，敢于试验，看准了的，就大胆地试，大胆地闯。他说，没有一点"闯"的精神，没有一点"冒"的精神，没有一股气呀，劲呀，就走不出一条好路，一条新路，就干不出新事业。

回溯1978年12月18日，党的十一届三中全会在北京召开，做出了实行改革开放的重大决策。1979年，党中央、国务院批准广东、福建在对外经济活动中实行"特殊政策、灵活措施"，并决定在深圳、珠海、厦门试办经济特区。随后，在广东，"三来一补"企业迅速在珠三角的东莞、深圳、中山等地集结，大量民工揣着"东南西北中，发财到广东"的梦想涌入广东。

金仙的目的很明确，她不是到广东打工的，而是到广东当老板，求发展，干事业的。她瞄准的是广东开放改革的特殊地位和大好时机，还有相对宽松、开明、自由的环境。

的士开了很长时间，在街上转来转去，最后停在东风东路的一所大院子前。司机说到了，金仙钻出车，抬头一看，哎呀不得了！一个戒备森严的大门，门口一个持枪站岗的卫兵。大院里有楼房，有操场，可是看不见人，听不见声音。卫兵警惕地往她这边看了看，金仙的心扑通扑通地跳着，无来由地紧张。在德清那个小地方，金仙也算是见过世面的，可是哪里见过这样的阵势？当即有点发怵，下意识地抱紧了布袋子。

"你，干什么？"金仙刚往前走了半步，卫兵威严地拦住了他。

"我，找人。"金仙心理素质还不错，镇静地回答。

"找谁？"卫兵训练有素地问。

"我找陈部长。我是他老乡，老家来的。"金仙展颜一笑。

"哪个陈部长？"卫兵公事公办。

"后勤部的陈部长，湖州人。"金仙的语音带着浓重的湖州口音。

卫兵的表情放松下来，要金仙出示身份证。一会儿，他打电话联络。电话通了，是一个女人，听说金仙从浙江湖州来，告诉金仙，部长不在，下连队了。金仙问什么时候回来，回答说至少一个月之后。金仙听女人的口音也是湖州腔，心想可能是部长夫人，当即说起了家乡话，说她是德清人，专程来找部长，部长不在，能不能让她进去，到家里坐坐。部长夫人爽快地答应了。金仙放下电话，暗暗松了一口气。又等了好久，来了一个男的，把金仙领了进去。

见过部长夫人，金仙拿出一点家乡特产，说明了来意。部长夫人见金仙大老远来，看上去瘦弱的姑娘，谈起宏图大业充满激情和信心，心里有几分赞许，便热情招呼，把她了解的情况一五一十告诉了金仙。她给金仙指了一条路，找后勤部属下的南方工贸。南方工贸是做生意的，那个年代允许部队经商，军队企业与民营企业联合的案例屡见不鲜。她介绍了南方工贸一个张姓部长，要金仙一会儿就找他去。把金仙送到大门外，告诉她怎么坐车，从哪里下来，怎么找张部长。金仙觉得很幸运，遇见好人了。

又背起她的枣红色布袋子，打了的士，直奔张部长家。从东风东路到中山二路，距离不远，一会儿也就到了。门口站着保安，又一番例行公事，金仙这回没有那么慌了，跟保安说明情况，保安看过身份证后，要金仙自己进去。

站在大门口，金仙蒙住了。大门紧闭，怎么开呢？警卫说："按门铃。"金仙找了一遍，没有找到门铃，见有一排电话机那样的按钮，想必就是门铃了，却不知道怎么按、按哪个。试探地按了几个按键，嘀嘀嘀响，门并没有开，吓了一跳。左右为难，最后还是警卫帮了忙。对讲机通了，金仙也不管人家是男是女，是否听得见声音，对着对讲机说了自己是谁、从哪里来的、要找谁，并说是陈部长的湖州老乡，是陈部长夫人让来找的。还在说着，只听大门"啪"一声开了，金仙连忙推开，走了进去。大门在她身后自动关上了，哐当一声，又把金仙吓一大跳。

张部长是江苏无锡人，主管南方工贸的部门部长，他太太是湖南妹子，长得清秀可人。这天是星期六，夫妻俩都在家。一见面，把张太太给惊讶了："你这个小姑娘也真够大胆啊！一个人跑来广州，跑到后勤部找老乡，广州可是个大地方，你也不怕让人给骗了？"

金仙微笑："我不怕，我碰上的都是好人。"顺手送上家乡特产，说是一点手信，不成敬意，还要请张部长多帮忙支持。张太太给金仙递过来一杯茶，要她别着急，慢慢说。

会审开始。张部长问："你是湖州的？"

金仙老老实实回答："湖州德清的。"

张太太插话："到广州干什么来了？"

金仙回答："开货运部。"

张部长又问："你一个小姑娘，开货运部？别开玩笑，那可是大事。"

金仙认真而诚恳地说："我在德清就是开货运部的，我有两个货运部。在德清，我是最早开货运部的。"

张太太问："有钱挣吗？"

金仙回答："有啊！没钱挣我开它干吗？就是有钱挣才想来广州开。"

张部长不以为然："既然有钱挣，生意做得好好的，跑来广州干吗？你一个人能做吗？广州这个大城市，能干的人多了去，可没有你想象中那么好挣钱。"

金仙以不容置疑的口吻说："我有把握，我肯定能挣钱。我熟悉业务，有经验，知道怎么做，怎么挣钱。广州大，经济发达，货运的需求量很大的。所以，我来探探路，我们要在广州开展业务。"

张部长见金仙口气这么大，好像是随口问："你在德清哪个单位？"

金仙会意，拿出介绍信和身份证来。介绍信是德清的联营公司开的，国营单位。那时候很看重这个，出门办事没有单位介绍信，说明不了身份，没有人相信你，根本办不了事。张部长看介绍信的时候，金仙说："跟陈部长老乡。本来是找陈部长的，刚才去他家，见到陈部长爱人，才知道陈部长下连队去了，要很久才回来。所以，陈部长的爱人让我来找您。"

看过介绍信和身份证，张部长说："是的，部长下连队了。"金仙看见桌子上有电话机，心想陈部长的爱人可能给他们打过电话了吧？

张部长往沙发后面一靠，架起腿，摆开长谈的架势，问："那么，你说说，你想怎么做？有什么计划？"金仙见时机来了，开始侃侃而谈。对这个机会等待已久，金仙在心里已经酝酿了千百回，说起来有理有据胸有成竹，所产生的效果也不言而喻。

关于广州的记忆，后来无论经历了多少，无论承受过了什么，最深刻的还是她刚到广州的这一天。这一天，犹如一颗闪闪发亮的珠宝，镶嵌在她的记忆里，时间越久，越是散发出不可思议的光芒。人的一生总有几个刻骨铭心的日子，于她而言，这一天就是。

多年之后，当金仙可以静下心来怀想，谈起这一天，就像是昨天刚刚发生过。她说："我当时一门心思就想把事情办成，无论费多少周折，都要去办。好像有谁在指引着我，我从来没有到过广州，更没有去过军区大院，一下飞机就奔了去。很多人说广州很乱，可是我不知道害怕。就是这样，许多看上去很难很难的事情，在没有去做之前，总是前怕狼后怕虎，一旦鼓足勇气迎上去，开始去做了，才觉得并没有想象中那么难。人更多时候是自己吓自己，给自己设很多障碍，事实上这些所谓的障碍，不过是给自己退缩的理由。有句话说：世上本来没有路，走的人多了就成了路。我觉得，别人走出来的那条路，那是别人的路，只有你自己一步一步踩踏出来的，才是自己的路。"

难道，你就没有想到会碰壁吗？比如，人家根本不理你，或者，干脆就把你当成骗子。对于这个问题，金仙的回答简明扼要："我没有那样想。"言下之意，她根本没有想到这一步。这样说来，她是怀着必胜的信念了。

为什么要找部队背景的企业合作？政策放开，私营企业同样可以通过正规渠道申请营业执照。金仙在这一点上显示出深谋远虑，事实上后来也证明了她的远见卓识。她认为，我一个外地人，在广州人生地不熟，站稳脚跟哪有那么容易！干货运这一行，打交道的是车站、码头，没有靠山、背景是吃不开的。部队企业也是企业，是企业就要经营做生意，做生意就要挣钱，资源共享互惠互利的事情，何乐而不为！在德清的时候，托运站做得好好的，却有部门来查，只要查，肯定能找出你的问题来，最后不得不关门大吉。如果有靠山，他们敢查吗？如果是有序竞争良性竞争，他们会来查吗？

金仙筹划好了，她出资，与南方工贸联合成立货运部，货运部挂在南方工贸名下，实际由金仙操作经营，南方工贸派代表进驻货运部，货运部每年上缴给南方工贸一定数额的管理费。

"你准备投资多少钱？"张部长在听完金仙的陈述后问。

"五万块。"金仙回答。

这是个不小的数目。虽然对于部队企业来讲，这笔钱不算什么，可是对于个人，已经相当不错了。张部长获悉，眼前这个看上去有些瘦弱的江南女子，已经在她的家乡德清打出了一片天地，目前还开着两家货运部，生意做得红火。不用说也明白，要是生意不好，人家能拿出五万块钱吗？能跑到广州这个大城市来发展吗？

"那你有车吗？"张部长觉得这是个关键的问题。做货运，光有钱还不行，得有车。金仙说："不用车。社会上有的是车，我们整合起来就行，用他们的车。还可以用火车，跟车站打交道就行。"

张部长的问题又来了："那你有人吗？"金仙说："做起来就有人。"

金仙侃侃而谈，来做什么，怎么做，头头是道，条理清晰，看来已经深思熟虑了。很显然，她找南方工贸合作，就是需要安全感，需要保护。这样的合作其实早就有过，对部队来讲，不是什么难事，也不是什么坏事。张部长对金仙又有了另外一种看法：这个姑娘不简单！她绝对是个想做事情的人，敢做事情的人，而且，能做成事情的人。这个忙值得帮，必须要帮。凭他张部长的经验，他对这个不速之客起码搞清楚了重要的三点：第一，这个人不是骗子；第二，这个人是来找南方工贸合作做生意的；第三，这个人是后勤部陈部长的老乡。

"你明天到南方工贸来吧。"张部长说。金仙听张部长的语气，明白这是个好的开端，禁不住眉开眼笑，连声道谢。

张太太介绍金仙住旁边的嘉应宾馆，过马路就是南方工贸了，十分方便。当晚，金仙住进了中山二路的嘉应宾馆。早上还在德清的家里，晚上已经在繁华广州的霓虹中。这一天走了多远的路？见了什么人，办了哪些事？说了什么话？想想真是不可思议，恍若梦中。从窗口望出去，隐隐约约的灯光之下，绵绵的春雨粉末一样筛落下来。一把把彩色的雨伞，悠悠然移动，仿佛开在黑夜的花朵。车水马龙的大街上，汽车尾灯组成的星河，绵延而去，不见尽头。

在广州的第一个晚上，金仙辗转反侧，彻夜难眠。

二十九个公章

迷迷糊糊睡了一觉，醒来天已大亮。雨还在下着，空气滞重，衣服好像湿答答的。金仙简单收拾了一下，穿上风衣，打算街上随便吃点早餐，然后早点到南方工贸去。过马路的时候，冷风夹着冷雨，金仙禁不住打了个寒战，心里嘀咕：不是说广州不冷吗？怎么也这么冷？简直冷死人了！

这一天是三八妇女节，南方工贸办公楼里照常上班。跟正规的部队大院不同，虽然是军办企业，看上去并没有那么中规中矩，里头上班的人，有穿军装的，有穿便装的，想来穿军装的是军人，穿便装的就是这家企业的职工了。金仙想先找到张部长，周围看了看，不见他。有人往一个大办公室指了指：喏，就在那儿，你进去。金仙进去，里边坐着几个人，逐一瞄过，没有张部长。正要走，有人叫她："哎，你，来了？"金仙回头看去，见一个头顶刮得光亮的老头，一身黑，黑色毛呢裤子，黑色毛呢大衣，胖胖的，一头黑熊一样，蜷缩在角落里的一张桌子前，好像有点脸熟，多看了几眼，我的妈呀，正是张部长！金仙被他的样子逗乐了，忍俊不禁。

"张部长早！我是金仙。"金仙一边说，还忍不住笑。

张部长站起身，"对，对，官金仙。"他把金仙介绍给办公室其他人，简单说了一下金仙来寻求合作的意图。几个女的围上来，说金仙真是大胆，一个人到广州来，还要开公司办大事，怎么也不害怕？金仙抓住机会开讲，把自己的合作意愿说了一遍，说得诚恳又朴实。又到了其他几个办公室，见面打招呼，很快，都知道有个浙江湖州来的姑娘，想跟南方工贸合作开货运部。

此后，金仙天天准时到南方工贸"上班"，俨然是他们的一员，虽是"编外"，倒也混个脸熟。他们当然不会那么轻易同意合作，因为他们根本不了解你。虽然你这个人不是骗子，但是他们对货运部这个行当完全陌生，怎么运营？是否挣钱？有没有风险？最关键的是，一个女的做货运，好像有点出人意料。货运，货物运输，车站，码头，搬运装卸，都是膀大腰圆的男人干的力气活。

金仙的任务就是让他们认识和了解，她这个人，以及货运。她也不打扰别人，别人忙着，她就安静地坐在一边，看看报纸什么的；别人不忙了，可以聊聊天，她就抓紧机会说。她明白，人家不了解你，凭什么跟你合作？她要有足够的耐心，直到办成为止。

张瑞谦是个团级干部，在张部长手下做事，在公司里算是干实事跑腿的，为人热情，做事利落。有一天跟金仙聊过之后，跟金仙说："陈部长我认识，我打个电话给他。"当即拨通了电话，要金仙跟部长说。金仙有点紧张，毕竟部长那么大的官，她从来没有见过。金仙定了定神，还是落落大方地说："部长，我是德清老乡，我在德清是做货运的，我有个项目想在广州做，在广州开货运部，跟你们南方工贸合作，钱我出。请部长支持！"

部长说："哦，知道了，你放心吧。"要张瑞谦听电话。部长的声音挺大，金仙都听见了："是我的老乡，没错。你看他们能做什么，能做尽量做吧，我也不在，你们看着办，能帮就尽量帮帮。"金仙很感动，当了那么大的干部，对一个素昧平生的老乡如此关照，足见家乡感情的深厚。

张瑞谦笑笑说："你说的湖州话，我能听懂。"

金仙一下子觉得亲切了许多。张瑞谦告诉她，他是上海人，因为地缘的关系，跟陈部长有些交往。想想也是，要不是有交往，一个下属，怎么敢直接给顶头上司的部长打电话。金仙看出来，张瑞谦是个办事踏实的人，于是把自己的合作意愿详细地说了。

很快，南方工贸负责招商项目的骆姓副老总得知了消息，也知道了官金仙这个人。事情能不能成，这个人是关键。金仙抓住时机，找到骆总。在办公室找，又到他家里找。骆总这个人很和善，没有一点架子，他认为项目还可以，就是具体怎么合作，还要拿出个方案来。金仙一听，有眉目了！

金仙还是天天"上班"，跑张部长办公室，跑骆总办公室，他们下班了，她也跟着下班，街上买一个盒饭填饱肚子，其他时间就待在宾馆里。广州那么繁华热闹，那么充满诱惑，可是她视而不见，逛商场看风景的事情从来没有过。一段时间下来，南方工贸上上下下的人都熟悉她了，每天见着打个招呼，老朋友一样。张部长办公室几个女的对金仙身上的墨绿色风衣感兴趣，觉得挺好看的，秀气，显身材，有时间就围住她，聊服装的面料、款式、做工，跟金仙打得火热，甚至还想买走金仙的风衣。

有个女的问金仙："你为什么不找外资合作？国家支持与外资合作，办起来手续也没有那么复杂。还有，现在外资很吃香呀，很多人都走这条路。"金仙坦诚地说："别的我都不想，什么外国人我都没有打算合作，我只想跟南方工贸合作。"大家都笑金仙是一根筋。

终于达成共识，南方工贸愿意跟金仙他们合作，成立南方工贸货运部，以后的具体工作由张瑞谦等5个人负责和跟进。好像是水到渠成，接下来的事情应该容易得多。然而，进入具体操作阶段，金仙才知道，万里长征还没有迈开第一步。

南方工贸多大？据说不仅广州有，在全国各地设有分部，干部职工人数超过一万，多少部门？少说也几十个。统计下来，金仙的合作项目必须经过29个部门的同意批准，少一个都不行。也就是说，金仙要拿到一张盖有29个公章的公文，合作项目才算正式达成。

金仙一个个去找，做工作，盖章。好像一只蚕，那么大一片桑叶，不能一口吞掉，只能一小口一小口地啃。各部门之间的领导平常都是互相交流通气的，这件事情也都多少有些了解，别人都同意了，你还拦人家干吗？因此，金仙的工作进展还算顺利。

只是，到了办公室主任那里，金仙碰了一鼻子灰。

主任姓肖，操上海口音，头发梳得齐整，皮鞋擦得锃亮，一丝不苟的样子。瞄了几眼金仙递过来的报告，直截了当地问："那你一年交多少钱哪？"

"三万。"金仙想，这个数字已经够吓人了，好大一笔钱呢！

肖主任不以为然地说："三万？不就是一顿饭的钱吗？"

一顿饭能吃下去三万？这一下真的把金仙给唬住了。看肖主任的派头，居高临下，不是好说话的，一时语塞。肖主任脸上的表情明显的不屑一顾，仿佛在说："区区三万块钱，值得吗？没事找事。"

金仙还想争取一下："肖主任，货运部对我来说是一件大事，请你支持。"

肖主任顾自整理桌面上的文件，头也没抬地说："你一个女人，搞货运？能搞得成吗？"金仙还来不及接话，肖主任说忙，很多事情要处理，金仙明白那是逐客令，只好走了。她当然不会放弃，今天不行，明天再来，反正，不达目的不罢休。

晚餐还是盒饭，三块钱，有荤有素。吃了大半个月，所有的品种都品尝过了，鱼香茄子、腊味双拼、番茄牛肉、烧鹅、白切鸡、豉汁排骨、萝卜牛腩、客家酿豆腐、酸菜大肠……起初她觉得鱼香茄子蛮好吃的，现在闻到那个味道就难过。天天来吃，服务员也熟了，问她今天吃什么，她百无聊赖地说："随便吧。"服务员又问："随便是什么？"金仙想了想，往里看了看说："烧鹅饭吧。"

咽不下去。她想家里的老鸭冬笋汤了。还是家里的饭菜好吃，油焖笋、茭白毛豆、糖醋鱼、东坡肉，青菜嫩绿嫩绿的，还有各种各样的酱菜。这个季节，春笋快出来了，接着有蚕豆、毛豆、野菜，长桥边的街上，那些卖菜的老太太，把水灵灵的青菜铺了一路。

金仙想家了，想起家就想孩子，也不知道儿子怎么样了。有没有发烧？按时去学校吗？想妈妈了没有？出门的时候只跟儿子说，过几天就回来，这都过去大半个月了，她还在外面，不知道归期。

不远处有一家邮电所，可以打长途电话。取号码，排队，等上老半天，终于轮到了。电话机摇啊摇，嘟——嘟——嘟——金仙先打给弟弟金虎，问父母的情况，知晓一切如常，又问货运部的生意，金虎说蛮好的，年后都开工了，原来的老客户都动起来了。

"姐，你那边的事情能办下来吗？不行就回来。"金虎说。金仙不悦的声音："你姐是那种人吗？"金虎憨笑。

打回家里，张水林说刚下班，问金仙广州冷不冷，带的衣服够不够，不够就买，别冻着了。金仙说广州天天下雨，没有想到广州也这么冷，不过还好，带的衣服够了。心里一阵温热，鼻子酸酸的。她和张水林都不是那种会说甜言蜜语的人，都是实实在在。刚要问儿子，电话已经被儿子抢了过去，对着话筒就喊："妈妈，你什么时候回家呀？"金仙的眼泪就下来了。

自己这样为了什么呀？还不是为了家人能过得更好！金仙想，等在广州站稳脚跟，安稳了，把兄弟们都带出来，父母也要出来，老公和儿子都要出来，一家人在一起。她这一辈子，所有的努力和动力，都是家和亲人。眼前她必须做的，就是为亲人们开辟一条路，创造一个好环境。落到实处就是先把货运部开起来，生意运转起来。这件事非她莫属，她责无旁贷。

　　怎么打通肖主任这一关呢？这个晚上，金仙满脑子都是这件事。本来想一上班就去找他，表明诚意，让他多一些了解，对她有一点信任。办这个货运部，对你个人也许没有什么好处，可是，也没有什么坏处呀？为什么不顺水推舟做个人情呢？我一定会记住你这份人情，会心怀感恩。人在江湖，多一个朋友总比多一个敌人好吧？说不定哪一天，你也需要别人帮忙呢！转念一想，金仙又觉得不妥，肖主任的傲气清高是写在脸上的，你一个无名小辈，一个小老百姓，他怎么可能听你说话？！那怎么办？他那一关是必须过的，没有他办公室主任的同意，这件事就得搁在那儿。但是，金仙搁不起。时间于她而言，每一分钟都是弥足珍贵。"时间就是金钱，效率就是生命"这句口号，她开始有了体会。

　　走进南方工贸办公室，一眼看到一身军装的张瑞谦，金仙突然豁然开朗。

　　后来，据说肖主任上洗手间的时候，偶遇上海老乡张瑞谦，张瑞谦无意间提起了货运部这件事，手续很烦琐，要几十个部门批复盖章。肖主任好像突然想起来有这件事，说是还没有来得及认真看。临走，张瑞谦随口说："陈部长这个老乡挺有能耐的。"

　　临近中午下班，肖主任在走廊里碰见张部长，寒暄过后，张部长突然问："哎，肖主任，那个官金仙去找你没有？就是要跟我们联营货运站的湖州姑娘，陈部长的老乡。"肖主任问："陈部长知道这个事？"张部长说："怎么不知道？陈部长的意见是，看看怎么合作，能帮就帮。别说陈部长老乡，这个事也是一件好事，我们本来就要招商广开门路。你说是吧，肖主任？"

肖主任是何等聪明之人，到他这个位置，不说八面玲珑，也是一点即通。又过两天，官金仙来了。浅笑盈盈叫一声"肖主任"，恭敬地呈上文件，嘴里说那天主任工作忙，不好意思打扰了，希望今天肖主任没有那么忙，可以看看她这份文件。

肖主任的语气跟那天判若两人，脸上甚至有了笑容，很无奈地说："办公室工作就是为领导服务，事无巨细，都要亲力亲为，天天忙得晕头转向。"文件拿在手里，仔细看过，点头说："蛮好的嘛，准备什么时候开张？"金仙回答："没有那么快呢！要先办执照。"又问："营业的地方有了吗？要不要我推荐一个？"

金仙说："谢谢肖主任！那太好了。我正想请教您呢，您熟悉。东莞那边的厂商比较多，货运量大，我们想把货运部先开在东莞，打开门路了，再到广州。您看可以吗？"肖主任赞许地说："这个考虑很好，有商业头脑。"

从肖主任办公室出来，金仙心里五味杂陈。一定要做好，不给看好我的人脸上抹黑，更不能让不看好我的人讥笑。陡然觉得肩上的担子沉甸甸的，内心升腾起强烈的责任感。

第29天，金仙拿到了盖有29个公章的公文，首战告捷。

签合约的时候，身份证上的"官金仙"三个字让她犹豫了一下。本来是"管金仙"的，办身份证的工作人员疏忽，把"管"写成了"官"。以前觉得无所谓，不外是一个名字。现在要签合作协议了，预示着以后公司的负责人就是"官金仙"而非"管金仙"，她从此由"管"变成"官"。她跟兄弟联系，问他这个事情怎么办好，回答说合约能签下来赶紧签下来，重新申领身份证至少也得半年，耽误大事了。全家都是"管"，有个"官"也不错嘛！

1992年这个阴雨连绵的广州春季，官金仙单枪匹马，用了一个月时间，拿到了跟广州军区后勤部南方工贸公司合作的协议，圆满取得了第一阶段的胜利，于是，4月中旬打道回府，准备理一理思路，养好精神，回来正式筹办货运站。

捞世界的女人们

20世纪80年代之前，中国了解东莞的人少之又少。学过历史的人是从鸦片战争知道东莞这个名字的，林则徐虎门销烟，这个虎门就在东莞。原本隶属惠阳地区的一个县，相传境内盛产莞草而闻名，东莞人大都以做莞草为业，又在广州之东，故名东莞。

东莞地处珠江口东岸，东江下游的珠江三角洲，东接惠州市惠城区和惠阳区，南抵深圳市龙岗区和宝安区，西连广州市南沙区、番禺区和萝岗区，北达广州市增城区和惠州市博罗县。四周共与广州、深圳和惠州的9个县级行政区接壤，地理位置得天独厚。

在很长的时期内，东莞是惠阳地区的一个县，沉寂在边远渔村的一角。声名鹊起是1978年党的十一届三中全会召开之后，这次会议做出了改革开放的重大举措。东莞先声夺人，也正是1978年，中国第一家"三来一补"企业——东莞虎门镇太平手袋厂正式成立。三来一补是个新鲜词，指来料加工、来样加工、来件装配和补偿贸易，是中国内地在改革开放初期尝试性地创立的一种企业贸易形式。同时，"三来一补"成为广东利用外资的典范，后来该模式被全国其他地方广为采用，东莞是第一个吃螃蟹者。

1985年，东莞被列入沿海经济开发区，同年，撤县设市，1988年升格地级市，东莞市应运而生。

虎门太平手袋厂起着投石问路的作用，自此之后的10多年间，东莞的"三来一补"企业遍地开花，迅速成为东莞经济发展的主力军，也使东莞一跃成为有名的"广东四小虎"之一。资料显示，从1978到1993年的15年时间，东莞共引进"三来一补"企业1100家，这些企业为东莞带来税费收入15亿美元。

连锁反应是人口结构的变化，来自全国各地的外来工蜂拥而至，谁也说不清楚具体是多少，有一个幽默说：在东莞随便一个地方，见到一个本地人比见到一块稻田更难。权威统计显示，东莞每四个人当中，就有三个外地人，这当然不包括每天从不间断前来参观学习的人。就说1992年5月，电视里播出的重大新闻就有：5月13日，河南省委书记侯宗宾、省长李长春率赴粤考察团一行52人抵达东莞考察。5月17日，民政部部长崔乃夫到东莞视察。5月20日，上海市委书记吴邦国率考察团抵东莞考察。

东莞，改革开放的热土，名副其实。官金仙把广东创业的第一个点设在东莞，显然是经过多方考虑的。

回家没几天，5月上旬，金仙又往广州跑。她得到消息，陈部长下连队回来了，虽然陈部长自始至终没有见上面，事实上是他帮的大忙，应该专程登门道谢。一部大戏，只是定了主题，还没有开始排练呢！接下来的工作没有陈部长的支持是不行的。登门拜谢，还有一层意思是汇报请示。

达道路长城宾馆，金仙见到了陈部长。很爽朗的一个人，和蔼可亲。刚见面，陈部长说："你这个小姑娘不错嘛，我不在，你把事情都办好了，蛮有能力嘛！"金仙说全赖部长支持。饭局上，满满一桌子人，都是什么企业的头头，对部长毕恭毕敬。金仙虽然在广州住了一个月，天天大排档盒饭，真正的广州菜还没有正式品尝过。一坐下，一桌子碗碟，饭碗汤碗，骨碟调味碟，筷子架调羹架，蒙了，搞不清楚广州人吃饭要这么多碗碟做啥用，顿有刘姥姥进大观园之感。还好，她机灵，自己先不动，看别人怎么做照着做，总算没有出洋相。

南方工贸同意跟金仙合作，具体运营完全由金仙做主。听金仙说打算把货运站放在东莞，陈部长赞许地说："这个主意不错，东莞三来一补企业多，货物多，开展业务比较容易。"金仙说："东莞是第一站，做开了，还要来广州。广州是省城，经济中心，运输中心，汽车、铁路都比较方便。"陈部长听了打趣说："你年纪不大，野心不小嘛！"金仙说："我在这边就认识部长这个老乡，以后还要请部长多多关照，"陈部长豪爽地说："没问题，只要是政策允许的合法的，我一定支持！"金仙听了，犹如吃了一颗定心丸。心里想："一定要好好做，陈部长这么关照，不能给陈部长丢脸。"

浙江广东之间来回跑了两次，有关手续也办得差不多，金仙收拾好准备常住的行李，奔赴广州。

南方工贸派出张瑞谦，协助金仙办理工商执照、税务登记之类的事情。张部长全力支持，把他主管的部门唯一一部旧蓝鸟车让出来，金仙和张瑞谦就在广州、东莞之间来回跑。广州到东莞不过80多公里，但是道路坑坑洼洼，特难走，还堵车，再快也要走6个小时，有时候堵得厉害，得走8小时。颠簸得全身骨头都散了架，也不觉得多苦，有目标，有希望，再苦也是乐。饿肚子是常有的事，记得有一次晚餐时间，午餐还没吃，张瑞谦提议去浙江大厦吃家乡菜，好好犒劳一下。结果小笼包上桌，金仙饿过头了，肚子痛得直不起腰来。

大事跑得差不多，剩下的就交给金仙一个人了。她搬到东莞，开始筹备工作。

5月的东莞，热浪扑面。红的花黄的花白的花，开得肆无忌惮。一排排延伸而去的大王椰树和棕榈树，洋溢出亚热带风情。才5月呢，北方的冰雪才刚刚消融，东莞却已经是烈日当空的夏季了。那些到虎门服装城进货的东北人，把羽绒服塞进编织袋里，感叹一声："什么地方啊，这么热！"仿佛到了另一个国度。

东莞莞城，好世界招待所。金仙穿一身真丝服装，轻飘飘到了前台。老板娘抬眼一看，心里已经明白这是个江浙一带的人，那一带的人最爱穿真丝衣服。

"多少钱一间房？"金仙问。

老板娘："十五块，单间。"

沉默了一会儿，金仙问："最便宜的多少钱？"

老板娘的嘴角不经意地撇了撇，"八块。六个人。"

金仙要了八块的。她不是没钱，她要把钱用来开货运站。事业刚刚开始，用钱之处多的是，每一分钱都要省着花。再说了，不是住一天两天，货运站的筹备工作也许需要很长的时间。跟上次一样，她依旧是单枪匹马，等把事情都准备差不多了，才叫其他人过来。张水林和金虎照看着德清的两家货运部，目前要靠那里挣钱。

房间的窗帘拉上了，光线暗沉，金仙好一会儿才适应，找到属于自己的空床铺，放下行李，就想去拉开窗帘。这大白天的，拉上窗帘干吗？刚把窗帘拉开一边，有人嘟哝了一句："干吗呀？"金仙吓一跳，转身看去，才发现室内六张床，三张是空的，还有三张睡着人。金仙想，大白天睡大觉，真奇了怪了！

金仙买了一辆单车，一顶草帽，每天早出晚归。要做的事情太多，首先找货运站的落脚点，到底在哪里好，她转了莞城的大街小巷，最后定下来在东莞汽车站对面，丽晶酒店旁边。这个地方人流密集，交通方便，适合开货运站。她对这个有经验，她在德清城关镇的货运部，就开在客运站旁边。

洽谈，租房子，办手续，办公地点弄定当了，其他事情才好办。接下来的工作还很多，执照的事情，发票印制的事情，购买办公用品，置办生活用具，大到办公桌椅，小到锅碗瓢盆，一样也不能少。公司开了，总不能一直住招待所吃盒饭吧？还得要把厨房搞起来，起码自己做饭吃。

每天回到招待所，金仙几乎都是摸黑走，其时莞城万家灯火，笙歌处处。累得骨头散了架，拎个水桶，拿个脸盘，到公共洗漱的地方收拾干净了，倒头就睡。同室的其他人很少碰面，她每天晚上回到房间，她们已经不在了；早上她出门的时候，她们在呼呼大睡。

一天下雨，金仙回去得早，正匆匆往里走，楼道里碰见一个中年女人，背后背一个大包，胸前挂一个袋子，晃荡晃荡地上楼。"哎呀妈呀，这楼梯也太窄了！"女人自言自语。金仙看她的后背，差点笑出声来：这哪里是背包，简直是一座山啊！还说人家楼梯窄。金仙侧过身子，让她先走。女人咚咚咚往上走，好像那楼梯随时有塌下来的可能。金仙到了房间一看，女人原来是同一个房间的。房间里还有三个年轻女子，都穿着睡衣，一个个身材很好，脸蛋长得漂亮。金仙第一次看见她们的样子，觉得蛮新奇。

中年女人跟金仙说话："我知道你住在我旁边，但是没有见到人。"

金仙说："我每天早早出去了，晚上回来得晚。"

中年女人哈哈笑了，很乐观，她的嗓门也有点大："我起得比你更早，回来得比你还晚。"接着问金仙来做什么的，金仙牢记"逢人且说三分话"的古训，就说来看看有什么生意能做。

中年女人倒是直率，把来龙去脉都告诉了金仙。她叫兰姐，哈尔滨的，家里做服装生意，过一段时间就跑一趟广州和东莞。有个女孩插话说：“做服装呀？虎门很多呀！怎么不去虎门呢？广州也有呀，在火车站旁边，叫白马服装城，新开的，那里的服装可多可时尚了。”兰姐附和：“是的是的，这些地方都跑过。反正做生意到处转，货比三家。”

另外一个女孩慢条斯理地说：“我看你还磨蹭，要走啦！”

一会儿，三个女孩子换了衣服，化了妆，穿起高跟鞋，准备出门了。金仙看得眼睛都花了，打扮得这么花枝招展，这都9点了，大黑的天，去哪儿呀？也不怕坏人呀？她们对金仙的惊讶视而不见，从她身边走过，袅袅婷婷而去。

“知道她们干什么的吗？”兰姐故作神秘地问。

金仙一头雾水，摇摇头表示不懂。

兰姐说：“晚上出门，早上回来，夜里工作，白天睡觉，你说这是做什么？”

金仙没有明白过来，问：“什么呀？”

兰姐乐呵呵一阵，说：“年轻漂亮就是资本，我这样的，想做都没有资本咯！”

金仙这下明白了，心里有点不舒服。原来，自己跟“小姐”同住一屋！怎么这么笨，一直没有发现呢？心想还是赶紧找房子，尽快搬走。

一天，金仙从工商局回来，晒得灰头土脸，想赶紧冲个凉，进屋看见兰姐在哭，哭得凄凉至极。问怎么回事，兰姐说被人骗了，三千块钱，全骗走了。怎么骗的，兰姐不愿意说，只是一个劲地骂自己傻，一边不要命地撕扯自己的头发。金仙觉得兰姐好可怜，可是又不好多说什么，只能轻轻叹一口气，安慰几句。

第二天，金仙回到招待所，兰姐没在。此后，再也没有见过兰姐。问老板娘，老板娘说走了。金仙脑子里老是闪着兰姐撕扯头发的样子，还有她凄凉的哭声。

江湖险恶，一个女人出来闯荡，真是不容易！

又发生了一件事。有一天早上，三个女孩回来了，其中一个拼命地哭，边哭边骂，好像跟谁有仇似的。另外两个女孩在一边劝，怎么也劝不住，还是哭。后来一个女孩说："要不，找他出来，杀了他。"哭泣的女孩咬牙切齿地说："好，杀了这狗娘养的！"

金仙汗毛倒竖，又不好插话。女孩们说的是浙江话，她们以为金仙听不懂，谁知金仙一字不漏地听了去。本来金仙还想劝劝的，这下子更不好开口了。在她们的言谈中，金仙终于理清楚头绪。原来，一个女孩子给某个男人包了，男人答应给她买一辆嘉陵摩托车，后来男人又包了别的女孩，反悔了，摩托车的事情泡汤了，还对女孩避而不见。这天女孩见到了男人，上前论理，男人矢口否认，扬长而去。"把那狗娘养的杀了，把他身上的零件一件件卸下来，喂狗！"女孩怨恨三千丈，怒火冲天起。

一辆摩托车，至于吗？金仙这样想，走开去。这些女孩子涉世未深，好像也不是有谁逼着要她们做这行，而是为了挣钱。挣钱做什么不好呢？非要做这个！大千世界，无奇不有，以前只听说过做这个的，这回是亲眼见着了做这个的人。她不是瞧不起她们，而是觉得太可惜了。

女孩子们当然是说说解恨，直到金仙搬走，也没有发生什么事。女孩子们依旧昼伏夜出，用她们的方式把青春变现。金仙依旧戴一顶草帽，骑着她的自行车，在东莞滚烫的夏天奋力前行。

办公室简单粉刷一下，显得有点简陋。门前车水马龙，一旁的丽晶酒店富丽堂皇，好像不是太协调。万事开头难，先做起来再说吧。

这天，金仙的自行车架上绑着零零散散的物件，锅、塑料桶、拖把、纸巾之类，在马路上使劲踩。已过正午，肚子饿得咕咕叫，阳光又是那么生猛，金仙觉得气短胸闷。一下子没有把稳，车子偏了一点，碰到了一个同样骑自行车的女人。

金仙还没有看清对方的脸，只听见骂声劈头盖脸泼过来。你有没有长眼睛？你会不会骑车？这么大的路你就往人家身上撞，你是故意的是不是？金仙见女人并没有受伤，扶着车把好好地站在那儿，便一边扶起自己的车，一边诚心诚意地道歉："不好意思，我真不是故意的……"

女人来劲了，声调又提高了八度："哦，你不是故意的？你还想故意是不是？这么大的路，是你一个人的吗？拜托，走路看路好不好？你又不是瞎的！"张牙舞爪扑过来，往金仙身上死劲一推，金仙一个踉跄，车倒了，人跌坐在地，杂物散落。金仙彻底蒙了，心里充满屈辱，说不出话来，也不知道还手。女人拍拍屁股上的尘土，狠狠地用眼神剜了金仙一眼，恶毒地骂："瞧你这样子，去做小姐好啦！"还不解恨，骂骂咧咧骑上车，走了。

女人的影子不见了，金仙还没有回过神来。女人骂的其他话，金仙都忽略了，唯独最后一句，金仙的心被扎了一下。女性最忌讳的就是这句话，骂什么都可以，但是不能骂人家做"小姐"。对于女性，也许这世上最恶毒最有杀伤力的，莫过于这个了。

金仙的眼泪涌了出来，心里万千委屈。我这是干什么？我在家里过得好好的，要什么有什么，不用委曲求全，眼里容不得沙子，受不得这些无谓的气，却跑到这里受气了。除了她自己，所有人都不理解，她为什么要离开家离开老公孩子，离开父母亲人，到遥远而充满险恶的他乡一切从零开始。她心里懂得，离开，不是为了逃避，而是为了寻找一片新天地。离开，为了不低三下四，为了别人把你当人看，为了活得有尊严。尽管，有的人也许认为她一定是疯

153

了，他们的理由是，曾经气功练坏还进过精神病院的人，不就是疯了吗？

金仙无所谓，别人爱怎么看就怎么看，她能承受。只是，没有想到的是，大老远跑到这里，还是会碰见这样不讲理欺负人的人，还是会受气。金仙一边流泪一边一件件捡起物件，这些日子来所承受的苦和累，点点滴滴涌上心头，她已经不感觉到饿，也不感觉到阳光的炽热了。眼泪，顺着她的脸颊，溪水一般流淌，嘴角边又咸又涩，分不清是汗水还是泪水。

不知怎么就想到了好世界招待所，想到了那三个女孩。她们为什么会出来做"小姐"？年纪轻轻的经历了什么？有怎样屈辱的故事和难处？是的，她们一定有难处，不然不会做这个。除了骂声和歧视，谁会愿意了解她们的苦楚难处？她们还是那样昼伏夜出吗？会不会真的去杀了那个让她受委屈的男人？

金仙忽然对她们有些怜惜。每个人的心都是一座孤岛，没有人能真正靠近。想什么，做什么，都是自己的事情，受的委屈扛的苦，只有自己心里明白。同是女人，有兰姐那样的，有她这样的，有那三个女孩那样的，还有马路上破口大骂那样的，每个人都不容易，都有自己的感受，可是，又有谁会去顾及他人的感受呢？

太阳当顶，直直地照下来。路边的棕榈树纹丝不动，连阴影也没有。金仙回头去找自己的影子，她的影子让太阳收走了。

东莞货运站

货运行业，关键的两头构成了基本元素，一头是拉进来，一头是运出去。拉进来就是找客户，但是在找到客户之前，得先疏通运出去这个渠道。你要让客户明白，你是用什么方式把他的货物安全、准时运送到目的地，让他信任你，愿意把货物交给你。运出去是至关重要的，这是第一步要做的工作。

运输的方式有陆运、海运、空运，国内的货物运输，通常选择陆运。由于公路交通条件制约，铁路运输成为首选。但是，铁路的资源有限，激烈的竞争背后，预示着谁能拿到铁路运输权，谁就能胜券在握。

广州的铁路货运站设在黄沙，又称广州南站。广州通过铁路运往全国各地的物资，主要从南站发货。发货需要"火车皮"，金仙第一次认识这个概念是通过温岭的老韩，在德清与老韩合作开办托运站。老韩下水早，门路摸得清楚，可那是在浙江，到了广东，认识谁呀？谁认识你呀？简直是两眼一抹黑。

火车皮指的是货车空车厢，因为是用来装货物的就像"包袱皮"，因此形象地得名"火车皮"，简称车皮。通常的载重量，有60吨的，也有80吨的。

火车皮的申请，对一般人而言简直上天那么难。首先，得在铁路局开设一个铁路发运户头，有这个发运户头才可以按照铁路部门的相关规章，申请货运计划报请车皮。重点在于，这个户头是需要一定资质的，必须是正式单位，企业就得是国营的，个体户私营企业不行。所以，寻求具有铁路发运资格的企业代理发运的做法大行其道。

官金仙因为有这方面的经验，因而她一定要在广州找到合作方，最起码，能够拿到火车皮。有了火车皮，才谈得上发展。

办理过程也相当烦琐，很考验一个人的耐力和耐心。第一步，到货运站购买计划表，填写后交上去，等待铁路局运输处计划科的批复；第二步，批复下来，拿计划号到货运站申请车皮；第三步，车皮有了，得把货物拉到铁路货场，按指定时间取票装车。对运输的物资也有要求，比如煤炭之类属于国家计划运输的，没有相关批文不能运输。

表面上看，走的是程序，实际操作起来，可不是一回事。那年头有两个词汇在中国非常盛行："找关系""走后门"，有关系好办事，没有关系办事难于上青天。大门敞开，但是大门走不通，后门半开半掩，有了后门一路通畅。简言之，"关系"是一种财富，更是一种实力。

就说这个火车皮，流程没有那么复杂，问题是在这个流程当中，牵涉的"关系"千丝万缕。下到货运站的货运主任、站长、车务段或直属站的领导，上到铁路局的调度所主任、货调主任、计划科长、运输处长、分管货运和调度的副处长、总调度长、分管运输的常务副局长，哪一个环节都不能出问题。任何一个关节没有打通，他不高兴了，就有可能给你脸色看，让你穿小鞋。当然，如果本事大，"关系"够硬，能跟铁道部运输局营运部或调度部的人拉上"关系"，那就一路绿灯了。

金仙的合作方是南方工贸，背景是广州军区后勤部，办理起来顺当得多。跑腿的事情她倒是不怕，不厌其烦地跑南站，找人，办理相关手续。跑得多了，跟他们都熟悉了，到了开张那一天，还把他们都请了去。火车皮这条路，算是通了。

工商、税务等各种手续审批下来，已经是几个月之后了。办公室收拾整齐，开张的日期定在8月3日。法人代表是南方工贸，具体运作交给官金仙。表面上不是自己当老板，但是在那个特殊的年月，也算是"曲线救国"吧。

具体哪些人来做？金仙考虑拉上老搭档韩元再他们。在德清，他们合作得不错，老韩那个人也厚道，主要是业务熟悉，经济上入股也没有问题。此前跟弟弟金虎也沟通过，金虎赞同姐姐的意见。老韩的态度明确，愿意到广州。

8月1日，金虎和老韩他们赶赴东莞。同时到达的，还有金虎的媳妇沈宝兰、老韩的妹妹和妹夫黄国良，六个人，一个班子基本就搭成了。分工方面，老韩还是负责跑铁路，黄国良管财务，金仙和金虎跑业务，宝兰担任出纳。对外协调就交给南方工贸的张瑞谦他们。

"瘦了，姐。"弟媳妇沈宝兰见到金仙，第一句话这样说。

能不瘦吗？这几个月怎么过的，做了多少事，他们哪里知道！金仙淡淡地说："天热。出汗多。"

金虎说："我就说，这里的天跟火炉一样，能把人给烤煳了。"

问还要做什么，金仙说基本都准备得七七八八了，后天的开张宴席，请的人也都通知到了。一些零零碎碎的事，这两天大家一起动手。问宴席请了多少人，金仙说，三十多人，三张台，宴席设在东莞最好的酒店。金虎说："那要不少钱。"金仙答话："这个钱是必须花的！"

到了8月3日，鞭炮响过，正式剪彩开张，"广州军区后勤部南方工贸东莞货运站"的招牌，在阳光下闪闪发亮。路过的群众瞄一眼，感慨一声："哎呀呀，又开张一家，来头挺大啊！"也就是说，这一家不是个体户，是部队企业。

除了南方工贸的，还有铁路方面的人，加上其他关系，满满当当坐了三张台。金仙不胜酒力，以饮料代酒，也一张张台一个个人敬过去。杯来盏往，尽兴方散。

这么大一个场面，不容易。几个月来的奔波，为的就是这一天。现在终于可以放松下来，好好歇歇了。不料，酒店回货运站的路上，金仙浑身瘫软，冷汗直冒，肚子痛得不行。

是不是吃错什么东西了？晚宴上，她基本没有吃什么，都是在应酬。会不会是吃荔枝的反应？广东人说一个荔枝三把火，吃多了会上火中毒的。金仙虚弱地说："没有，我根本没有吃荔枝。"要不，就是肚子太空，饿的。风油精什么的擦擦，人丹吃几粒，一点不见效，而且疼痛越来越厉害，一阵阵绞痛，好像肚子里有一部绞肉机，使劲地绞啊绞，痛得人撕心裂肺命都不要了。看形势不对，手忙脚乱地把金仙送往附近的医院。

医院所在地叫黄村，也就是一个诊所，光线阴沉，设备简陋。天气闷热难当，一架老旧的风扇，在头顶呼啦啦吹着。躺在病床上，金仙想了很多，想着想着，眼泪涌了出来。都说坚强的女人不会掉眼泪，可是她总是会掉泪，就想自己真是个脆弱的人。这边还没有弄定当，张水林在老家驻守大本营，还有儿子，也需要人照顾。他们什么时候能过来，还遥遥无期。货运站刚开张，千头万绪还没有完全理顺，却病倒了。

从医院出来，金仙仿佛大病了一场，整个人脱了形。后来看到开张当天的照片，金仙大吃一惊，完全不敢相信，照片中那个形销骨立又瘦又黑又丑的女人，会是自己！她从来没有见过自己这个样子，简直就是鬼一样！宝兰见到她说她瘦了，她还没有警觉，好长时间她没有怎么照镜子，也没有称体重。过几天到商店买东西，刚好看到有称体重的，上去一看：80斤！来广东前，她还是100多斤，难怪说瘦了！20多斤肉，都去哪儿了？让东莞的太阳蒸发了？变成空气了？

开张这一天之所以在金仙的心里永远不会忘怀，不仅仅是那个场面，也不是历尽辛苦终有所得的欣喜，而是因为一场病。肚子痛的原因是什么，医生也没有说。打针，吃药，好转了。好像挺诡异的，不早不晚刚好在开张那一天。直到很久以后，金仙才明白，那是因为她太累了，身体的发条上得太紧，到临界点了，身体自发启动了自我修复功能。

业务必须马上开展，没有业务，货运站只有死路一条。按照以往的经验，他们兵分两路，一路人马买来电话黄页，一页页找，找出认为有可能的目标客户，再一个个打电话联系。另一路人马贴广告发传单，并根据黄页地址，给目标客户寄过去。打一百个电话也可能不会得到一个客户，发两百张广告也许没有一个人回应，但是不能气馁，更不能放弃。只要有一个回应，只要成功得到一个客户，就是胜利。

但是，看来很难。好些天，没有什么好消息。货运，通常找的都是熟客，熟悉，信任，才会把货物交给你。在东莞，初来乍到，谁认识你？更谈不上信任了。

金仙的方法是上门拜访，直接到工厂去，跟他们见面，好好谈，有了第一印象，才有可能相信你。她骑上自行车，戴上草帽，在东莞的马路上使劲蹬，从这间厂到那间厂，从国营的到合资的。

太阳越来越毒辣了，好像烤红的烙铁，皮肤上一贴，吱一声冒出油来。都8月份了，老家的桂花早开了，都是秋天的景象了，可是这东莞，"秋老虎"凶猛得很，一晒直接晒到肉里。身上还长痱子，奇痒难耐。

这一天，金仙跑了好几个地方，一无所获。人家说我们是有货要出去，但是以前做开了，有货运公司在合作了；要不就直接说不需要，走吧走吧。还有的听金仙一口外地口音，十分怀疑，张口不跟个体户合作。金仙解释说我们不是个体户，我们是国营的，是部队的，正规的，并拿出有关资料，人家摇摇头，依旧满脸的狐疑，眼神就跟审贼一样。不说你是骗子算是客气，不赶紧走还等着人家撕破脸皮么？

　　情绪一落千丈，太阳一晒，有点气息奄奄。口干舌燥，肚子又饿，金仙觉得骑车的力气都没有了，下来推着车走。柏油马路被太阳晒得滚烫，有的地方鼓起来一个包，有的地方软塌塌的，好像被烤融化的黑色的柏油浆随时会喷出来，火山爆发一样。想想有点可怕。金仙一双半高跟凉鞋，白色的，左脚躲开了一处融化的路面，往前迈步，右脚却被柏油黏住了。小心翼翼把脚与鞋子分离，鞋子还在柏油里，拔，使劲拔，鞋跟被牢牢黏住，再用劲，鞋子出来了，鞋跟留在了柏油里。金仙一只手拎着没有跟的鞋，一只手扶着自行车，一只脚穿着鞋，一只脚光着。路过的人冲她滑稽地笑，她尴尬地站在那儿，哭笑不得。

　　那个场景，深刻地印在她的大脑里，成为东莞记忆不可磨灭的一部分。她永远记得，那天的柏油路很烫很烫，烫得她的脚底起疱。

　　山穷水复疑无路，柳暗花明又一村。官金仙喜欢这句话，因为她深刻领会其中的内涵。她太喜欢这种感觉了，不顾一切朝前走，总以为转过一道弯就有亮光，却一次次失望。就在无路可走之时，突然天开了，乌云散去，蓝天彩虹。

　　东莞机电厂是个资质比较老的国营大厂，生产的电机销往全国。金仙找到他们时，开始他们也不相信。听了介绍，看过有关证明，看眼前这个女子，眼里流露的是诚意和执着，话语朴实直率，举止端庄大方，起码不像是骗子。接待她的办公室主任是个打扮挺时髦的女性，要她明天再来找厂长。

　　有戏了！金仙眼前一亮。第二天早早出门，白草帽，自行车，赶到厂里上班时间还没到，大门还没开。她把自行车停在一边，瞄着电机厂的大门。门一开，她跑过去，对门卫说找杨厂长。门卫看了她一眼，金仙送上一个微笑："我昨天来过，南方工贸的。"门卫也认出了她，告诉她杨厂长没有那么早。金仙表示没关系，她到办公室慢慢等。

桌子上一张《南方日报》，金仙眼角一瞥，有一条跟东莞有关的新闻，就拿过来看。"本月27日，广东省'八五'期间交通、能源建设重点项目虎门大桥与沙角电厂，举行奠基典礼。其中虎门大桥总投资16亿元，预计3年建成通车。沙角电厂工程总投资约63亿元，力争1995年建成发电。"金仙心想：东莞的发展，不得了！

东莞机电厂生产的电机订货量很大，全国各地都有，但是因为货运问题，有很多客户的货都压着，没有及时运走。工厂也为这个问题头疼，找过好几家货运公司，都不满意，没有合作成功。像他们这样的大厂，货物量大，价值高，一定要找信得过的，万一遇到不地道的，把货骗走了，没有人赔得起。

金仙听了，喜出望外，却原来，信息不对称，工厂的货运不出去，货运公司无货可运。事实上，合作是双方都迫切需要的，就看怎么合作，愿不愿意跟你合作了。

心里有底，见到杨厂长时，金仙说得简明扼要，紧紧围绕的主题是：第一，我是部队办的货运站，绝对正规可信合法；第二，我有足够的实力，按照你的要求把货物安全准时送到目的地；第三，可以先来个初步合作，试一试，觉得可以，以后再考虑长期合作。

杨厂长不苟言笑，听了金仙的介绍，看过金仙带来的营业执照复印件，似乎有点放心不下。

"部队的？"杨厂长问。

"广州军区后勤部属下南方工贸公司的，我们的东莞货运站在车站那边，旁边就是南方工贸东莞外贸公司，您可以了解一下。"

杨厂长说："哦，好。"要金仙先回去，厂里几个领导碰碰，商量一下，有消息会联络她。

金仙出来，又绕到办公室跟主任道别。主任说："这么大的事情，厂里要讨论的。"

金仙有预感，机电厂这单生意能做成。可是几天过去，并没有任何消息。金仙有点着急，会不会他们讨论没通过？或者，有别家货运公司抢了先？转念一想，应该不会，他们也需要时间了解，毕竟，这是双向选择。这是一家大厂，要是能跟他们合作，做好了，声誉做出来了，其他客户自然会找上门来。所以，机电厂至关重要。

金仙每天还是踩单车出去，继续寻找合作机会，可惜都没有什么成效，心里着急，好几个晚上都没有睡好。

电话终于来了，是机电厂办公室主任，她对金仙说："你的事情，开会讨论了。你明天来厂里，周总要见你。"金仙早知道，周总是他们的第一把手。

金仙放下电话，不经意抬头，马路边上的勒杜鹃开得艳红如火。以前怎么没有看见呢？其实，勒杜鹃挺美的。

首战告捷

周总是东莞本地人，一口东莞普通话，舌头转不过弯来，说得费劲听着更费劲，金仙要看着他的口型，连猜带读才能听懂大概。周总的穿着很考究，名牌梦特娇T恤，枣红色，一条浅咖啡色休闲裤，头发使劲往后梳起，显得派头十足。

"你会听广东话吗？"周总和蔼地问。

金仙说："我是浙江人，来广东不久还不会说。不过，我觉得广东话蛮好听，我很想学呢！"

周总打趣说："我的普通话很普通啦，不好意思！"金仙微笑说："蛮好的蛮好的，我能听懂。"

进入正题，周总说："听杨厂长说了，你们货运站是部队办的。"金仙点头。周总接着说："对我们来说，货运是个大事情，要很谨慎。所以一直没有拍板合适的货运公司，仓库里积压了很多货。"

金仙说："这个你放心，我们绝对是正规的。"

周总老谋深算的样子，使劲吸一口烟，然后把半截烟摁在烟灰缸里。他说："这个我们会知道的啦，说老实话，你说由你说，我们也会派人调查了解。是这样的，官总，我对你们的资质不怀疑，今天让你来，是有件事情让你做，看你做不做得了。这件事做成了，以后我们长期合作，没问题。"

"什么事？"金仙急于想知道。

周总慢条斯理地说："我们有一批货马上要运出去，全国各地都有。"

金仙高兴地说："那太好了！"心想我要的就是这个，这么快就把生意给我做，正中下怀呢！

周总说："合同嘛，我们今天签都可以。第一批货，这个月16号之前一定要送到客户手上。"

金仙求之不得，真是太好了！周总拨了个电话，办公室主任来了，把打印好的合同给金仙看。金仙来不及看，说要打个电话给同事，让同事赶过来。周总说："你先看看合同再说。"

金仙往下看，眼睛慢慢睁大了："电机，有100多吨？"

周总说："电机的规格是不一样的，有大有小，这是大概的总重量。"

金仙的脑子快速运转，一辆解放或者东风货车，常规载重量是5吨，差不多要20辆货车！全东莞也找不出哪家能养得起20辆大货车的公司，怎么办？

周总说："这批货很重要，时间也比较急，你们是部队的，我们也放心。怎么样？没有问题吧？"

金仙也不知道哪儿来的一股子气概，只想到这是个千载难逢的机遇，必须要抓住，至于怎么解决问题，接下来再说。她爽快地说："谢谢周总这么关照我们！没问题。"

回到货运站，大家跟金仙的感受一样：又惊又喜。生意做不做？做！既然要做，还想那么多干吗？找车去！

以往，他们都是租车送货，车辆有运输队的，也有私人的。但是，一下子要十几辆车，简直不可能。

"没有什么不可能！如果谁都做得了，机电厂干吗还把生意交给我们？不，是留给我们。"金仙的语气不容置疑。

打了好几个电话，都没有找到车。到了晚饭时间，还是一筹莫展。宝兰做好了饭菜，喊大家开饭啦，再怎么样也吃饱了再说。金仙拿一支笔，在一张纸上画着，大家都坐下来开吃了，喊她也没有反应。过了一会儿，突然听见她大声说："只有这样了！"

大家不明白怎么回事，看着她。金仙放下笔，过来喝了半碗紫菜汤，吃了几口水通菜，认真地说："只有找部队了。"

"部队？能行吗？"大家担心。

金仙说："试一试吧。要不，还有别的办法吗？"

官金仙找到南方工贸张部长，要他无论如何帮忙。张部长这个人实在，待人宽厚，在金仙的事情上，能帮忙准帮忙。他很看好金仙，觉得这个天不怕地不怕的浙江姑娘有一股闯劲，是一个真正干事的人。金仙对张部长的关照心怀感恩，有时也到他们家走动走动，张太太对金仙偏爱有加，渐渐建立了友谊，成了好朋友。

"部长，这次您一定要帮我。"金仙言辞恳切，张部长听得出来，意思是您不帮我我就麻烦了，眼下只有您能帮我。张部长心里有数，金仙好强的性格，能不求人绝对不求人，这次应该是遇到过不去的难关了。笑笑问："碰到什么大事？这么要紧？"

金仙说出两个字："要车。"

张部长以为是要借他的蓝鸟车，大方地说："没问题，找张瑞谦就行了。"

金仙坚持："找他还不行，一定要找部长您。"见部长还没有反应过来，直截了当地说："我要军车，大货车，十几辆。"

"什么？"张部长以为听错了。

金仙重复了一遍。张部长还是不相信，满腹疑惑地看着金仙。心想这丫头疯了吧？十几辆军车，开什么玩笑！

金仙把来龙去脉说了。东莞机电厂跟货运站签订了合同，他们的第一批货要在9月16日之前送到客户手上。都是大电机，笨重得很，要先用大货车运到广州黄沙的铁路南站，再利用火车皮运送到全国各地。机电厂的意思是，这是第一次合作，做好了，以后货运的事情都交给金仙她们了。明显是考考他们的实力。算下来，全部货一次运走，需要十几辆大货车。一两部车可以在市场上找，这一次要十几辆车，没有任何一家公司有这么多车。

张部长一脸为难。这么大的事情，他也做不了主。南方工贸公司是一家大公司，车也有，但不是谁都能用的。他问金仙："你不是说车辆的事情自己解决吗？"金仙想，部长记忆真好，跟南方工贸洽谈合作的时候，她是说过，车辆自己解决，可以整合社会资源。然而眼下情况特殊，完全出乎意料，也绝对超出她个人的能力范围。

金仙说:"部长,那时候我是觉得车辆可以自己解决,以后我们也能自己解决,只是这一次,特殊情况,实在想不出别的办法,不得不来请部长解燃眉之急。这是东莞货运站的第一单生意,机电厂是我们的第一个客户,如果做不成,我们很难在东莞站稳脚跟,传开去,谁也不会把生意交给我们做;如果做成了,影响是很大的,会有很多人来找我们合作,我们的门路也一下子打开了。这是关键性的一役,成败就看这次了。"

很有说服力,部长差点要被打动了。"这样啊,确实重要。不过……"

金仙趁热打铁:"部长,合同已经跟机电厂签了,没有退路了。他们正等着车去装货呢!"

那个年代农民洗脚上田,全民下海经商,部队经商也是允许的,各地都有挂着部队招牌的公司,许多国营、民营、私营企业纷纷跟部队企业联营合作。跟南方工贸合作的企业很多,金仙只不过是其中一个小小的合作者。既然合作,就可以享用部队的特殊资源,比如车子挂个军牌,利用军用卡车运送货物之类。虽然政策法规有所限制,但是"擦边球"的余地还是有的,就说军车运货,当然曾经有过先例。

"小官,你这十几辆车,也太多了。我请示一下吧,看能不能办。"张部长这样说,金仙已经明白,他同意帮忙了。

当十几辆军车整齐划一浩浩荡荡开进东莞机电厂,全厂轰动,莞城轰动,整个东莞轰动!厂长竖起大拇指对金仙说:"牛!你们真牛!"车队装了货,穿过莞城的马路,经过虎门,往广州黄沙铁路南站而去。火车皮是接洽好的,到了就装车,提前顺利把货物运送到目的地。机电厂的人心服口服,看到了金仙不是吹牛的,确实有能力有实力，放心大胆把货运的事情交给了金仙。一传十，十传百，好名声传扬开去，知道南方工贸东莞货运站的人越来越多，有人主动上门谈生意了。

一炮打响，首战告捷。

东莞运动服装厂、虎门服装厂、东莞东城电话机厂、石龙电子厂、厚街家具厂……看势头，第一年不用亏本了。做生意，第一年亏本通常有心理准备，这属于正常范畴。

这世上的事情从来就没有一帆风顺的，总会生出一些枝节来。

官金仙在初到东莞这年的冬天，挨过一巴掌，她至死也忘不了。那时候，货运部已经买进了三部旧货车，请了司机，运送货物方便多了。一天下午，一个姓戴的司机开车装货，金仙指挥他把车靠近货物，司机没有反应，以为他没听见，提高声音重复了一遍。

戴姓司机从驾驶室探出头来，爱理不理看了金仙一眼，把车停稳，熄火，下车。金仙走上前，告诉他车子没有停到位。司机带着情绪问："那又怎么样？你开车还是我开车？我爱怎么停，停在那里，是我的事，我有数。"司机的无理激怒了金仙，她坚持要司机把车子停好。司机也是个牛脾气，偏不听。

金仙说："我说了，你把车重新停好。"司机当作没听见。金仙问："喂，你听见了吗？"就在这当儿，谁也没有想到，牛高马大的司机突然出手，啪！一巴掌打在金仙左脸上。金仙彻底晕了，眼泪哗哗地往下流。心里那份气，那份委屈啊！可是，又不能怎么样，那年月司机牛×得很，不好请呢！只能自己跑回屋里，偷偷地哭。

没过多久，又发生了一件事。1993年春节刚过，货运部来了七八个政府的人，查身份证、计生证，收外来人口暂住证费，每人450元。一听不对劲，金虎说我们是部队的，不要交费了吧？对方人多势众，瞄了一眼这帮外地人，见他们并没有毕恭毕敬，有些气不顺，话说出来挺难听。金虎的脾气向来不是逆来顺受的，哪里受不了？当即跟他们冲突起来。后来愈演愈烈，双方动手开打。结果是警察都叫来了，一干人等被带去派出所。

金仙从外面回来，还没有问清楚什么情况，听说她是货运部总经理，把她也带上了。到了派出所，金仙拿出证件，上面的身份是：广州军区企业办主任，盖着大红公章。瞧她一副大义凛然的模样，看上去来头不小。于是联络广州军区有关部门，张瑞谦出面协调，风波才平息。

从来是强龙压不过地头蛇，外地人要站稳脚跟，要发展，不是那么容易的事。既然来了，就不能前怕狼后怕虎，无论多少障碍，多少委屈，都要默默承受。做大事的人，岂能被一些小恩怨所累！

得知东莞彩管厂在筹建，金仙有想法了。多年的经验告诉她，抢占先机快人一步是制胜的关键。运动员夺冠在于速度，功夫高手击败对手在于速度，经商也是如此。老人说"早起的鸟儿有虫吃"，说的不仅是勤快，还有把握时机。小时候还对这句话不求甚解，后来通过观察明白了其中道理。

官金仙在这方面有天生的认知能力，没有人告诉她，她就知道那样做。从做服装、做领带、做货运，都是在别人还没有意识到之前，捷足先登。所以她尝到甜头，方向越来越明朗，路子越走越宽阔。

金仙了解到，在建的东莞彩管厂规模很大，建成投产后产量可观。有产品就要销售，销售就离不开货运。生意给你做或者给他做，反正要有人做，就看谁先掌握先机了。她主动出击，找上门去，反复地跑，不厌其烦做工作，结果，彩管厂还没有落成，她已经拿到了货运合同，连彩管厂的设备都是金仙去运来的。

到了第二年，1993年春天，眼看东莞的生意平稳发展，金仙开始筹谋到广州去拓展。本来，第一站设在东莞，就是投石问路，现在东莞的业务开展起来，关系理顺了，是时候开始下一步的行动了。从一开始她就明白，她的目光不会只是在东莞，她的雄心更不会只是一个小小的货运站。

广州火车站附近的贵都酒店是部队开的，金仙认识酒店的一个人，有一次去看他，见门前人头攒动，那些人大包小包拖着，手足无措的样子。问起来得知，都是些外地来采购的，大多是服装，火车的托运有限制，汽车托运很难，都为这事头痛。言者无心，听者有意，金仙意识到了商机。

"广州火车站那里，可以开一个点，专门做零散托运。"金仙的意见通常都是经过深思熟虑的，老韩、金虎他们不会反对。担心的是，东莞的业务刚刚打开，会不会顾此失彼？金仙早想好了，金虎、黄国良几个留在东莞，她和老韩先到广州把门面开起来。需要人手，可以再招。

这是1993年3月，官金仙在广州火车站对面流花路和人民北路交汇点的贵都酒店开办了托运业务，租下贵都酒店楼梯间转角，一张办公台，有一个堆放货物的地方，货运站就算开起来了。

也是1993年3月，后来对国人产生巨大影响、成为快递业龙头老大的顺丰速运公司在广东顺德成立。那时，初生牛犊的王卫年仅22岁，香港人，出生于上海，年轻，能吃苦，公司连他在内的6个员工，每天拖着拉杆箱奔走于香港和珠三角之间，为客户运送快件，被称为"水货客"。快递、速运是物流的一种形式，王卫初期的业务就是顺德与香港之间的即日速递业务。

王卫是怎么办起速运公司的？早期，他在顺德做印染，样品要发回给香港的客户，邮寄很麻烦，而且时间太长。他尝试跑到码头，托香港人捎带。那时在广东珠三角一带开厂办公司的香港人不少，他们也碰到同样的问题。王卫灵机一动：这么多人需要，我为什么不办一个专门替人运送快件的公司？就做香港到顺德这条线，收件，过海关，当天就能送到客户手上。"即日达"的速度和效率吸引了越来越多的人，王卫的业务很快发展壮大，不仅迅速覆盖珠三角，并开始向全国蔓延。

无论多么成功的创业者，创业初期的艰辛都大同小异。世界很奇妙，每个人做什么，往哪条路上走，看似不经意，其实冥冥中都有安排。官金仙涉足物流业的时间比王卫早得多，她是1988年，王卫在1993年。而1993年，官金仙已经在德清有两家店，并且进军广东，在东莞站稳了脚跟，到广州火车站开分店了。

他们没有交叉点，各自在人生的路上跋涉着。可借鉴的经验几乎没有，都是靠自己摸着石头过河。托运、货运、快递、速运，人们对这些名词概念还缺乏认识和梳理，行内人其实都明白，虽然叫法不同，实质上是一回事。只是后来，随着时代的发展，才有更具体细致的分工。

广州火车站周围，货物集散地，每天车水马龙，人潮涌涌。各种各样的托运站、货运部雨后春笋一般茁壮成长。大都是一个小摊档，或者在商店门口竖一块招牌，写着"长途运输""长短途货运""代办托运""铁路货运"之类，尽管如此，还是远远满足不了疯狂发展的市场需求，"有货到南宁""有货往重庆""有货去郑州""有货急运哈尔滨"等招牌随处可见。南来北往的采购员、老板，为了能尽快把货物运出去，绞尽脑汁，跑断了腿。

官金仙完全是凭自己敏锐的直觉，以及探索的经验。她没有读过这方面的书，对"物流"这个概念也没有深入的了解，身边没有军师高人指点，她获得知识更新观念的渠道有限，所以她每一步都走得特别艰难，耗费的心力也比别人更多。

这是一个局限，从另外一个方面看，也并非没有好处。每一步都是自己扎扎实实走过来的，每一分钱都是自己的血汗钱，所以在一些重大问题上，她沉得住气，不冒进，不搞假大空，而是稳打稳扎，进退自如。这一个阶段的经历直接影响到她后来的事业，比如上市，在许多公司对上市趋之若鹜之时，她始终保持足够的清醒。这都是后话了。

快人一步，取胜的要诀，官金仙一直信奉"笨鸟先飞"。觉醒得早，行动得快，就能掌握主动权，尽管峰回路转，倒也风光旖旎。那时候，官金仙面临的困难主要是进口和出口，市场上还没有出现能跟她抗衡的真正对手，后来在中国物流业名声很响的"佳吉快运""天地华宇""德邦物流"，他们的起步都是在1994年至1996年之间，远在官金仙之后。

迂回衡阳

贵都酒店。

"到哪儿的？"

"北京。"

"几件？"

"四件。"

收件，开单，收款，给出回单。问几天能到，回答说5天左右。又问真的能到吗？我这个可是很重要，不能耽误。解释说，这个你知道，要看铁路的情况，快的话不用5天，慢的话可能要拖一两天。

客户有点放心了，说那还好，铁路要有保证一些。客户当然知道，走别的渠道，至少要十天八天。

临时请的开票员小吴，贵都酒店的朋友介绍的，湖北人，做事还算利索。行李打包，装箱，归类，贴标签，金仙也亲力亲为。

货物量大，累人。但是，不累着又难过，所以，越累越开心。广州毕竟是广州，大城市，政治文化经济中心，火车站又是货物集散中心，每天接触南来北往的人，信息量大，金仙对市场的认识又深了一层，尤其是货运行业，哪些人在做，做得好的是哪几家，他们都是做什么货，以什么方式做，在哪里的货源比较集中，如何才能让货走得快。

黄沙的铁路南站给的份额已经满足不了需求，长途汽车运输不但慢，成本也高。在跟铁路南站的朋友接触过程中，金仙得到一个提示：从衡阳走。

湖南衡阳，广东的近邻。从广州出发，沿国道过广东韶关，进入湖南郴州，再往前，就是衡阳了。广州到衡阳全程将近600公里，火车4小时左右，货车走一天一夜。

因为衡阳有衡山，京珠高速公路通车之前，大都是选择火车到衡阳。因此，虽然是个小地方，却是个一级站。湘桂铁路建成后，成为通往两广、云贵和海外必经之站。

同是京广线上，广州站"吃不消"，衡阳站却"吃不饱"。金仙找到了衡阳站负责人，提出了货物从衡阳站走的合作要求。衡阳站指派属下的经济发展公司具体操作，双方磋商之后，认为这是互惠互利的事情，一拍即合，协议很快达成。金仙在广州收的货，用货车运到衡阳，再从衡阳发出去。这样既节省了成本，也大大提高了效率。守信用，提货准时，很快赢得了信任，客户逐渐多了起来。

这是一个改革的年代，很多方式方法无例可循，只能在实践中探索新路子。所幸这是个高度开放又宽松的时代，只要有利于经济发展，只要不犯法，尽管放开胆子干。

衡阳站的人也是个实干家，专门派人驻扎广州，配合收货。这样一来，原本是货到衡阳站，再由衡阳站出具提货单，顾客要等上至少两天才能拿到提货单，变为衡阳站在广州直接收货，现场出具提货单，少了一些环节，更方便快捷。这样做的实质是顾客至上，为顾客着想，顾客当然拍手称快。

也不是万事顺遂，广州到衡阳这一段路，出过好几单大事。广州到衡阳，对于很多司机来说，是个挑战甚至是个噩梦。20世纪90年代初期，如果说广东哪个地方最难走，绝对是107国道广东北段，具体指广东清远往湖南方向的清新县、阳山县、连州县。G107是我国最繁忙的国道，是贯通中国南北的公路交通大动脉，起点为北京广安门，终点为广东深圳南头关，全程2698公里，跨越北京、河北、河南、湖北、湖南和广东6个行政区。广东境内，从衡阳下来，然后是湖南耒阳、郴州、宜章，广东连州、阳山、清新、清远、花都、广州。

清远人习惯把西北部的连山、连州、连县、阳山，称为"三连一阳"，在很长时期内，"三连一阳"是偏远、落后的代名词，一直是国家重点贫困县。贫困的重要原因之一，就是地理环境所致。连绵不绝的群山，荒凉贫瘠的石灰岩，在经济发达之后的"水秀山清"，在经济困难时期就是个"穷山恶水"。水泥路之后是柏油路，再往前走，走到尘土飞扬的泥土路，差不多就是"三连一阳"的地面了。坡一个比一个陡，弯一环连着一环，塌方，泥石流，塌陷，断裂，坑坑洼洼，险象环生。堵车是每天都发生的事，大堵能堵上一天两夜，小堵几个小时算是幸运了。

湖南往广州方向的大货车，装着生猪、粮食、木材，广州往北走的货车装着电子产品、电器、健力宝，无论南来还是北往，走到"三连一阳"地段，坡长路陡弯急，慢，慢，慢！应运而生的，几乎没多远就有一个小摊档，给猪冲水的，给车降温的，兼顾补胎加气之类。

行船走马三分险，江湖险恶，自古皆然。司机通常是正副驾驶两个，到了这个路段，打醒十二分精神。因为，车一慢下来，或者走不动了，经常会有事情发生，货物被抢被偷不是什么新鲜事。曾经发生过一辆运送面粉的河南车被抢一空的事件，那车一只轮胎陷在泥坑里，不得已卸货拖车。天一黑，也不知道从哪里冒出来一帮人，在司机眼皮底下，把5吨面粉一抢而光。司机叫天天不应，叫地地不灵，堵在路上其他车的司机，谁也不敢出头。

抢了偷了，拿什么赔？赔上性命也赔不起。还有更要命的，一不留神翻落深山……

这有点"走镖"的性质。中国古代镖局的运镖，也是运货，受人之托，把货物从甲地运往乙地，这应该是物流的起源。不同的是，古代镖局运的镖（货物）只是贵重物（如奇珍异宝），不运普通物品，必须要身怀绝技的武功高人保护才能完成。物流是货物运输，不管什么货物，运货的人不需要懂武功，步行、骑马、汽车、火车、飞机、轮船等都行。

事实上，懂一点武功最好不过，虽然天下太平，但是人心叵测。

有个晚上，下半夜了，突然电话铃声大作，金仙惊醒，操起电话一听：出事了！做货运的最担心最惊吓的就是出这种事，然而由不得她，还是出事了。他们运载货物到衡阳站的一辆大货车，温州司机，在阳山路段车体侧翻，司机受重伤，生死未卜，货物滚落悬崖。

跟金虎他们赶去现场善后，路上堵了老半天。一路上，金仙脑子里尽是血淋淋悲惨的场面，赶也赶不跑。到了现场，那个场景金仙永远也忘不了，太可怕了！她不愿意去描述它，更不忍目睹。她闭上眼睛，脑子里全是雷鸣般巨大声响，从高处向深渊滚下去，一直滚下去。后来，那个司机的命终是没能救回来，后续的事情一团糟，忙得焦头烂额。等到事情告一段落，金仙一直没有从那个场景中走出来。此后很长时间，只要半夜电话响，她的神经就"砰"一声炸开了。

又发生了另外一件事，差点把公司断送了。金仙人爽直，待人真诚，她不仅掌管全面，同时也亲力亲为，累活重活一件没少干。开票的事情交给小吴，因为小吴是朋友介绍来的，她特别信任。

有个客户来催件，小吴走开了。看过对方递过来的收货单，金仙说要对一下。找出已经开出去的票本，按日期找到了客户的这张。一看，搞错了，客户手上拿的这张单写着3200元，对应的存根联却写着1200元。仔细核对，没错呀，票据的编号以及其他资料都对得上，唯独对不上的是金额。这是行内人说的"大小票"，违法的！

金仙没有马上找小吴谈，而是找出几本票据存根，一张张看过，发现其中不少做了手脚。这多出来的钱，是小吴自己据为己有？还是钱进了公司，只是票据这么开？金仙当然清楚，存根是要交税务局的，税务局按照营业额征税，少开了，意味着税收也少了。简言之，这是逃税啊！

金仙的心怦怦跳着，意识到事态的严重性。那天营业结束，她把小吴叫到一边，问小吴怎么回事。小吴看了一眼金仙，大大咧咧地说："都这么干的，不这么干怎么挣钱？我以为你一直知道，我们心知肚明，原来你不知道啊！不过，你放心，收的钱全部进了公

175

司，我可一分钱没拿。"

金仙哭笑不得，严肃地说："这是很严重的事，抓到要判刑的。"小吴不以为然地说："没有那么严重。你去问问，都这么干。"金仙正色说："别人怎么干我不知道，也管不着。小吴，你想让货运站多挣钱，一片好心，我很感谢你。但是，我做生意是想长久的，长长久久做下去，而不是明天就给封了。"小吴看见金仙来真的，不好再说什么。

金仙心里紧张，虽然事情不是自己做的，总觉得理亏，好像税务局的人随时都会找上门来。当务之急辞退了小吴，生意也暂时松懈下来，她觉得有些迷茫，需要休整一下。就好像长途跋涉的人，只顾低头赶路，一心想着快点到达目的地，却忽略了一路上的景物，别说杨柳清风的诗意，春花秋月的浪漫，甚至连抬头看看周围的时间都没有。

机器上了油，运转的效率更高了。很快，金仙发现了另外一条路子：汽车配件。

从20世纪80年代开始，广州越秀区永福路一带，形成了一个汽车配件市场，随着进口汽车的大幅度增长和走私汽车的大量登陆，到90年代初期，永福路的汽车零配件市场异军突起，据称，全国70%至80%的汽车用品都是厂家供应到永福路，再由永福路分销到全国各地，永福路汽车配件市场成为全国最大的汽车配件集散地。

货物集散需要通过物流，物资与流通，如影随形。所谓的货如轮转，运转起来就是通过物流。哪个行业的兴衰成败，通过物流看得最透彻。

广州沙太南路附近，一件铁皮屋，下面一大块做了门面，切除一小块做饭的地方，上面一个阁楼，扁而窄，供住人。阁楼尽处只能爬行，直不起腰，门面也不高，立式的电风扇竖不起来，只能用台式的。铁皮房热，烤箱一样，生生地进去，待久了，能把人烤熟。旁边是铁路，火车哐当哐当开过的时候，铁皮屋哗啦啦响，好像要被震散了。乍一看，这件铁皮屋像是个收破烂的。

不过，这个地理位置好，永福路、天平架、沙河顶就在附近，当时主要走货运的火车东站也在不远，再往东，禺东西路连着广汕路，出城方便，可以直通增城、惠州，是个进可进退可退的地方。

金仙选中这个地方，自有她的眼光独到。汽车零配件的货运业务很快接上了，因为就在路边，距离永福路又近，她从铁路走货走得比别人快，平常需要十天八天到货的，金仙三两天就到了，衡阳火车站那边还派人到现场，交货后马上就可以拿到提货单。原本这个环节客户需要等上几天，现在交货拿单，人可以先回去了，回家等着到货提货就行，而且，收费中等，服务好又专业，客户都吸引过来了，每天门庭若市。相互了解信任了，不用多客套，交给南方工贸货运部，绝对放心，金仙的名声很快打响。

不仅是汽车配件，其他大批量的货，也从铁路南站分流出来，汽车送到衡阳，从衡阳走。这是她创新超前的思维，独到的触角，能够发现他人尚未发现的机会，并牢牢抓住。物流两个口，进口——出口，货进来了，出口顺畅，节省了时间成本、经济成本，流通成本，这些正是客户希望的，因而胜券在握。

更绝的是，在如何解决大货车的问题上，金仙用了一个绝招。她几乎不用主动去找车，而是把湖南的回程车利用起来，那些运生猪、粮食到广州的货车，当然不愿意放空，到衡阳又是顺路，哪个司机都乐意。因此，运费要便宜得多。金仙有个要求，必须把车彻底洗干净，不能有臭味。

做一行，爱一行，专一行，官金仙全副身心投入在货运上，对行业的敏感度特别强。随着经济的高速发展，一些专业市场风起云涌，金仙到广州先是瞄准火车站周边的服装市场，接着看上了永福路的汽车配件市场，很快，当时全国第一个崛起的电子配件市场——番禺电子市场，进入了金仙的视线，又派出人马到番禺设点收货。这个过程，不过是短短的一年时间。

身为一个总经理，金仙依然住在沙太路的铁皮屋。周边的高楼万家灯火，大城市的酒绿灯红之外，某个低矮破烂的角落，一间铁皮屋，那么寒酸和孤独。她身处这个城市，但她是一个外乡人，心里揣着深深的乡愁。庆幸的是，这个城市的包容精神，自由开放的气息，给她的不仅是实现梦想的机会，同时也让她温暖和感动。她也可以住宾馆，不过在她想来，这才是万里长征第一步，还远远不到享受的时候。后来，她无数次回忆起在沙太路的情景，觉得太不可思议了。那些晚上，她躺在铁皮屋的阁楼里，火车开过去一辆，又开过去一辆，她好像睡着，又好像醒着，不管睡着还是醒着，满世界都是火车声，地动山摇。

南方工贸货运部的客户迅速壮大，很多是慕名而来的。他们听说了南方工贸货运部，了解到这家公司口碑好、诚信、价格公道，最重要的是一定能按时把货物运出去。四川绵阳长虹电视机厂、郑州760工厂、湖南电子设备厂等等，都是找上门来的。光是长虹电视机厂，他们从国外进口的显像管，经过香港到广州，再通过铁路运到绵阳。他们的要求是必须经过铁路，必须按时送到，在广州的货运市场，能做得到的，找不出第二家。

官金仙的宗旨是，只要找上门来的，一定要留住他！人家来就是冲着你的口碑，你的诚信，你的速度，你能人所不能，因此，要尽一切努力满足客户的要求，服务好了，客户满意了，生意才能做得长久。与此同时，她的网点越来越多，战线越拉越长，队伍也很快发展壮大。

广州到衡阳，再从衡阳走货，舍近求远的事情，看上去有点笨。最起码，广州到衡阳这一程的费用，就是额外的支出。然而，官金仙不管别人怎么看，她就那样做了，她也不用告诉别人，她是怎么做的，如何才能不亏本能挣钱。从她那小小的货运部，谁能想象，她一天从广州发往衡阳火车站的运货车有近百辆！

这是怎么回事？疯狂了吗？是她官金仙疯狂了？还是市场疯狂了？时代疯狂了？广东20世纪90年代的经济发展速度，别的数据不用看，光是看物流，就已经是最有力的见证。

集装箱争夺战

伴随着铁路运输资源的短缺，另一个问题凸现出来：集装箱。集装箱是有限的，铁路集装箱属铁路部门所有，按计划分配，自备集装箱在20世纪90年代初期少之又少。因而，抢夺铁路集装箱成为一场旷日持久的大战。

电机、服装、粮食、汽车零配件这一类物资，装箱，打包，直接利用火车皮运输。而有很多物品对运输的要求很高，以贵重、易碎和怕湿货物为主，如家电、仪器、仪表、小型机械、玻璃陶瓷、建材、工艺品、文化体育用品、医药、卷烟、酒、食品、日用品、化工产品等，就得利用集装箱了。

集装箱运输起源于英国19世纪初，后来相继传到美国、德国、法国及其他欧美国家。集装箱，英文名container，是指具有一定强度、刚度和规格专供周转使用的大型装货容器。使用集装箱转运货物，可直接在发货人的仓库装货，运到收货人的仓库卸货，中途更

179

换车、船时，无须将货物从箱内取出换装。因此集装箱是一种伟大的发明。

集装箱最大的成功在于其产品的标准化以及由此建立的一整套运输体系。能够让一个载重几十吨的庞然大物实现标准化，并且以此为基础逐步实现全球范围内的船舶、港口、航线、公路、中转站、桥梁、隧道、多式联运相配套的物流系统，这的确堪称人类有史以来创造的伟大奇迹之一。

铁路集装箱的类型，按箱型分：1吨箱、5吨箱、10吨箱、20英尺箱、40英尺箱。我国的铁路集装箱运输始于20世纪50年代，普通老百姓对它的认识在几十年之后的80年代末到90年代初，那时候马路上跑着的方头方脑庞然大物十分威武。

如何拿到铁路集装箱，八仙过海各显神通，各路人马绞尽脑汁。除了找关系，另一条门路是从北方调。怎么调法？集装箱紧张是在南方的广州，开放改革前沿，经济飞速发展，大量的货物要运往北方。北方相对平静，到南方广州的货还是资源性的，板材、粮食、蔬菜之类，而且供货量不大。

要调北方的集装箱，首先要从北方组织货物运往广州，用集装箱运来。按照铁路规定，卸货之后，收货人拥有这个集装箱的使用权，不必把集装箱发回发货地，可以发到全国任何一个地方，集装箱始终在铁路上，最后还是属于铁路部门。金仙也曾经用过这个方法，到遥远的东北吉林延吉，跟朝鲜接壤的地方，运木地板到广州，为的是有一次集装箱使用权。但是很快发现，这个办法太笨，很久才发一次货，量不大，不仅劳民伤财，也根本满足不了需求。

在货运站，要集装箱的人排成长队，各种招数用尽，大打出手的事情也屡见不鲜。听说有家货运公司花重金拉关系，礼也送了，酒也喝了，集装箱却遥遥无期，办事的人认为对方骗了他，借着酒兴，一个酒瓶砸人家头上，顿时头破血流，差点出人命。

金仙不是有广州军区的背景吗？即使有背景，计划内申请到的，加上军队能调度的，依然是供不应求。集装箱，日益成为最大的瓶颈，不解决这个问题，谈不上发展壮大，极有可能"收之桑榆，失之东隅"。

"有集装箱吗？我这批货特别重要，一定要用集装箱。"客户说。

"是用集装箱吗？我要自己用一个小集装箱，不跟别人的货混在一起。"客户说。

"一定要集装箱，没有集装箱绝对不行。"客户说。

"官总，不是我不跟你合作，我这个是精密仪器，没有集装箱会碎掉，损失赔不起啊！"

集装箱！集装箱！！集装箱！！！

好像到了一个关口，能过去就是别有天地，过不去只有坐以待毙。眼看着没有集装箱就会失去客户失去市场，没有集装箱将面临生存的危机。怎么办？

河南安阳玻壳厂，为东莞彩管厂和深圳的厂家供货，他们的货到广州，交由金仙的南方工贸货运部装卸转运，送到客户手上。安阳玻壳厂的发货量大，如果能让他们用集装箱把货发来，就可以利用集装箱。只要玻壳厂同意，安阳那边的集装箱很容易申请得到。

跑业务的管金虎几次到安阳玻壳厂，找到有关负责人做工作，无奈好说歹说，人家就是不同意。也难怪，人家本来一直那样做，做得好好的，有什么理由改变？改变会不会有损失？会不会出错？会不会增加麻烦？管金虎解释，不觉增加麻烦，也不会增加成本，可是他们根本不明白。或者，压根儿就不想听，因为，没有改变的打算。

"你把话说清楚没有？"金仙问金虎。

金虎气不打一处来："怎么没说清楚？我的口水都说干了，他们就是不听。你不知道，那个主管副厂长，牛得很，好像国营单位多么了不起，爱理不理的。想想都来气。"

"不能跟人家怄气，这是求人家。"金仙说。

金虎带着情绪说："要不，我看算了。"

金仙的音调也提高了："怎么能算？现在，这是唯一的一条路。你有更好的路吗？如果没有，就要把这条路走通，多难都要走通。天底下没有不通的路，是你不会走。"

官金仙决定亲自到安阳走一趟。

安阳位于河南省的最北部，地处山西、河北、河南三省的交界处，107国道交界而过。安阳玻壳厂是国营厂，在当地是数一数二的大企业。金仙到郑州的当天，天色已晚，打算在郑州歇一个晚上，第二天去安阳玻壳厂。

在郑州亚细亚酒店的这个晚上，金仙一夜未眠。按照金虎介绍的情况，姓姜的副厂长是厂里的第三把手，主管供销，事情要他了算。这个人傲慢，油盐不进，很难打交道。如何做通这个人的工作，金仙在这个问题上煞费脑筋。话该怎么说？如何简洁明了地表达意图？怎么样才能让他接受你的观点？当然，最要紧的是不能让他很不耐烦地让你走人。

金仙拿起笔，在纸上写，写完划掉，再写，再划掉。反反复复无数遍，一张纸的正面和反面都涂满了，面目全非。她的思维也一团乱麻，看着窗外黑漆漆的天空，心急如焚。

东边的天空开始泛起白光，金仙突然意识到，新的一天马上就要来了。日出日落，一天又一天，想得那么复杂，其实再简单不过。对，简单！删繁就简，把复杂的事情简单化，挑重点说，只说关键的。困难的、复杂的留给自己，没有必要跟他说，说了他反而会认为太麻烦。一定要在尽量短的时间内让对方不反感，继而认可你的观点。金仙心头豁然开朗，干脆梳洗整齐，整装待发。

郑州到安阳玻壳厂两百来公里，路程不远，路却难走。出了城就是麦田，汽车好像一直在麦田中转来转去，好几个小时之后，颠簸得浑身酸疼，终于，安阳玻壳厂到了。

姜厂长果真名不虚传，圆头方脸，身材魁梧，看上去不苟言笑，一副拒人千里之外的冷傲。在他眼里，金仙不过是一个小小的货运部，我给生意你做，是关照你，我是你的顾客，顾客就是上帝。

金仙开门见山地说："姜厂长，为了集装箱这件事，我特意从广州过来，为的是请求你的支持。"

姜厂长："这个你们不是来人说过了吗？"头也不抬。

金仙说："姜厂长，我也不多说，我只说四条，你听听要是行就行，不行我这个事情就算。"

金仙的语气引起了姜厂长的注意，抬头看了看金仙，也许从她的眼神里看出了固执的、有备而来的内容。"那你说说看。"他面无表情地道。

金仙说开了："第一，您的货在广州交给我，我们一直合作很好，您是主管领导，这离不开您的支持，我心里很感激。现在，我的公司遇到了一个坎，我要用集装箱，如果您帮我一下，用集装箱发给我，我可以利用集装箱。对您来说没有损失，对我却等于是救了我，帮我渡过了难关；第二，车皮改为集装箱，不增加您的成本，也不增加您任何麻烦，服务不打折扣，您只是换了一个装货的壳，别的什么都不耽误，对您来说很简单，对我，真的是救命之恩。"

听到这里，姜厂长发问："怎么不增加成本？"

金仙看姜厂长的神情，知道他在认真听，接下去更头头是道。金仙说："第三，我可以把车开到您厂里的装货线上装车，跟车皮一样装。不过，车皮与集装箱有差价，这个差价我来消化。为什么我要出这个钱？因为您的集装箱给我用，我会产生利润，我把利润的一部分出来补贴这个差价。比如我的利润有100块钱，我拿出30块做补贴，我还是有钱挣；第四，我们是长远的合作，这也是合作共赢，我做强做大了，对我们的合作更有利。您现在有这个能力，扶持我、支援我，我会记得。中国的清朝有一个著名的商人叫胡雪岩，他说过一句话：谁都有雨天没伞的时候。多个朋友多条路，以后您在广东有什么事，交给我，我会竭尽全力。"

这下姜厂长听明白了，不但听明白了，还对这个女人刮目相看。也许是对以往的不通融表示不好意思，他说："你弟怎么就说不清楚呢？他要是这样说清楚，早就可以了。"金仙笑："好事多磨嘛，现在正是时候，我正好借此机会拜见姜厂长啊！"

大功告成，安阳玻壳厂由原来的车皮发货，改为集装箱发货，原来的一个车皮改成两个集装箱。金仙已经集结了一帮人马，每次集装箱一到，一分钟不耽搁，马上连夜收货、卸货、装货、发货，马不停蹄。知道她有集装箱，自然有人来找，够一车皮的，就用一车皮，不够的，就凑起来，你一个集装箱，他一个集装箱，凑一个车皮。安阳发来的集装箱收货人是南方工贸货运部，有名正言顺的使用权。这有多牛？别人搞一个集装箱都难，发给金仙的集装箱却源源不断。

即使金仙用不了那么多集装箱，一转手，一个集装箱就是3000元。安阳玻壳厂的人当然不会了解这些，隔行如隔山，他们不必了解，金仙他们当然不会说。

为了配合集装箱的装卸，金仙花了33万元，从福建买回来一部30吨大叉车，从人工装卸，开始走向半自动化。

郑州、西安、重庆、石家庄、北京、太原、贵阳、南宁、昆明、武汉……一个个站点建立起来了，很快形成一个全国性的网络，统一调配，协同作战。起用的一般都是当地人，熟悉本地的情况，这大大减少了成本，又有利于开展工作。不过，因为发展速度过快，这些员工没有经过专业培训，也埋下了一些隐患。

这个时期，是货运部突飞猛进发展的时期，也是官金仙在事业上显露光芒的阶段。官金仙的机智、沉着、大胆，魄力一一显现，尤其是对市场的洞察力和前瞻性，更有过人之处。不是猛龙不过江，无论是运筹帷幄决胜千里，还是一马当先冲锋陷阵，皆表现不俗游刃有余。

张水林的感觉还是对的，德清是个小鱼塘，水太浅，金仙是条大鱼，是大鱼就要到大海，才能放开手脚，尽情施展。没错，广州就是她要的大海，包容，开放，随性，而又有秩序守规矩，以宽广的胸襟接纳像她那样的外来者，到这里寻梦，在这里拼搏，比在任何地方都拥有更多的机会和可能。

张水林在电话里问："广州怎么样？能适应吗？"

金仙发自内心地回答："蛮好的，我喜欢这个地方。"

张水林问："生意好不好做？"

金仙说："好做。这是个大城市，沿海开放城市，来往的人多，货运量大，跟德清不同的。"

张水林问："那，不回德清了？"

金仙想都不想地回答："不回了。等定当了，你来，把孩子和老人都带上，到广州来。"

金仙是个工作狂，每天工作15个小时以上，睁开眼时工作，闭上眼还是工作，神经经常处于高度兴奋状态。在广州的天空下，呼吸着亚热带湿润的空气，时尚之都，浪漫花城，西关古韵，云山珠水，多少人梦寐以求心向往之，她却全然没有顾上。一次张部长太太问她，到广州这么久了，有没有到处走走看看呀？金仙说还没有呢！张太太说，羊城八景可是出了名的。还有南方大厦、北京路高第街、沿江路一带，不仅可以吃到正宗的广州美食，还能买到又便宜又好的东西，你一个姑娘家，应该很喜欢这些啊！金仙说喜欢，但是没有时间，每天忙。张太太关切地说："小官，再忙也要有休息的时候，千万别把身体搞垮了。"

金仙就想，等没有那么忙了，找个时间去看看吧。可是，好像总有忙不完的活，总有非常紧急的事情等着处理，所以在广州很长时间了，居然没有正儿八经逛逛。有一次从北京路经过，人流如过江之鲫，车子堵得死死的，她觉得挺烦心，根本没有欣赏风景的心情。在她心里，看风景都是很清闲很诗情画意的，整天忙得两头黑双脚不着地的人，哪来这份闲情逸致！

比如那天，她满脑子都是集装箱。安阳那边的一批货这时候该到了，她急着赶到黄沙货运站去。虽然已经有人在那儿，但是她放心不下。她自嘲地说：没办法，就是这操心的命。北方人说"天上不会掉馅饼"，广州人、香港人说"力不到不为财"，都是一样的道理，要得到，就得先付出；要成功，就得努力奋斗。

牵手TCL

1993年秋天，官金仙到广东创业正好一周年。这一年发生了多少事，她经历了多少惊喜和艰险，远远超出了她自己的想象。挑战和机遇同在，成功与失败为邻，一念天堂一念地狱，她对此感同身受。

她太喜欢这种感觉了，不仅是喜欢，简直是沉迷。她觉得到广州的决定太正确了，广州这样的地方，正是她渴望的，物流这一行，就是为她设计的。

这一年的秋天，她的命运迎来了一个重要的转机，当时看来只是不经意的平常的一件事，后来却对她毕生的事业以及她的整个人生，产生了深远的影响和非凡的意义。事先没有任何征兆，就那样突如其来，在后来的回忆里，官金仙觉得其实有预感，这是她命中注定，该来的就要来，逃也逃不过。

TCL，向着她款款走来。

20世纪90年代的中国，家电行业异军突起，老百姓对国内家电的认知，除了万宝冰箱、海尔空调、白菊洗衣机、金星电视机，还有TCL电话机。依托电话机，TCL集团股份有限公司在短期内一跃成为行业新星。

TCL集团股份有限公司创立于1981年，是全球化的智能产品制造及互联网应用服务企业集团。其前身为中国首批13家合资企业之一——TTK家庭电器（惠州）有限公司，从事录音磁带的生产制造，后来拓展到电话、电视、手机、冰箱、洗衣机、空调、小家电、液晶面板等领域。

1993年，TCL集团股份有限公司已经走过前十年的规模积累阶段，进入企业高速发展阶段。继1989年开始，TCL电话机产销量跃居全国同行业第一名并一直保持纪录，1991年，在上海成立第一个销售分公司，随后又在哈尔滨、西安、武汉、成都等地建立销售分支机构之后，1992年，TCL的"重磅炸弹"王牌彩电一炮而红，以迅雷不及掩耳之势在全国打响。迈入1993年，TCL乘风而起再创辉煌，不仅将品牌拓展到电工领域，成立TCL国际电工（惠州）有限公司，紧接着成立TCL电子（香港）有限公司，TCL通讯设备股份有限公司股票在深交所上市，成为国内通讯终端产品企业中第一家上市公司。

毫不夸张地说，不论你是经商的还是打工的，也不论你是当官的还是跑腿的，不知道TCL电话机和TCL王牌电视，那么，用今天的话说，You out！你落伍了！

因而，当金仙电话里得知TCL的人来了，是来了解货运的，当即意识到这是一次千载难逢的机会，一秒钟也不耽搁，连忙往沙太路的货运部赶。那天，她在中山二路的南方工贸货运部做报表。她跟老韩说："一定要留住他，千万不能让他走，告诉他我马上赶回去。"

那一路，中山二路到沙太路并不远，金仙却觉得好远；车子已经够快了，也不怎么堵车，她还是嫌不够快，蜗牛一样。恨不得长了翅膀，"咻"一声飞了去。这一年在广东，做物流的，怎么不知道TCL？她一直梦想能跟这样的大企业合作，强强联手才能更强。金仙在心里对自己说：一定要拿下！

两个人，一个司机，一个发货的。发货的就是公司负责货运这一块，不一定是什么领导，却是具体跟货运公司沟通协调，是最直接的干活跑腿的人，他的作用至关重要。

握手，寒暄，交换名片，金仙表现出来的客气和热情，让对方觉得很受重视和敬重。发货人叫乔浩明，TCL电话机销售部经理。下午一点多，金仙提议到对面的饭店共进午餐，她要做东，大家边吃边聊。乔经理盛情难却，找他们正是希望了解货运的事情，也就不推辞。

过了马路就是东园酒店，官金仙和TCL电话机的乔经理，开始了历史性的会谈。有了这一次的会谈，才有日后长久的持续的合作。这就是命，是南方物流的命，更是官金仙的命，仿佛这个机会就是留给她的，非她莫属。前提是，她为此已经做好了充足的准备。

　　TCL电话机的运输渠道，原来是跟东莞樟木头一家公司合作，比较单一的运输模式，已经不能满足TCL电话机货运量越来越大的要求，他们也在寻找更好更合适的合作伙伴。

　　官金仙的南方工贸货运部，经过一年多的摸索拼搏，运输模式已经有更多的选择。比如，远途的可以选择铁路货运，短途的就用汽车运输，你要集装箱可以有，量大用大集装箱，量小用小集装箱，规格齐全。铁路方面不仅有广州南站这个出口，还有湖南衡阳，完全可以根据需要灵活调度，一切都可以掌控。TCL电话机公司，寻找的正是这样的合作伙伴，郎情妾意，一见钟情。当然，他们那样的大公司，看重的是可靠可信稳妥扎实，乔经理在铁路边上的铁皮屋前停留，吸引他的首先是南方工贸货运部军办企业这个招牌。

　　那时候TCL电话机市场大多在华东地区，北方的河北、黑龙江一带的业务刚刚展开。也不是一下子把全部市场份额都给官金仙，他们也要考察，要实践检验。官金仙深深懂得，在同样的价格下，只有做好了，比别人好，比别人快，比别人安全稳健，才能赢得信任，争取更大的市场。她的努力换来了回报，渐渐地，她占的市场份额越来越大，直到无人能出其右。

　　跟TCL电话机的合作，具有里程碑式的意义。这关键性的一步，对官金仙意味着什么，她心知肚明。不能出错，哪怕是一点点失误，都有可能全盘皆输。然而，物流行业的性质决定了，这本身就是个冒险的充满变数的行业。车皮有了，集装箱有了，叉车有了，路畅通了，网点铺设好了，人员到位了，但还不是万无一失。哪怕是诸葛亮的智谋，也没有万无一失的胜算。

最难把握的就是公路运输。每天发上百车的货，只要有一辆车出事，就足以令人一年三百六十五天都不得安宁。电话机那时候是紧俏货，而且价格贵，一部TCL电话机450元左右，一个收入相对较高的事业单位职工的月工资在200~300元上下，差不多两个月的工资才能买到一部电话机，而且，很多地方还买不到。

最怕什么？翻车，出事故。司机出事了，可能当场没了，也可能受伤，货肯定是散开一地，或者滚落悬崖，或者倒在路边。这时候，也不知道消息怎么扩散得那么快，就有人来看热闹，一哄而上，抢个精光。第一时间派人到现场，救人的救人，看货的看货，忙乱好多天。自从温岭那个司机在阳山出事后，车祸就是金仙的噩梦。可是，掌控不了，唯一能做得，就是每天暗暗祈祷。

跟TCL电话机的合作，金仙看得比任何都重，即使比喻成她生命的一部分，也一点不为过。事实上就是那样，她小心翼翼地培育着，犹如一棵幼苗，那么弱小，她要用生命去呵护，去疼爱，不让幼苗夭折，要让它健康成长，长成参天大树。

她的思维被电话机占满，白天想黑夜想，一天到晚想的就是电话机。千万不能出事，一定不能出事……她自己以一个信徒的虔诚对待工作，同样要求员工们也不能出半点纰漏。她明白其中的重要性，一失足千古恨，一步错全盘皆输，虽不至于如履薄冰，但是务必步步为营。按理说，日后的事情谁也说不准，TCL方面的人也没有许诺什么，纯粹是第六感，她听见有个声音在对她说，这是关乎她命运的大事，她将与这个公司捆绑在一起。这与其说是她的足智多谋，倒不如说是她超乎常人的判断力，让她能够看到更远更宽广的未来。

随着运输量的增长，官金仙必须随时做出应变。需要大型平板车，买；需要大型仓库，租；需要更多人力物力，配。为了配合TCL电话机，硬件跟上，软件跟上，真正是有条件要上，没有条件创造条件也要上。东莞货运站、流花路货运站、沙太路货运站、番禺货运站照旧开着，又租下燕岭路武警医院后面的一处大型仓库，专门存放TCL电话机。

机遇永远只给有准备的人，前面所受的苦，所有的积累，都是为了迎接这个机遇的到来。

说到这里，回头看看一路走过的轨迹，会发现有惊人的巧合之处。先是东莞，继而广州流花路，再到沙太路。流花路在广州之西，沙太路在广州之东，西边的出口连通佛山、顺德、珠海，是珠三角经济发达地区，东边则是惠州、河源、汕头，相对不发达地区。为什么当初没有继续往西，而是掉转方向，往东而行？仅仅是因为永福路的汽车配件市场吗？还是因为往东有惠州，有TCL？很难假设如果往西，会遇见健力宝、万家乐？抑或威力洗衣机？但是绝对不会有TCL。他们在东边的沙太路，TCL的供销员才能偶然发现，才可能开启合作之路。毋庸置疑，如果没有在沙太路，这个机会是绝对不会有的。

燕岭路的仓库，又往东挪了一步，距离惠州更近了。那时候的城市格局，以北京路为中心，出了燕岭路，基本就是出城了。不用穿过繁华市区，不必受堵车之苦，门口就是广汕路，直达惠州。TCL电话机出厂，直接运到燕岭路仓库，在那里分装，打包，该走铁路的走铁路，该走公路的走公路，运往全国各个收货地，一切运转有序，按部就班。

有一个行规，物流合作公司采取每年招标制。东莞机电厂也好，安阳玻壳厂也罢，交情再铁，关系再好，都要通过招标。这等于每年洗一次牌，能否拿到一张好牌，不仅看实力，还要看运气。

这是最伤脑筋的事情。好不容易熟悉了，门路打开，做得好好的，正准备拓展，一年过去，招标时间又到。招标之下，还是免不了抓狂，任何人也没有必胜的把握。那感觉，简直就像被贴在炉灶里的烧饼，在滚烫的高温下，被人翻过来，翻过去，想怎样烤就怎样烤，想烤多焦就烤多焦。招标导致的恐慌症，表现出来就是极度没有安全感，久而久之，演变成焦虑症状。

跟TCL的合作，金仙期待的就是长久的稳定的，最好是独家的。TCL不仅有电话机，还有电视机、录音磁带等，并不断在开拓产品。她看好这家企业，未来发展的势头一定不可估量。

燕岭路武警医院后面的仓库，每天运电话机的货车进进出出。长途的分流出去，从铁路走了，周边不是很远的地方，长沙、南昌、南宁这一类，三几天的路程，采用汽车运输。那时候大货车几乎都是私人的，有些牌照是某某单位，实际上也是私人挂靠。这些司机们嗅觉灵敏，那里有货很快就嗅出来，然后传扬开去。

他们愿意拉南方工贸货运部的货，一来有货，到了就开票装货，装完就可以走；二来运费预付70%，余额交货之后可以在就近的网点补齐，绝对不少不欠。光是这一点，其他公司做不到，别说预付，交货后拿到运费还要很长时间；三来南方工贸货运部有实力，应急能力强，有保障，出了事，被偷了抢了，马上派人到现场处理，并能够在比较快的时间了结。曾经就有个司机的货在南宁境内被抢，货运部的应急小队第一时间赶到，当地的军分区、公安都出面了，很快把贼抓住。司机们口口相传，每天到仓库等货的货车排起了队。

金仙的哥哥管金生是1994年春节过后到广州的，他也离开了原来的工厂，准备跟着妹妹一起"闹革命"。金仙让他负责车辆调度工作，可谓人尽其才，比较适合他。加上张瑞谦和另外一个女的李大姐从南方工贸派驻货运部，军代表的身份，同时张瑞谦负责对外协调、李大姐负责协助财会，团队的力量又加强了。

TCL的乔经理对合作很满意，有一次对金仙透露，原来几家小打小闹的公司，明年不合作了，份额会加给南方工贸货运部。这是金仙意料中的，也是她的目标。

"谢谢乔经理！我还想托您一件事，您看什么时候方便，我想拜会张总。向他请教，听听他的建议。"金仙诚恳地表示。

张总是指TCL电话机销售总经理张志军，乔经理的上司。乔经理沉吟片刻说："这个，要看合适的机会。我会放在心上的。"合作之后，乔浩明不止一次跟张总汇报过，张总知道南方工贸，也知道货运部总经理官金仙。

官金仙告诉乔浩明，她要跟TCL靠拢，准备物色一个地方做办公场所。乔浩明说："也是，你们那沙太路的铁皮屋应该淘汰了。"金仙笑说："不淘汰，那里依旧开着。这段时间我们看了好几个地方，还没有最后定。"乔浩明赞许："好事，好事。官总有魄力。"官金仙说："有您的支持，我们才能做得起来，才有发展。今后，还要请乔经理继续关照！"

乔浩明走后，金仙对弟弟金虎说："我们不但要有个像样的办公室，还要买货车，买它二三十辆。"金生也来劲了："对，要做就做大。"金虎不解："自己养车不如租车，社会上那么多车，没有必要买。"金仙说："自己有车，更灵活主动。要有大回报，首先要舍得投入。"老韩也说："我也觉得买车不如租车，投资太大。"金仙坚持："你们没有看清形势，只看到眼前，没有看长远。现在是一个大好时机，重要的转折点。跟TCL合作的不止南方工贸一家，人家凭什么跟你合作？凭什么选择你？因为你有实力，因为你比别人更强。"

官金仙的豪气干云，极富感染力，金生、金虎和老韩他们不由自主地认同。他们仿佛看到了，在官金仙的带领下，美好的前景就在不久的将来。

谁也没有料到，却出事了。

被骗100万

"喂，南方工贸吗？我的货今天应该到了，还没有到，什么情况？"

"我看看……今天是第三天，明天到吧，再等等。"

第二天，主动打电话过去。

"货到了吗？一车电话机。"

"没有啊！我们正着急呢，怎么还没有到？"

"哦，那可能路上有状况，再等等，我查查。"

第五天、第六天，车子还没有到，司机也没有电话来。电话打给司机，不通，没有这个电话。意识到情况有异，马上召集起来，了解到底怎么回事。负责当天开票办手续的员工连忙找出来发货资料，一核对，发现是假的。身份证的地址写着江西某地，留的电话号码少了一位数。这明摆着人家是蓄谋已久，专门来骗货的。

"当时是什么情况？"官金仙问员工。

员工回忆，那天是上午快下班时间，原本两个人的窗口，其中一个去吃饭了，只剩下一个人。这时候，来了两个司机，一个看上去50多岁，一个30岁左右，自称是父子，来拉货回江西。他们是江西人，顺路，这会车子就停在外面，解放牌，5吨车。员工肚子饿得慌，看两个老实巴交的农民，原本要两个人严格审查司机、车辆、身份证、地址、电话这些手续，只有他一个人了，潦草地看了看，连对方提供的虚假电话号码也没有核实，就给他们办了手续，装货，走人了。

骗子！绝对是骗子！为了行骗，骗子一定早在仓库周围侦查多时，掌握了员工上下班的时间和办事特点，借午饭时间窗口只有一名员工这个空当，顺利得手了。

"什么样子？记得吗？"金仙问员工。

员工知道自己闯了大祸，脸都吓得紫了，话也说不全："两个人，老的黑黑的，不是很高，穿一件旧的蓝色上衣。那个年轻的，说是他的儿子，小眼睛，梳着分头，好像……好像眼角有一个痣。"问左边还是右边，员工带着哭腔说："好像是左边，不对，好像是右边，我记不清了。"再问不出什么来。

一车电话机，价值100万！100万在1994年是个什么概念？8万元差不多可以在广州市中心买一套三室一厅的房子了。这么多年的打拼，挣的钱都又投入到生意上了，这么大数目，怎么赔得起？

当即要张瑞谦找公安部门立案。张瑞谦很像是指导员的角色，办事踏实，雷厉风行，而且不怕苦不怕累，任劳任怨，协调处理这一类的事情是他的专长。广州警方不立案，理由是广州只是装货点，货离开了广州，而且是假证件。要到收货地江西报案。张瑞谦和管金虎一起赶到江西，江西警方听了案情描述，由于嫌疑人提供的是假身份证，无法确认这个人就是江西的，也不立案。张瑞谦有点来头，广州军区后勤部南方工贸的一名团级干部，并由江西军分区的人出面，一起找到江西警方的。可是，江西警方坚持自己的立场，不立案。后来，还是管金虎通过关系，电话联络上广州军区更高级别的人物，通过江西军分区领导从中斡旋，才立了案。

立案了也没有什么用，程序走了一遍，张瑞谦和管金虎在南昌足足待了10天，没有得到任何有价值的线索。公安的人说，着急也没用，总有个过程。张瑞谦和管金虎干瞪眼，却又使不上劲。人生地不熟，人家的地盘人家做主，除了被动等待，一筹莫展。

金仙也着急了，电话里跟张瑞谦说："等他们去查要等到猴年马月，你们自己去跑呀！"

张瑞谦为难地说："怎么跑？往哪里跑？"

官金仙说："不是有身份证上的地址吗？起码到那儿看看呀！"

张瑞谦回答："我们去过了，没有这个人。我们不熟悉这边的情况，自己去查，很难有什么效果。退一万步讲，即使有人认得这个人，乡里乡亲，也会包庇他，不会供出来的。"

官金仙听得有点憋气，"那就这样了？一点办法没有了？"

张瑞谦说："这边公安的人也找过了，只能再等等。"

官金仙当即表示："你们不用等了，等不出什么结果的。回来吧！"

张瑞谦和管金虎撤离江西。那时候身份证没有上网，如果有预谋，做张假身份证，在没有留下确凿证据的前提下，很难找到真人。身份证可以假的，车牌也能假，甚至，老爹都可能是假的。骗子说是江西的，也有可能是安徽的，身份证是南昌郊区的，真实身份也有可能是河南的，没有方向，挖地三尺也挖不出来。

官金仙决定亲自去一趟江西。

到了江西，她不像金虎他们被动等待，而是亲自跑，跟公安的人一起，四处寻找线索。唯一的线索是骗子假身份证上的地址，在江西南昌郊区。骗子为什么会用这个地址？可能他跟这个地方有联系，起码他知道这个地方，这个地方也许有人见过他认识他。从一个村子到另一个村子，道路瘫痪，步步泥泞，双脚长途跋涉，苦不堪言。

整整7天时间，官金仙白天出去找人，晚上回到招待所伤心落泪。越找下去越觉得迷茫，犹如大海捞针，盲目地转，已经明白没有结果，还是心有不甘。难道骗子就这样人间蒸发了吗？100万就这样泥牛入海了吗？回想这些年的艰辛，说多了都是泪啊！怎么向TCL交代？被骗子骗走了？人家信吗？即使相信，你是怎么做事的？防范措施这么薄弱，谁能担保没有第二次、第三次？赔偿吗？100万啊！一个个夜晚，在陌生的他乡，官金仙被痛苦折磨得难于自拔。

无论如何，也要把骗子找出来！蛇行有迹，鸟过有影，他是风吗？就这样掠过无影无踪？

这是1994年秋季，对于江西来说，是真正的多事之秋。后来列入江西大事记的这一年，自然灾害不断，许多受灾群众流离失所。据记载，1994年江西省发生了严重的风雹灾害和洪涝灾害，受灾面积44万公顷。4月上、中旬，赣中、北地区的风雹灾害；5月上旬，赣江、抚河流域的洪涝灾害；6月中、下旬，赣江、信江、饶河流域的洪涝灾害。屋漏偏逢连夜雨，船迟又遇打头风，饱受灾难的江西满目疮痍。官金仙走访的那些乡村，正是灾害肆虐过后，公路损毁，农田淹没，百姓愁眉苦脸，腐臭难闻的气息飘荡在空气中。

也许，骗子早就把电话机卖掉了，100万他也许只卖了50万。50万也是一笔巨大的横财，拿了这笔钱，他能干多少事！

她的内心五味杂陈。

赔吧，100万赔给人家，找不到，不要了。回去吧，明天就回去。在南昌的最后一个晚上，金仙下了决心。

下了决心，反而思路清晰了。她想回广州后亲自登门，到TCL找电话销售总经理张志军，好好跟他说清楚，道歉并表明态度。跟TCL合作愉快，本来想有机会请张总喝庆功酒，未承想，第一杯却是罚酒。

张志军已经从乔浩明儿那获悉，到江西的一车货没有了。怎么没有的？还不知道答案。可能被骗了，也可能江西水灾，被洪水冲走了。反正，没了。没了怎么办？他今天要听听官金仙的说法。

"听说你去了江西，那车货的下落查明了吗？"张志军问。

金仙回答："张总，我今天来，是跟您表个态，货，我们全额赔偿。"

张志军有点吃惊，看官金仙一脸诚恳，显然是经过深思熟虑。这样的诚意和气魄，不是一般人有的，何况一介女子。心里有了几分认可，看来乔浩明说得没错，这是个可以长期合作的人。稍作停顿，关切地问："货哪儿去了？被骗走了？"

官金仙微笑，委婉地说："张总，货到底哪儿去了，洪水冲走也好，被骗走了也好，总之，没有了。我们赔，100万，全额赔。我想跟您商量一下，您看这样好不好，我们一下子要拿出100万有困难，给我一个期限，相信我，我会还清。"

张志军问："多长时间？"

官金仙说："一年。"

张志军没有马上回答。

官金仙说："也可以看成这车货是我买了，我要卖出去，卖了一批结账，一年之内结清。"

一车货的运输费，三几千的利润，丢失一车货赔偿100万，确实不容易。张志军很赞赏官金仙的态度，勇于担当，敢于负责任，大有堂堂男子汉的气概。

官金仙没有那么多大道理，也谈不上高尚品德，她的想法再简单不过：人家把货物交给你，你弄丢了，就得赔。这是一种契约关系，遵守契约天经地义。后来有人跟她说：可以逃呀！官金仙当时压根儿没有这个想法，逃到天边，也逃不出自己的心。出了事就逃，这一辈子，谁还跟你合作？

张志军最后也只是轻描淡写地说："这样啊，好吧。"

这一段时间，大家的情绪都有些低落。管金生觉得这钱赔得冤屈，问金仙："100万，不是买包烟的钱。去哪里找？"

金仙也烦心，但是她主意打定，去借，去变卖，总之，砸锅卖铁也要把钱赔出去。只有这样，才谈得上跟TCL的继续合作，才谈得上更远的理想和前景。从来就是好事多磨，就当是一个考验吧。

金仙回老家德清筹款。她要说服张水林把钱拿出来，先解燃眉之急。金仙到广州后，张水林守着大本营，货运部依旧开着，生意还不错。儿子由奶奶带着，已经上小学了。

老婆回来，张水林满心欢喜，买了很多金仙爱吃的菜，亲自下厨，做了一顿丰盛的晚餐。金仙说着笑着，跟儿子玩耍，表面挺开心的样子，但是，眉宇间有着隐隐的心事。张水林一个劲地叫金仙吃菜，好像并不知情。TCL的事金仙没有跟他说过，张水林胆子小，她怕吓着他。

饭后，儿子跟奶奶玩去了，收拾停当，金仙摆开有事要谈的架势。张水林端上来两杯莫干山绿茶，茶叶翠绿的，在玻璃杯里自由伸展，似乎有生命一般，好看极了。好久没有喝过家乡的绿茶，金仙轻轻抿一口，甘香怡人，不由感慨一声："还是我们德清的绿茶好喝。"

张水林问："广州人喝什么茶？"

把金仙给问住了，她还真搞不清楚，广州人喝什么茶。南方工贸那些人来自四面八方，不是正宗广州人，铁观音、红茶、乌龙茶、普洱茶，好像都喝。突然想起什么来，她对张水林说："广州人怪怪的，喝茶不是喝茶，是吃饭。有一次一个客户说明天喝早茶，以为就是喝茶，我想空肚子怎么能喝茶，在家里早早先做了一碗面吃饱，到约定的酒楼，一看，一桌子点心花花绿绿，原来广州人说的喝早茶，其实就是吃早餐，吃各种点心小吃。广州的点心还是不错的，品种多，味道好。"说到这里，两个人觉得蛮好笑的。

张水林又问："有生煎包吗？"金仙想了想说："好像没有。"张水林说："那还是生煎包好吃。"金仙说："很快要搬新的办公室了，最多过个一年半载，你和儿子就过来。"张水林问："儿子要上学呢！"金仙说："广州可以上学。"张水林想了想说："我还是把这边的店看看好，多少也挣点钱，万一不行，也是个退路。"金仙嗔道："你怎么总觉得不行？我告诉你，我既然走出去，就不会再回来。"张水林没有再说什么。

茶喝了半杯，金仙要说正事了。"水林，我这次回来，有个事情要……"

张水林打断她说："我都知道了，一车货丢了，要赔。"

金仙有点吃惊，心想是谁告诉他的，可能是金虎，也可能是哥哥金生。知道了也好，不用多说了。便直截了当地提出，要张水林把钱先拿出来，渡过眼前这个难关。

张水林有自己的想法。金仙到广州创业，能挣到钱当然很好，挣不到钱也没有关系，大本营还在，回来再一起把德清的货运部打理好。但是，不能把大本营搞砸了，这是唯一的退路。在他心里，他依旧认为金仙只是一时冲动，到广州折腾个三两年，就会回德清。这下倒好，把人家100万的货丢了，还要赔，并且要拿家里的钱去赔，这也太说不过去了！

张水林的反应金仙早就料到，她暂时按下钱的事情不说，向张水林谈起了广州的货运市场，谈火车皮、集装箱，又谈广州的汽车配件市场、电器市场、服装市场，谈从东莞到广州流花路，再到沙太路，然后燕岭路，然后带出来TCL，跟TCL的合作，TCL这家公司的现状和发展前景。

　　"水林，你今天把钱拿出来，日后我会加倍还给你，你相信我，我有把握。"金仙说得恳切，张水林听得入神，只听金仙继续说："只有把这100万赔出去，才能有更多的合作。现在看来这100万天那么大，但是我们迟早会挣回来，而且，挣得不止这100万！"

　　张水林看见，金仙在专注地说这件事情的时候，双眼闪着光亮。专注的人，是天不怕地不怕的人；专注的人，是能够做成事的人。专注，也是一种美丽。他说："好吧，听你的。"金仙喜出望外。

　　后来，如金仙承诺的那样，一年的时间，她慢慢地，把100万还清了。

　　处理这件事情的过程，金仙多次到TCL商谈，因此接触到了更多人，其中有些是主管领导。TCL电话机是TCL集团其中一个公司，TCL电视也是一样。经过张志军的引荐，金仙拜会了TCL电视机公司的负责人，对TCL王牌电视的生产状况、销售渠道、货运线路、合作条件有了基本的了解。

　　官金仙对张志军说："我要做TCL王牌电视。"言下之意，她要把TCL王牌电视的货运业务争取过来，或者，先争取一部分。

　　张志军认为，这未尝不可。

塞翁失马

驻点哈尔滨的业务员宁晓楠，家在黑龙江大庆，到广州打工多年，后来应聘到南方工贸货运部，派驻哈尔滨，负责TCL业务在黑龙江的运作。

那时候金融业不发达，通常有大量的现金交割，业务员手上掌握的现金量不少。一个点的业务员通常也就三几个，黑龙江这个点由宁晓楠负责，也就是说，现款在他手上。

钱这个东西的诱惑力到底有多大，每个人的反应不同。但是芸芸众生，能抵御诱惑的，恐怕寥寥无几。自古以来，人为财死鸟为食亡，演绎出多少悲喜剧。"钱是英雄胆""有钱能使鬼推磨""钱不是万能，没有钱万万不能"等等，说的都是钱的重要性。宋太祖赵匡胤"一文钱难倒英雄汉"的故事，说明了再大的英雄，有时候也会为一分钱而为难，没有钱，什么事也做不了。后来的比尔·盖茨、李嘉诚、马云、任正非一类的大富豪，创业的初衷都是为了钱，官金仙也不例外。金钱的诱惑很难抵挡，因此又有了"君子爱财取之以道"的古训。

宁晓楠出生于大庆农村，在广州打工每个月工资不够400元，派驻哈尔滨后，作为站点负责人，收入大幅提高，离家近，路费省了不少，逢年过节还有额外的补贴，跟别人比起来，有明显的优越感，他着实春风得意心满意足。他很珍惜这份工作，业绩不错，也得到了领导赏识和信任。

每天接触那么多现金，几万几十万，他慢慢有想法了。别说这辈子，就是几辈子，也挣不上这么多钱。他心里打起了算盘。

货运部的运作进入了良性循环。业务量越来越大，而无论多少业务都能消化掉，如期完成。这样就引来了更多的业务，滚雪球一样，越滚越大。对货运部的发展是大好事，但是，官金仙的工作量也随即增加。她像一部高速运转的机器，睁开眼就是一天的事，工作十五六个小时，忙也忙不完。三十出头的她，体力正处于最旺盛的时期，浑身有使不完的劲，只要有业务，有钱挣，就不觉得累。

智者千虑必有一失，百密一疏，只顾着发展业务挣钱，在用人管理人这个层面，还没有来得及思考，制度、规章尚未确立并实施，弊端已经开始相继显现。

先是一个派驻成都的业务员跑了，带走了2万块钱，派人去找，没有找到，也报了案，一直没有下文。接着就是宁晓楠出事，出大事，卷款25万元，消失无踪。官金仙还在为成都业务员偷钱逃跑的事情郁闷，又来了这一单大事，她意识到，是到了正规肃纪的时候了，不能只顾着挣钱挣钱，千里之堤，毁于蝼蚁，这件事情不处理好，势必引起连锁反应，全国各地那么多业务员，难保不起同样的歹念，那还怎么管理？货运部还怎么运作？辛辛苦苦的积累，一砖一瓦往上添加，高楼尚未建起，搞不好"哐当"一声，坍塌下来，一片废墟。

这一次，她没有请军代表张瑞谦出去跑，而是报了案，请了律师，正正规规走法律途径。并私下里启动激励机制，只要案子破了，人追回来，25万物归原主，南方工贸货运部愿意出钱额外奖励破案人员。她下了决心，一定要把这个贼绳之以法，杀一儆百以儆效尤。

结果，案子破了，人抓住了。委托律师起诉，等候宁晓楠的是法律的制裁。

年终，召集全国各地的业务员回广州开会，官金仙说的一番话，铿锵激扬，掷地有声："我们刚好有就业机会，需要人，而你，刚好需要一份工作，加入了南方工贸，成为一家人。你不是白干，我们给你的是比别人给你的更好的待遇，你干好了，还有奖励，南方工贸不会亏待你。但是，你不能太贪心，不能见钱眼开，是你的你拿，不是你的你一定不能伸手。我们发展到今天，这么大一支队伍，我们有能力把这支队伍管理好，当然，这离不开在座每一位的支持协助。大家看到了南方工贸今天的发展，如果你选择继续留在这儿，我们同舟共济，你们还将看到明天的辉煌！前提是，不能像宁晓楠那样，以为钱拿到手跑得了，事实上，能跑到天上去吗？我官金仙有这个决心，你拿了我25万，我就是花50万，也要把你追回来！中国有句老话：手莫伸，伸手必被捉！"

　　这之后，渐渐安稳下来，类似的事情没有再发生。

　　价值100万元的TCL电话机被骗，给官金仙敲响了警钟。为什么会被骗？问题还是出在自己身上，麻痹大意，管理不严。痛定思痛，亡羊补牢，未为晚也。她当即行动起来，做了几件事。

　　第一，请来公安民警，给员工授课，不仅学法守法，提高自身法律意识，还就如何提高防范意识，如何加强自我保护意识，如何识别骗子的伎俩，如何运用法律法规处理突发事件等问题，专门讲解；第二，实用培训，讲到如何辨别假身份证、假证件、假车牌，具体的操作手段，重点讲解车辆证件的真伪识别；第三，购置安装摄像机，实施现场24小时监控记录；第四，规范手续，制度落实；第五，成立安保应急队，加强安保措施。

　　这样做，开创了中国物流行业先河。一整套物流管理体系，在走过曲折，跌过跟斗之后，逐渐建立起来。在20世纪90年代中期，到过南方工贸货运部的人无不惊叹："太先进了！"自此，官金仙每走一步，首先考虑的就是公司内部的管理，团队的综合素质和实力，真正做到以人为本。

物流的概念也是在这个阶段被引入行业内，逐渐被人们所认识、了解。马帮、托运、运输、货运、海运、空运、铁路运输等概念因时代的不同，叫法也不同，但是实质上做的还是一件事：运送货物。更简捷的是，物流一词涵盖了所有，只要是运送货物都可以叫作物流，物资流通，而且，随着时代的发展，还远远不止运货这个功能。

在1997年召开的"97亚太国际物流会议"上，一些中外著名人士指出："中国如何较快地构筑一个可以将必要的商品、按必要的数量、以必要的方式、在必要的时间、供应到必要地点的高效率的物流体系，是国民经济发展中不可回避的一个重大课题。所以我们必须用一种新的思维与观念，从整个物流系统的角度来看待和探讨中国生产、流通、消费等社会经济活动的发展。在过去计划经济体制下，经济活动中生产和流通被当作两个彼此隔绝的要素，运输也被分割成许多不能有机联系的过程。现在，随着社会主义市场经济体制的逐步建立，这种模式已经发生。"

官金仙是个实干家，低调务实，她一系列的改革、创新举措，赢得了客户，也促进了自身的发展。她带领的南方工贸货运部成为市场默认的准则，自然而然，以她为标准。这就是市场，有着自身的规律，无须政府号召权威发布，市场自然产生的权威，才是被市场认可的权威。

首先表现在定价权上，沙太路的收货点依然拥有众多的零散客户，每天打开门，定了当天的价格，比如今天到北京一吨运费什么价，到郑州一吨运费什么价，南方工贸的价格就是市场的价格。每天开张，有同行会问："今天南方工贸什么价？"或者有客户会说："我刚才看过了，南方工贸的价格是多少多少。"意思是你们不能比南方工贸高。

除了加强管理，官金仙的工作重心围绕着TCL。优胜劣汰，原来跟TCL电话机合作的货运公司，无论是效率，还是安全，也无论是规模，还是规范，跟南方工贸一比，就给比下去了。合作是一种双向选择，TCL的人当然愿意选择南方工贸这样的合作伙伴。没有多长时间，南方工贸基本包揽了TCL电话机所有的物流份额。

官金仙开始瞄准TCL王牌电视。其时，TCL创造了"有计划的市场推广""服务营销"等市场扩展新理念，建立起遍布全国各地的几百家营销网点和一支几千人的销售队伍。TCL王牌彩电年销售量几百万台，居国内彩电销售前三名。

通过跟TCL电话机的合作，官金仙了解到，整个TCL集团简直就是一个电子产业帝国，短时间内推出TCL电话机、TCL王牌电视这样打响全国的品牌产品，未来的发展前景不可估量。

能否如愿以偿，就要看官金仙的运气了。

第一次到惠州TCL总部，官金仙心里有些忐忑。张志军告诉她，要做TCL王牌彩电，必须经过很多人、很多部门的同意和支持，首要就是TCL集团公司储运部部长熊乐坤。

官金仙做TCL电话机，对接的是TCL电话机公司的人，乔浩明、张志军他们，对集团公司的人没有接触。电话机公司只是集团旗下其中一个公司，总部的人也不认识官金仙这个人。

后来知道南方工贸和官金仙，是因为南方工贸赔偿了丢失的价值100万的电话机，有如此实力和魄力的，恐怕找不出第二家。又听说老总是个女的，豪爽，负责任，出了事情没有推卸，敢担当，是个值得信赖的人。

世上的事情就是这么奇妙，有一种幸运叫作"塞翁失马焉知非福"，正因为官金仙赔了那100万，才有了跟TCL进一步的合作。表面上看不过是丢了东西赔回去，合作本应该如此，非常简单的道理。但是，并非人人都能一诺千金，这就显得尤为难能可贵。这其中蕴含的内容，不仅仅是金钱，更多的是人品的折射，准则的坚守。

熊部长是个很和蔼的人，饶有兴味地听了官金仙对自己企业的介绍，优势与实力，以及承运TCL王牌电视的物流计划，第一印象这个是干实事的人，有能力，有胆识。

熊部长说："电视机是易碎商品，跟电话机还不同，装卸、运输的要求更高。你们在这方面有什么过人之处？"

官金仙一听，正好，这是自己的强项。她说："不说过人之处，我们有经验。河南安阳玻壳厂的玻壳，运到东莞彩管厂，全是我们运输的。您知道，玻壳是电视机里最脆弱最容易碎的一部分，一不小心就是一地玻璃碎片。但是，我们合作这么长时间，从来没有出过什么事，现在我们还在继续合作。当然，熊部长，这种货物必须要用集装箱，而且要格外小心。"

熊部长问："现在集装箱这么紧张，你们有办法？"

官金仙肯定地回答："有办法。安阳玻壳厂的玻壳，我们就要用很多集装箱。"见熊部长鼓励她往下说的神情，她停顿片刻，拿起自己带的水杯，轻轻抿了一口。"熊部长，我简单地介绍一下我们南方工贸货运部，是广州军区后勤部属下的军队企业，我们除了走一般的渠道，需要的时候，还可以走军用渠道。不瞒您说，集装箱我们有一部分就是这样拿来的。另外，我们配合TCL电话机，已经在全国各地设立相应的站点，你有多少收货地，我就设多少站点，这些网点铺设起来，一呼百应，保证能够让您的货安全顺利运到。还有一点，我们不是刚开始做这行，在这个行当，我不吹牛地说，我即使不是第一家，也不出前三名，1988年我在我的老家德清就开始做货运了，这么多年一直做这行，后来又到了广州，在东莞、广州都有分部，积累了一些经验，可以说比别人做得更专业做得更好。"

熊部长听了这么一番话，没有立即表态行还是不行，只是说："我们有很多家货运公司在做了，我们商量一下，再看看吧。"

金仙恳切地说："熊部长，我不是要一口吃个胖子，全部都要做。我只是想，能不能给我们一个机会，让我们试试。可以了，你们觉得满意，再让我们继续做下去；如果觉得不行，问题一定是出在我们身上，让我们认识到不足，对我们也是一个促进。"

熊部长说："我们商量商量。"

"商量商量"这个用词有无数可能，短暂的接触，官金仙感觉到，熊部长这个人还是比较好说话的，对她说的话好像也比较认同。至于"商量"出什么结果，不是自己能把握。

TCL王牌电视机的货运量大，收货点多，TCL公司采用的是外包运输的方式，拆分成若干份，分别给十几家货运公司，各家公司根据自己的能力，都有自己专门负责的线路。比如甲公司负责东北，乙公司负责华东，这些公司各自为战，能拿到业务，跟TCL内部都有一定的关系。

张志军告诉官金仙，熊部长这个人做事稳妥，没有把握的绝对不会冒险。不过，这个人很好，正直、心善、宽厚。金仙后来又找过他，但是还没有"商量"的结果。想想也是，TCL公司那么大的机构，也不是他一个人说了算。这事急不了。

时间一天天过去，不好意思再去找熊部长，心里又没有着落，就去问张志军。张志军说他也不清楚，要官金仙等等看。

另外一件大事等着官金仙去做。燕岭路武警医院后面的仓库，距离燕岭路还有一段路，仓库格局，不能做办公场所。沙太路的收货点只是铁皮屋。货运部发展到这时候，已经跟刚开始的时候不可同日而语，对办公场所的需求日趋强烈。

看中的一个地方是在广汕路元岗村旁边，后来的天河客运站后面。那时候还没有天河客运站，是一个车站站场，相对于市中心，比较偏远了。这是广州市往东的出口，沿着广汕路走，过增城，去惠州，一直通往汕头。

马上动工，铁皮厂房拆掉，水泥钢筋建起办公室。四周有围墙，一边是停车场，当中依旧保留着草坪。1995年夏天，收拾停当，搬了进去，"广州军区后勤部南方工贸货运部"的大招牌门前一挂，鸟枪换炮，全新的格局出来了，一看就让人觉得有气派。

邀请TCL的人来做客，熊部长也来了。大家在草坪上闲聊一会儿，看那些花花绿绿的花草；再看停车场，偌大的一片，画着一个个方框，整齐划一；然后，到办公室喝茶，莫干山的绿茶，清香飘逸，洋溢出江南风味。大家交口称赞，南方工贸实力雄厚，这么大一个办公场地，还有那么多车，那么多人，当然，还有军代表，货运行业，没有人能比了。官金仙在一旁观察熊部长的反应，只见熊部长一直面带笑容，但是并没有说什么。

几天之后，官金仙接到TCL那边的电话，要她前去洽谈。

官金仙得到了TCL王牌电视的货运业务，但是量很小，只是让她试试。无论多少，这是个好的开始，官金仙热情高涨地接了过来。其实她知道，让她进入是因为原来的一些公司出了问题，要不走不了货，要不就没有集装箱，致使一些货不能及时送到收货地。

"官总，到太原的货，两车，走得了吗？"

"给我，走得了。"

"官总，有5车货，到长春的，时间比较急，7天，走得了吗？"

"没问题，交给我，放心吧。"

不仅是TCL公司的人找她，原来承运TCL王牌电视的货运公司也找她。

"官总，我没有集装箱，到北京的货走不了，给你吧。""官总，我到哈尔滨的货凑不齐一车皮，给你吧。"

"好，给我，我们可以走。"

别人做不了的，走不成的，官金仙揽过来。并非都有十足的把握，揽过来之后才想办法，再难也要啃下来。有一批货要运到吉林延吉，要求在春节前到货，合约也签好了。十几家家货运公司，没有一家敢接。找到官金仙，她说："我来想办法。"

过程不重要，最主要是看结果。结果是那批货平安准时运到了延边。有比较，才有鉴别，是骡子是马拉出来遛遛，高下自见分晓。官金仙承接TCL王牌电视的第一年，原先17家跟TCL合作的货运公司被淘汰了2家，剩下15家；此后，每年淘汰几家，剩下的越来越少。优胜劣汰，这是自然规律，更是商场定律。

行船走马三分险

1997年6月30日23点42分，电视里正在直播中英香港政权交接仪式。双方护旗手入场，英国国旗在英国国歌乐曲声中缓缓降落，预示着英国在香港一个世纪的殖民统治宣告结束。时间指向7月1日零点整，中国人民迎来了激动人心的时刻：雄壮的《中华人民共和国国歌》奏响，中华人民共和国国旗和香港特别行政区区旗一起徐徐升起，现场沸腾了，电视机前的观众也沸腾了！

官金仙激动万分。她很少看电视，但是这一天不同，这是中国人扬眉吐气的日子。当国歌奏响，她也情不自禁地站起来，唱起了国歌。国家繁荣富强，人民安居乐业，经济发达了，各行各业发展起来，物流才有可持续发展的空间。从来是"城门失火殃及池鱼""大河水涨小河满"，无论是经商还是种地，个人的命运跟国家的命运都是紧紧相连。这些年走过来，她深深感触到，没有改革开放，没有国家的强盛，就没有她个人的机遇，更没有她从事的货运行业的发展壮大。

1997年，货运行业开启了一个新时代。中国的铁路货运在走过将近十年的鼎盛时期之后，日渐呈现出滑落态势，终于在1997年彻底走向没落。1987—1997年，中国改革开放第二个十年的黄金时期，计划经济逐渐被市场经济所替代，交通运输的硬件建设突飞猛进，火车皮的疯狂年代一去不复返。

取而代之的是公路运输的崛起。

人有悲欢离合，月有阴晴圆缺，万物生生灭灭，演示着盛极必衰的哲理。诗经"日中则昃，月盈则亏"的词句，传递出古人的智慧。一个时代的衰亡，另一个时代的兴起，这是事物发展的自然规律。

火车皮时代，货运程序比较复杂，先要货车到工厂装货，拉到铁路货运站场，登记，填表，拿回单，排队装货，这是在已经申请了运输计划的前提下；货物到达目的地所在地铁路站场，卸货，办手续提货，装上货车，运送到收货点。货车有要求，普通货物用普通的货车，帆布车篷或者没有车篷，特殊货物防水易碎之类，根据需要用不同规格的平板车装集装箱。也就是说，无论是铁路还是飞机，最后落地还是要靠汽车，也无论多先进的装卸，归根结底还是离不开人。人与车，在运输的流程上，是基本的构成元素。

直接用汽车，程序简化多了。随着集装箱常态化，谁都可以购买，买多少都行。发货地装货，直接开到目的地，一条直线，其他的环节都省掉了，相比之下，公路运输的成本还更低。

火车皮就像一根绳子勒在脖子上，勒得人喘不过气来，那个生死结掌握在别人手上，让你顺畅一点就顺畅一点，让你气若游丝直翻白眼你也没办法。公路运输没有这根绳子了，完全听凭自己做主，天宽地阔信马由缰，那份自由奔放，让人彻底舒展。

像官金仙这样能打通各种关节拿到火车皮的人尚且感觉如此，其他人可想而知了。虽然每一个时代都有自己的特点，理应发自内心地致敬和感恩，但是当新时代的曙光乍现，依然由衷地喟叹：终于结束了！

机遇也是挑战，"祸兮福所倚，福兮祸所伏"，几千年前的老子论证的辩证法，说明万物皆是相互依存，互相转化。任何一件事物，都有正反两面，犹如和情人相处，你享受了她的优点她的好，就得承受她的缺陷她的不完美。因为，没有谁是完美的。又好比太阳，如此光华烁烁，也会有阴影重重。

公路运输头等棘手问题不是公路，而是司机队伍管理。一部分车是自己的，成立自己的车队；一部分车辆是社会的，车主多为私人，农村的，或者城郊的，倾其所有买一部车，搞运输拉货挣钱，收入比种地做工好吧，这一部分人经济能力有限，通常自己是司机，借债买车；另一部分车辆是某个集体的，运输公司之类，司机承包一台车，跟公司签过合同，公司除了收费，其他任何事情司机承担；也有先富起来的人，瞄准运输市场，买了车雇司机开，这类也是跟司机签合同。车主通常为车辆买保险，司机个人买保险的极少，很多人不愿意出这个钱。

无论是自己车队的司机，还是外面车辆的司机，共同点是文化水平不高，想千方百计多挣钱。他们来自四面八方，除了一张身份证，没有更多的了解，真出了什么事，有时候也拿他没办法。在一车电话机被骗之后，官金仙采取了一系列的应对措施，但是，依然防不胜防。防得了事故，防不了人心，人心隔肚皮，人心叵测，也是无可奈何的感叹吧。

案例一，司机甲拉一车货往安徽合肥，TCL王牌电视机，跟江西司机伎俩如出一辙，从此泥牛入海，消遁于无形。还是那些程序，折腾来折腾去，无果。

案例二，司机乙去往陕西西安，一车的电子配件。交货的时候，货少了两箱。司机说半路让人抢了，在湖北十堰境内，当时正在爬坡，车速慢，有人从后面爬到车上，割开篷布，抢走了。为什么不追？天黑，不敢下车。

案例三，司机丙的目的地是成都，一车汽车配件，走到贵州路段，车翻了。人没有大事，一车货被抢一空。按规定这车货要司机负责赔偿，但是司机哪赔得起？司机电话里报告，人也不回广州了。司机身份证上的地址是甘肃陇南，千里迢迢找了去，早溜之大吉。家里的贫困程度令人心生恻隐，低矮的土砖房，两扇破旧的木门关也关不上，北风夹着雪花飕飕地往里灌，他的老婆孩子和老母亲，在那里悲切地哭泣。

案例四，司机丁拉的货是运动服，到天津。几天之后，他主动打电话说："货没了。""哪儿去了？""被人家偷了。""在哪儿被偷的？谁偷的？偷了多少？你现在哪里？报案了没有？"司机丁很有个性，问得烦了，干脆说："是我自己偷的，卖掉了。我就是干这个的，甭找我，找也找不到。"

案例五，司机戊拉的TCL电视机，广州到南京。车过安徽桐城发生车祸，车毁人亡。处理善后的工作人员赶到现场，货倒是还在，但是全成了碎片，几乎找不到完整的。人都没了，找谁赔？除了安抚家人，还能说什么？最后，赔偿的事情当然是南方工贸货运部承担。

不仅是官金仙遇见这样的事，所有搞货运的，都必须面对同样的难题。一车货动不动上百万，多少人赔得起？赔不起怎么办？很多货运公司因此而关门倒闭。有人做过统计，20世纪90年代货运市场最兴盛时期，广州的货运公司托运部之类几万家，广州火车站周边，几乎是三步一岗五步一哨，触目皆是货运部。到了90年代中后期，一批批中枪了倒下了，其中很大一部分就是因为赔不起，坚持下来的都是冲锋陷阵大难不死的。

不死也脱层皮，人在江湖飘，哪能不挨刀！

你有轰天炮，我有滚地雷，你有长矛，我有盾，魔道斗法，道高一尺魔高一丈，难解难分。规章制度立下了，办法也想尽了，但是总会有人钻空子。货运公司离不开司机，司机没有货运公司无法生存，本来是相互依存的关系，犹如蜜蜂与花朵，但是人心不足蛇吞象，贪欲是人类罪恶的根源。

管金生的工作就是主管这一块，对出了车祸的货物赔偿，他还能接受，最痛恨的是那些捣鬼的司机，贪点小便宜挖空心思多拿点钱也就算了，骗货抢货行为简直欺人太甚。他的观点是，对个别存心偷抢的司机，绝对不能心慈手软。

也有乌龙司机，出了事不担当，脚底抹油溜之大吉。曾经有个司机，也是江西人，人称肥佬，开一部三菱进口拖头车，挂的是江西某武装部的牌，实则他承包的。肥佬运一台制塑机到南昌，拖头车经过长途颠簸，绳子松了也不警觉，在一座桥上为了避让来车，方向一打，制塑机被甩了出去，落进桥下水中。肥佬下来看了看，水那么深，顾自走了。找到他家去，人不在，电话通知他，就是不露面。他知道没办法交代，根本就不交代。后来通过各种渠道联络上他，才说货丢在哪个地方哪座桥的水中了。那可是价值50万元的制塑机啊！

管金生带人去打捞，出动了大型吊车，费了九牛二虎之力把制塑机打捞上来。

官金仙对管金生说："你能把100个人的车队管好，你就能把1000人的工厂管好。"

各种有力的措施，渐渐有了效果。打交道的司机们都知道了，跟广州南方工贸货运部打交道，不能乱来。你对他好，他也对你好，你想来阴的，不会有好下场。他公平公正，不会去欺负你，但是你别欺负他，你偷了他20万，他花100万也会把你追回来，你逃不掉。后来，那些贪心的，都纷纷把赃物退回来。闻过则改，退回来了，既往不咎。

货物从公路走，铁路的交道少了，也不用专人跑铁路线联络了。合作伙伴韩元再和黄国良，一个负责铁路货运，一个负责财务，他们的家属也都在公司帮忙。大家知根知底，温岭又是官金仙父亲老家，沾亲带故的，相处一直不错。1992年到1997年，走过了5年时间，是企业创业、积累的阶段，也是冲锋陷阵杀出一条血路的阶段，每一个人都在自己的位置上发挥至关重要的作用。一个团队的精诚协作，是企业生存发展的关键。

公路运输崛起，面临的种种困境和难题，包括官金仙在内，每日里都是提心吊胆。这些年市场环境好，经营有方，钱也挣了不少，继续干下去还是见好就收，是个实际问题。就像一个人进了赌场，手气一路很好，赢的钱已经远远超出预期，继续下去有可能赢得更多，也有可能老本也赔掉。老韩是个老道的商人，也很理性。这些年真是累了，离家时间也长了，就萌生了回家的念头。

官金仙十分理解，她也曾这样考虑过。但是她不会放手，她要继续走下去，不管前路是鲜花阳光，还是荆棘泥泞。这是个性使然。

天下没有不散的宴席，聚散离合，自是天定。于是，就在1997年，韩元再与黄国良两个退出股份，带着数目不小的一笔钱，回到了老家浙江温岭。

送别那天，大家一起在附近的酒店吃饭喝酒，高高兴兴的，说一些喜气的话。官金仙的心里充满伤感，但是她没有表达出来，跟老韩他们随便闲聊。官金仙不喝酒的，破例端起酒杯，给老韩敬酒。老韩是她走上物流这条路的引路人，曾经风雨同舟的老韩退出了，要回家去了，此时此刻，她的内心五味杂陈。多少话都在心中，只是低头喝酒。放下酒杯，眼泪涌上了眼眶，抬头的瞬间，看见老韩的眼睛也红了。

1997年刚刚发行的周华健的新歌《朋友》，风靡一时，酒店的电视机正在播放周华健的演出录像。

朋友一生一起走，那些日子不再有，
一句话，一辈子，一生情，一杯酒，
朋友不曾孤单过，一声朋友你会懂，
还有伤，还有痛，还要走，还有我……

南方物流诞生

南方工贸货运部办公楼1997年重新整修一新，更大气明亮，也更现代化。代步工具也换了两回，从旧车马自达到丰田佳美，去年又换了全新亚洲龙丰田。人靠衣装马靠鞍，做生意的，要实用，还要讲门面。

本来，铁路方面不用再费心了，不料，又生出事来。

跟衡阳火车站合作的事情，有人举报到铁道部，称运输价格上没有按标准收费，其中有猫腻，怀疑有私下利益交易，致使铁路方面损失严重。铁道部高度重视，成立专案小组，派驻衡阳火车站调查。

找到南方工贸的人，有关人员都被问话，官金仙也不例外。

"我们看过资料，你们公司从衡阳走的货量很大，这么大的发货量，都是要从广州先运到衡阳，成本毫无疑问会增加。你们为什么舍近求远？"专案组的人问。

官金仙回答："各位是铁道部的领导，是行家，对铁路运输的了解比我清楚，这我不用多说了。广州能走得掉，我们当然从广州走，何必费那么大的周折，花更多的人力物力大老远往衡阳送。因为广州货多，铁路运输资源有限，每天发多少车都是按计划的。而衡阳有运输能力却没有货可以发，我们的货从衡阳走，这不是双方都有利的事情吗？"

"那，你们的成本怎么算？"专案组的人追问。

"我们做生意肯定要挣钱，但是，我们可以少挣点。"官金仙道。

"衡阳站对你们的服务特别好，还派人专门在广州收货开票。这是没有先例的。"专案组的人话中有话。

官金仙心知肚明，她说："因为他们服务好，服务到位，服务超前，我们才有可能合作。我们很感谢衡阳站，合作之前，我们根本不认识，我们没有做任何拉关系请客送礼的事情，他们却千方百计给我们解决难题，不仅服务有水准，更重要的是思想解放，观念跟时代接轨。他们完全可以闲着，不用做事，工资照样拿，但是他们不想闲着，他们是想做事情的人。我们的合作一直很愉快，也很成功。"

一段时间深入调查后，专案组的人没有查到徇私舞弊的行为，最后决定下来，还是要罚衡阳站480万元，理由是车皮没有按每节计，而是按实际重量计。铁路部门的规定，不满一节车皮的，按一车皮计费，衡阳站在跟南方工贸合作过程灵活变通了一下，不满一车皮的，只按实际重量计价。几年时间算下来，加上处罚部分，480万。衡阳站有的员工就说了，这笔钱应该要南方工贸赔。

官金仙多次往返衡阳，磋商协调。她很幸运，遇到了一个开明又有魄力的衡阳站的站长，这笔钱应该谁赔，他旗帜鲜明。在他们的干部职工大会上，他说："是我们愿意跟人家合作的，请人家来的，合约也签过，人家南方工贸没有勉强我们。专案组为什么来查我们？因为我们内部的人去举报。如果违法乱纪，无论谁，都应该受到党纪国法处分，可是，在这件事情上，我们是变通了，方法对不对，也还没有定论。合作是你情我愿，这个罚款，就应该我们自己赔！"

衡阳站赔了那480万。专案组中一个拿笔杆搞调研的，对这个案例专门研究，后来还发表了论文，对这种合作形式明显持赞同的论点。

官金仙逃过一劫，庆幸的同时，马上投入新一轮的"战斗"。是的，是一场战斗，她的对手这回不是火车皮集装箱，也不是货车司机，而是TCL其他物流合作伙伴。

在这些人中，她是后来者。中国人喜欢讲究先来后到论资排辈，但是也崇尚胜者为王，所以有后来者居上，长江后浪推前浪之说。原来跟TCL合作的物流单位有十几家，几年下来，孰优孰劣泾渭分明，到最后，只剩下包括南方工贸货运部在内的三家。

天下事合久必分分久必合，群雄逐鹿的时代结束，势必迎来一统天下的格局。TCL在多年的运营中，与多家物流企业合作，总成本下不来，对应的部门多管理复杂，诸多问题早有不爽，并希望改变寻求新的出路。通过自由竞争，优胜劣汰，最后胜出的一家物流企业，将与TCL成立联营公司，简言之，就是将成为TCL集团独家物流合作伙伴。

三足鼎立，鹿死谁手？谁将成为幸运儿？没有冠亚军，得不到第一还能拿个第二，第三，这是残酷的淘汰制，不是第一就什么都不是，连爬起来的机会都没有。

三家当中，官金仙带队的南方工贸货运部是一家；另外两家也都是外地人开的，一个是江苏盐城人，一个是江西人。他们都是TCL公司最早的物流合作伙伴之一，跟TCL内部渊源之深，可想而知。而且，没有一定的实力，也不可能一直跟TCL合作。

提交资料，举行论证会，检验各项考核指标，从各个层面各个角度展示企业的优势、实力，成为独家的理由、信心，以及获胜后的宏图大略。谁的成本最低？谁的服务能力最强？谁能够在全国建立对接的网点？几场交锋过后，江西人的团队渐渐疲软，明显竞争力不足。赢不了，输得也心服口服，退场而去。

剩下盐城人的团队，虽然，他也很有实力很不错，但是跟官金仙的团队比起来，无论从哪个方面，官金仙的团队还是略胜一筹。从"陪审团"的态度看，偏向于官金仙这边的多。摘冠只是一步之遥，似乎是胜券在握了。

官金仙不敢有丝毫的松懈，在结果公布之前，任何麻痹大意和骄傲自满都有可能导致反转，从而全盘皆输。

立项，考核，竞争，这些是必经的过程，但是真正的检验是看实战，合作过程中表现出来的各项能力。即使经过考核对比基本认定是官金仙这一家，也还需要一段时间继续观察。犹如处对象，你有情我有意，还要相处，各方面都合得来，符合双方的要求，觉得正是自己要的，最适合的，才考虑结婚。

一天天过去，结果没有公布。按照原先的计划，应该有结果了。出了什么事？大家都有些急了，张瑞谦说要不要找人打听一下，官金仙反对。这个时候不能打听，只能等，更不能去找有关人，搞不好适得其反。该努力的都努力了，谋事在人成事在天，等待命运的安排吧。平静的外表下，她的内心同样翻江倒海，她很清楚，不可能有百分百的胜算，也就百分之六十的把握吧。随时，说不定盐城人出其不意有哪项绝招，分分钟翻盘反败为胜。

又等了一个星期，得到确凿消息，还真的是出事了。TCL公司高层连续收到匿名信，举报对物流招标有着重要决定权的某领导有贪污腐败行为。在这个节骨眼上，公司领导层高度重视，当即成立专门小组，会同有关部门调查，很快查明，举报的内容不实。同时，有证据称投匿名信的人跟盐城人的团队有关，甚至直指这件事就是盐城人所为。动机可能是因为被举报者支持官金仙的团队，眼看自己的团队落败而孤注一掷。

背后使绊子，暗地里一刀，这样的人也太可怕了，结果适得其反离心离德，原来站在他那边的支持者，开始倒向官金仙这边。天助我也，简直就是上帝之手！不过且慢，问题来得蹊跷，TCL方面还需要时间做最后的结论和澄清。真相如何，只有拭目以待。

官金仙要做的工作太多，干脆转移注意力，投入到另外一件重要事情上。

1998年7月，时任中共中央总书记与中央军委主席的江泽民，在人民解放军和武装警察部队高级干部的联席会议上，他以中央军委主席的身份做出了一个重大决定："军队和武警部队对所属单位办的各种经营性公司，必须认真进行清理，今后一律不得继续从事经商活动。"

国家的发展、军队的发展跟时代发展密切相关，什么时代唱什么歌，离不开总体的导向和主旋律。一个时期，曾经允许军队、机关事业单位经商，后来相继被禁止。有点像农民种庄家，同一块地里，雨水丰沛的年份播水稻，干旱缺水的年份种玉米，都是需要。

决定对普通老百姓好像没有多大关系，但于官金仙而言，事关重大。这意味着，她跟南方工贸的合作走到终点，货运部这节车厢，是时候脱钩，到了自己造一个火车头，重新上路的时候了。

经过时间的锻造，风风雨雨的考验，她已经不是刚出壳的那只雏鸟，而是羽翼丰满，可以在蓝天上自由翱翔的凤凰了。只是，六年的时间，她得到了很多呵护与关爱，满怀感恩的情怀，真要离去，终是难舍。

张部长乐呵呵地说："小官呀，这是好事，好事！你独立了，公司成长了，前途无量啊！"

官金仙说："我能力不足，一直是您关照帮助我，货运部有今天，离不开您和南方工贸领导与朋友的支持、配合，脱钩了以后，我没有信心。"

张部长爽朗地说："小官，你就别谦虚了，你有没有能力，我已经很了解了。这些年，你的努力，能力，魄力，我都看在眼里。了不起！你是个经商的天才。当然，最适合做物流！"

官金仙说："我的选择没错吧？"

张部长说："绝对没错。继续走下去，你会越走越顺。我相信并且期待。"

张部长夫人端上水果盘，热情地叫金仙吃。她说："小官，就算单位不合作了，我们也是老朋友，有什么事，还可以来找我们。"问金仙见过陈部长没有,金仙回答没有,部长忙,轻易不敢去麻烦他。事实上,这么多年,加起来也没有见过几次。

"你这个部长老乡,对你挺关心的。"张部长道。

官金仙说:"我明白的。时间过得真快呀,想起第一次到广州,我到军区大院找他,他下连队去了,是部长夫人派人接我进去的。您知道吗?那站岗的警卫,好神气,把我吓坏了!"说完笑起来。

张部长太太接话说:"那天你从陈部长家出来,到我们这里,我们以为碰到骗子了,又看你的身份证,又看你的介绍信,好一顿盘查。当时我就想:这个小姑娘真大胆啊!一个人跑出来。"

金仙说:"我在门外好久进不来,知道为什么?我不会开门哈!保安要我按对讲机,按门牌号,我哪见过那东西!怎么按也按不开,后来,还是警卫帮的忙。"金仙一边说一边笑,眼泪都出来了。

又闲聊了一会儿,话说道正题,官金仙问:"张部长,解除合约的手续大概什么时候办下来?"

张部长说:"应该在年底吧。不只是你一家,所有跟部队合作的企业,全部都要解除。这是上面的命令。"

这边,与部队在办有关手续,另一边在等TCL的下文。几天之后,TCL那边又来了一班人,再次对公司进行考核。说过的话,再重复说一遍。

问:如果与TCL成立联合公司,你们将推出哪一些合作举措?

答:大的方面说,主要有三。其一,我们将购买100台解放牌汽车投入运营,成立专门车队;其次,我们将在惠州购买100亩土地,建立惠州基地,办公、仓库一体,联营公司专用;其三,TCL在全国的27家分厂,我们将设立相应的27个服务点,约500名员工紧密配合,保证让这些分厂的产品按要求分发出去。

问：现在运输单位很多，可以租车，自己养车有必要吗？

答：非常有必要！逢年过节，特别是春运期间，运输公司和司机很多都放假了，到时候找车找司机都很难，容易陷入被动，耽误时机。自己有车有司机，不受限制，掌握主动。因为，TCL不放假，TCL的货物在节假日要照常运送到客户手上。

问：这三项，都需要大投入，你们有保证吗？

答：我们已经准备好了。只要联营公司的事一定下来，马上动作。我官金仙是行动派，不吹牛，等着看行动吧，事实胜于雄辩。

100台车、100亩地、27个办事处，这是何等气魄！没有金刚钻别揽瓷器活，官金仙的胸有成竹，把所有的人给镇住了。事实上，他们已经深入调查过，她有这个实力。

这次对话之后，基本默认了官金仙团队已经夺魁，虽然合同签订要等到下一年的3月份。官金仙懂，这是要先看看她有没有动作。

1998年底，两件重大事件同时被载入公司大事记：

广州军区南方工贸货运部正式与南方工贸解除合约，南方物流公司诞生；

南方物流公司与长春第一汽车制造厂签订协议，预订100台解放牌汽车。

南方物流公司成立大会上，总经理官金仙有一段简要的致辞，她说："1988年我在我的老家德清开了第一家托运站，从那时开始，我就知道我这一生就是做这行的，这是我的选择，也是命运帮我选择的。1988到1998年，十年的时间，我们有了今天的南方物流公司，这是我一个新的开始，也是我们大家，每一个南方物流员工新的开始。我会继续在这一行干下去，我把你们带到这一行，带上这条路，我会对大家负责，你们的付出会有回报，我要用事实证明，你们跟着我，跟着南方物流，是值得的，有奔头有前途的！十年，我们走过了很长的路，我们未来还有更长的路，还有下一个十年，再下一个十年，一直走下去！我们的路一定会越走越宽，越走越光明！来，为南方物流美好的明天，我们一起努力吧！"

有一种美丽叫器宇轩昂，没有矫情，没有娇气，眼前是风云际会，胸中是乾坤朗朗；有一种美丽叫勇于担当，委屈和痛楚默默承受，责任与过失扛在肩上；有一种美丽叫百折不挠，即使遍体鳞伤，只要一息尚存，依然逆风飞翔；有一种美丽叫铿锵玫瑰，熬过严寒酷暑，历经风云变幻，在阳光下尽情盛放！

巅峰时刻

1999年7月15日，蓝天白云，天气晴好。

广东惠州，TCL集团总部。花团簇锦，金狮欢舞，TCL南方物流有限公司开业剪彩仪式隆重举行。

TCL南方物流有限公司由TCL集团和南方物流公司共同组建，合作共赢，利益共享，风险共担，并非由南方物流公司包干物流业务，而是两家联合成立一家新公司，分工上TCL负责管理，南方物流负责运作，比例分成上，南方物流无疑是占大头。

通过优胜劣汰的竞争机制，南方物流公司中头彩，成为唯一。长达几年的检验考核中，南方物流公司的实力有目共睹，光是运输成本，就跟原来多家经营的时候降低了25%~28%。

南方物流公司专门为联合公司所做的三件事，再找不出第二家，足以表明合作的实力、诚意和信心。TCL方面追求的降低成本、提高效率、提升速度可以一一实现，南方物流公司期待的"独家"也最终尘埃落定。

官金仙对"独家"情有独钟，甚至是一种情结。这种深藏在血液里的成分，成为她性格里最坚硬的部分。风平浪静之时，这部分蛰伏一角，一旦风吹浪起，犹如惊雷呼啸。字面上看，独家，独此一家。同"唯一"，独一无二。做一个特立独行的人，独一无二的人，是她骨子里深层的渴望；做别人做不了的事，从重重包围中杀出一条血路，最终傲然孑立，是她生命里原始的冲动。从插秧田怒争第一，到取得全家唯一一个回城指标；从拿到全厂独此一台的缝纫机，到脱离体制下海弄潮；从练气功急于求成，到独闯广州寻找梦想……太多事例证明，她对"独一无二"的追求是多么投入甚至奋不顾身。

每个生命都是独一无二的，追求卓越或者平凡，都理应得到尊重。中国人比较注重群体，"合群"者更能生活得顺心，特立独行的人，往往障碍重重。官金仙曾经如此期待群体生活，回城，进厂，当一名工人。可是，与生俱来性格中的东西，让她在群体中显得与众不同，并处处受制于人。于是，她离开群体，逃离体制，为的是做一个特立独行的人，独一无二的人。

生逢其时，时代给了她机遇，她可以按照自己的方式前行。一路走过，风雨无阻，渐渐明朗了，她追求的不仅是唯一，更是第一。物流是她的唯一，是她一生一世的唯一，因而专注、用心，倾尽生命所有的赤城；她希望成为唯一，因而殚心竭虑，义无反顾。为了事业，为了挣钱，然而，不仅仅如此。

号月牙山人的学者朱金城在其《中华心法》论著中的观点：一

者，谓精专也，用心一也，专于一境也，不偏、不散、不杂、独不变也，道之用也。故君子执一而不失，人能一则心正，其气专精也。人贵取一也，此自然界不二法则。

观诸圣之一学，基督教曰树一、恒一；伊斯兰曰独一无二；印度教曰不二；佛教曰三昧（一境）；道教曰贞一；黄帝曰守一；管子曰专一；老子曰执一；孔子曰精一。人要有所作为就必须独善其一，国家民族之强盛势必用一，有统一的思想，有唯一的民族哲学理念。

人生在世，能够专注一件事，方能有所成；能够专注一件事，喜怒哀乐成败得失系于一身，幸福莫过如此吧。官金仙的幸福，也许只有她才能感受；她的苦痛，也许只有她才真正懂得。

100亩地距离TCL电视机厂只有几十米，将建成2个库房共2.3万平方米，以及办公大楼。库房建成之后，TCL电视机从工厂一下线，直接拉到库房，起货，装车一步完成。之前，TCL电视机分别存放在7个库房，近的十几公里，远的三十几公里，司机装满一车货，得从这个库房跑到那个库房。

每个库房存放的货物有差别，有的是整机，有的是配料，型号、品种也有差异，往往一辆车要装的货不是单一的，得把各类货配齐。每个库房提货的司机都很多，一个库房排一次队，8个小时装满一车货算是幸运的，常常有一天装不完，第二天接着排队的。司机有损失，公司也要赔偿给司机每天300元。

起货快，装车快，司机也走得快，走了一车，下一部立即跟上，运转有序，大大节省了时间，提升了效率，降低了成本，与此同时，货物进入市场及时，整个销售流通渠道也就更通畅。

成本降低了如何挣钱？官金仙的解读是：同样的利润原来要多家分，每个人的份额显得少了，只有一家了，有利润就行，少一点也可以。为何舍得那么大的投入？官金仙的观点是，我们一直希望有这个机会，现在机会有了，再做不好就是罪过了！一定要做得比别人好！还有一点，她坚信，说一千道一万不如实际行动，犹如两家结亲，人家姑娘愿意嫁给你，你总要出点聘礼表示一下。

这份"聘礼"未免太重了，几乎是倾其所有，南方物流公司内部也有不同意见。说实在的，把自己十年努力的心血，把公司十年的积累，全部投进去，从一开始就有了视死如归的悲壮。

TCL南方物流有限公司成立仪式，主要由TCL方面操办。集团公司董事会主席李东生因出访没有参加，公司高层主要领导一一到场，欢声笑语，鼓乐飞扬，场面气派、热烈。TCL集团总裁袁信成、TCL集团销售公司总经理杨利、TCL集团储运部部长熊乐坤等先后发表热情洋溢的致辞。随后，官金仙也上台致辞。她穿了一身米白色套裙，显得雅致、干练，发型依旧是招牌性的短发，语气依旧是一贯的不紧不慢。她说："感谢TCL集团给了我们这个机会，我们有信心做得更好！"

仪式的第二个内容是100台解放牌汽车交接，第一汽车制造厂华南地区销售总部负责人与官金仙对接，当官金仙接过钥匙，全场掌声响起，向官金仙投去钦敬的目光。100辆车，总投资1700万元以上，官金仙的豪气与决心可见一斑。

这一天的官金仙神采飞扬，双眼闪着灵动的光，举止优雅，浅笑盈盈，一个成熟女人的沉稳端庄，一个事业女性的睿智聪慧，在她的举手投足间传递出来，别有一番动人的美。

这一刻无限精彩，无上荣光，这一刻属于她，在她的奋斗史，她的生命画卷上，都是浓墨重彩的一笔。她有过多次跌入低谷的体验，也有过多次跃上顶峰的感受，这一次，无疑是她人生中第一个巅峰时刻！

走过一重重艰难，穿过一道道黑暗，越过一座座险滩，转过一个个弯道，终于，一片开阔地，莺歌燕舞，鲜花灿烂。这种感觉太奇妙了，只有投入满腔热血，用情用心至真至纯，才能心领神会，刻骨铭心。这一刻多么来之不易，值得她用生命呵护与珍藏。

20世纪90年代末，家电行业"黑白两道"兴起，业内人脱口而出的白色家电，黑色家电；白家电；黑家电；白电，黑电，说的都是一回事。概念是从国外传来的，在国外通常把家电分为三类：白色家电、黑色家电、米色家电。白色家电指可以替代人们进行家务劳动的产品包括洗衣机、冰箱等，或者是为人们提供更高生活环境质量的产品，像空调、电暖器；黑色家电是指可提供娱乐的产品，比如：DVD播放机、彩电、音响、游戏机、摄像机、照相机、电视游戏机、家庭影院、电话、电话应答机等；米色家电指电脑信息产品。再后来又有了第四类，称绿色家电，指的是在使用过程中不对人体和周围环境造成伤害，在报废后还可以回收利用的家电产品。黑白之分早期还根据产品外观的颜色，比如空调、洗衣机、冰箱之类是白色，电视机、音响之类是黑色。

进入20世纪90年代，TCL自主研制的彩电开始成为TCL最大的业务，"TCL王牌"一时间成为国内响当当的彩电品牌。1993年TCL成功在深圳证券交易所上市，成为一家公众化公司。6年之后的1999年，TCL国际控股有限公司在香港上市。

1999年10月，有个叫吴士宏的人被李东生招至旗下，职位是TCL集团常务董事、副总裁、TCL信息产业集团公司总裁。引人注目的不仅因为这个人是当时中国最富传奇色彩的"打工皇后"，还有她的400万年薪！

贤能智士，八方来投，这一时期的TCL，处于发展的巅峰之上。TCL王牌电视，依然是主打，成了名副其实的国内黑色家电第一品牌。

据称，TCL王牌电视国内零售市场占有率已达到19%，这19%到底是多少台？恐怕是一个惊人的数目。流通环节离不开最关键的节点：物流，简言之，所有流向市场的这些货，都是通过TCL南方物流有限公司。

有关这一时期的记忆，官金仙用了一个词：疯狂。疯狂到什么程度？即使是疯狂过山车也无法比拟吧。队伍迅速发展，派驻全国27个办事处的人马各就各位。发货地除了广东惠州、东莞，还有全国许多地方，最远的在内蒙古包头。每天发出的车辆几百部。货物源源不断生产出来，发货，装车，车轮飞转，飞奔在广东、广西、湖南、湖北，飞奔在华东、华北、东部、西部，飞奔在国道、省道、柏油路、泥土路。一根物流链条，每一个环节都至关重要，环环紧扣，密不可分，哪一个环节出点差错，都势必影响整根链条。

联合办公总部设在广州元岗的南方物流公司内，TCL派出的代表与官金仙他们一起办公。官金仙原来知道TCL的发货量大，毕竟每年以亿计的运输成本，十几家物流企业共同承担。却没有料到，货物流通量大到如此惊人的程度。而且，还不断在上升，上升。

工作永远做不完，永远有等待处理的事情。这一件处理完，马上有下一件，应对了一件突发事件，紧接着又来一件。有的事情交代下去做就可以，还有一些事情，没有人可以替代。恨不得像孙悟空那样，拔根毫毛一吹，变出成千上万个替身来。一忙起来别的都顾不上，忘记喝水忘记上洗手间是经常的事。一年多时间，没有睡过一个安稳觉，没有吃过一顿安生饭。

过山车的魅力，绝顶雄风，冲上云霄，上升过程中的忐忑、停留在最高处的绝望、俯冲下来的快感，还有达到终点的意犹未尽。那样的疯狂，也不是一般人所能享受。

忙而充实，痛，并快乐着。

梦想照进现实

人来到世上的第一声啼哭，是为了宣告自己的存在，也是因为害怕。世界如此浩大，苍茫人海充满了陌生而未知的变数，迈开这一步，永远不知道下一步会发生什么。因而，人生来都是孤独的，心怀恐惧，缺乏安全感。前路漫漫，前行的动力是什么？恐惧感如影随形，坚持下去的信心来自何方？

梦想照进现实，黑暗隐退，光华乍现，万物熠熠生辉；梦想照进现实，寒冬过去，大地春回，世界鲜花盛开；梦想照进现实，曾经多少苦和累，多少担惊受怕，幻化成七色彩虹，美丽如诗如画。心中有梦想，奋不顾身追求梦想的人，当梦想照进现实，那是命运最丰厚的犒赏！

成为"独家"，官金仙的梦想实现了吧？可以说实现了，但是又远远没有实现。这个阶段取得了胜利，前头的路还很长。追梦者总是如此，前面一座山峰，奋力往上攀登之时，对自己说，我要到达那山顶，到那就好了。等到终于攀上山顶，苍穹下迎风而立，回头望一览众山小，往前看壁立千仞绝岭雄风，一山更比一山高。

官金仙的兄弟们呢？这些年，他们都是怎么过的？她奋斗的初衷是为了家人，让父母和兄弟们都能扬眉吐气过上好日子；她曾经对家人说过：我先出去，我要把你们都带出去。"你们现在照顾我，日后我会照顾你们的。"这句话是在杭州精神病研究所说的，那时候她练气功偏了，精神失常。听的人全当她疯人疯话，根本不当回事。

世界真奇妙，一说吓一跳。没有人意料得到，这句话竟然成真。

　　最早出来是老小管金虎，1992年8月东莞货运部开张，他就到位了，与温岭人韩元再、黄国良一起，成为公司最早的股东之一。促使官金仙最后下决心到广东的缘由，正是管金虎与人打架，工厂要处分他，官金仙带着弟弟管金虎到车间主任家求情，结果被晾在一边，人家根本瞧都不瞧他们一眼，一怒之下，发誓一定要离开德清，活出个人样来。某种意义上说，也是为了这个她从小驮在背上最疼惜最在乎的弟弟，因而第一时间带了出来。

　　那之后，管金虎一直跟着姐姐官金仙。到了1999年春，官金仙说："你该独立了，跟着我你就会依赖我，你独立出去，自己独当一面，慢慢会成长。你是个男人，你要自己去闯，闯出自己的世界。"

　　官金仙的意思是，管金虎分出去，东莞那一块的业务给他，客户都是很多年合作的，业务都是成熟的，深圳、佛山等珠三角一带的业务，也可以逐渐开展。总体还在南方物流旗下，资源共享，对外是南方物流公司东莞分公司。树大分叉，天经地义，有机会自己做第一把手，宁做鸡头不为凤尾，于管金虎也有利。何况，跟了这么多年，那些个门道都摸准了，积累了经验，完全可以自己当家了。

　　也不是没有担心，毕竟这么多年大事情都有姐姐担着。官金仙说："不用担心，你尽管放手放心去做，你是我弟，有事情真要我出面要我帮忙，我照样帮你。"这一点，管金虎绝对相信。

　　这是与广州军区南方工贸脱钩、南方物流公司成立的第二年，公司的业务遍布全国，蒸蒸日上，成为TCL的物流"独家"指日可待。盘子越做越大，管理的难度也越来越大，一部分分出去，下设分公司，是其中一个举措。这是第一家分公司，将会有第二家、第三家……

1999年3月，管金虎正式从公司分出去，独立经营东莞分公司。强将手下无弱兵，兄弟姐妹中读书最多的金虎，管理上很有自己的一套，方方面面的关系也处理得不错，独立之后很快上路，做得有声有色。

第二个出来广东的，是老大管金春。管金春是官金仙同母异父的大哥，他的亲生父亲姓沈，因为父亲病故，母亲带着他改嫁。官金仙对这个大哥格外好，总是怕亏待他，怕他受委屈。管金春成家早，一直就在武林头当农民，尽管回城的时候他的户口也上去县城了，妹妹金仙帮他找了工作，但是拖家带口，工资也不高，他就没有去。后来政策好了，他干起了个体，做点小生意，维持一家人的生计。妹妹金仙到广东后，他们夫妇多次跟金仙表达了要跟去广东的愿望。他看好这个妹妹，能干，敢作敢为，她想做的事，就能做得成。

他到广东是想找份工，在妹妹的公司谋一份差事。时间是1993年，官金仙到广东创业的第二年，大哥大嫂直奔东莞。官金仙不仅接纳了大哥，还跟老韩他们协商，让大哥入了股。她不仅要让大哥改善生活，还要有更好的收益。

管金春是个厚道人，不善言辞，人好心善。他对工作任劳任怨，从来不会因为是老总的大哥而摆架子，深得官金仙敬重。后来，跟TCL集团合作成立TCL南方物流有限公司，建立南方物流惠州基地，他被派驻惠州，并一直在那儿工作。

第三个出来广东的，是老二管金生。时间是1994年春节过后。他到的时机刚好，货运部的业务发展迅猛，各种问题逐渐显现，尤其是车辆和司机问题。要他坐办公室动脑筋来文的不行，要他出体力干重活他毫不吝啬。主管车辆、司机调度，很适合他。他外表壮实孔武有力，性格疾恶如仇，讲义气，不惹事但是不怕事，敢拼敢杀。公司非常需要这样的人。他也得到了公司的股份。

哥哥弟弟中，最护着官金仙的，当数这个二哥了，从小到大都是如此，扮演的就是妹妹保护神的角色。进入公司后，他也一直跟在妹妹身边，没有像老大管金春和老小管金虎那样分叉出去。

老大、老二的生活当时都比较困难，妹妹在广东做得好，他们主动要求妹妹把他们带上，金仙自然是义不容辞。

剩下老四管金荣。金仙前头两个哥哥，后头两个弟弟，她在中间，算老三，跟着的是老四管金荣。

老四为什么没有出来？完全在他自己。那些年，他在老家武林头开了一间小门店，他卖杂货，老婆会裁缝，帮人做做衣服，收入不算多，过日子还行。老大、老二他们一个个去找金仙，想金仙把他们都带上，他深不以为然。有一次，他对父母说："都去干吗？搞不好都回来了。"

兄弟几个当中，这个老四性格比较特别。老大忠厚，老二老小脾气直，黑白分明，快意恩仇，即使吵架打架，完了没事了。老四呢，说得好听是"闷罐子"，说得不客气是"不通气"。轻易不说话，有时候能把人急死，一开口，能活活把人给噎死。

也许他根本不看好这个姐姐，一个女人能翻起什么大浪，等着瞧吧，不用多久都乖乖回来了。也许他想去，不主动提出来，等着姐姐主动叫他。没有人了解他的真实想法。话传到金仙耳朵里，她明白，她家老四就是这个风格，嘴巴这么说，心里没有恶意。就笑笑说："他这样说是对的，都绑在一起，万一不好了都不好。还有，我这个拖拉机头挂的车厢已经够多了，再挂，也挂不了跑不动了。"

一年，两年，三年，第四年了，去广东的没有回来，而且听说做得不错。逢年过节回来，看那派头，那出手的大方，钱一定挣得不少。最受刺激是春节，金仙开着一辆小汽车，挂着军牌，呼，来了，呼，走了，德清当了大官的也没有这么神气。再看自己，一个小杂货店，生意越来越差，老婆也有意见。唉！越想越憋气。怎么办？找金仙去？

金仙没有同意。

1995年，金仙老毛病犯了，心肌劳累，住进了广东省人民医院。休养期间，老四来了。老四来看望她。她心里明白，老四是有事来找她。果不其然，老四把想到广东的要求跟姐姐说了。

金仙没有马上表态。老四继续说，强调他的迫切性，要她表态的意思。金仙说："金荣，现在你要进公司，安排你做什么好呢？老韩他们也不会同意给你股份。打一份工，还不如在家好。你在家开个店，也还可以。"金仙的语速不快，中气不是很足。

金荣说："店开不下去了，没有生意。"

金仙说："你看这样好不好，你别来了，我每年给你们几万块钱，补助一下生活。还有什么困难，我也不会不管的，我会帮你们的。你就留在德清吧。"

金荣不做声了。金仙看他的表情，知道他没有采纳她的意见。这个弟弟有时候蛮固执，一时半会儿也说服不了他，就说："当然，你一定要出来，我也会找事情让你做。但是，我的意思你还是别出来。现在不着急，你回去好好想想，考虑清楚。"金仙也有一些想法没有表露出来，一是金荣身体不太好，不一定能适应广东的气候；大哥、二哥和金虎加入公司早，都有股份，金荣这时候加入，温岭人肯定不同意给他股份，兄弟当中，就他一个没有股份，怕他以后难以接受；再者，金荣的性格方面，在广东做好了挣钱了自然是好，万一搞砸了他会怪罪的。

金荣下了决心要来广东。既然这样，那就来吧，毕竟自家兄弟，来了金仙也会安排定当。干脆叫上几个人，搭一个班子，起一个炉灶，在深圳开起了分部。金荣、张水林大哥的儿子，加上另外两个温州的亲戚，四个人一凑，工商、发票从金仙这边出，拉业务也以总部的名义，还真做了起来。那些年物流业兴盛，生意好做，几年下来，钱也挣了一些。

1999年管金虎从总部分出去，主管东莞那边的业务，深圳分部划归东莞。官金仙要金虎把金荣带上，深圳跟东莞近，走动方便。金仙对金虎说："你别想着有别人做得比金荣好，再不好那是你哥。深圳的那个点你就让他去管，有困难帮帮他，有利润你分他一点，永远要想着，那是你哥。"

这之后，管金虎果然带上哥哥金荣，照应着他，也互相关照。后来在四川成都设了一个基地，玻壳、彩管等业务做得好，派金荣去主管。金荣多年一直驻在成都，一直到2010年之后。

兄弟姐妹五个人，全都走上了物流这条道。官金仙实现了诺言，把他们一个个带了出来，都挣了钱，过上了想要的生活。

父母起初不愿意出来，他们年纪大了，身体也不好，习惯了德清的生活，他们也不愿意拖累孩子们。但是，有病有痛的时候，子女们着急，千里迢迢赶回去，舟车劳顿，还那么多事物缠身。老人明理，在20世纪90年代末，搬到广州随孩子们一起生活。

武林头是他们永远的话题，人离开了，那里的点点滴滴，苦乐悲喜，依然历历在目。老爸管小歪的脾气比以前平和了些，别人谈起他女儿所取得的成功时，他也面露喜色，但是他还是不会当面给女儿一句表扬。突然有一天金仙醒悟过来，这是老爸的"阴谋"啊！他用的是"激将法"。事实上，她的一切努力，都是为了让父母有生之年亲眼看到，他们的女儿是独一无二的，她要让他们为女儿感到骄傲。

"让我回城是对的吧？"有一次晚饭后，金仙跟母亲闲聊。

"你赖在被窝里说……"母亲刚说到这里，金仙加进来，两个人一起说："不让我去我就不起来！"说完，母女俩笑了好久。

母亲跟金仙说，钱挣不完，差不多就可以了，别把身体拖垮了，一直都身体不好，要多养养。金仙说没事，整天养着反倒不舒服，自己就是操劳的命。你看看，最近我的事情最多，最忙，精神反倒不错吧？母亲看了看女儿的脸色，点头称是。过一会儿，不经意地问金仙："你说要带你哥你弟出来，当时是随便说说的吗？"

金仙回答："我说真的。"

母亲笑："你怎么知道会这样？"

金仙说："我知道的。我早知道。"又说："妈，你信不信，我的气功要是不练坏，一定很灵光的。"

母亲说："还提气功！不要说了。气功把你害苦了。"

金仙不说了，拿水果给母亲吃。平常金仙的工作太忙，母女俩静静坐下来闲聊的时间也不多。生活上，请了阿姨专门照顾两位老人。

儿子准备上小学三年级的时候，官金仙把他接来广州，她希望儿子能够接受最好的教育。一直读到初三，眼看面临高考，还是要回到户籍所在地，又送回到老家。张水林坚守大本营看来是有道理的，老家毕竟是根本。

张水林和儿子有时也到广州住几天，跟金仙团聚，但是没有搬过来。他是要出来的，迟早的事，但是具体什么时候，他和金仙都没有说。大家各忙各的，也没有谁更多地过问。

父母在身边了，兄弟们也出来了，各自都有事情做，钱也挣到了一些，衣食无忧了。官金仙的愿望基本实现了，该好好歇歇，享受生活了吧！跟TCL的"独家"合作非常成功，只要继续合作下去，即使她只做TCL一家的生意，也完全可以高枕无忧了。

"金仙，我看你的脸色最近是很好。"母亲宽慰地说。

金仙有点神秘地说："妈，我告诉你，我做成了一件大事，很大的一件大事，换了别人，做不成的。这件事情你不知道有多难，十几家在争，最后，我赢了。"拿出一沓照片，给妈妈看。"妈，你看，这是TCL南方物流有限公司剪彩那天，场面可大了，我在上面讲话。"照片里的金仙一身米色裙装，英姿飒爽，神采飞扬，漂亮得不得了。母亲眉开眼笑："让你爸看看。"

巅峰从来都是最危险的，"木秀于林，风必摧之；堆出于岸，流必湍之；行高于人，众必非之"，从来如此。一览众山小的壮美稍纵即逝，黑云漫过，狂风即将来临。

风云突变

广东的冬天怪异，要么不冷，一冷起来冻死人。北方人认识的广东就是一个字：热，一年四季温暖如春，百花齐放，别说结冰下雪，霜也少见，一件外套基本就可以过冬了。事实上，这说的是广东的广州、深圳一带。广东大得很，粤东、粤北地区高寒山区，冬天下雪也是有的，粤西临海渔村，冬天台风水灾屡见不鲜。

有个幽默说，广东人和北方人聊温度，广东人说真冷，都差不多零摄氏度了。北方人说零摄氏度算什么，我这儿都零下20摄氏度了。广东人弱弱地回了一句：我说的是室内温度。广东的冬天没有暖气，赶上冷风冷雨，阴湿泛潮，冷到骨子里。有些不明就里的北方人只有跺脚：广东怎么这么冷！

南方物流惠州基地动工剪彩这一天，正是寒冷的冬季。惠州靠海近，又有台风，而且，那风没有一个固定的方向，呜——呜——呜——扑过来扑过去，力量很大，发怒的狮子一般，好像要把什么东西给撕扯、卷走。为剪彩仪式专门搭建的拱门，彩旗，对联，鲜花，喜气洋洋的，没一会儿就让大风给掀了。整理好几次，台风就是不留情面，而且根本没有要停下来的意思。连忙开来大货车挡风支撑，依旧是东倒西歪。

这显然不是一个好日子，但是已经定了，嘉宾也到场了，程序只有走下去。结果，剪彩仪式在冷风呼啸中草草收场。比起半年前TCL南方物流有限公司成立仪式，不可同日而语。

后来那些不顺，让人联想到这一天，不是一个好兆头。虽然，1999年冬天动工后，2000年8月份仓库顺利投入使用，发挥了预期的作用，但是官金仙每每想起那场大风，心里还是忍不住发毛。

TCL集团一把手李东生掌管全局，下设机构由各部门负责，比如信息产业部、计划部、储运部、白色家电部之类，物流这一块，主要对接是储运部。之前，采取的是年度预算和招标，成立TCL南方物流有限公司之后，由这个公司独立运作。TCL集团的管理严格规范，分工明确，虽然各部门各司其职，但是牵涉到整个公司的大事，必须领导层讨论通过。

TCL南方物流有限公司的成立，也是一项改革举措，李东生是赞成的。正是TCL事业发展巅峰时刻，物流量巨大，运营差不多一年时间，路路通畅顺达，南方物流以踏实的作风，雄厚的实力、丰富的经验、有效的管理，赢得了信任和好评。

2000年，中国人民迎来了崭新的21世纪，无论是国家领导，还是普通老百姓，对新世纪都充满了期待。新世纪、新希望、新机遇、新挑战……这样的标语随处可见，一片太平盛世的祥和与激情。

元宵节过去没多久，2000年2月25日，中共中央总书记江泽民到了广东，在广东考察工作时提出了著名的"三个代表"重要思想。

这天，张瑞谦带着办公室几个人把"新世纪新机遇"的大红横幅挂起，左看右看，一脸喜气。跟南方工贸脱钩后，南方工贸内部也实行改革，分流的分流，转业的转业，张瑞谦办了手续，离开了南方工贸，继续留在南方物流工作。他对人事、政工方面很有一套，公司内都叫他张经理。官金仙很看重他，多年来一直是得力助手，公司对外的纠纷、事故，都是他冲锋在前，称得上是"救火队"队长的角色。

官金仙一身深色裙装，外穿一件黑色貂皮大衣，脚上一双高帮皮鞋，拎着一个黑色提包，款款走过来。张瑞谦问："官总，你看着标语怎么样？"官金仙走上前看了看，说："蛮好。很鼓舞人。"心里想，新的千禧年，我们也该有些新动作，这是个好时机！吩咐张瑞谦，一会儿把几个都叫上，大家一起聊聊。

转眼到了夏天，上半年的业绩突出，不仅超额完成了任务，最重要的是平安顺利，没有出什么大事故。虽然没日没夜扑在工作上，体力严重超支，但是，有所失有所得，官金仙还是挺开心的。她意气风发地准备下半年的计划。

就在这时，惠州TCL集团总部，发生了一件事。

这天，李东生接待了几个客人。这几个客人的来头是维朗物流有限公司（化名，下同），领头的叫廖伟科（化名，下同），自称是维朗物流有限公司老总，通过李东生老家的关系，跟李东生搭上线。其他几个是他的随从。

一介绍，名堂大得吓人，廖伟科带来的三个人，一个是信息专家，一个财务专家，一个策划专家，都是名牌大学毕业，在各自的领域颇有建树和影响力。他们要干什么？李东生对专家之类的人物一贯敬重，便兴致益然地听他们说来。

他们当然是有备而来。信息专家大谈信息革命，新世纪的现代物流，如何打破传统格局，来一场全新的革命。财务专家就财务预算方面，指出TCL集团现在每年支出的3亿元物流成本，太浪费了，振振有词地宣告，如果采用现代物流的先进理念，成本可以大大减少。轮到策划专家上场，不愧是策划专家，滔滔不绝，他认为，这是一个策划的时代，通过精心的科学的策划，无论是管理、成本、还是信息，都将按照人的意志而一一实现。

太对李东生的胃口了！搞电子工业的，哪一个不希望"创新""革命"，创新就是生存的根本啊！李东生是改革型人才，敢为天下先，敢当"吃螃蟹"的人，对人才、对技术，求贤若渴。以年薪400万的代价，请来"打工皇后"吴士宏，就是他行动的一个例子。维朗这帮人是谁介绍来的并不重要，重要的是他们这帮人所说正中下怀，引起了他的重视。

隔天，TCL集团总裁袁信成、TCL集团储运部部长熊乐坤、TCL集团销售公司总经理杨利，在李东生办公室碰头。

李东生问："熊部长，我们今年的物流成本是多少？"

熊乐坤回答："预算3个亿左右。"

李东生很吃惊的样子："3个亿？我们一年的利润多少？物流成本要3个亿？"

熊乐坤把TCL南方物流有限公司联合运作的内容、方式、流程大概说了一遍，阐明原先发给多家物流公司不仅管理上有难度，成本也比现在高。现在的成本比原来降低了25%左右。3个亿总额是比原来增加了，因为物流量也相应增加了。

李东生提出，这样的物流管理方式，是不是太传统了，现在都21世纪了，应该引进新理念，改革创新。你们听说现代物流、信息化物流吗？接着，李东生提起了维朗，把那些专家说的，挑重点复述了一遍。

于是，维朗几个人再次出现在TCL集团总部。他们是维朗老总廖伟科，维朗财务专家周宝川，维朗信息专家陈思琪，维朗策划专家史迈克。夏日的一天，阳光灿烂，这四个人从一辆奔驰600下来，穿着统一的工装，带着投影仪播放机，完全是国际化的派头，令人眼前一亮。

会议室，集团公司高层领导和有关部门负责人，观看了专家们的演示。他们的文档都是做好的，幻灯一打，屏幕上图文并茂，他们引用了很多新概念新名词，听得人一惊一乍的。听得懂的人没有说什么，听不懂的人更不会说什么，很有点表演的意味。

策划专家史迈克一副老教授模样，"地方包围中央"的发型闪烁出聪明绝顶的智慧，他像在讲台上对学生讲课那样说开了。"首先，我们来认识一下物流这个词。对于物流的概念，不同国家不同机构不同时期有所不同……

何谓传统物流？传统的物流概念是指物质实体在空间和时间上的流动，长期以来我们称这种流动为'位移'，说得通俗一点，就是指商品在运输、装卸、储存等方面的活动过程。"讲到这里，他略作停顿，目光在全场扫过一遍，接着说，"什么是现代物流？就是引入高科技手段，比如通过计算机进行信息联网，并对物流信息进行科学管理，从而使物流速度加快、准确率提高、减少库存、降低成本。"

说得有些深奥，英文一串一串的，说的人口若悬河，听的人严肃认真。随后，另外两位专家先后上台演示，跟史迈克的演示一样，专家们给人的感觉是专业、创新、现代化。最后，老总廖伟科的一番话，一石激起千层浪。

"说得再多，最后还是要看效果。这样说吧，如果你TCL的物流成本是3个亿，交给我们来做，我们不用3个亿，也不用2个亿，多少？我们只要一半的成本！如果你的成本是3个亿，我就1.5个亿。"廖伟科言辞凿凿，所带来的震撼效果可想而知。

换言之，TCL现在所花的3个亿物流成本，要么你是傻瓜，要么其中别有乾坤。不懂信息化也只是蠢的问题，如果懂了还把钱送出去，就是别的问题了。大多数的人都给炸蒙了，根本没有反应过来，也就不急着表态。

李东生发话了："我TCL一年也挣不了2个亿，物流要花掉3个亿！新千年了，一切都在改变，已经是信息时代了，不改变就会被淘汰。问题不复杂，既然可以包给人家做，我们为什么要自己成立一个公司？既然花1.5个亿就可以，我们为什么还要花3个亿？"

关键就在这儿！

还是没有人表态。李东生说："我现在不做决定，你们回去都好好思考思考，拿出改革方案来。"

消息传给官金仙，威力比地震还强烈。她有预感，这一天迟早会来，没有想到的是，来得这么早！商场博弈就是如此，你得了好处，总会有人觊觎，甚或虎视眈眈。跟大自然生存的法则一样，你捕猎成功，正准备躲到一边享用，却是螳螂捕蝉黄雀在后，冷不防有别的动物扑上来，展开生死争夺。

这么多年，她苦心经营的一套体系，最根本的就是安全、快捷、诚信，你把货物托付于我，我按照你的要求完成。TCL多年对她的考核，也是看重南方物流这一点，才携手合作。现在半路杀出个程咬金，来了一帮"信息化"的人，这信息化是什么？她也不是没有了解，干这一行，时刻掌握最新信息和技术，是一种习惯了。她并不排斥信息化，但是就目前物流的发展状况而言，完全信息化为时尚早。或许，信息化是物流这根链子其中一个节点，但绝对不是全部，归根结底，现阶段货物的装卸、搬运、配送，还是要依靠人来完成。

官金仙的担忧是，对手掌握的时机刚刚好。无论是TCL未来的出路，还是李东生的思路，正好契合。他们需要改革，需要新的东西，需要创新和革命。她觉得，TCL，包括李东生在内，是让那些新概念给唬住了吸引了，具体能不能运作，有没有效果，谁也不知道。在他们看来，效果另当别论，当务之急是尝试。不尝试，谈何效果！

尝试就是引进竞争机制，让维朗进来，原来独家合作的格局就会被打破，从"一统江山"重新回到"群雄逐鹿"。不！这是官金仙绝对不能接受的！她一定要说服他们，阻止他们，不能让他们打破这个格局。不是跟谁争，她不跟任何人争，她要的是"独家"和"唯一"。

维朗或者别家物流公司，要通过关系进入TCL不是件容易的事。李东生这个人更多的是会权衡对公司发展的利弊，不会只是顾及人情关系。重点在于，李东生被他们所描绘的美好前景打动，心里实际上已经接受了他们的概念和论点。

概念能当饭吃吗？李东生作为集团掌舵人，不可能对每一个环节都了解，比如物流。那就要有了解的人懂得的人去跟他说啊！杨利老总、熊乐坤部长、张志军总经理、乔浩明经理这些人都是懂行的，应该跟李总说清楚。张志军跟官金仙说："这是大势所趋，不是谁能说得清楚的。"

那么，只好官金仙自己去说了。

TCL集团准备召集一个论证会，就物流运输的改革听取各方意见，除了李东生外，各部部长均出席，还邀请南方物流公司参加。

这预示着。这是一场世纪论战，官金仙将拿出最有说服力的理由和数据，论证联合公司继续存在的必要性。

山雨欲来风满楼！

焦虑症这个幽灵

天没有大亮，东边天上泛起暗红色，水塘上面灰蒙蒙的白。老青蛙粗着嗓门时不时"呱"一声，小青蛙乱叫一气"呱呱呱"，四野都是。金仙感觉到脚面的露水，凉凉的。前面一丛青草，她三两步跑上去，嚓嚓嚓，手起镰刀落，青草握在了她的手中。她把草顺手往背上的箩筐一扔，头也不回，又找青草去了。玉梅呢？玉梅不是一起来的吗？怎么不见人？周围看看，有点黑，没有看见玉梅的影子。四野茫茫，远处的枇杷树黑黝黝地晃，她有点害怕，大声地叫："玉梅玉梅！"

却喊不出来。金仙害怕了，在田埂上快步走。走着走着，忽然看见一大片青草，嫩绿的，草尖上还闪着露珠的光。哇，这么多，割起来有一筐了。她忘记了害怕，像发现了什么宝贝一样，直奔而去。

也不知道从哪里突然来了好多人，把那片草地团团围住，快速地割起来。金仙大喊："这是我的草，我先看见的！你们不要割我的草，这是我的呀！"嘴巴明明是张开的，却没有一点声音。那群人既没有听见，也没有看见她，依旧低头割草。金仙好悲伤，忍不住哭了："这是我的草啊！我的！"

惊醒，原来是一场梦。全身汗水淋淋，胸闷气喘，呼吸困难。

她打开床头灯，扯过一条毛巾，抹了把头上脖子上的汗水，确认又做梦了。梦里的情景真真切切，她的心里，依旧被悲伤的情绪所笼罩。总是这样，辗转反侧，失眠，好不容易睡着，全是梦。

不是每天都这样，但也是经常性的。没有周期，没有规律，幽灵一样，也搞不清楚什么时候来，什么时候走，每次发作的症状都差不多，焦虑，失眠，做梦，气短心悸。白天上班，有气没力，情绪容易波动，有时候还浑身发抖，大汗淋漓，甚至胡思乱想，伤感流泪。

追根溯源，在德清就有过了。那一年东奔西跑全家回城的事情，结果事情办妥了，人也倒下了。在德清县人民医院住院休养一个多月，医生诊断为"心肌炎"。好像也是心脏的问题，主要反映出来就是心脏部位不舒服。从那之后，又发病好几回，每一次医生都当作心肌炎或者心肌劳累治疗。吃药，休养一段时间，然后康复出院。

到广东后，几年期间，没有少犯病，每年至少一次两次吧。轻一点自己对付一下，重的话到医院看看。看过好多大医院，广东省心血管病医院霍英东心脏中心、中山医科大学附属第一医院、南方医院、中山三院等，什么器械都用过，专家们也认为是心肌劳累，建议她不要太累了，要注意劳逸结合。也曾怀疑会不会是别的什么问题，可是，德清小县城的医生也许水平有限，广州大医院的专家能错吗？

她对自己的病症太了解了，发作起来会怎么样，医生会怎么说，给她开什么药，甚至，对她说什么话，她都预见到了。为什么就治不好呢？绝症吗？不是。要不了命。可是，发作起来比死还难受。她觉得，每发作一次，自己就死了一次，死得很痛苦。她的老姐妹、原德清服装厂的厂医朱红文对她说过："心脏病就这样，很难完全好，要慢慢养的。"

幽灵来一趟，纠缠十天半月，遁去了。幽灵一走，金仙马上好起来，又是生龙活虎，干起活来把犯病的事忘得一干二净，好像从来就没有那事。张水林最了解她了，常常劝她，不要太拼命，身体搞坏不值得。她嘴上应着，依然我行我素。有病很痛苦，要她不做事闲在家里，更痛苦。人生在世，最重要的就是亲人和工作，没有亲人就没有工作的动力，不能工作生命就失去了意义。

这天一上班，她把张瑞谦叫过来，商量应对TCL论证会的事。TCL方面虽然只是叫他们去说说清楚，事实上要你拿出继续做下去的理由，拿不出这个理由，你就不要做了。谁去说？当然需要一位对公司了如指掌，又思路清晰反应敏捷、并且能言善辩对答如流的谈判专家。

把公司的人都过了一遍，没有这样的人。做物流，招来的人都是能吃苦干体力活的，用脑子能写会说的还真没有。数来数去，也就是官金仙见多识广，再者就是从部队来的张瑞谦了。还有一个秘书，负责文书工作，写个讲话稿还能应付，要他出头露面去辩论，绝对不行。

书到用书方恨少，人到用时方恨无啊！跟张瑞谦商量的结果，由官金仙带着张瑞谦，以及秘书小方一起去。叫小方马上先拟出一个方案来。

听过官金仙的布置，小方已经开始紧张。"你赶紧去弄，一会儿给我。"官金仙吩咐。接着，继续跟张瑞谦筹谋。张瑞谦一边听，一边在本子上写着，官金仙说了好一会儿，问张瑞谦有何见解，张瑞谦说："官总，这件事情要重视，但是我觉得也不用太紧张，我们都做开了，事实证明我们做得很好，随便换个人，根本不能跟我们比。还有，TCL的人我们打交道时间长，对我们算是知根知底，我们的长处在哪里，他们都了解。我在想，这个可能就是走过场。"

张瑞谦话音落地，官金仙眼睛都睁大了，很惊讶地说："张经理，你怎么会这么想？这绝对不是走过场，而是关乎我们公司生死存亡的关键。你没有认识到，现在不是谁做得好的问题，而是他们在选择接受新的先进的理念，在他们看来，那家捣乱的公司代表的是先进的现代的科学的团队，而我们，是传统的落后的没有活力缺乏创新的团队，他们要淘汰的是一种旧的东西，他们要换上新的，因为，现在的时代就是这样，他们需要这样！"

说得有点激动。她停顿片刻，拿起水杯喝了一口，继续说："李东生跟我们有什么过节？没有。他不是要我们垮台，他要的是创新，他想的是他TCL的成本和利润。既然能省1.5个亿，他为什么不？我要是他，我也会这么做。捣乱的公司跟我们有什么仇？也没有。他通过关系知道了TCL的物流一年要花好几个亿，他就想抢过来做，想自己挣这个钱。他是做生意的，他这样做能理解。

关键在哪里？在于他使用的手段。他们组建了一个团队，都是什么专家，能说会道夸夸其谈，什么信息化物流，现代物流，说出来全是先进的，相比之下，我们成了跟不上时代的，落后的，这正合李东生的意。他们研究过李东生，懂得他现在最想要什么，投其所好。他们就想把这个项目拿下来，至于拿下来之后怎么做，能不能做好，他们不管。他们卖的只是一个概念，真实的东西是什么，李东生不一定全懂，他以为真如他们所说，物流信息化，一台电脑就搞定了。"

官金仙语速不快，条理清晰。张瑞谦说："官总，你说得很好啊！就这样跟他们说。"

官金仙说："我们要用我们的经验，掌握的事实，告诉他们现阶段的物流运作，不可能按照他们所说的那样信息化，还是要靠人来具体操作。起货，卸货，运输，仓储，出单，验收，全都要人来完成，电脑可以替代某个节点，提高效率，但是绝对无法替代人。这是第一。第二呢，我们是踏实地一步步走过来的，我建立的队伍，跟TCL对应的全国网点，交通工具，各个环节都是畅行无阻的，能够保证你的货不耽误，安全顺利送到目的地。我们是靠谱的，实实在在的，看得见摸得着的。"

张瑞谦连连点头说："对，对，官总，这样好，这样说他们就明白了。"

官金仙轻叹一口气，说："唉！那帮捣蛋鬼已经抢在我们之前，他们的那一套，有一部分人已经认可了，包括李东生。"

张瑞谦说："我们要不要再找人做做工作？"

官金仙说："做不了，也不会有效果。"脸上有隐隐的忧虑之色。

张瑞谦出去后，官金仙站在窗前发呆。脑子里千头万绪，一团乱麻。窗前的草坪上有绿的草红的花，有风吹过榕树，树叶在轻轻地摇曳，她视若无物。到底要怎么说服他们，联合公司还能不能继续经营，万一这个盘子破掉了，怎么办？有一个声音在她的心里坚决地说：不！绝对不能破掉！

敲门声，秘书小方进来，拿几页纸。叫了两声，官金仙没有应答，依然看着窗外，入定了一般。"官总。这是提纲，您先看看。"小方提高了声音。还是没有回应。小方放下提纲，轻轻走了出去。

过了好久，喊小方进去，声音有点高。小方畏畏缩缩走过去，心想惨了老总要发火了，肯定是自己的稿子没有写好。一看，官金仙的脸色有点暗沉，嘴唇也发黑，好像不太对劲。官金仙回头，大声对他说："写的什么东西！你有没有用脑子？"小方想说我重新写过，见官金仙好像在哆嗦，嘴唇在动，却没有发出声音，可能她的老毛病又犯了。赶紧走前一步问："官总，您的身体……"

官金仙用手指指，意思是要他出去，她想静静。小方只好出来，找张瑞谦说了。张瑞谦到官金仙办公室看了看，她坐在办公桌前，沉思的样子。问有没有什么事，官金仙低低地说没事，昨晚没有睡好。都知道她的老毛病，心脏有点问题，劳累过头操心过度就会有反应，吃药，静一静，养一养，就好了。

下班时间，大家准备吃饭去，张瑞谦去叫官金仙，进去一看，官金仙站在那儿，迈不开步，两眼直直的，神情有异，这才慌了神。问怎么啦？要不要紧？官金仙回答不上来，身体摇晃两下，瘫软下去。

照例是住院，输液，吃药，休养，还是心肌劳累所致。那时候，大众的医学知识有限，互联网也尚未兴盛，不像后来什么难题都可以"百度"。医生就是神，病人对医生绝对信任，进了医院，命就交给医生了，医生说什么病就是什么病，医生用什么药就用什么药。

"焦虑症"一词，过去很多人听都没有听说过。饭吃饱，衣穿暖，焦虑什么呢？吃饱了撑的。大多数人对精神疾病的认识，局限于"精神病""疯子"，抑郁症、焦虑症之类，在2000年之后才逐渐引起重视。

美国著名抑郁症问题专家史培勒说："抑郁症往往袭击那些最有抱负、最有创意、工作最认真的人。"历史上一些天才名人如牛顿、达尔文、林肯、丘吉尔等都患过抑郁症。英国王妃戴安娜生前深受抑郁症困扰，多次试图自杀；文坛上耀眼的星星三毛在医院上吊、顾城喋血异乡、海子卧轨山海关、徐迟跳楼自尽，究其原因，并非是这些声名显赫的名家心理脆弱，而是被抑郁症的痛苦所摧残。

2000年之前，中国人对抑郁症焦虑症之类精神疾病的认识，几乎是一片空白。中国的普罗大众对抑郁症开始有所了解，大概从原央视《实话实说》主持人崔永元开始，时间已经是2005年，他在《艺术人生》节目中，公开了自己患上抑郁症的实情。一时间民众哗然，如此乐观开朗幽默风趣的崔永元，怎么可能是抑郁症呢？此后，精神健康开始受到重视，2010年之后，根据《柳叶刀》调查数据推算，中国的抑郁症患者已经高达9000万，抑郁症患者的自杀率是19%，也就是说，每5个抑郁症患者中有一个可能会将自杀付诸行动。

官金仙的病症，有明显的焦虑症特征。但是，那时候，官金仙根本不懂这些，她一年到头拼命工作，脑子里转的全是与物流有关的名词，焦虑症连听都没有听说过。病了找医生，医生说是心脏病就是心脏病，很长时间没有怀疑过，后来时间长了，根治不了，也怀疑会不会是别的病，但是没有这方面的知识，说不上来。

这一次，她在医院待了几天，好转了，匆匆出院。心里想着TCL论证的事，医生叮嘱的回家好好休息千万别太劳累的话，她也只是听听而已。她知道，自己是老毛病了，死不了。

死不了就不能躺着等死！

这一天终于来临。官金仙带着张瑞谦、小方，加上司机四个人，提前一天赶到了惠州，住进了西湖宾馆。

西湖宾馆坐落于惠州西湖风景区，湖光山色，碧波盈盈。官金仙的老家浙江杭州的西湖，与惠州西湖同是因为苏东坡而闻名。"水光潋滟晴方好，山色空蒙雨亦奇。欲把西湖比西子，淡妆浓抹总相宜。"这首脍炙人口的诗词，让杭州西湖百世流芳。官金仙也曾在春天的苏堤走过，柳绿桃红，水天一色，美到极致了。面对惠州西湖，很容易使人联想到杭州西湖，官金仙心里泛起来一丝温暖。

晚饭的时候，张瑞谦为了让官金仙放松心情，缓解一下压力，大谈西湖。他也是刚从西湖的介绍里看到的，现炒现卖。官金仙明白张瑞谦的好意，尽管兴致不高，倒也没有打断他。

大文豪苏东坡在惠州两年零七个月，本来朝廷是把他贬谪到这里的，那时候这里还属于边远落后的南蛮之地，不料，苏东坡在这里挺开心，不仅因为这里四季如春风光秀丽，还因为四季都有新鲜水果吃。他最爱吃的，当然是荔枝了。"罗浮山下四时春，卢橘杨梅次第新。日啖荔枝三百颗，不辞长做岭南人。"苏东坡的这首诗，跟他写西湖的，一样闻名。

饭菜上来，张瑞谦还在说。官金仙说："吃饭吧。"张瑞谦才打住。饭后，张瑞谦和小方邀请官金仙一起到西湖走走，感受一下惠州西湖与杭州西湖的不同，官金仙推说累了，不想走，独自回房间去了。

2000年仲秋，南方的艳阳依旧炽热，桂花却在不期然中带来了季节的消息。天气还热着，室内开着空调。从窗口望出去，惠州西湖灯光隐约，小桥流水，但是她没有丁点老家西湖的感觉。这是他乡的景致，陌生，孤独，还有几分秋风萧瑟的凄凉。她的脑子缠绕着一个问题：明天，我要怎么说？明天，我该怎么做？

又一个不眠之夜。

生死存亡

惠州，TCL集团总部。

上午9点，会议室。TCL集团上至最高管理层领导、下至各事业部部长，总共40多人出席会议，主题是商议物流改革方案。

南方物流这边是官金仙、张瑞谦、小方三个人，一坐下，面对TCL几十个人的阵势，明显势单力薄。官金仙原来以为也就几个人，没有想到这么大的队伍，高层领导全部出场，大有兵临城下的压迫感，不由得紧张起来。昨夜整夜没有合眼，想的那些台词，全都不见了，脑子里一片空白。

会议开始，轮流发言，各抒己见。他们的声音从麦克风里传出来，扩散在四周，撞击着官金仙的耳膜。她看着她们的表情，猜测着他们的真实想法，每一句话都那么重那么重地捶打着她的心。有支持南方物流的，有站在维朗那边的，有凑热闹看笑话的，也有不破不立希望打碎重来的。

有人说："信息化是大势所趋，现在都21世纪了，传统的、落后的必然被淘汰。TCL能有今天，就是因为勇于创新，一直站在时代的前列。维朗的出现，我认为是一件好事，我们应该庆幸！这也是我们的机会。我的意见：让维朗进来，代替南方物流。有竞争，才有进步。"

有人说："竞争机制不是现在才有的，南方物流之所以存在，就是通过竞争机制。在这之前，TCL的物流发包给若干运输公司，正是因为事实证明那样做的弊端，才引入了竞争机制，南方物流因此脱颖而出。我们跟南方物流的合作，不是从TCL南方物流有限公司成立开始，而是在这之前的六年前，1993年，合作已经开始，那时候主要是TCL电话机。南方物流的实力是竞争出来的，比出来的，既然做得好好的，能够胜任，为何要多此一举？"

有人说："好，我们假设南方物流是最好的，最合适的，可是，我们所付出的成本太高。我们一年能挣多少钱？你，我，在座的每一位，年薪又是多少？物流这一块，我们却好花掉几个亿！这样下去，恐怕TCL都会被吃掉。以往，我们也许对这个市场缺乏了解，认为需要那么多高的成本，现在有人告诉我们：不，你们的成本太高了，你们简直就是傻瓜！既然能降低一半的成本，为什么不？"

有人说："信息化嘛，是需要，不过我们还没有足够的把握，怎么运用，具体如何操作，我听过维朗的演示，还是没有明白，我觉得挺玄乎的。他能够降低成本，好事。南方物流这边比较稳妥，实打实的，一下子替换好像有风险。我的意见是不妨让维朗进来，给他一部分，让他试试。"

官金仙越听越难过，浑身上下几千几万个毛孔没有一个舒服的，感觉自己就是架子上的鱼，炭火旺旺地烧着，烤啊烤，烤得嗞嗞冒油。她想反驳，想表述自己的观点，想讲一讲自己对这个联合公司所付出的一切，可是，她的身体发抖，嘴唇好像有无数根尖利的针在刺着，一下一下，不停地残忍地刺着。她感到嘴唇发麻，张不开嘴，发不出声音，似乎嘴唇没有血了，血流干了，枯死了。她用自己的牙齿咬咬咬，麻木的，没有任何感觉。

是死了吗？她怀疑自己真的死了，躯壳不存在了，化作了烟尘，遁入了虚无。然而，她的大脑无比清晰，运转自如，他能听见他们说的每一句话，能听见他们喝水的声音，能听见窗外的树叶飘落时的响动。她要说的话很多，她知道怎么说，桩桩件件，排列有序，只需要她嘴唇动一动，那些话就弹跳出来。但是她指挥不了她的嘴唇，指挥不了她的躯壳。她的思维，她的灵魂，飘荡在躯壳之外，而她的躯壳，沉下去，沉下去，一直坠落到黑暗的恐惧的深渊。

"官总，请说说你的意见。""官总，我们想听你说说。""官总……"好几个人叫她，她都听见了，就是回答不上来。

这个阶段，是官金仙焦虑症非常严重的时期，可是，谁知道什么焦虑症啊！看上去好好的一个人，她自己也以为还是心肌劳累的问题。熟悉的人眼里，她脾气暴躁了，动不动生气，有时候还拿别人出气，甚至有令人不可理喻的行为。在她自己心里，觉得自己力不从心，能力下降，体能大不如前。好像有个看不见的幽灵，把她的能量拿走了，把她的智慧抽掉了。焦躁、忧虑、抑郁、失眠等症状折磨着她，没日没夜折磨着她，让她苦不堪言，生不如死。最痛苦的是别人不知道她怎么啦，她也不明白自己到底怎么啦，问无处问，说无处说，就这样煎熬，煎熬，绝望，还是绝望。

熊部长说："南方物流怎么进来，我很清楚。我们需要这样的合作伙伴，有实力，作风踏实，从不耽误事。信息化我还没有很了解，我也不反对信息化，不过，你说要信息化就要南方物流走，我认为是不明智的。维朗的信息化能不能比南方物流做得更好，还是个未知数，而南方物流在跟我们的合作中，一直守信用讲实效，这个公司是信得过的公司，靠谱的公司。有几个重点我提示一下各位，一是南方物流一家经营跟多家经营相比，成本降低了25个百分点；二是我们最困难的时候，是南方物流帮我们把货物用军用车皮、军用集装箱运送出去；三是这个TCL南方物流有限公司，是经过我们反复论证，双方达成一致的前提下成立的。"

熊部长一席话，让官金仙深为感动。一丝温暖漫过全身，驱散了寒冷。她的身体不再那么强烈地哆嗦了，魂魄又与躯体合二为一。她心里想，世上总有好人吧。目光慢慢地扫过全场每一张脸，把他们划为四派：支持派、反对派、中间派，还有不怀好意另有企图派。

有人对熊部长发话："明明是可以少花一半的钱，可以降低成本，却还要坚持原来的那一套，宁可多花钱。这个钱花在哪里了？有没有价值？"

此话一出，全场肃然。其实，许多人内心都有这个想法，只是不愿意说。傻子都听明白了，话中的含义是：你是主管物流的，是不是存在利益输送？是不是有私下交易？敲鼓听声听话听音，熊部长当然心领神会，他无法辩解，这样的事情，白的也会被描成黑的，而且越描越黑。不做亏心事不怕鬼敲门，他理直气壮地表白自己是秉公办事，从来没有营私舞弊，别人会相信吗？只要他支持南方物流，就会被认为屁股是坐在南方物流那边，为他们说话，动机令人起疑。如此情形之下，熊部长只能噤若寒蝉。

后来，集团公司副总裁说话了，他的思维很理性，说出来的话也客观。他说："新的东西，我们可以尝试。但是我们现在做得挺顺的，现有的体系运作正常，并没有什么大问题。熊部长的话我认为有道理，合作是双方的事，要考虑更全面一些。我的观点是，不要一下子全换掉，如果要引进，也要一步步来。"

11点过后，该说的都说了，要发言的都发言了，各位的观点也基本明朗了，大家把目光投向官金仙。她还没有说，听听她说什么。

此时的官金仙感觉好些了，刚才吃了药，好像有了些气力。准备了很长时间，多少个不眠之夜，就是为了有这个机会说清楚。她的心明镜一般，思路清晰，那些在心里说过无数遍的话，终于山泉一般欢快流淌。

"今天在这里，听了各位领导的高见，有很多收益。这是我学习的机会，首先要感谢TCL集团给我这个机会。我们现在面对的问题，就是所谓传统和先进的问题，那家维朗公司代表的是先进的，我南方物流代表的是传统的，他是信息化的，我是老土的。我知道我的传统是怎么回事，就是物流最基本的运行手段，用人、用车、装货、卸货，最后把货物运送到营业点。请问在座的各位，信息化的物流是怎么完成的？能够讲解一下吗？"

没有人接话，她继续说："那么好了，刚才我一直在认真听，讲到信息化，基本还是一个名词，一个概念，并没有实际可行的完成方案。难道，没有人，光是一个系统就能完成？他一个鼠标动动，就能把整个系统统筹起来？鼠标动动，就能让货从广州飞到北京？就不用人了？不用车了？不可能吧？再先进，再信息化，也只能在管理上提高、改进，最终还是要依靠传统的方式，就是：人！我说说，我是通过什么方式统筹起来的？一车货要到北京，首先要有司机和车，装货、运货、卸货、出单、验货、回单，每一个环节都离不开人，人要吃饭，车也要加油，这是实实在在的。"

全场鸦雀无声，只有官金仙的话在回荡："跟TCL的合作，我太在乎，看得太重了，毫不夸张地说，看得比我的生命还重。我是怎么建立起全国27个站点的？如何把480个人一个个送到那些站点的？我不吃不喝不睡觉，拿命去完成的。为什么？因为没有第二家，我是独家，这是我自己的事情，我要尽我最大的努力，我不允许有缺陷，不允许出纰漏！我为什么要买100辆车？过年你们都休息了，全国那些经销商没有货卖就会断档，他们就没有奖金，我们的货出不去就会积压，就会增加库存量。有了这100辆车，这200个司机，就能救急，就能缓解，就能雪中送炭。你们调查过没有？全国的所有的经营部，对我们南方物流的满意率是多少？不满意率又是多少？"

官金仙有些激动，但是她的语调还是她一贯的风格，不紧不慢。"再说100亩地、3万平方米的库房，我为什么花这个钱？我为了出风头吗？我从来不爱出风头，我做的都是实实在在的事。在仓库建成之前，一辆车装满一车货，要跑7个库房，远的库房在30公里之外，司机排队装满一车货一天也装不完，有时候还要两天。我们的库房建成后，货物一下线直接送倒库房，司机装车在一个地方，一个小时就把一车货装好了。这样的效率，大家都看到了吧？"

"建库房，买汽车，招员工，建网点，这些都是我南方物流出钱出力，一件件去完成的。现在，业务理顺了，通道畅通了，一切都走上正轨顺利运作了，这些都是我们拿命去拼来的。TCL出钱了吗？出人了吗？没有！当初，TCL需要我们是一种改革，现在，不需要我们，也是一种改革。我会尽量去理解。不过，在谁也说不清楚这个信息化物流到底是怎么一回事的前提下，却要让合作多年表现不错的老伙伴出局，不说有卸磨杀驴之嫌，起码也是操之过急吧！"官金仙越说越有条理，字字句句，落地有声。

听的人是什么感受，有什么想法，官金仙不了解。她不管那些，她只要说，说出自己真实的感受。她甚至看得见自己说话的样子，嘴唇麻利，发音清晰，脑子灵敏，他想说什么，就自然地从嘴里蹦出来了，好像那些词句都排着队似的。这才是真正的官金仙啊！官金仙就应该是这样的。她说完了，她的眼泪不由自主地涌上来，湿润了眼眶。越过会议室黑压压的人头，她看见了窗外有白鸽子飞过，姿态优美。

支持官金仙的人大受感动，那些持反对意见者也开始重新思考。官金仙他们离开会议室后，TCL的人关起门来商量了很久，最后还是

257

决定让维朗进来，给他们几个点，让他们先试试。"南方物流不能撤，现阶段，没有人能接得上。"这基本是大多数人的共识。

官金仙回到广州就倒下了，病情加重，嘴巴说个不停。一会儿深深自责，事情都让自己给搞砸了；一会儿怒火满胸，骂维朗那帮人都是骗子。说着说着，恸哭失声。

那场精彩的演讲，不过是她臆想中的情景。真实的情况其实是这样的：TCL会议室，临近下班时间。轮到官金仙说，她可以有大约25分钟的时间。胸中翻江倒海，她想说的太多太多，但是那么多人都看着她，她听到了很多让人生气的话，她感到很受伤，同时觉得很无助。她实在太看重这场辩论了，这关乎她公司的生死存亡，她多么希望能说服他们。压抑、紧张、悲伤、无助……

所有这些情绪黑云一般压过她的头顶，把她紧紧地拽住，勒得她喘不过气来。她语无伦次，叨叨叨，毫无逻辑，一点水平没有，完全是一个平庸又无能的妇人。她自己都不知道自己在说什么，别人更不明白她在叨什么，认识她的人大失所望：她这是怎么回事？不认识她的人大跌眼镜：这就是南方物流的老总？传说中的官金仙？他们的表情，官金仙看见了，她想说的清清楚楚在脑子里，可是，眼泪哗哗往下流，嘴巴针扎一般痛，什么也说不上来。

停车场，张瑞谦打开车门让官金仙上车。官金仙的眼泪一直在流，哆嗦着嘴唇，五官表情异常痛苦，静默之后，忽然仰天长啸——

"老天爷！我这是怎么了啊！！"

虚怀若谷人情练达的境界，是经过漫长的修炼一点一滴积累的。人的一生，从起点到终点，就是个修炼的过程。走过春天的乍暖还寒，熬过夏日的狂风暴雨，感受过秋天的萧瑟孤独，体会过冬季的冰寒彻骨。这还远远不够，生活就是一个熔炉，你是一块铁还是一块钢，经过熊熊烈火的燃烧，在沸点与冰点中敲打锻造，才能见分晓。没有谁是绝对坚强的，也没有谁是永远脆弱的，在孤单的长夜一个人哭过，在陌生的他乡一个人痛过，在高处不胜寒时一个人笑过，在跌落低谷时一个人悲伤过。这也远远不够，所有的泪你要自己擦干，所有的伤口，你要自己包扎，所有的委屈你要自己承受，所有的负累你要自己扛。

世界如此浩大，人群如此密集，可，这就是你一个人的世界啊！每一颗人心都是一座孤岛，没有人能够真正抵达。到了某一段路上，轻回首，恍然惊觉，你笑的时候全世界陪你笑，你哭的时候只能一个人哭。正所谓锦上添花平常事，雪中送炭世间稀！

如此，距离虚怀若谷人情练达的境界就差不多了，回头看去，走过的路已经比前面的路长，不由得一声感慨：浮生若梦，往事如烟啊！

只是，还没有走到这一步之前，是达不到这番境界的。年纪还轻，豪情在胸，阅历尚浅，执念在心。执念这东西，佛教认为是人的痛苦之源，太过于执着，太专注，长时间沉沦其中，就会心生怨念，化无形为有形，将人束缚囚禁。因而，提倡放下执念，才能有清净心，才得安宁。可是，芸芸众生，完全没有执念的毕竟为数甚少，何况，换一个角度，执念是成功的前提。梦想是不是一种执念呢？坚持并为之奋斗，心无旁骛，无怨无悔，执念，美丽至极。

官金仙只不过是个普通人，肉眼凡胎，人间烟火。尽管她聪慧过人，胆识超群，但是她不是神仙。她有着平常人的喜怒哀乐，七情六欲，有着女中豪杰巾帼不让须眉的魄力，同时也有着水做的骨肉小女子的情怀。生气的时候她会发脾气，不开心的时候她会掉眼泪，没有把握缺乏安全感的时候她会焦虑，希望落空的时候她会痛苦。她就是一个有血有肉有性情真实的人！

TCL南方物流有限公司的破盘，她无法接受。尽管只是让维朗公司试试，给他们很少的份额。她认为，只要维朗进来，分流了，就不是独家了，联合公司的格局就被打破了，一个完整的盘子就破碎了。她阻止不了这样的决定，可是她绝对不能接受。破盘这个词，在这里并非词典上的释义，官金仙应用它的含义是破裂，碎裂，比如一个瓷盘，圆满的，完整的，后来被摔破了。更简要地理解就是"打碎"的意思。

　　这也是官金仙的"执念"作怪。那时候她年轻，跟大多数的年轻人一样，意气用事争强好胜，我想得到的东西一定要得到，我已经得到的绝对不能失去。凭什么我辛辛苦苦建立起来的要拱手送人？那就是她的孩子呀！十月怀胎的苦痛，呱呱坠地的喜悦，第一次微笑的欣慰，点滴全在心头。现如今，孩子刚在蹒跚学步，却要抢走他，怎能不令她悲伤欲绝？！

　　无论如何，官金仙都要坚持下去，绝不放手！悲情的是，她心里懂得，这是无望的坚持。绝望的感觉无所不在，悲伤日复一日。犹如面对一个绝症病人，明知道他的时日无多，却还要自欺欺人坚持到最后一刻。执念，有时候是如此坚硬，千重万重的岩石也无法阻止它的破土而出；执念，有时候又是如此柔韧，千丝万缕，与身上的每一根血管缠绕一起。如果说人生就是一个过程，执念在心的这一段，也是可歌可泣的章节吧。

第三季　重生之路

　　她是一个平凡的人，喜怒哀乐人间烟火；她是一个非凡的人，叱咤风云起死回生。她不妥协，有时也痛苦也矛盾也挣扎；她不完美，会犯错会迷茫会流泪；她的每一步都是那么踏实，那么不容易；她的每一次创新，都是那么大胆，那么惊世骇俗。她以惊人的毅力，破解了焦虑症的魔咒；她以一个巾帼不让须眉的豪情，粉身碎骨在所不辞，见证中国物流30年风云际会。

　　当苦难成为财富，梦想照进现实；当越过激流险滩，眼前海阔天高；当往事历历岁月如歌，心中回响血浓于水……什么也不用说，只需要会心一笑：一切，都是最好的安排。

折断的翅膀

吃过晚饭，司机陈长林没有离开公司，这是早就养成的习惯了。官金仙的时间没有节假日，没有星期天，事情一来马上就走，不论是刮风下雨，还是半夜三更。陈长林是四川人，年轻，肯吃苦，性格忠厚，驾驶技术又好，官金仙蛮认可他的。陈长林1996年进入公司，跟着官金仙也有好几年了，对她的工作方式比较了解，他眼里的老总是个工作起来不要命的人，作为司机的职责就是把车开好，并随时听候调遣。因而，他全天24小时待命。

"小陈，去惠州。"官金仙拎着包，从办公室出来。

这是常态。惠州基地建成启用后，官金仙常常两边跑。惠州那边有办公室，也有住所，偶尔她也会住一两天，但是比较难得，通常都是办完事连夜赶回广州，因为第二天广州这边有许多事等着她。广州到惠州的路程虽然不算远，G324国道，130多公里，可是那时候的路况，要跑两个多小时。下半夜才回到广州不算什么，有时候回来天都已经亮了，接着又开始上班。

惠州的基地由大哥管金春主管，他看家没有问题，但是重大事情必须要官金仙到场处理。管金春对这个妹妹言听计从，可是他也有大哥的尊严和脾气，自从维朗兴风作浪后，官金仙的性子急躁了，有时候会无来由地说他几句，甚至发火，这是管金春最不能接受的。我是你大哥，你为什么说我？为什么对我发脾气？于是顶撞起来，闹不愉快也不是一次两次了。他哪里知道，他的妹妹身体每况愈下，严重的焦虑症日日夜夜在折磨着她。

前些天因为司机装错货的事，官金仙还对他大发雷霆，指责他没有把关好。那时还有别的人在场，管金春觉得很没面子，老实人轻易不使性子，使起性子来也是闪电雷鸣。官金仙一肚子委屈，心想我是你亲妹妹，我心里难受说你两句又怎么啦？你是我哥，我不对你说对谁说？管金春想的是，你是老板，但我是你哥，你说我就是不尊重我。两个人激烈地争吵。官金仙一怒之下，甩门而去，叫上陈长林，开车走了。把管金春吓住了，叫人到处找她。

这次，因为库房租金的事情，要官金仙连夜赶来应对。说好的每平方月租9块钱，对方突然提出每平方降5毛钱。交涉几次，对方口气强硬坚持。官金仙觉得对方没有道理，但是又苦于没有办法以理服人，最后不得不让步。心里蛮苦恼，自己身体不好了，生病了，能力下降，处理事情没有水平，人家才趁机提要求。这不欺负人嘛！苦恼又说不出来，只好憋着。

事情处理得差不多，又对管金春他们交代了一番，准备赶回广州。下楼梯看见于敏琦在等她，要她歇一会儿，吃点水果再走。官金仙看了看于敏琦，跟着回到房间。基地以库房为主，也有招待所，官金仙有自己的房间，生活用品一应俱全。于敏琦就是负责管理招待所。

于敏琦是官金仙的老姐妹，德清服装厂的工友，她的丈夫李建中和张水林同在德清化纤厂，两家来往非常密切，真正的铁哥们。官金仙1992年到广州，李建中和于敏琦夫妇紧跟着在1994年也到了广州，李建中负责番禺的收货点，于敏琦原来也在广州元岗公司总部上班，后来惠州基地建好，就让她到了惠州。

贴心贴肺的姐妹，于敏琦当然看到了官金仙一段时间来的反常。金仙原来不是这样的，她一定身体有什么问题。她知道金仙挺苦的，一个女人要管这么大一个摊子，忙得跟机器人一样，其他人都是成双成对的，唯有她在广州一个人，心里有苦没地方说。所以每次见着金仙，生活上尽量照顾关心她，说一些体己话。

金仙站在窗口，看着窗外的库房，眼泪流水一般，止也止不住。于敏琦把苹果拿过来，要金仙吃。一看金仙的样子，吓一跳。"金仙，你怎么啦？我看你的神色不太好，明天看看医生吧？我陪你去。"

金仙摇头，说不出话来。于敏琦以为是跟管金春闹矛盾的事，就说："金仙，你大哥那个人老实，不会转弯的，有时候说话不中听，不过过后没事的。那天你走后，他急死了，到处找你。"

金仙摆手，要她别说了。她都忘记了这些事情，她想的是别的事。TCL集团谈判，维朗公司捣乱，眼睁睁看着联合公司死掉，却回天乏力。昨天去TCL，正好遇上维朗的廖伟科，TCL一帮人围着他，奉为上宾。廖伟科用眼角的余光瞄了她一眼，完全是俯视的角度。TCL那帮人回头见了官金仙，说出的话就不是那么顺耳："官总啊，你们那一套落后了，不行了，要改革改革啦。"表情明显冷淡。

金仙站在窗前，流了很长时间的泪。于敏琦担忧地说："金仙，再怎么样，身体要紧。"两人站在窗前说了一会儿话。金仙走时，于敏琦送她下去，金仙问："敏琦，我是不是越来越脆弱了？"于敏琦说："不，不是。金仙，你比任何人都坚强。你只是太累了。"金仙说："我不想这样，可就是控制不住。我不想流泪，可眼泪自己流下来。"于敏琦说："金仙，到医院看看。"金仙说："看过很多医院了，看也没用。"

回程路上，道路颠簸，感觉很疲乏，却一点睡意没有。官金仙好像是自言自语，又好像是对陈长林说："我跟于敏琦是怎么认识的知道吧？想想真有意思。"陈长林是个很懂规矩的人，给老总开车，你说我听着，你不说我不问。他接了一句："是以前的同事吧？"官金仙说："我在德清服装厂，最好的朋友，就是她。我们第一次见面，我刚到服装厂上班，不认识什么人，那天在工厂大门口，我们迎面就碰上了，她看我一眼，我看她一眼，然后互相微笑。我当时想，这个女人好漂亮！于敏琦年轻的时候长得美，穿衣服又时尚，算得上服装厂的厂花。那天认识之后，于敏琦告诉我，她看见我的第一眼心里想的是：哇，这个女人好美，有气质。女人跟女人，也会互相欣赏的。那时候的人很土，一眼看过去，都是灰头土脸的，我和她，就是跟别人不同的。"

德清，服装厂，老家，似乎很遥远的往事。官金仙说着说着，不说了。路上车很少，夜，已经深了。

第二天是周日，休息。官金仙懒洋洋起来，太阳热辣辣的。做什么好呢？不工作好像浑身不自在。给张水林打了电话，说了家里的一些事，闲散地聊一会儿。想起好久没有去美容院了，浑身酸软，去放松一下也好。

做完美容出来，原是要回公司的，突然想去看母亲。弟弟金虎在东莞安家后，岳父岳母也请了过来，岳父身体不好，刚做了个手术，专门从杭州请了医生来照看。前一阵子，金虎对金仙说，那个医生不错的，原来是杭州红十字会医院的医生，跟岳父是老朋友，岳父手术后来照料，刚好也到了退休年龄，就请了他做家庭医生。既然有医生在家，把爸爸妈妈也接过去，有什么事也好请这个医生看看。原来父母跟金仙住在广州元岗，金虎有这个孝心，就让他接了去。

突然要去东莞，可能有什么急事。陈长林不好问。其实并没有什么急事，金仙就是突然想见母亲，想跟母亲说说话。这种感觉如此强烈，好像心中积蓄了万千委屈要跟母亲倾诉。不争气的眼泪又下来了，决了堤一般，汹涌奔腾。她拿出手绢，抹去了，又涌出来，再抹去，再涌出来。手绢都湿透了，眼泪还没有干。她干脆闭上眼睛，仰倒在后座上，任凭眼泪水一般地流。她听见车轮摩擦路面的声响，听见对面的喇叭声，听见音响里播放的轻音乐，她的眼前一片漆黑。她睁开眼，还是什么也看不见。"天黑了吗？"她问。陈长林的声音似乎从非常遥远的地方传来："今天大太阳，有35度吧。"

到了金虎家门口，她身子歪斜地扑下车，踉踉跄跄上楼梯。也不知道哪里来那么多的眼泪，湿了她的眼睛，湿了她的脸，顺着她的嘴角，往她的脖子上蔓延。她开始哭，悲伤地哭。就快到二楼母亲的房门口了，她两眼一黑，跌倒在楼梯上。母亲从房间里出来，大惊失色："金仙！怎么啦？金仙！"双手想扶起她，却怎么也扶不起来，金仙全身瘫软，往下沉，一直往下沉。

听到动静，好多人都来了，手忙脚乱搀扶金仙。金仙趴在楼梯上，慢慢抬起头来，看着母亲，叫一声："妈！"像一个失散多年终于回到母亲怀抱的孩子，恸哭失声。

这一声"妈"，叫得母亲心碎。母女连心，母亲的心口一阵阵地疼。金仙，我的女儿，这是怎么了？你是如此惊慌失措，那个胆子比谁都大，天不怕地不怕的你哪儿去了？你是如此憔悴不堪，那个浑身意气风发，花儿一般灿烂的你哪儿去了？你是如此悲伤绝望，那个从来不叫一声苦，不到黄河心不死的你哪儿去了？你是如此委屈不平，那个天大的责任自己扛，越是艰难越向前的你哪儿去了？你这个任性的小姑娘，谁欺负你了？

杭州来的医生姓赵，这个赵医生走上前，看一眼金仙的样子，说："不对。快扶到屋里去。"

安顿在沙发上，金仙依然没有平静下来，一个劲地流泪，伤心地哭。大家看着赵医生，希望他有什么高见。赵医生很专业地给金仙看病，又量过血压，听了心率，眉头皱了皱。他提出了自己的观点："不是身体的问题，是精神上的。如果你们信得过我，我来给她治疗。"赵医生是从大医院出来的，大家都觉得他行，又是金虎岳父的老朋友，值得信任。

金仙在金虎家住了一个星期，每天服用赵医生开的药。果然有效果，金仙慢慢平静下来，神志恢复正常。赵医生说，这是长期心力劳累过度引起的，所谓心力交瘁。表现出来的症状是心律失常，气短胸闷，情绪悲伤低落，但不是心脏的问题，是精神的问题。赵医生的理论让金仙耳目一新，看了那么多医生，那么多年了，都说她是心肌炎、心肌劳累，从来没有人提出是精神方面的问题。而且，服药之后，真的见效。身体没有那么累了，情绪没有那么波动了，也能入睡了。这让金仙对赵医生产生了信任和敬佩。

赵医生建议，金仙最好回到杭州的大医院看看，找精神医学方面的专家，他在杭州熟悉，可以找到人。金仙采纳了赵医生的建议。从东莞回公司之后，她处理好一些急需处理的事务，跟赵医生去了杭州。这是2001年8月底，金仙生日的前两天。

在杭州跟张水林见了面，张水林左看右看，没看出金仙有什么病。医生诊断为精神分裂症，跟当年气功练坏了的诊断如出一辙。开了处方，都是安定类的药，每天不间断地服用。张水林提议回家养养，金仙的心里全是广州公司的事，哪里放得下心！希望杭州的专家能够对症下药，马上好起来。这个时候，相信专家是唯一的选择。

杭州西湖，风景如画，美丽如诗。正是桂子飘香云淡天高的好时节，在官金仙的眼里，却是红藕香残秋意萧瑟。本来，选择住在西湖边上的酒店，就是为了愉悦身心，可是，因为病魔的困扰，她百无聊赖。每天服过药之后才能入睡，一睡全是梦，有时候明明醒着，梦还在继续，她已经搞不清楚到底是睡着还是醒着了。起床之后，药劲也过了，脑子里翻滚着无数的事件，身上却像是被抽了筋剥了皮一样，最后只剩下失落和绝望。绝望，无边无际的绝望，犹如一个妖魔，对她露出邪恶的笑容，向她狞笑招手。

张水林提议到湖边走走，天气蛮好的，桂花也开了。金仙提不起兴趣。要不，回家看看？张水林问金仙。这让金仙更加难过。她何尝不想回家？可她现在这样子，一个病人，都不成样子了，还能见人吗？亚芬、双妹她们看见了会怎么说？熟人问起怎么回答？别人知道你神经有问题了，连儿子也没脸见人了！

"去吃点早餐吧？饿了吧？"张水林语气尽量关切平和。

金仙站在窗前，看着外面西湖的水，一言不发。湖面平静如镜，朝霞落在水面上，一湖花开。张水林又问了一句，金仙没好气地说："别烦了，不想吃。"张水林说："你这个样子不行。要不，过几天我跟你一起去广州。"金仙依然看着湖水，反问："你走得开吗？"张水林听了，没有再往下说。

这么多年了，金仙在广州，张水林在德清，山水相隔，各有各忙。按理说张水林早就应该去广州了，金仙的事业越做越大，夫妻两个在一起可以互相照应，金仙的身体又不好，更需要丈夫在身边。但是，正因为金仙的事业做得好，张水林往广州去的脚步放慢了。金仙懂得，张水林有几件事情是放不下的，因此也没有强求他。张水林守住大本营，说到底他对金仙在广州的发展没有绝对的把握，他把家里的店看好，也是一条退路。深层的愿望是，广州毕竟是他乡，终究比不上故乡好，等金仙热情过去了，打拼累了，终要回来的。

另一个原因是儿子。儿子从小学三年级到广州读书，上初中后面临回户籍所在地参加高考的问题，只好打道回府。还有一个重要原因，张水林是个孝子，母亲是他这个世上最最看重的人，他要尽孝，母亲在家，他哪儿也不去。有儿子，有母亲，加上又有自己的事情做，倒也充实。他越来越看清楚的是，金仙是不会回来的了，而他，迟早是要去广州的。

赵医生来了，喊一起吃早餐去。金仙头没梳脸没洗，说话的力气都没有。赵医生说先吃早餐，然后吃药。"医院的刘医生来电话了，说你这个情况是在好转，只要安静地养养，休息几天，就会好起来。所以，这几天在杭州，就先不要考虑公司的事情了，这样才有利于康复。"听了赵医生的话，张水林也说："是的呢，身体要紧。走，我们吃早餐去。"

早餐刚吃到一半，广州的电话来了。管金生在电话里说，前天又有一车货走失，昨天派人找，没有线索，估计是被黑了。本来不想跟金仙说的，但是事情重大，不说又不好。这一年真是灾年啊！厄运连连，上半年走失的货物已经上升到11车，损失800多万元，已经采取了许多措施，没想到下半年还发生这样的事。要是以往，拼了命也要追讨回来的，可是如今，她觉得能力下降了。正因为能力下降，别人才欺负她。再这样下去，公司会被掏空，就跟许多货运公司一样倒闭。

官金仙拿着手机，一直没有答话。那头的管金生说完了，问她怎么办，她依旧沉默着。慢慢把手缩回来，手机滑落在桌子上，神情呆滞。倒就倒了吧，我也无能为力了。那些人呢？散了吧，各回各家各找各妈。自己的身体这个样子，看来是好不了了，辛辛苦苦那么多年，到头来竹篮打水一场空。人生莫不如此吧，想来活着也真没什么意思！

然而，我官金仙是这样的人吗？不，绝对不是！我一定不能让我的公司倒下去，我一定不能让我自己倒下去！我要振作起来，我不能就这样被打倒！我要是不振作起来把公司做好，我要是不能战胜疾病这个恶魔，我就死。我宁可死！

张水林和赵医生被金仙的神态吓着了，跟她说话，好像也听不见。金仙，金仙！张水林叫。官金仙突然站起身来，餐巾一扔，如至无人之境，好像是对张水林，又好像是自言自语："走，回广州。"语气决绝。

走得不太平稳，张水林连忙上前扶住。出了餐厅门，官金仙用力甩开张水林的双手，快步朝前走去。刚走没几步，脚下一歪，一具空壳一样瘫了下去。张水林奔上前，听见她说："天这么黑。"

白昼的黑无边无际深不见底，通往另外一个世界。你看见了水光潋滟，我看见了幽暗深潭；你眼里是灿烂阳光，我眼里是万箭穿心；你感受到的是诗情画意，我感受到的是灰飞烟灭；你只想向着天空歌唱，我只想张开翅膀飘落。飘落，一直飘落到尘埃。犹如一片羽毛，轻轻地，轻轻地，隐没在大气中。

仿若从来没有来过。

从头再来

新世纪之初，广州的发展如日中天，城市中轴线逐渐东移，曾经辉煌耀眼的五羊新城渐次黯淡，取而代之的是堪比上海陆家嘴金融中心的珠江新城。与此同时，房地产的发展势如破竹，地产大亨纷纷涌现，各行各业都有人改行做起了房地产生意，靠房地产赚钱十拿九稳。

有人劝官金仙，现在房地产好做，何不借势转型。找上门来的也不少，寻求合作的，或者直接要卖地给她的。张瑞谦的观点是，广开门路也好，无论是做人还是做事业，都不能在一棵树上吊死。他认识的几家物流公司，已经开始买地建房子，物流不做了。现在时机好，谁拿到地谁就挣钱。管金生也说，做房地产舒服一些，不用像做物流那样艰苦。

官金仙好像也动了心，去看了几个地方，听说哪里有土地招标也去了解，饶有兴趣的样子。然后有一天，她决定在黄埔区云埔工业园要一块地，180亩。

张瑞谦看过后说："那个地方有点偏。现在还一片荒凉，都不知道什么时候才能旺起来。"

官金仙说："现在是有点偏，但是不出十年，那里就是黄金宝地。"

张瑞谦说："天河的发展比较快，规划也好。"

官金仙说："黄埔区也不错，经济技术开发区建好，广州科学城、天河科技园，还有保税区，以后的发展也是很好的。而且，出去就是广园快速路，紧靠增城，再往前走就是东莞，四通八达。"

张瑞谦说："房子的价格，天河区的比黄埔区的高很多。"

官金仙微微一笑说："那是。"停顿片刻说："土地的价格也高很多。我们又不做房地产，没有必要往中心区凑。"

张瑞谦回过神来："房地产现在好做，有些人一夜之间暴富。做生意什么好做做什么，也是灵活。"

官金仙回答："我从来没有想过要做房地产，我做物流，我这辈子只做物流。那块地在开创大道与埔南路交会处，地理位置很好，建成南方物流园区，你觉得怎么样？"

张瑞谦沉默一会儿，恍然大悟说："对，官总说得有道理，是很合适。地方大，好施展，跟原来是完全不一样，简直是鸟枪换炮啊！"

官金仙此举，出人意料之外，又在情理之中。TCL一役，在她看来无异于折戟沉沙，悲壮至极，事实上，换一个角度看，她并没有败北，而是最后的胜利者。仅仅是三年左右的时间，维朗彻底退出TCL，而官金仙的南方物流公司在百舸争流中始终勇立潮头，与TCL牵手合作二十几年，一直占有TCL物流最大的份额。这属于后话。

TCL南方物流有限公司的终结，令官金仙一蹶不振，焦虑症也因此越发严重。这个时候如果她改行做房地产，实属顺理成章。她却没有。不但没有放手，而且要做大做强，这就是情理之中。官金仙的心在物流上，她是个一根筋的人，一旦全副身心投入，阳光献花也好，阴霾冷雨夜罢，她都会一条道走到底，不到黄河心不死，到了黄河更不死心。在哪里跌倒，就在哪里爬起来，天地大得很，条条大路通罗马。她官金仙不是个半途而废的人，越是充满挑战，越是经受挫折，她的斗志越是旺盛。

她看好物流这个行业，从一开始就看好。国家的发展越快，一个地方的经济越发达，物流的前景就越广阔。为什么要建园区？惠州物流基地的经验告诉她，时代在发展，物流的方式也在改变，不仅仅是运输，而且涉及更宽广更深入的层面，对办公、仓储、服务等都有更高的要求。她的心中，还藏着一个鲜为人知的结：信息化。维朗之所以能够把联合公司打碎，祭出的大旗就是信息化。信息化到底是个什么东西，她不仅要弄个清楚明白，并且要汲取精华，为己所用。

失败是成功之母，成功往往取决于失败后的反思。房地产是挣钱，但是她没有任何说服自己放弃物流的理由。在物流这个行业十几年，虽然谈不上得道成仙，倒也练就了闪转腾挪各路招数。物流是她的初心，是她一心一意的挚爱，她怎么会轻言放弃呢？！况且，她信奉不熟不做，熟能生巧，巧而能精。

TCL为什么放弃联合公司？相比于"化整为零"的做法，联合公司的优势显而易见。可是，TCL自有他的理由，他原本就不想做下去了，并非是因为"第三者"的介入。如果双方的感情牢不可破，"第三者"根本没有可乘之机；只要其中一方有了"外心"，世纪维朗或者任何一家"第三者"的出现不过是一个刚刚好的借口。合也好，分也罢，皆为时势使然。

输不起的人也赢不了，如何看待和面对输，是TCL联合公司破盘之后，官金仙思考得最多的问题。这么多年，她就是一头老黄牛，只顾着低头耕耘，忽略了总结和学习。物流不仅仅是搬运，它是一门高深的学问，牵涉的学科和领域非常广泛，而且，与时代的发展同步，不更新就会被淘汰，不学习不创新随时可能被遗弃。信息化这个词振聋发聩，为她敲响了警钟。她开始学习，补充知识养分。所幸，只要愿意学习，任何时候开始都不晚。

第三方物流在经过多年的发展之后，逐渐走向正规化、专业化。因其所具有的优势在分担企业风险、降低经营成本、提高企业竞争力、加快物流产业的形成和再造等方面所发挥的巨大作用，已成为21世纪物流发展的主流。

官金仙要打造的，就是差异化、有特色、专业化的大型物流园区。她这个人做事，要么不做，做就一定要做出名堂来。

2003年初，南方物流园破土动工。当年秋天，南方物流园投入使用。占地180亩，建筑面积达12万平方米；建有现代化立体仓5万平方米。多层式现代化仓库4万平方米，物流商务大厦15000平方米。其一是最有特色的是现代化立体仓，净高13米，配有活动层式货架，采用叉车及夹包车配合作业。库内分为存储区、理货区、出货暂存区及加工区。库区设置灵活，为后续仓储功能的延伸提供了良好的发展空间；其二，多层式现代化，仓库的结构大多采用钢筋混凝土结构，承受压力大，占地面积小，仓库容量大。仓库常设多层货架，进一步增加了货物储存量，为货物的储存提供了较优越的条件，还可为仓库实现机械化、自动化、开展科技养护和现代化管理打下基础；其三，消防单体6000平方米，与国际接轨。

办公大楼位于园区的一边，15层，电梯上下，明亮整洁，看上去很有气派。2005年6月18日，南方物流公司从广汕路的元岗搬迁到云埔南方物流园区办公大楼，同时进驻的还有林德叉车广州公司、欧赛斯德电子科技有限公司等十几家企业。

仓储区，进驻了施耐德公司、欧迪公司、ABB公司、DHL公司、亚马逊公司等合作伙伴，每日里车水马龙，货如轮转，一片繁忙景象。面向开创大道的办公楼楼顶，竖起了"南方物流"的招牌，成为这一个地段的标志，经过的公共汽车有一个站点就是"南方物流公司"，十分引人注目。

公司的大堂设立了公司形象展示区：

企业宗旨：使中国物流产业与世界同步！

企业精神：锐意创新，务实求进、群策群力，追求卓越。

服务理念：服务至上、安全快捷、经济优质、精益求精。

服务精神：服务永无止境！

企业愿景：成为一个核心业务领先，具有资源整合能力并提供增值服务的国际化百年强企。

在企业发展史专栏，公司的发展轨迹一目了然。

1992年，南方物流前身——南方工贸货运中心成立。

1993年，提供门对门专线和综合物流服务，构筑物流网络平台，建立企业规范。

1993年，与TCL集团战略结盟，成立TCL南方物流有限公司。

1995年，与格兰仕战略合作，成为其主要物流服务商。

1998年，与加拿大北电公司合作，并开创中国联通CDMA交钥匙工程。

1999年，提供物流一体化服务，完善物流网络，纵向一体化延伸。

2000年，完善物流供应链一体化服务，构筑供应链和物流信息平台，建设物流基地。

2002年，与美国朗讯、深圳华为等知名企业合作，为其提供全方位的物流服务。

2003年，提供全球物流供应链一体化服务，完善物流供应链平台，开展国际合作。

2004年，构建校企合作新模式，成立南方物流学院，产学研结合。

2004年，集团总部——广州云埔物流基地建成并投入使用。

还有一个园区：南方物流无锡园区。事实上，在广州总部建设初期，无锡园区差不多已经在同时运作，2003年4月份购买了土地200亩，总投资3亿多元，总建设约10.7万平方米，约10万平方米仓储、配载营运中心，5000平方米办公大楼及3300平方米综合服务配套设施，并很快开始建设，于2004年秋天投入使用，南方物流无锡分公司也在这之前设立。

无锡分公司位于无锡市东北部，地理位置优越，是华东地区主要的交通枢纽，水陆空交通十分便捷。锡山经济开发区区域周边配建有高速铁路：京沪高铁贯穿锡山经济开发区，并设有京沪高铁无锡东站；高速公路：沪宁、锡张、锡澄（京沪）高速公路在区内交汇；机场：锡山经济开发区距离无锡机场约15公里；港口：毗邻上海港、张家港、太仓港；锡山经济开发区突出的区域交通优势，为电子商务的发展提供了发达的交通网络载体。

公司主要客户有松下电器、好享购、买卖宝、五星电器、国美电器、大金空调、泰连电子等。

珠三角的广州，长三角的无锡，战略位置都至关重要。广东是她的风水宝地，华东是她的老家，似乎是有向老家靠近的意思。但是，官金仙的想法不仅于此，在她眼里，广州是一个点，深圳、惠州还是一个点，无锡也不例外。将来，她要把点设到更多的地方，无论是哪个省，无论是中国还是外国。只要有市场，有生意做，就是发展目标。

广州南方物流公司总部和无锡分公司，如此巨大的投资，她如何做到的？如此不惜血本，就不怕担风险吗？第一个问题，官金仙的观点是：人，不动，就是废的；钱，不动，就是死的。人动起来才有生机和希望，钱动起来，才能盘活。盘活资金不是简单的事，需要头脑，更需要胆识。就像下棋一样，一步对，步步顺。关于第二个问题，官金仙认为，躺着不动看上去没有风险，最稳妥，但是事实上，也会有饿死的风险。做生意的人，什么都不做就是最大的风险，敢于去想、去做，主动权在手中，有风险，可是同时也有胜算。如果一件事情我有百分之七十的胜算，冒险是值得的！

如果只有百分之五十的胜算呢？官金仙脱口而出："为什么不？"关键在于"算"，这个"算"包含了丰富的内容，预测、掌控、谋略、前瞻性以及一系列的实操手段。

清晨或者黄昏，官金仙喜欢站在公司总裁办公室的玻璃窗前，看外面的车水马龙莺飞草长。有时，会想起老家木桥头的田野，那流水清冽的小河；会想起王老师、胖哥、双妹、玉梅他们；有时，脑子里闪现刚到广州的情景，她一个人在广州早春的冷雨中踟蹰；

想起在东莞踩着自行车，高跟鞋陷落在柏油马路上的尴尬。往事历历，犹在眼前；旧梦依稀，恍如隔世！

悲欣交集

2006年秋，湖州德清县。正是中秋节前夕，这是一年中最好的季节，云淡天高，丹桂飘香，滚滚的热浪已经随季节而去，悠悠的秋风令人舒畅清爽。

县城某大酒店正在举行一场婚礼，豪华轿车在酒店前停得满满当当，前来贺喜的宾客陆续到场，气氛热烈喜庆。婚礼现场，布置得气派堂皇，论场面，论档次，当时的德清，也是首屈一指的了。

迎接亲朋的除了一对幸福的新人，还有新郎的父母张水林和官金仙。没错，这一天，官金仙娶儿媳妇了！

时间怎么就过得这么快呢？儿子上幼儿园，读小学，上中学，考大学，出国，从一个调皮捣蛋小屁孩，成长为翩翩少年小伙子；从德清到广州，再从广州回德清，官金仙牵肠挂肚的是儿子。平常电话联络不断，一有个什么事情，她一定是放下手头的工作，赶到儿子身边。

无论付出多少，作为母亲，她觉得为儿子做得太少了。看着儿子，官金仙心里既宽慰，又有几分愧疚。有什么办法呢？一个家总要有人去挣钱，把家支撑起来，才能让家人们过上好日子。天下的儿子都是母亲的心头肉，没有哪个母亲是不爱自己儿子的。除了天上的月亮，儿子要什么，她都尽量满足。儿子的婚礼，人生大事，她当然要办得十分隆重了。

她是个女中豪杰，商场拼杀纵横捭阖，再困难的事也不退缩。作为企业的掌门人，她必须有她的强势，在决策的关键时刻，甚至表现出专横和独断。然而，内心深处，她就是一个女人。女人都是水做的骨肉，或是从天国的花园派来的天使，爱美，爱撒娇，喜欢一切美好的美丽的事物。官金仙也不例外。三岁之前的记忆没有留下来，从父母下放到木桥头开始，她的记忆里全是生存的艰难。假如父母不是在外打工，假如两个哥哥支撑起了家，假如家里不止她一个女孩，她会小小年纪勇于担当家庭的责任吗？环境造就人，什么土壤开什么花，有的地方盛开牡丹，而有的地方只能长野草，偶尔能开出一朵野菊花，已经是苍天特别的眷顾了。

一个人的成长，固然有与生俱来性格的部分，更重要的是后天的环境造就。就好像同样一棵树苗，种在园子里还是栽在山坡上，适应是生存的第一要诀。性格决定命运，选择张水林作为人生伴侣，也注定了这个家庭角色的定位。她在前方冲锋陷阵，张水林在后方同样劳苦功高。如今儿子结婚成家，也算完成了一件大事，张水林可以到广州去了。

"水林，儿子结婚，高兴吧？"官金仙走前一步，伸手把张水林胸前戴的花理一理整齐，微笑着说："你这个当爸爸的功劳大。"张水林听了，呵呵直乐。

阿红、玉梅、亚芬、双妹、王老师、胖哥，这些好朋友当然非到场不可；原来服装厂的好姐妹于敏琦、朱红文也都来了。亲戚朋友之外，还有南方物流公司的管理层领导，派驻全国各地分公司的负责人，以及一些重要客户。老总家有喜事，大家平常也难得见面，借此机会欢聚一堂，喝几杯酒，吹吹牛，乐一乐。

"金仙，这么大的场面，好洋气，好派头啊！"刚一见面，亚芬咋呼起来。

官金仙穿一身暗红色套裙，显得喜气、庄重。亚芬一个劲地说好看，双妹说："金仙，还是你福气好，我们这些人中，你最早娶儿媳妇的。"

于敏琦走上前，揽住金仙肩膀，悄声说："儿媳妇好漂亮。"金仙喜笑颜开。朱红文是原来服装厂的厂医，她对着金仙左看右看，叮嘱她不要太累了。官金仙心里想，毕竟是做过医生的。事实上，她人站在那儿，满脸是笑，但是身体很疲惫，脑子也不是太灵光。过去的好些天，她没有睡好，每天靠"百忧解"勉强提起精神。她还担心，一会儿的婚礼致辞，能不能顺利完成。

官金仙娶儿媳妇，这是整个家族的大事，所有人都自觉到场。最高兴是两个老人，升级了，孙子都成家了，子孙满堂，其乐融融，不外是这样的场景吧。父母高兴，官金仙就高兴。在她的内心，每做一件事，都是为了父母，一切努力和拼搏，都是为了让父母宽慰，让父母为她而自豪。

宾主入席，高朋满座；欢声笑语，祝福声声。婚礼由专业司仪主持，每一个环节都安排得到位，显得有秩序有水准。邀请新郎的家长上台致辞时，官金仙走上前去，满面春光。

首先，她礼节性地对来宾表示欢迎和感谢，要大家别客气，该吃吃，该喝喝，今天高兴，希望大家也高兴。最后对新人的祝福，她说："儿子长大了，成家了，从今以后，我们家多了一个新成员，我很高兴。人来到这个世上，都盼望有个家，家是一辈子最重要的。有家，才有幸福；有家，才有一切！我祝福我的儿子和儿媳妇，互敬互爱，白头偕老；和和睦睦，永结同心！"话音落下，全场掌声。她的眼里噙着泪。她太高兴了。

宴席正式开始，人潮涌涌笑语喧哗，觥筹交错杯来盏往，如此热闹的场面，官金仙的身体吃不消。但是她是主人，不能中途离场，唯有强打起精神，加上心里也是高兴，想跟大家一起乐一乐。坚持到差不多，才回家休息去了。

就在她离开酒店之后，发生了一些事情。谁也没有意识到，这些当时看上去那么随性那么鸡毛蒜皮的事情，却对南方物流公司产生了深远的影响，进而改写了公司发展的历史，使官金仙的命运大逆转，并同时影响了许多人。其中，影响最大的是她的二哥管金生和家庭医生赵医生。

这是一次大爆炸前的裂变，是一轮大变革前夜的阵痛。事先毫无征兆，看上去纯属偶然。在事情过去很久之后，官金仙再回过头来看，方才明白这其实是必然。偶然的事件总有它的必然性，必然的只是以偶然的形式发生。上天总能在人们不经意的时候，把某种玄机昭示。

话说官金仙离开了酒店，狂欢继续进行。她的手下们彻底放松了，无所顾忌随心所欲。借着酒兴，能说的不能说的尽管说，反正酒壮人胆牛气冲天，那武松几碗酒下肚，景阳冈上赤手空拳还打死老虎呢！

管金虎夫妻在这种场合特别周到，亲戚朋友同事领导，挨个敬酒。金虎能喝，妻子宝兰夫唱妇随，也就意思一下。官金仙从来滴酒不沾，跟手下也极少推杯换盏，坐在一起吃饭，也只是客套一下。有时候公司有重要活动，需要陪客人喝酒，大都是金虎上场。中国人的习惯，无鸡不成宴，无酒不成席，不喝酒根本没有气氛，甚至说"吃肉不喝酒就当喂了狗"，尤其是喜庆宴席，大家酒喝起来才热闹。

少说几十桌，金虎转一圈，双脚有些飘，眼睛也红了。宝兰拉他坐下，吃点东西。金虎也觉得招架不住，坐下来找水喝。宝兰递上来一杯水，他看也没看，仰脖子灌了下去。

突然，那边闹起来了，有人在大声说话，气冲冲的，好像吵架。怎么回事？哪个小王八蛋喝醉了撒酒疯吧？这种事习以为常，金虎朝那边瞅了一眼，没有在意。

一个声音砸过来，朝着管金虎，直直地砸过来："你管金虎算老几？不把我当人看，我还不把你当人看呢！我是什么人？你是什么人？你们这一切，不都是你家姐姐挣来的吗？你家姐姐要是没有我，早成什么样子了？你知道吗？她还能有今天？你们还能有今天吗？"宝兰跟金虎说："是赵医生，好像喝醉了。"

管金虎的脑子轰一声炸开了，喝下的酒在血管里涌动沸腾，直往脑门上冲。这是怎么回事？为什么骂我？喝醉了也不能在这众目睽睽之下骂我啊！管金虎虽然从总公司分了出去，掌管东莞分公司，但也是个平常受人尊敬的老总，何况还是官金仙最爱的弟弟，谁敢如此大不敬？！不由分说，管金虎走过去，准备分个是非明白。

赵医生显然是喝多了，依然信口开河。管金生和管金春在旁边劝，很多人围观，众说纷纭。管金虎终于搞清楚，赵医生发飙是刚才管金虎见谁都敬酒，唯独没有敬他赵医生，这让他大为光火。管金虎确实晕乎了，原来这么点屁事，他也许敬过他，也许没有，那么多人，他又喝了那么多酒，哪里记得？问题是，即使没有敬他，也不至于这样拉下脸皮当众撒酒疯呀！

赵医生对自身角色的认定，是管家有功之臣。官金仙身体好才能做事业，谁照顾她的身体？是赵医生。换句话说，没有他赵医生，官金仙可能就倒了，公司也就倒了，管家所有的人，也没有今天的好日子了。因此，他理应得到所有人的尊重。

管金虎没有给他敬酒，就是不尊敬他，眼里没有他。加上酒气发作，便不顾场合有失身份地闹了起来。

官金仙和父母在家里，本来想好好睡一觉，无奈怎么也无法入眠。前两年，他们在县城武康镇买了房子，装修一新，偶尔回来，也有个落脚之处。今天挺累的，身体疲乏，可是脑子停不下来。

没有人知道她内心的苦，因为她看起来什么都好好的。张水林也习以为常，根本没有把她当病人看。至于其他兄弟们家人们，在他们眼里，官金仙就是钢铁打造的，怎么会生病？加上他们从来都不习惯表达，所以，几乎没有关心一下。这让官金仙非常难过。为了不让父母操心，每当妈妈问起，她总是说："我没什么。好好的。"

自从2001年在东莞发病遇见赵医生，她的病全由赵医生调理，每天吃各种药，其中"百忧解"没有断过。"百忧解"这种药效果明显，服药前无精打采烦恼焦虑，服药不到一小时，人马上精神百倍，什么事都想得起来了，思考问题也条理清晰了。她对"百忧解"和赵医生的依赖，只有她自己最清楚。有时候觉得，没有这个药和赵医生，肯定无法活下去了。赵医生照顾她尽心尽力，人前人后她对赵医生也尊重有加。

官金仙做梦也没有想到，赵医生会在她儿子的婚宴上出洋相。令她更加意料不到的是，接下来发生的另外一件事情。

各地办事处的负责人都来了，顺便开个会，说说工作。官金仙身体不适回家去了，她是董事长，也不一定要出面。于是，由管金生召集。总公司的领导中，他在什么位置，众人心知肚明。

也许是酒喝得有些过，话说出来不清醒了。"兄弟们今天高兴，酒喝够，饭吃饱，一定不要客气。兄弟们一年到头为公司出力，辛苦了！"众人注视着管金生，脸上有敬佩之色。就在这时，谁也没有想到，他突然说："我妹那个人是得过病的，这里，"他用手指指了指自己的脑袋，接着说，"出过问题，住过精神病医院的。以后，公司的事情，兄弟们只管找我说。"

一言既出，举座皆惊。官金仙是谁，大家心里还是有底的。不过，在那样的语境中，众人只是稍微停顿了一下，也有觉得大不妥的，只怕官金仙知道了，大火会烧起来。然而说出的话泼出的水，永远收不回了。

管金生当时的心情，极有可能是兴之所至。说话的语境很重要，在那样的场合，也许他只是酒后胡言，也许是笼络人心。他是个直性子，心里怎么想，嘴上就怎么说。不只是他，很多人今天都看出来了，妹妹官金仙是硬撑着上台说完那几句话的，她的身体越来越差了。而且公司的人都知道，她的能力大不如前。如果官金仙真的不行了，他这个做哥哥的，除了当仁不让，还有别的选择吗？再说了，轮也轮到他，在公司，在家族，他是不二人选。不想当将军的士兵不是好士兵，指点江山一呼百应是所有男人的梦想。

管金生唯一没有意识到的是，他妹妹官金仙要是知道了会是什么反应。

还好，官金仙不在场。然而，不在场不等于听不见。她不但很快听到了管金生说的那番话，可以说一字不漏地听了去。而且，有人刚刚跟她汇报了赵医生在酒宴上说了什么话，也是原原本本地复述给了她。听完了，她转身离开客厅，扶着楼梯上楼，摸到自己房间，关上门，让自己与世界隔绝了。

谁也不知道官金仙的内心经历了怎样的挣扎和痛苦，没有人敢去敲门。夜深人静，房间的灯还亮着，张水林累了一天，已经沉沉睡去。官金仙站在窗前，对着无边的黑夜，就那样站着，仿佛一棵树，脚下是百年千年的根须，拔也拔不起来。

不行，我不能再这样下去！我的身体一定要好起来，我不能再依赖药物，不能再依赖赵医生。正因为依赖他，他才会觉得没有他不行，才会摆架子，当众给我出洋相丢脸。别人怎么看？你老总身边的人就这个水平？连你身边的人都管不好，还能管好公司吗？他以为他是无可替代的，你奈何他不了，才敢明目张胆欺负到你头上。欺负我弟不就是欺负我吗？当众出丑丢的不就是我的脸皮吗？我不要这个人了，我不要再吃药了，我一定不能再依赖这个医生了，我一定要自己爬起来！我要是不能自己战胜这个病，不能自己重新站立起来，我若是再这样窝囊地活着，我宁可死掉！

我病了，身体不好了，能力下降了，连自己最亲的哥哥也来欺负我了。那是她生命中最亲最可信赖的哥哥啊！是的，这么多年，哥哥在她身边，扮演着保护者的角色，文的不行，但是来武的，他是敢打敢杀敢拼命的人。谁欺负他妹妹，他绝对是不会放过的。官金仙知道哥哥心中有她，心里温暖，对他也特别好，长此以往也产生了依赖。

这个世上的人谁都可能伤害她，但是哥哥绝对不会！所以，当官金仙听到哥哥当众散布自己妹妹有神经病，已经不行了，自己要当老大了，官金仙的震惊和伤心可想而知。明知道我身体不好，不是关心我，照顾我，反倒欺负我，要气死我，这个是我的亲哥啊！为什么？为什么？！

官金仙越想越伤心，眼泪哗哗地流，抑制不住地哭出了声。

我这么拼命，为的是什么？还不是为了这个家，为了他们吗？我为什么会生病，还不是为他们累的吗？现在好了，有钱了，生活好了，没有半句感激体恤的话，反倒迫不及待地要掀翻她，自己当老大。

张水林被妻子的哭声吵醒，一看她还站在窗前，好像没有挪动过。窗外已经有蒙蒙的白光，快黎明了。隐约地，只听官金仙在自言自语，似乎在说："我不如去死！不如去死！！"张水林昏沉沉的，说了声：“天快亮了，明天还有很多事，快睡吧。”转了个身，顾自睡了。

官金仙依旧一动不动。她的意识格外清醒，她看见了天空泛起的光晕，闻到了风中飘过的桂花香。她知道新的一天即将到来，从这一天开始，一切将有所不同。她用右手摸了摸左手，感觉到了自己的体温，心里忽然觉得很庆幸：我还活着。这就好！

除死无大事

在德清住了一周时间，儿子婚礼的事情办妥，10月7日，官金仙从杭州飞回广州。同行的有儿子小两口，亲家老两口，还有张水林，也一起回广州了。张水林这回是完成使命了，德清的大本营可以撤了，从此以后，他们一家算是真正在广州安家了。

大家说说笑笑，官金仙也蛮开心的样子，看不出酒宴风波带来的影响。飞机起飞了，安静了，她合上眼，一遍遍对自己说：“我要战胜自己！我一定要战胜自己！我要是战胜不了自己，我不活了！”这些话，一百遍一千遍地在脑子里汹涌，开始是决心，后来就是决定了。

一个个镜头在她脑子里闪回，赵医生撒酒疯的，管金生说大话的，尽管没有在现场，但是他们的每一个举动、表情，每一句话，她清清楚楚。官金仙恨，但不是恨自己哥哥和赵医生，她恨自己。是他们让她看到了自己的脆弱、无能、不坚强，看到了公司管理上的弊端。

是时候改变了！改变迫在眉睫，不改变，就是绝路，就是死！

在杭州回广州的飞机上，官金仙坚定了决心。

10月9日，星期一。国庆长假刚过，很多事情堆积在那儿等候处理，一上班，官金仙忙得不可开交。

管金生直奔总裁办公室。来得正好，官金仙有很多话要说。看管金生的神情，不像是来叙兄妹情的，倒像是来兴师问罪的。于是，两个人不必拐弯抹角，直奔主题。

"我不是那样说的。"

"那么多人都在场，他们都带着耳朵。"

"他们乱传的。你别听。"

"现在我不追究那些，我只告诉你，你那一套，行不通！办公司不是靠拉帮结派江湖义气，而是靠管理手段。你以为用钱笼络几个人跟着你，你就能成大事？所谓的大碗喝酒大块吃肉，所谓的有福同享有难同当，都是揭竿起义的时候说的，打下江山，又有几个能守得住江山的？喝酒，你花钱，赌钱，也你花钱吗？那钱是谁的？是公司的，是我的，你花起来不心疼。"

"既然你说到钱，我就说了，你也太小气太抠了！这么大一个公司，管得死死的。我们又不是没挣钱，挣钱不就是花吗？你看出来混的人，哪一个不想多挣点？哪个愿意跟着个小气的老板？"

"家有家规国有国法，公司有公司的规矩，没有规矩不成方圆，照你这样公司早垮了！你就做好你自己该做的，管理这一套，你不懂。不懂就不要指手画脚！说我小气？该花的钱一千万一个亿我也花得出；不该花的，一块钱也要算清楚。对任何人都不例外，包括我自己。"

"那你何苦？挣钱为了什么？"

"你让他们赌钱，赢的当然高兴，有人赢就会有人输，输个十万八万的，他的钱从哪里来？他不会想方设法捞回来骗回来？他们都是有点权力的人，是中层领导，上梁不正下梁歪，搞这些乌烟瘴气的东西，败坏的是公司的名声，风气也搞坏了。你知道我痛恨这些，你还是这样做了，你是我哥，你这是拆我的台吗？你想拆了我的台你自己上位，你有这个能力这个魄力吗？"

"我不行！你眼里根本就没有我这个当哥的。除了你自己，别人都不行！你去听听，别人是怎么说你的，你永远只有自己，你听不进任何人的，你就独裁！"

"你说这个话有没有良心？我眼里没有你，会让你来广州吗？会在你一来广州就给你股份吗？会把你的股份很快又增加一倍吗？我眼里有没有你，我为你做了什么，你心里最清楚。而你，你心里又把我放在哪儿——我妹是得过神经病的，脑子是有问题的，她坚持不了多长时间……好像我就要死了一样。有当哥的这样说自己妹妹的吗？这样损害自己妹妹的吗？"

总裁办公室之外，秘书听见他们俩在说话，起初声音不高，说着说着两个人声音都大了起来。后来好像听见官金仙大声说要把他分出去，让他自己去做，不能让他毁了公司的前途，管金生的嗓门一下子高了，狮子一般吼起来，整层楼的人都能听见。不好，要出事了！公司上下都知道官金仙坚持原则绝不退让，而管金生的脾气火爆众所周知，这两个人要是同时发作起来，有可能山崩地裂。赶紧跑到官金仙办公室救火。

两个人你一句我一句，还在那里争执。管金生脾气上来了，眼睛瞪得都要爆出来一般，逼向官金仙，一副要打人的架势。众人上前劝说，想把他拉开。管金生双拳捏得死死的，看来非要教训她妹妹不可。如此阵势，官金仙只有叫众人把他给拉出去。管金生像一只猛兽，左奔右突，最后双拳"嘭"一下落在鱼缸上。那鱼缸蓄了差不多两吨的水，炸裂开来后果不堪设想。官金仙的脑袋嗡的一声，好像那一拳砸在了她的脑袋上。

幸好，鱼缸没有破。在众人的劝说之下，管金生摔门而去。看着他的背影，听着他从走廊传来的叫骂声，官金仙心里无比地厌烦。我一定要把他分出去！我的公司一定不能毁在他的手里。关上门，她瘫软在椅子上，才发现自己浑身发抖，眼泪夺眶而出。她再一次听见自己的心碎了，一瓣，又一瓣，碎玻璃一样，落地的瞬间发出尖利的声响。什么叫万念俱灰？什么叫万箭穿心？此时此刻，她的心情就是如此。

人们通常对别人客气，也相对有耐心和包容心，而对自己身边的亲人，则常常表现得严苛；对别人说话可以轻声细语和风细雨，对亲人却粗嗓大门恶言相向；对别人的有情绪可以委婉和容忍，对亲人却随意发泄甚至大发雷霆。有一个误区是，以为自己人不会计较，反正骂过了发泄过了就没事。殊不知，人心都是有血有肉有感觉的，即使是最亲的人，也会受伤。而且，越亲近的人造成的伤害越深，越难以平复。别人造成的伤害要轻得多容易平复得多，因为毕竟是别人，没有什么情感投入，不会太在乎。自己亲人就不同了，血肉相连，表面上怎么样都好，实际上心里很在乎很在意，投入了很多感情，早就已经是生命的一部分。有爱才会有伤害，这话一点不假。

官金仙对家庭，对哥哥弟弟们，付出了太多的心血。她的初衷就是为了他们啊！她不想亲人之间互相伤害，然而不知道为什么，他们要如此相残相杀，她真真切切感受到了心口的疼痛，仿佛她的亲哥哥拿一把锋利的匕首，生生地从她的心脏穿过。从小到大，她受过的伤害也不少，但是没有任何一次比得上这次管金生所带给她的伤害重。这是一道深深的伤痕，在她的心里，到死也不会愈合了。说到底，对这个哥哥，她太在乎太看重了。

赵医生在家休息了一段时间，回到广州发现官金仙变了。第一是她在减药，嘱咐她服用的药量她并没有像以前那样听从；第二是她晚上在跑步，在园区的仓库区一圈圈地跑。她在晚饭后跑，后来发现她有时候半夜也在跑，凌晨也在跑。问她怎么啦，她说睡不着。睡不着就不睡，因此去跑步。第三是关于她的身体她不再什么都听他的，也不怎么跟他谈论病情。而且她很忙，打照面的时间不多，回到家要不关在自己房间，要不就跑步。赵医生觉得不对劲，也不自在，他心里有数，是自己在酒宴上酒后失态造成的，给她丢脸了，她一定是生气了。他想好好解释一下，或者道个歉，但是总没有合适的机会。好不容易有机会了，刚开了个头，官金仙轻描淡写地制止他，过去的事情，不要提了。

　　官金仙坚持晚上跑步，住在园区就在园区跑，后来张水林回德清收拾好东西搬来了，他们住到了附近的小区，张水林陪着她跑。她白天照常上班，实在困得不行，就在办公室眯一会儿。晚上跑过之后能睡就睡，不能睡也不强迫自己睡，而是再去跑，直到精疲力竭趴倒为止。

　　健康的事情，她不再跟赵医生讨论，也很少跟家人说。工作之外的时间，每时每刻她都对自己说：我能行，我一定行！我不再吃药，我要自己好起来。我要坚强，我要战胜自己。我能，我一定能！

　　人生最重要的是什么？财富？事业？名望？身份？家庭？爱情？这些都重要，但是没有了健康，一切将不存在。假如人生完满是100分，健康就是那个1，把1拿走了，其他等于零。人生最可怕的事是什么？除死无大事。疾病、伤害、挫折、厄运，统统来吧！天要灭我我认了，如果让我不死，我就活个清爽灵光！焦虑症也好，抑郁症也罢，神经病也好，疯子也罢，大不了一个死，除死无大事！

　　这天晚饭后，张水林照例陪官金仙到小区跑步。半小时之后，张水林已经是浑身汗湿，在一边歇着，官金仙继续跑。广州一年中最热的季节，秋老虎嗷嗷叫着，人好像被盖在蒸笼里一样，透气都困难。这段时间，官金仙明显瘦多了，但是她还在坚持。能不瘦吗？再这样下去，恐怕会出事。人都是爹生娘养血肉之躯，哪里经得起如此折腾？她这是在跟自己过不去，拿自己的身体开战啊！他劝过官金仙，实在不行，公司交给他们做得了，不要操那个心。钱嘛，永远挣不完，差不多就得了，反正下半辈子不愁吃不愁穿。

　　官金仙当然不能接受，她明白张水林是为她好，可是如果要她放弃，等于直接要了她的命。她想起小时候听老师讲过的一个笑话：一个人被毒蛇咬了，咬在脸上。众人束手无策焦急万分，不知道如何救治。江湖郎中来了，左看右看，说毒蛇的毒素在扩散，不能让毒素攻到心脏，一旦到心脏就完蛋了。那怎么办？割脸放血吗？那脸不就破了吗？郎中叫人找来一根绳子，往那人脖子上使劲一勒。结果，死了。郎中的意思是制止毒素流到心脏，以往他就是这样做的，而且救过人，比如说咬了手指，甚至可以直接把手指剁了。谁让这个人给咬了脸呀！她觉得自己就是那个被毒蛇咬了脸的人，不能勒脖子，她宁可割破脸，然后靠内力把毒素逼出去。病魔就是一条毒蛇，多少年了一直纠缠着她，让她痛不欲生。这次，她下了决一死战的决心，要么把毒蛇杀死，要么让毒蛇咬死，生存或者毁灭，在此一役了。还能怎么样呢？除死无大事！

　　跑不动了，回家，洗干净一身臭汗，睡觉。什么也不去想，可就是睡不着。那就不睡，坐起来，深呼吸。呼气，吸气，从脚指头，到丹田，到胸腔，到鼻尖，到天灵盖。天地安静了，世界空白了，就连自己也不存在了，浩大的天地不过是一动一静之间，短暂的人生不过是一吐一纳之间，青烟袅袅，万念皆空。

她感觉到了自己的变化，她与那条毒蛇的决斗，有时候占上风，有时候处于不利的位置。她要做的就是坚持，集中意念不能有半点分神。她已经做了视死如归的准备，说来也真是神奇，战场上最不怕死的往往能活下来。某个清晨，她睁开眼，看见窗外的三角梅开得热烈灿烂，美丽极了。世界如此美好，她的心情刹那间充满了阳光。她有预感，她即将走出黑暗，她很快会把那条毒蛇杀死！

就在这节骨眼上，赵医生告诉官金仙，体检的结果出来了，有一项指标有问题，可能是肾病。金仙的心一下子冰凉。

公司财务总监老蔡的妻子朱红文是官金仙的好朋友，原来是德清服装厂的厂医。老蔡在官金仙手下做事，朱红文留在德清，隔一段时间会到广州来。这段时间她刚好在广州，听到体检结果吓一大跳。老蔡住在公司的宿舍，就在办公楼的楼上，她天天都见到官金仙，也没有觉得什么异样，怎么突然就肾病了呢？

"不对呀，金仙。"朱红文说，"我觉得你不像是有肾病。"拉起她的手捏了捏，又蹲下去看她的腿部脚部，再仔细看她的脸，疑惑地说："金仙，我建议你再到另外一家大医院去检查。"

官金仙跟朱红文是知根知底，虽然她只是个厂医，但也是学过的，懂得多。官金仙问："阿红，你觉得看上去没病吗？"

朱红文说："肾病的人眼睛、双脚都可能反映出来，比如眼睛浑浊，手脚浮肿。我看你好好的，不像是有那个病。"

检验结果出来令人又惊又喜：没有肾病。按理说，医院搞错也有可能。哪一家错了？又去了一家医院，这下一颗心落了地：没病。虚惊一场，官金仙一块石头落了地.

杭州回来后，酒宴上那件事赵医生知道对自己有影响，但是想象不出对官金仙的影响到底有多深。官金仙对他还是往常那样客气，但是她完全换了一个人似的，跑步、深呼吸、减药，都是自己来自己做主，不跟他商量，不请教他，他不再重要了，甚至不需要他了。官金仙只想着跟焦虑症作战，别的也顾不了那许多。

赵医生突然自己提出辞职，回老家去了。

到了2006年底，官金仙已经坚持跑步、深呼吸、减药三个月，她的身体和精神面貌发生了很多变化，渐渐地失眠没有那么严重了，累了能睡着了，胃口好，精神也振作起来了。然后有一天她不想再服药，就停药了。不去想它，停药了也没有什么大不了，饿了吃饭，困了睡，原来那么复杂那么深的困扰，不过如此简单！

没有医生在身边，一切要靠自己了。有时间也找一些有关焦虑症的资料，认识、了解自己的病因病情。关于百忧解，她服用了那么多年，2001至2006年，整整六个年头，一天也没有少，被她吞下去的药有多少，数也数不清。专家的意见是，这种药有明显的副作用，从服用第一颗药开始，服药最好不要超过两年时间。而她服用了五年！她自己不懂，有医生在，一切听从医生的。要是自己早一点有所认识，也许病早就好了。难怪说，世上没有任何一个医生能够治好你的病，真正治好你的病的只有你自己。

2007年大张旗鼓地来了，人们沉浸在迎来新年的振奋之中。对于企业来说，年度的业绩已经贴在墙上，新一年的计划又要开始了。值此大好时机，元旦刚过，广东省企业家峰会在顺德召开，官金仙受邀出席。这是她停药后第一次参加大型的活动，出席会议的都是广东省的行业精英高人名流，其间特意设了一个论坛，让企业家们华山论剑。官金仙是受邀上台发言者之一，这一次，她能正常发挥吗？

在几乎清一色的男性群体中，官金仙出场了。她精神饱满，条理清晰，以独到的视角和开拓创新的理念，就物流行业的现状和前景，做了超过45分钟的演讲。当全场掌声雷动，官金仙步履轻松地从演讲席上走下来，那一刻她对自己说："我好了。我完全好了！"

与她经年作战的焦虑症败下阵去，她胜利了！

一分为二

管理公司，官金仙是个铁腕人物，在激励员工的措施上，既尽可能人尽其才，又有完善的奖惩制度。公司各个部门，不一定每一个员工她都了解，但是重要岗位的负责人她一定要知根知底。谁的长处在哪儿，短板是什么；谁的优点有哪些，薄弱环节在哪里，她心中有数。人无完人金无足赤，首先品德很重要，正直善良；在自己的岗位上，把自己的才能发挥出来，尽心尽职任劳任怨，就是可以重用的好员工。全能全才的人毕竟是少数，她对司机陈长林就说过："你把车开好就很好了。"在其位谋其政，各司其职，井然有序的氛围中，每一个人都发挥良好，一切按制度执行，凡事有章可循，处理问题就简单得多。

制度有约束力，某些人会不喜欢，为获得更大的利益，有时可能挑战、无视制度。

有人提醒官金仙，公司的财务账目要重视起来。没有多说，但是她已经听出弦外之音。长期以来，她主管全局，谈项目，拉生意，平衡各种关系，精力大都放在对外上。公司内部，她掌握个大概，具体细节交由各主管领导负责。她是董事长、总经理，管金虎是副董事长，管金生任副总经理。管金虎从总公司分出去之后，虽

293

然还在总公司门下，但是在东莞独立门户，没有负责总公司的具体事务。主要还是管金生，除了董事长，他的权力最大。人事安排、车辆调度、办事处业务、货运接洽管理等。他又是官金仙哥哥，说白了，他在公司的地位可谓是一人之下。公司最兴旺的年月，包括全国各地办事处在内，员工总数几千人。

这么庞大的队伍，这么长的一条线，这么大的一张网络，官金仙要面面俱到，谈何容易！她为什么如此信任管金生？管金生后来又为何那般居功自傲？说起来也是有因由的。

官金仙再强悍，也毕竟是个女的。谈判、跟客户沟通、做项目这一类事情是她的强项，她能拉到客户，不断开拓市场，火车头一样轰隆隆跑在前头。做物流就是流通，两个口，一个是进来，一个是出去。项目进来了，还要出去，要运作起来，要把货物运送到目的地。这个出口，管金生把关。兄妹两个，一文一武，绝妙的组合。只有做过物流的人才能真正明白，物流行业起步之初，行业有多乱，人员有多杂，管理有多难！这个行业最源头的人群，搬运工、司机、仓管员之类，普遍文化水平不高，五大三粗体力活，一言不合拳脚相向，挖空心思贪便宜图利益，不是一般人能够镇得住的。刚到东莞的时候，官金仙挨过一个司机的一巴掌，多少年了依旧心有余悸。

管金生年轻时学过一些拳脚功夫，加上身体强壮无所畏惧，换句话说，也是个不怕死的。你不欺负我相安无事，你要是敢欺负我，我的拳头绝对不是吃素的，真跟人打起来，三五个人一起上也不一定能打赢他。就凭这个，他树立起威望，也为公司的发展立下汗马功劳。官金仙赞赏他、信任他，并且完全依赖他。

那是物流发展的黄金时期，货如轮转，财源滚滚。自古以来，金钱都是对人性最大的考验，亲情、爱情、友情，在金钱面前，演绎出多少悲喜剧啊!

对财富的渴望是人的本性,千万不要试图用金钱考验一个人,更不要以金钱考验感情。如此说来,用金钱考验亲情也是危险并残忍的。民间传说,当年乾隆皇帝下江南,问镇江金山寺的一名高僧:"看那长江中的船只来来往往,甚为繁华,一天到底要过多少条船呢?"高僧回答:"只有两条船"。乾隆再问:"怎么会只有两条船呢?"高僧回答:"一条为名,一条为利,无非就是这两条船。""天下熙熙皆为利来,天下攘攘皆为利往。夫千乘之王,万家之侯,百室之君,尚犹患贫,而况匹夫……"西汉著名史学家、文学家司马迁的见解,人类社会无论何时都通用。无怪乎老百姓说"人为财死鸟为食亡",也同此理。

贫困的时候,半碗肉一口汤,一家人一起分享,其乐融融。肉吃饱了,衣穿暖了,有车子有房子有票子,是不是就满足了呢?不一定。人的欲望是只奇怪的兽类,胃口越来越大,如果任其为非作歹,最终害人害己。

官金仙很快查明了财务管理中的漏洞。她深知,企业的健康发展,绝对要走正道,千里之堤毁于蚁穴。她清楚地看到公司管理上的弊端,她下决心整肃财务部门,调整人员,严厉规章,亡羊补牢,杜绝漏洞。初步核计,通过不正当渠道流失的资金数额惊人。"你们谁也别再伸手,无论是谁,再伸手就是法庭见!"她下了最后通牒。

动真格了!这下,没有人敢再故技重演。这一年,官金仙的身体大好,焦虑症痊愈了,精力充沛,思维活跃,能力完全恢复,开始亲力亲为了;她落实规章制度,狠抓管理,抓效益,很快,效果出来了,2007年这一年公司的效益居2001年之后六年来之首。

老管(二哥管金生)却提出要分家。自从德清婚宴之后,官金仙不是没有过分家的想法，但是因为各种原因，没有再提起。分就分，子大分家树大分叉，天经地义。

官金仙心里难过，虽然在气头上她也想过分家，但是事到临头，终是百感交集。想坐下来跟老管好好沟通，两个人的大脑却不在一个频道上。话不投机，争执在所难免。

"说白了就是分钱吧？你想想，这个钱又是谁的钱？我把命都不要了，为了你们，你们有一句良心话没有？现在倒好，眼里只有钱。没有我，钱从何来？没有我，你们有今天吗？"官金仙一边说，一边伤心落泪，像个委屈的小女孩。

老管最听不得这样的话，心头的怒火熊熊烧起来，说出的话也不好听。"你在办公室坐着，我在外面跑着，刮风下雨冷天热天，有什么事哪一次不是我跑在前面？车翻了事故了货被抢了司机逃了，不都是我带着人第一时间赶去吗？有人闹事打架找上门来，不都是我挡着吗？没有我，公司不知道让人给砸了多少回；没有我，走掉的货不知道有多少车；没有我，你都不知道让人给欺负成啥样；没有我，公司能有今天你能有今天吗？"

官金仙被噎住，气上不来。秀才遇到兵，有理说不清，她知道越吵越浑浊复杂，越吵说出的话越难听。既然都想分家，那就分吧。看他嚣张成什么样子，好像没有他就没法活了。

"你能耐大得很，功劳大得很！分开就分开吧！你是你，我是我，互不相干，你挣多少钱是你自己的，没有你，看我能不能活下去。我知道你的心思，你就想钱，用光花光，你以为办个公司容易吗？就你那一套，酒肉朋友小恩小惠笼络人心，能长久吗？"

真要分了，老管又不愿意了。是想通了不想分？还是想不通不想分？老管到底怎么想的，官金仙都无所谓了。这回，官金仙横下了一条心：宁可公司关掉，也要分！要是以往，她是怎么也不忍心的，德清婚宴事件之后，她想来想去，始终没有下决心。在她看来，老管一直是打理具体事务的，车队呀，司机呀，场地呀，这些他行，但是场面上的事情，谈生意，拿项目，他从来没有做过，他的性格和文化水平，也有局限。独立出去，他能行吗？但是如今箭在弦上，除了分家，别无退路。

官金仙完全低估了她哥老管，也对公司某些人缺乏深入的了解，因而分家这件事情，在她的心中留下了终生的伤痛。本来分家就伤感情，事非得已，仿佛拿一把亮闪闪的大刀，活生生朝她的胳膊上砍。2008年，真是不平静的一年啊！

这一年上半年，跟华为公司的合作出现问题；冬天，无锡基地遭遇大雪灾，松下电器库房坍塌6000平方米，损失上千万元。也是这一年，行业税务大检查，那么多分公司、办事处，只要有谁没有严格税务制度，牵连坐牢都有可能。

尚未来得及喘口气，2009年新年来临，官金仙兄妹一分为二。

从自然法则看，分家有利于激发活力，发挥潜能，也未必不是好事。然而，官金仙根本无法控制自己的悲伤，她的老毛病好像又犯了。很快，她的悲伤变为寒心。偌大的天地，拥挤的人群，心里满满的苦水，却是无从诉说无人诉说！这一天，她在自己的屋里默默流泪，越想越伤感，越想越委屈，忍不住号啕大哭。犹如江河决堤，一发不可收，她就那样痛哭，哭得天昏地暗。她要把肚子里的苦水倒出来，把心中的委屈和不平发泄，她要痛快淋漓地哭个够。感谢上苍，让女人有哭的权利。她不是什么女强人，她本就是一个普通女人啊！

这一次之后，她将不再哭。

诺贝尔文学奖获得者加缪说："没有对生活的绝望，你就不会爱生活。"

德国情感医师爱娃有一个观点："不要再等待别人来斟满自己的杯子，也不要一味地无私奉献。如果我们能先将自己面前的杯子斟满，心满意足地快乐了，自然就能将满溢的福杯分享给周围的人，也能快乐地接受别人的给予。"言下之意，那些无私奉献过度牺牲的行为，往往不会有期待的结果。只有爱自己的人才能更好地爱他人，得到他人的爱；只有敬重自己的人，才能得到他人的敬重。

过度地牺牲意味着伤痛和不公，只要有伤痛和不公，就会希望获得回报和补偿，一旦想获得回报和补偿，无论是什么样的关系都会变味。

学会爱自己，与学会付出和奉献同样重要。或许，官金仙还没有学会怎么好好爱自己吧。

心中的圣火

2010年，是广州人的全民嘉年华。天空蔚蓝，市容整洁，四季花城处处飞花，云山珠水焕然一新。不管在朝在野，也不论尊卑高下，人们怀着共同的期待，迎接第16届亚洲运动会的到来。以务实闻名的广州人这回也大张旗鼓，就连不怎么关心政治的的士司机，对南来北往的客人谈起广州亚运会之时也会眉飞色舞。广州亚运会，家门口的亚运会，每一个广州人的亚运会。

广州城热力四射，从白云机场到海心沙，从繁华的天河城到老城上下九，"激情盛会、和谐亚洲"的大型标语鼓舞人心。据说，这一届亚运会将设42项比赛项目，将是亚运会历史上比赛项目最多的一届。除了有28项奥运会比赛项目，还有14项非奥运会项目的正式比赛项。而且，也将是规模最大的亚运会，将有45个国家和地区的12000多名运动员参加比赛，赛事规模与北京奥运会相当。

如此大规模的国际体育赛事，物流的运作堪称是整个赛事的"生命线"。

大型国际赛事的物流运作，通常由国际性的物流企业承担。比如北京奥运会，UPS在中外企业竞争中独占鳌头。作为主办方，虽然会考虑给本土企业机会，但是，择优录取永远是最简单的准则。

广州亚运会的物流运作，会交给哪一家？谁能胜任？公众猜测，应该是交给UPS、DHL（敦豪全球货运有限公司）、联邦、TNT（TNT Express）那样的外资公司，或者是中外运、远洋物流那样的大型国企。会不会有出人意料之举？因为，毕竟是广州，中国开放改革的前沿阵地，无论是观念上还是行动上，常常以出奇制胜、大胆创新引起世人瞩目。

从广州市交委、市工信委传来的消息，组委会将通过考评的方式，选定一家物流公司作为亚运会综合物流独家供应商。外资企业、国有企业、民营企业可以同台竞争，优胜劣汰。

官金仙灵机一动，眼前犹如光芒闪现，浑身上下涌动着一股莫名其妙的力量。也许是"独家"两个字触动了她，也许是亚运会这样的国际体育赛事，如果能够参与其中，想一想已经让人激动不已。还有可能，她考虑得更多，看到的更远，自有她秘而不宣的理由。提起"独家"，自然联想到TCL，也是从烽烟四起群雄逐鹿中浴血奋战，最终杀出一条血路，巅峰之上，"独家"的英雄气概舍我其谁。从那一刻开始，"独家"的情结暗暗滋长，根深蒂固。巅峰坠落，她走过了从战胜他人到战胜自己的漫长历程。十年生死两茫茫，时间是最富有智慧的导师，如今的官金仙，与当年已经不可同日而语。

虽然依旧任性，但是去除了浮躁；虽然依旧坚持"执念"，但是能够辩证地看待输赢；虽然依旧有委屈，但是眼泪已经不再流。眼泪流干，终于明白生活不相信眼泪。自己不坚强，谁又能帮得了你？自己不努力，再好的机会也白搭。人走了，再招；车辆没了，再买；业务没了，再争取。令她欣慰和感动的是，还是有不少人留了下来，在她的身边，与她荣辱与共。

副总裁李建中、财务副总经理江如钢、董事长助理李芳娴、人事高级经理雷翠云、无锡公司总经理吴亮、LG项目总负责陈涛、惠州公司负责人沈海伟、营运总监郑志荣、工程部经理张龙、出纳邓巧环、财务高级顾问蔡森林、行政经理黄悦、行政经理陈娟以及车队长陈长林等，有的从她到广州创业的第二年开始就跟着她了，十几年不离不弃，他们信任的是南方物流，更是对官金仙寄予厚望，换言之，跟着她是有前途有奔头的。官金仙不能辜负他们，希望有机会让他们见大世面做大事，好好历练一番。

2009年9月，羊城的秋天风清日朗。一天，官金仙带着南方物流亚运项目组的几员大将，直奔位于天河区的体育中心亚组会办公地点。从6月份开始，他们已经不止一次到这里了。这一次，按照约定，组委会将听取南方物流的陈述。

官金仙的陈述清晰有力，不需要稿子，侃侃而谈。从当年安阳玻壳厂那场力挽狂澜的谈判之后，官金仙养成了有备而来的习惯，做足功课，言之有物。

"亚运会在广州举办，这是广州人的大事。我的事业真正起步是在广州，在这里十几二十年，酸甜苦辣成功失败都经历过，是这里给了我机会和成就。我早把广州当成自己的家乡，我也是广州人。这次家门口的国际赛事，南方物流作为民族企业，十分愿意尽自己的一份力，我个人也很期待有这个机会。落实到行动，南方物流乐意为亚运会赞助3000万。这是其一。

"我也了解过，像亚运会这样的国际体育赛事，物流的运作通常由世界一流的大物流公司完成，比如刚过去的北京奥运会就是由UPS承担物流运作的。UPS这样的国际公司当然是实力雄厚，那我们自己的企业是不是也具备这样的能力，需要机会来验证。如果能由我们本土的民族企业来承担，将有非同寻常的意义。可能是巧合，我们的公司正好冠名南方物流，正宗的本土，就像从这块土地里长出来一样。"官金仙笑起来，场面气氛轻松。她接着介绍了南方物流，公司实力、运营能力、基础资源、仓库与车辆配备，以及大家最关注的应变能力、资源调配能力、协同作战能力等。

"说实话，如果这个亚运会放在别的地方，我不敢接。现在是放在广州，所以我们有信心。我们在广州18年，全省的情况都熟悉，业务覆盖每个地区，站点连成一线，既能独立运作，又可以互相呼应和支援。比赛的场馆以广州为核心，分赛区的汕尾、东莞、佛山，距离都不远，最远的也就是汕尾，我们在惠州的物流基地，正好发挥作用。从最好处着眼，做最坏的打算，无论哪个地方有情况，都是可控的，可以说，完全在可控范围之内。这是其二。"

官金仙说得头头是道，亚组会的领导听得全神贯注。领导问："距离亚运会只有一年的时间，你们来得及准备吗？"

官金仙说："没问题！南方物流已经专门成立了亚运项目组，抽出各路精兵强将，全力以赴。如果我们能得到这个机会，将按照亚运会的标准专门建设库房、集结车辆、招募专门服务亚运的人员，以及其他一切需要我们完成的事项。"

赞助3000万，这可不是小数目。有人说，南方物流这是做赔本生意，傻到家了；有人说官金仙是沽名钓誉，花3000万出风头。官金仙不解释。这是她的作风，决定的事情放开手脚去干，他人的议论就当一阵风过。她亲任亚运项目组组长，指挥她的一帮同事，各项工作有条不紊地进行。

钱固然重要，这个世上，还有比钱更重要的东西。她的梦想在广州生根开花，她的荣辱，她的悲喜，她的眼泪和忧伤，已经和这片热土息息相关。不期然回首，往事历历，她对不是故乡胜似故乡的广州深深依恋和热爱。广州市第一次举办亚运会，千载难逢，此时不出力，更待何时！

尘埃落定是在2009年11月，亚组会与南方物流正式签约，南方物流成为第16届亚运会综合物流独家供应商。通过全国各大媒体争相报道，南方物流和官金仙成为热门话题。

机会总是青睐有准备之人，争取机会是激流勇进的过程，得到了机会考验才正式开始。

第一步，强化人员配备。从集团内部抽调一批优秀的管理精英和技术精英专门为亚运项目服务，并聘请了一批有大型物流项目运营经验的人员，组成亚运项目核心团队。亚运项目团队又细分为若干个子项目团队，每个子团队负责一个子项目。既分工负责，又密切配合。

第二步，深化队伍管理。对参与亚运会项目的团队采取军事化管理，充分保障人员的统一调配与协作，提升应急应变能力。

第三步，在物流仓库配备方面，位于公司总部物流园区的亚运物流基地和位于亚运城的物流中心仓库为亚运会专用，配置一批先进的仓储装卸设备。根据亚运项目需要，配置300多辆运输车。

第四步，在管理系统方面，在原来自主开发的一套物流信息管理系统的基础上，委托专业公司对原来的系统做了升级，以适应亚运项目的需要，并与亚组会的管理系统展开无缝对接。

2010年10月19日，亚运会火炬传递惠州站，女火炬手官金仙格外引人注目。官金仙白鞋白裤红色运动上衣，面带微笑，步态轻盈，显得英姿飒爽，充满活力。

官金仙越忙越有劲，自从接受挑战，她忙得根本停不下来。不仅是运筹帷幄，还跑各个比赛场馆，抓质量抓落实，与团队并肩作战。从广东奥林匹克体育中心、广州体育馆、广州天河体育中心、越秀山体育场、广东省体育馆、燕子岗体育场，到汕尾、佛山、东莞，以她一贯的严厉精益求精。因为很难有绝对完美，才更要努力追求完美。

从亚运会筹备开始到亚残运会的结束，南方物流将先后投入仓储资源4万多平方米，设立超过100多个运营网点。投入服务车辆几百台，投入人力近千人，转运物资上万车次；物流服务涉及参会的45个国家和地区以及亚组委近百个相关部门，包括竞赛场馆、非竞赛场馆、训练场馆、专项工作团队等。

为什么一定要做亚运物流？源自于她内心深处的呐喊。TCL"破盘"之后，差不多十年的时间，她觉得自己活得太憋屈太痛苦了。虽然，公司在发展壮大，但是她的心里无一刻安宁。由焦虑症而起的种种异端、纠纷、争执，阴云不散。

如今病好了，恢复正常了，但是心里的"病"折磨着她。过去的一切历历在目，那般不堪和威风扫地。她要证明给别人看，也证明给自己看：我官金仙到底是行还是不行！她要做一件大事，对自身来一番历练、检阅，扫尽遮挡阳光的阴霾。

在这个时候，事业才是最好的药！

命运之神再一次眷顾了她，她成功了。

以管理运营体系的构建、运营网络的铺设、物流资源的配给、信息系统的建设等四个方面为基础配合供应链一体化的物流运营模式，南方物流全面构建了一个全新的亚运物流系统。

在系统的有效运转过程中，通过不断的改善、升级和对各种物流业务的有效管理，从而形成了能够支持所有大型体育赛事、展会活动的物流服务体系。南方物流的目标是通过建立亚运物流系统和亚运物流体系，从而建立起一套具有我国物流行业、物流企业特色的赛事、展会等应急物流运作服务标准。

广州亚运会圆满结束，南方物流集团顺利完成光荣使命。毫无疑问，在这一场声势浩大的战役中，官金仙打了一个漂亮的胜仗，成为中国物流发展史上一个典型案例。

官金仙终生难忘的是亚运会开幕式上，当亚运圣火点燃，主持人充满激情的声音响起："炽烈的亚运圣火在中国广州的夜空熊熊燃烧，点亮了激情盛会和谐亚洲的梦想；跃动不息的亚运之火，永远激励人们超越自我，挑战未来，书写光荣，创造辉煌。"她早已经泪流满面。这是激动的眼泪，幸福的眼泪，梦想成真的眼泪，扬眉吐气的眼泪！在圣火的光芒中，她的心灵受到洗礼，她的灵魂升华了。

击掌为盟亚马逊

亚运会带给官金仙的影响，是史无前例的。那是一种心灵的体验，激情洋溢酣畅淋漓。这是一个台阶，站在这个台阶上，回顾过往展望未来，她有了全新的感受。她的人生历经几次重大的转折，这是其中至关重要的一次。她对自身有了新的认识，重新调整了思路，方向也更明确了。

紧锣密鼓迎战亚运会期间，她已经开始行动。天津渤海商品交易所在广州寻求合作伙伴，与南方物流多次沟通之后达成初步意向。如果合作成功，渤海商品交易所将进行大宗商品交易、交割业务。这个交易所放在哪里，是个核心问题。

云埔南方物流园显然是不合适的，仓库也都已经租了出去。南方物流必须寻找新的地方。有一天，黄埔区政府的领导前往南方物流园区检查工作，这个亚运会综合物流独家供应商在黄埔区的辖区内，也是黄埔区的骄傲，区政府领导十分关心。园区内，入驻的亚马逊、DHL、顺丰速运、聚美优品、施耐德电气、欧迪办公、CAMBRO等显得一派繁忙，尤其是新建的浅蓝色基调的亚运物流基地大楼，车水马龙而又井然有序。领导随口跟董事长官金仙说："官总，你这个园区还不够用啊！"

官金仙说："是的。我们正在找新的地方。"

领导问："有新项目吗？"

官金仙说了渤海商品交易所的项目，这段时间看了好几个地方，没有找到合适的。

领导说："我倒是知道有一个地方，你去看看合不合适。"

官金仙问："在哪里？"

领导回答："广园路边上，文冲村的地块。我跟村里聊过，他们也有意把这块地开发出来，也在寻求合作。"

马不停蹄跟领导到了文冲村。空地位于护林路一头，距离广园路比较近，交通方便，旁边有一座状元山，清代广东状元庄有恭的墓在半山上。地块分成三块，在护林路的两边。道路泥泞，野草长得比人高。不远处，就是黄埔区政府和黄埔体育馆，通过广园路进出也方便，到云埔工业园大约20分钟的车程。官金仙心里基本相中了，问领导跟文冲村的关系好不好处理，领导说大家一起做工作。合作嘛，你情我愿的事情，谈得拢就做，谈不拢再找别的地方。

很快与文冲村进行面谈，双方态度明朗，表示愿意合作，以共同出资的方式合资开发。项目在状元山下，又有状元墓在山腰，自然是地灵人杰的一方风水宝地，遂给项目取名"状元谷"。趁热打铁，2011年7月，南方物流与文冲经济发展公司签约成立股份公司，开发"黄埔区状元谷电子商务产业园"（下称状元谷）。

状元谷规划占地面积522亩，规划总建筑面积约80万平方米，主要包括60万平方米的电商运营中心、10万平方米的商务办公中心、5万平方米的电商孵化中心和5万平方米的生活服务中心。总投资20多亿元人民币。

状元谷的开发进程紧锣密鼓，却突然传来消息：亚马逊通过上海的一家公司在东莞拿到500亩土地，准备建设亚马逊华南营运中心。

官金仙一震。亚马逊2006年进驻南方物流园，从开始的2000多平方米库房，到6000平方米，再扩大到8万平方米，成为南方物流最重要的大客户。亚马逊的撤出对南方物流意味着什么可想而知。虽然做生意来的都是客过后不思量，但是，官金仙不想失去亚马逊，一来他们的合作一直默契愉悦，二来电子商务的兴起曙光初露，亚马逊这样的公司不可多得。

亚马逊公司（Amazon），是美国最大的一家网络电子商务公司，总部位于华盛顿州的西雅图。是网络上最早开始经营电子商务的公司之一。亚马逊成立于1995年，一开始只经营网络的书籍销售业务，后来扩大经营范围，成为全球商品品种最多的网上零售商和全球第二大互联网企业，在公司名下，也包括了Alexa Internet、a9、lab126和互联网电影数据库（Internet Movie Database，IMDb）等子公司。2004年8月亚马逊全资收购卓越网，使亚马逊全球领先的网上零售专长与卓越网深厚的中国市场经验相结合，进一步提升客户体验，并促进中国电子商务的成长。亚马逊中国在北京、成都、广州、苏州、厦门、哈尔滨等地设立运营中心，南方物流园区是其中之一。

官金仙想，本来就是在我这里的，为什么要让他走？我为什么不留住他？亚马逊要走，不是因为合作有问题，而是因为扩张的需要，现有的库房满足不了他，他要寻求新的突破，把一条大鱼是不能养在一个小鱼缸里的，应该给他一片宽广的水域。这"宽广的水域"可以是正在谈的文冲村地块，而且在广州，因为你原本就在广州，为什么要舍近求远？懊恼的是情报来得太晚了，人家都已经达成协议拿了地，还有挽回的余地吗？

无论如何也要努力一下，哪怕只有千分之一的希望。官金仙把想法跟黄埔区政府领导谈了，希望得到区政府的支持与配合。领导态度明确，亚马逊这样有影响的企业，尤其是现如今电子商务兴起，如果能落户在黄埔，对黄埔区也是好事。他表态，需要政府方面出力的，将大力支持。他也担心，人家都已经定在东莞了，还有改弦更辙的可能吗？官金仙说："看上去好像没有可能，但是也不一定。我们也有我们的优势，最主要还有区政府支持。总之，要努力一下。"

亚运会于2010年11月12日如期而至，官金仙投身亚运物流，全力以赴。11月27日亚运会闭幕，她当即赶赴北京，拜会亚马逊中国总部华南区负责人。

亚马逊高级副总裁刘贵国、总监高永宏等与官金仙一行举行会谈。与南方物流合作多年，总部领导虽然不一定跟南方物流有直接接触，但是也略知一二。官金仙找上门来，礼节上不好拒之门外，也正好借机听听她有什么高见。南方物流的实力以及官金仙的为人他们已有所闻，南方物流成为亚运会综合物流独家供应商，他们也有所了解。

这次会谈高度保密，其中内容鲜为人知。官金仙到底如何表述，是慷慨陈词还是以柔克刚，是许下了哪些优惠还是接受了什么条件，一直是个谜。有一点可以猜测的是，会谈应该是有效果的，因为官金仙过不多久又带着一帮手下第二次进京，还是直奔亚马逊中国总部，显然是进行了第二轮会谈。这一轮的会谈内容同样秘而不宣，重大事件的过程有时候可以忽略，结果才最令人关注。这个结果就是高级副总裁刘贵国和总监高永宏一行从北京到了广州，然后，南方物流集团、黄埔区政府、亚马逊三方会面，看上去试探、考察期已经过去，进入了具体谈判阶段。

亚马逊改变初衷改弦更辙，准备转回头跟南方物流合作。

亚马逊提出的条件严苛到似乎不可能实现：一、首期第一个库房8.6万平方米，建筑构造、内容完全按照他们的标准，他们的标准就是国际标准，逐项罗列出来有138项建设指标，每一项都清晰具体，涉及发电系统，环保系统，节能系统，照明系统，消控、电控、水控系统，负压降温系统。

二、库房必须在2012年10月1日交付使用。一年时间，要完成征地、规划、投标、建设等一系列工程。如果说138项指标已经是一道道难题，那么最难攻克的难题就是时间。解决前面的难题相对有把握，后面的难题就太难了！要在一片荒地上建起一座现代化的建筑，牵涉到方方面面，比如办相关手续，拖上个一年半载是常态。

亚马逊副总裁刘贵国旗帜鲜明地表示："这两点是基本条件，国际标准的库房，明年10月1日交付使用。在这个前提下，合作才有可能。"

官金仙说："按照亚马逊方面的时间和要求，我们能做到，没有问题。"她的语气淡定，听得出是早已经跟有关专家沟通过了。这也是她的习惯，从来都是有备而来。

刘贵国疑惑地问："可以吗？"

官金仙回答："可以的。这个请刘总放心。"转向区政府领导那一边，看着领导说："主要要看政府的支持力度，因为只有区政府一路开绿灯，才有可能。"

领导们用眼神互相交流了一下，他们之前已经多次听过官金仙的汇报，对事情都基本了解，比较一致的意见是亚马逊落户黄埔区，对黄埔区的发展是有利的，应该支持。很多地方为了招商引资，政府出资建设园区，政府出面找客户，而眼下是南方物流企业出资建园区，并且拉来了客户，这么好的项目，岂有不支持之理！区政府领导表态，全力支持亚马逊这个项目，该开绿灯开绿灯，该直通车的直通车，这不仅是南方物流的大事，也是黄埔区的大事。

三方会谈的结果出来，明确了四个要点：一、南方物流承诺把库房在2012年10月1日按时交付使用。二、库房完全按照亚马逊的要求建设。三、政府欢迎并支持亚马逊华南运营中心落户黄埔区，政策上给予优惠；黄埔区将在状元谷建立电子商务公共服务平台，为进驻园区的客户提供方便快捷的服务。四、达成口头协议，亚马逊中国总部把项目上报美国亚马逊总部等候批复。

时间飞一样，根本来不及看清楚，已经无影无踪。2012年春节前夕，状元谷项目总体设计方案出炉，即将进入工程招标。时间宝贵，一分一秒也耽误不起，官金仙感觉在和时间赛跑，这次她必须竭尽全力，而且，只能赢不能输。刚来广州那时对"时间就是金钱，效率就是生命"这句口号理解不到位，到现在才真正感同身受。

有一天到黄埔区办事，区领导问起跟亚马逊的合约签了没有。官金仙回答没有。领导沉默片刻，说出了他的担忧。"不对呀官总，这不像是你的风格。做生意契约在先，何况是美国人，最讲究的就是契约。他说要合作，愿意到我们这来，可是，口说无凭，人家反悔的话，我们根本不能对人家怎么样。"

官金仙说："我知道。这些我都反复考虑过。"

领导问："那你们私下里有没有达成什么协议？"

官金仙说："有。谈好的。我把状元谷建好，按照他们的要求，在10月1日按时交付使用，我们能做到，他们就来。"

领导说："你们能做到，这个我绝对相信。关键是，他们到时候来不来？不来怎么办？只是口头说说，太冒险了。你是行家，官总，是不是先把合约签好？"

官金仙说："我们做了工作，他们不会不签。"她停顿了一会儿，接着说："我认为亚马逊是有诚意的，根据我对他们的了解，虽然没有签正式合约，但是他们说话算数。既然他们认为这个合约还不能签，我认为欲速则不达。我现在要做的是赶紧招标动工，抓紧建设，一切按照计划走。"

领导看着官金仙，虽然没有说出口，但是官金仙感觉得到其中含义：这个人不但固执，而且一意孤行。她说："领导，做生意有时候需要冒险，无论如何，我选择相信他们！"

领导跟她熟悉了，也就不客气地问："万一被骗了呢？你想过没有？那影响有多大？怎么收场？"

官金仙微微扬起了头，嘴角上依然有浅浅的笑意。她说："我选择相信亚马逊，也是选择相信自己。我明白这有风险，但是我愿意冒这个险。我按照约定的去做，去实现，把状元谷建起来，10月1日我准时把库房交给他。我现在要做的就是这个，别的不去多想。

退一万步说，即使他真的要骗我，我也认了！"

并非是官金仙底气很足，而是箭在弦上不得不发。她是个感觉特别敏锐的人，在跟亚马逊的洽谈过程中，对方的态度、口气、一言一行，通过她的感官传递到大脑，她对双方的合作有一定把握，但是不是绝对把握。她当然知道合约的重要性，但是主动权不在自己手中。这是冒险，也是挑战。亚马逊提出的那些严苛的建筑要求，更是挑战。这对她有强烈的吸引力，她喜欢挑战，越是有难度，越值得冒险。南方物流走过差不多二十年的路，上了一个又一个台阶，每一个台阶上都有风景，但是她不满足，她要的是飞跃。尤其是经过亚运会的历练，南方物流一跃而起，风光旖旎美不胜收。山外有山天外有天，没有最好只有更好，状元谷是一个大好的契机，南方物流通过这个项目将来一个再度飞跃，那腾空而起的美丽瞬间，于她或者南方物流，都太需要太富有意义了。这一点，她心里非常清楚。

因此，状元谷建起来是首要的，亚马逊要是来那是天遂人愿，亚马逊不来总归会有别的人来。亚马逊的出现是对南方物流的激励，对状元谷建设提出了更高更国际化的要求，这也让官金仙看到了未来的方向。基于这一点，就值得冒险。

公司部门以上负责人会议上，官金仙说："合作是双方的，我们需要亚马逊这样的客户，亚马逊也在寻找南方物流这样的合作伙伴，这是强强联手的时代，你强，才能遇到更强。他那么高的要求，那么严格的标准，生态、采光、通风、能耗、舒适度等等，对我们不是刁难，而是机会。我们只要按照这个标准建起来，在中国就是领先的，独一无二的，别人还没有，我们南方物流有，他要在中国发展，不找我们找谁？不跟南方物流合作，跟谁合作？所以，我们一定要严格把关，建设一个具有国际领先水平的电商物流园区。我们不但要在广州打响,还要在全国打响,在全世界打响!"

有人提出,毕竟时间那么紧,满打满算,也只有8个月的时间,可能吗?官金仙的回答是:"事在人为,没有不可能,只有不努力。项目经过专家们一轮又一轮的调研论证,结论是:可行!"

官金仙的一席话鼓舞人心,群情振奋。没有人提及是否签合约的事,就当已经签过合约了。在听过负责工程建设的副总裁李建中汇报完状元谷的设计要点之后,官金仙笑着说:"我们有这么好的园区,这么优越的条件,亚马逊不来那是他的损失。"

官金仙如此充满信心,也与亚马逊中国总部高级副总裁刘贵国一句话有关,他说:"你按照我们的标准建好了,能够在约定的时间交付使用,我们就合作。"

不管刘贵国话里真正的含义是什么,官金仙信了。而且,当作是口头协议。她说:"好,一言为定!"

绿色革命

2008至2010年,这三年发生的重大事件,对中国人的记忆,绝对是空前绝后。地球是个永远的谜,每一次转动都隐藏着玄机,无论它多么任性调皮,人类要做的就是努力顺应它,加倍呵护它。

南方冰灾、汶川地震、北京奥运会、神七飞天、上海世博会、广州亚运会……一幕幕悲喜剧轮番上演,冰火交融,悲喜交集。生活如此美好,灾难如影随形,人类在走过漫长的道路后,终于达成共识,保护环境、低碳生活、绿色革命成为新主流,同时也是摆在人类面前迫在眉睫的首要问题。

2009年11月25日，国务院常务会议决定：到2020年我国单位GDP二氧化碳排放比2005年下降40%~45%，作为约束性指标纳入国民经济和社会发展中长期规划，并制定相应的国内统计、监测、考核办法。这是我国根据国情采取的自主行动，受到国际社会高度赞赏。2010年的上海世博会，对建立"和谐城市"的释义，是从根本上立足于人与自然、人与人、精神与物质的和谐；2011年6月18日至21日，由联合国总部提供支持，联合国工业发展组织（UNIDO）和国际节能环保协会（IEEPA）共同主办，青岛市人民政府组织承办的第四届世界环保大会在青岛市成功举办。

在广州，节能减排、低碳出行的理念渐渐被大众接受，各行各业的发展也倡导以绿色环保为前提。物流业对这个话题的讨论由来已久，不少专家学者就绿色物流提出了见解。

官金仙无意之中从网上看到题为《低碳经济下的绿色物流》一文，引起了她的注意。文章称，随着全球低碳风暴席卷而来，加快建设资源节约型、环境友好型社会，发展低碳经济，已经成为我国的国家战略，而"低碳经济"的东风也在国内燃起发展绿色物流的星星之火，物流业也开始酝酿低碳行动，绿色物流开始萌发。绿色物流是以降低对环境的污染、减少资源消耗为目标，利用先进的物流设施、管理、服务与装备技术等手段，以综合规划和实施具有绿色特征的运输、储存、包装、装卸、流通加工等物流活动为核心，充分考虑全局和长远利益的物流业发展模式。一些企业身先士卒已经开始了低碳、绿色物流的探索和实践。

低碳物流的兴起，归功于低碳革命和哥本哈根环境大会对绿色环保官方倡导，随着气候问题日益严重，全球化的"低碳革命"正在兴起。而物流作为高端服务业的发展，也必须走低碳化道路，着力发展绿色物流服务、低碳物流和智能信息化。

2010年，我国全年能源消费总量32.5亿吨标准煤，比上年增长5.9%，超过美国成为世界上最大的能源消耗国；全年二氧化碳总排放量83.3亿吨，同比增长10.4%。我国能源消耗强度是美国的3倍、日本的5倍、欧盟3.8倍。其中，交通运输业能耗水平占全社会总能耗的9%左右，仅次于制造业。同时，运输业每年约排放温室气体28亿吨，占全球温室气体排放量的5.5%左右；能源成本约占交通运输企业生产总成本的30%~40%；公路货运碳排放超过15亿吨，约占物流和运输部门总排放的60%；仓储建筑物占货运部门碳排放量的13%左右。在这一系列庞大的数字背后，是能源、资源的巨大消耗。

我国物流业起步较晚，发展较为粗放，社会化、专业化水平低，经济增长所付出的物流成本较高，再加之低效率的运作模式，造成了能耗的增加和能源的浪费，极不适应目前国家推行的低碳经济运行模式。文中最后以中海集运和远成集团在节能减排上所做的努力为例，阐述绿色物流的可操作性和效益。

2012年1月，"小寒"过后，广州进入了真正意义上的冬天。官金仙跟李建中站在状元谷地块的荒草丛中，讨论着工程建设方案。主抓工程的李建中着重的是质量，官金仙要的不仅是质量，还要速度。聊到亚马逊的138项建设标准时，官金仙说："不但要完成亚马逊的要求，我们要设一个自己的标准，建一个绿色、低碳、环保的状元谷。"李建中说："亚马逊的要求，一项项都达标，已经非常了不起了。"作为几十年的老朋友，又在官金仙手下干了将近20年，李建中对老总太了解了。听老总说的话，他明白老总已经有新的想法，但是，他不问，等着老总往下说。

官金仙说："绿色物流是未来的趋势，物流走过了几十年，势必往这方面发展。老李，你动动心思，在节能、低碳、环保这些方面，状元谷要怎么做，能怎么做，最好一步到位。"

李建中想了想说："那，成本会提高。"

官金仙说："这个必须的！该花的钱，要花。我的意思是，我们建的这个状元谷，要有差异化，绿色环保方面要达到国内领先水平，能赶上国际水平，更好。"

官金仙本来还想说："环境问题是全人类的问题，我们不能只顾挣钱，也要考虑得更长远一些。要让人看到，南方物流也是有责任有担当的。"但是没有说出口，她觉得这样的话有些空泛，李建中听了可能会觉得怪怪的。

状元谷的蓝图出来，谁看了都说：漂亮！工程分期建设，第一期规划建设电商运营中心、电商孵化中心、商务办公中心和生活服务中心等四大功能区。一期建成后约30万平方米，包括三栋总面积约25.7万平方米的运营中心（4层），一栋面积为2万平方米的电子商务大厦（20层）以及一栋面积为2.2万平方米的综合生活楼（16层）。

眼看春节临近，官金仙带着项目部的人，专程拜会了几个高校的专家教授，就状元谷的建设虚心请教。有几个专家早就被聘请为高级顾问，遇到难题可以随时得到他们的指导。经验固然很重要，但是专业精神和专业水准不得不服，学一行专一行，有时候外行焦头烂额的事，专业人士一眼就看出症结所在。

有个教授对官金仙说："按照你们的规划建起来状元谷电商物流园，那一定是引领行业走向。官总有眼光，有魄力！"

官金仙笑笑。好话谁都喜欢听，但是项目还没有开始，不能高兴得太早。如何抢在时间前头，如何确保质量，又如何安全平稳，都是令人绞尽脑汁的事情。尤其是建筑，设计、技术、团队固然重要，但也需要运气。运气好一顺百顺，运气不好就会处处红灯。工程的事情交给李建中，李建中那种老黄牛一样踏实负责的作风，让她省了不少心。

为什么要绿色低碳？要把项目按照国际标准建设？这样做建筑成本要增加大约30%，而且有些环节完全没有必要。然而，官金仙看得更长远一些。不仅仅是迎合亚马逊的要求，她是个十分敏锐的人，早就看到了未来的方向。绿色、环保、低碳、节能减排等等，全人类关注的焦点，作为改革开放的受益者，有义务率先践行。这不是沽名钓誉，恰恰相反，尽管匆匆忙忙赶了20年的路，她依旧在路上，一步一个脚印，踏踏实实地走着。宣传、广告、出风头之类，她还没有顾及。她总是说，我一个搞物流的，一个粗人，干的粗活，把事情做好才是实在的。当然，她也会算账，投入总会有回报。有时候回报的是金钱，有时候回报的是精神。

2012年2月10日，状元谷第一期工程开工。这一天是传统元宵节过后，距离10月1日交付使用不足8个月时间。

亚马逊那边，没有跟南方物流签合同，也没有搬走的新闻。元宵节刚过，清明节到了；五一长假结束好像没多久，中秋节又要来临了。中秋节的第二天，十五的月亮十六圆，正好是10月1日。

这一天，彩旗飘扬，鼓乐激荡，状元谷电商物流园第一期工程竣工，A栋库房8.6万平方米交付亚马逊使用。南方物流在一片荒地上创造了奇迹，与亚马逊的击掌为盟，谱写了新时代一诺千金的佳话。

庆祝仪式上，官金仙对黄埔区政府、亚马逊、文冲村等逐一表示感谢之后，说了一段很有意思的话："我相信亚马逊的诚意，也相信南方物流的实力，但是说实话，这8个月来不好过。我们尽了最大的努力，也激发了更大的能量，我们要克服一切困难，为的就是诚信两个字。我们中国人有句老话叫作：一言九鼎，言而有信，说到做到，这是做人做事的准则。亚马逊做到了，南方物流也做到了，这件事很有意义。我们还有句话：路遥知马力，日久见人心，南方物流和亚马逊的合作从2006年到现在，彼此互相信任、理解，合作很愉快。希望我们长久合作下去！"

状元谷电商物流园到底建成什么样，后来的一篇报道写得比较清楚：状元谷突出绿色低碳发展创新，打造了全国乃至世界标杆的新型电商物流绿色低碳生态示范产业园。每年可减少二氧化碳排放量约3万吨，排放量比2015年降低15%；可节约用电约400万千瓦时；可节省用水6万吨。亚马逊提出的138项建设标准，涉及温度、湿度、通风、噪声、粉尘、烟雾、气味、震动、节能低排等，完全按照国际一流标准，投入建设成本至少高出其他电商物流产业园的30%。

在功能布局和空间利用上，始终贯穿"集约使用土地、综合使用空间"的理念，一期工程在土地使用率上，以2.5~3.0的容积率（是一般物流园区建设容积率的5倍）建设多层仓库，组合式建筑结构，充分考虑生态、采光、通风、能耗、舒适度打造，并建设立体货仓、仓库连桥、组合装卸位空中花园办公区等，有效利用空间。

在绿色低碳技术应用方面，一是首次在我国亚热带地区大型仓储建筑中成功运用了蒸发冷却降温设施。采用水帘蒸发冷却新风设备和风压降温循环系统，实现了建筑降温节能率达80%；二是全面安装光伏太阳能发电系统，每年发电480万千瓦时，相当于减少1000多吨煤耗，照明均使用无极灯、LED灯等节能灯，配有自动感应节能控制系统，引入自然光进站场建筑作为照明能源，平均节省用电20%；三是建设了能耗云平台，实现能源的智慧监测和精细化管理；四是建设了无负压节能集中供水系统、水循环处理系统和雨水收集系统，收集雨水用于消防、灌溉、水流景观、洗车等。绿化灌溉采用喷灌、微灌、滴灌、低压管灌等节水灌溉方式，总体节水10%。

亚马逊全球营运高级副总裁马克·奥尼多表示，状元谷是全球最棒的电子商务基地之一。

亚马逊的进驻，无疑具有强大的号召力。开店做生意讲的是地气人气，地气旺人气旺，生意自然也旺。这些好像有规律，有点"傍大款"的意味，也有"成行成市"凑热闹的窍门。比如麦当劳不远通常会有肯德基，建设银行附近往往开着一家工商银行，国美电器隔壁有可能就是苏宁电器，诸如此类。亚马逊华南运营中心在状元谷，很快聚集了酒仙网、京东、苏宁易购等商家，一年之后，状元谷B栋、C栋先后建成，并进驻商家。

短短几年，状元谷从荒地到工地再到一片新天地，华丽转身，完成了凤凰涅槃般的蜕变。慕名而来的人络绎不绝，在园区漫步，感觉犹如置身电商大本营。赞叹之余，抬头看屋顶上一排排的太阳能板，暗自疑惑：装这么多太阳能，空调还是发电？

那是尚未被大众所认识的光伏电。只知道太阳能热水器，一个金属板放置在楼顶，在北方比较常见，广州不多见。光伏发电成为园区的一部分，低碳节能又一有效举措。

在状元谷之前，南方物流总部云埔物流园，已经有了分布式光伏系统。这种东西很神奇，看上去像太阳能一样，静静地在阳光下闪光，无声无息，没灰没尘，一年的发电量却超过130万千瓦时，足够供园区使用。状元谷一期工程完成，官金仙把光伏电考虑在内了。

分布式光伏系统：是指位于用户附近，所发电能就地利用，以10千伏及以下电压等级接入电网，且单个并网点总装机容量不超过6兆瓦的太阳能发电项目。

光伏电的兴起是大势所趋，空气质量日趋恶化，造成雾霾天气的主要原因是我国经济发展中巨大的能源需求和能源结构的不合

318

理，其中有的地区火力发电比例占70%以上，对雾霾产生决定性的影响。为有效治理雾霾天气，国家在提倡节能减排的同时大力推进清洁可再生能源的利用。太阳能是清洁能源中技术最成熟、最可靠的发电方式。

国家大力推广光伏电，2012年10月26日国家电网公司发布《关于做好分布式发电并网服务工作的意见》，实现光伏并网瓶颈的重大突破。2013年中央陆续下达18道红头文件支持光伏并网发电系统的应用和推广。

光伏发电原理：屋顶安装光伏组件，光伏组件在日光照射下，所产生的电力通过直流汇流箱汇流后，并联输出至集中逆变器，逆变器逆变成交流后再通过变压器转换至配电室母线，低压并网运行。主要设备由光伏组件、集中逆变器以及干式变压器组成。

光伏不仅是发电，太阳能组件安装在屋面，相当于增加了层"隔热层"，在夏天白天时段，可以有效降低建筑内部温度，间接起到节能的作用与效果（作者注：彩钢屋面安装太阳能组件后降温效果尤为明显，经测试温度降低幅度达3~5℃，节能达30%以上）。减少屋顶直接面对"日晒雨淋"破坏，增加屋顶的使用寿命。

状元谷的光伏项目分两期进行，第一期在C库屋顶安装光伏组件5986块，装机容量1.5兆瓦，投资总额1350万元，25年年均发电量约136万千瓦时。该项目投产时间2013年12月，项目投产后，截至2016年6月30日，一期项目总发电量346万千瓦时，设备可用率99.9%，站用电率低于0.5%，反向用电率约1.5%。

二期在A、B库屋顶安装光伏组件9746块，装机容量2.6兆瓦，投资总额2047万元，25年年均发电量235.5万千瓦时，投产时间2015年12月，截至2016年6月30日，二期项目总发电量97万千瓦时（天气较往年辐照度偏低），设备可用率99.9%，站用电率低于0.5%，反向用电率低于1.5%。

简单地说，光伏发电基本满足状元谷园区用电量，实现绿色环保近零排放。这还不够，官金仙说，要把状元谷建成花园式，进门好像到了公园，要有林荫道、喷水池，要四季花开鸟语花香。不但要净化空气，还要身心愉悦，让在园区办公的每一个人天天有好心情。

园林绿化也是个不小的工程，还是一门科学。张水林对这方面有浓厚的兴趣，而且很有研究。哪里要建一个小花园，哪一片地要种什么花草树木，整个园区要怎么布局，如何确保常年都有花开，他和园林设计师们一起探讨，往往有自己独到的见解。尤其是F栋旁边的一座小山，设计了四叠瀑布、秀峰奇石、蜿蜒小径、奇花异草，让人一走近，顿觉清风扑面，神清气爽。这个颇有江南特色的精致小景，是张水林匠心独运的杰作。对着瀑布的F栋大楼，每一层的外墙都设置了绿化槽，红色的三角梅从晚春一直开到冬天，看上去大楼被鲜花簇拥着，赏心悦目。

F栋在护林路的对面，跟南方物流办公大楼一路之隔。F栋的设计又有绝妙之处，看过A栋、C栋的绿色低碳现代化，再到F栋转转，那感觉就是：惊喜！

春季的某一天，某报记者高宸在南方物流办公大楼的三楼采访完官金仙，转身离开的一瞬间，不经意往窗外一瞥，但见流泉飞瀑，红花绿草，心下一动，笑说："这里还有一个公园呀！"官金仙说："想去看看吗？我让人带你去。"

高宸跟随主管状元谷园区物业的广东南物国际商贸城副总经理戴天伟，看过状元山下的小公园，赞不绝口。然后，他们进了F栋。电梯出了五楼，扑面而来的不是概念中的仓储库区，而是花园中的宽敞空间。楼与楼之间，是一个露天花园，杜鹃艳红，棕榈婆娑；

往下看，一层一层的花园，不尽相同，各有千秋；抬头望，红色的三角梅，从上一层的边缘伸展出来，犹如镶嵌在每一层楼的花边，在蓝天的映衬下，鲜艳得动人心魄。高宸也算见多识广，却从未见过如此设计的大楼，连连称道："了不起！太了不起了！"

戴天伟对状元谷了如指掌，也接待过不少参观者。他不动声色地说："我再带您到顶层看看。"

高宸心想："顶层有啥看头？"但是他没有说出来。今天，他实在是被"惊吓"到了，说不定又有新的惊喜。

岂止是惊喜？原以为顶层不过是水泥地，或者太阳能之类，却是一个空中大花园！三角梅，如火如荼的三角梅，在宽阔的楼顶，迎着风，迎着阳光，争相怒放，那火一般燃烧的生命激情，可以在顷刻间把人心点燃。从花间望去，南方物流办公楼就在花前，空中花园做了它的前景了。

高宸问："这些绿化，得多大的投资啊！"

戴天伟意味深长地说："所以，这才是我们状元谷。"

鸿篇巨制固然有不可抗拒的力量，而出奇制胜的细节，有时候更能打动人心。在状元谷这部鸿篇巨制里，绿化设计就是它的细节，于钢筋水泥之中，散发出婉约的风情；走出紧张的工作程序，不期然回首，窗外花开一树，心中已然温情缕缕。步道两旁的紫荆花，花坛里的月季花，生活区的山茶花，流水旁的杜鹃花，还有那些开在寒风萧萧中高大的异木棉，姹紫嫣红，五彩缤纷，明亮了一双双眼，美丽了一颗颗心灵。

鲜花盛开的花城，四季花香的状元谷。

同舟共济

2014年2月7日，春节后上班第一天。云埔南方物流园总部会议室，年度第一次大会召开。集团副总裁傅江、李建中，信息部总监胡亚军、营运部总监郑志荣、人事部经理杨炳昌、广东南物国际商贸城副总经理戴天伟、财务部副总经理江如钢、南方物流集团财务总顾问蔡森林、董事长助理李芳娴、信息部经理林元成、总裁办助理唐建国、法务部经理龙海战、行政部经理陈娟、人事部经理雷翠云、LG项目总监陈涛、招商部经理王聿芳、云埔公司行政经理黄悦、商贸城行政主管李政辉等到会。

官金仙听取了各部门负责人的汇报，关于过去的2013年工作总结、业绩、困难、担忧，以及对新一年的展望。大家还沉浸在新年的氛围中，气氛轻松活泼。董事长官金仙该表扬的表扬，该鼓励的鼓励，在给予充分肯定的同时，也指出了不足。

官金仙说："我们几年来的方向目标都是正确的，很有远见的。但是我们不能骄傲自满，要有强烈的危机意识，不断地去思考和敲打。只有谦虚、低调、善于总结自己的人才是永远前进的。今天既是表扬，也要提醒大家，对自己的事业、公司的前景，都能统筹去考虑，我们的价值体现就更大了。"

她的目光扫过每一个人，脸上带着微笑。她接着说："员工和老板之间的互相选择好像选择伴侣一样，看准了，选好了，一心一意，用心投入。不要抱着试一试的心态，未来的路上还有很多困难，我们要有共同的价值观，齐心协力去实现目标。我是很在乎大家的，大家觉得公司有什么做得不够，随时可以反映，也可以直接跟我交流。我希望大家在这里找到自己的兴趣点、亮点，尤其是年轻人，不要太计较得失，要学习，要注重能力的提高。大家知道我不擅长说好听的话，在座的很多都是老员工，超过十年的不少，我的为人，大家也都心中有数。我还是那句话，大家付出的每一份汗水，都将获得回报。"

初识官金仙的人，第一印象是和风细雨，性格绵软，有着江南女子特有的温婉。相处时间长了发现，也不尽然。她的性格是多面的，和风细雨的时候丽日晴天，电闪雷鸣的时刻天都要塌了。她做了决定的事情，那是绝对要执行的；她看准的项目，她会听取大家的意见，但是最终还是她一语定乾坤。比如亚运会，比如状元谷，这是公司发展的大方向，她会排除一切干扰和困难勇往直前。像和管金生、管金虎他们这些家人之间，她很多时候是凭着第六感，跟着感觉走，高兴就在一起，不高兴各过各的。想分家那就一定要分，要他们独立那就绝对没有商量余地。

不顾一切，即使粉身碎骨也心甘的勇气，成就了她的事业。坚定信念绝不动摇，始终相信心中的感觉。不一定每一次都成功，但是没有勇气朝前走的人根本谈不上成功。失败不可怕，可怕的是连失败的机会都没有。一路向前，前方总会有迷人的风景。

她是个爱憎分明的人，是个率性耿直的性情中人，是个脆弱无助爱流泪的小女子，是个天地在心豪情在胸的女中豪杰。她是个矛盾的混合体，是冰火两重天，阳光下她可以放声呐喊，暗夜里她可以尽情哭泣。她理性起来让人可怕，感性的时候令人动容；她爱起来宁可付出性命，恨起来冰冻三尺势不两立。很难用一个简单的词汇概括或者描述她，倔强或者刚强，柔弱或者温婉，独裁或者专横，亲和或者谦逊，等等等等，用在她身上似乎都合适，细想之下却又意犹未尽，甚至大相径庭。

民营企业的优势之一，在于其决策者拥有最高权力，免去了请示汇报层层审批的烦琐。另外，因为权力高度集中，说白了就是老板一个人说了算，决断果敢与专制独裁之间，没有截然的分水岭。

苹果前CEO约翰·斯卡利曾经在新加坡的一次活动中谈到一个观点："在成功的高科技企业里没有民主，实际上只要有好的领导就相当不错了。他们就是创始人，创始人有特殊的价值。并不是说创始人的决定个个都好，但硅谷不是靠民主领导建立的，颠覆式创新不是建立在共识之上。苹果创始人乔布斯、Facebook创始人扎克伯格、亚马逊CEO贝佐斯、谷歌CEO佩奇都是非民主的领导。"

北京大学管理学博士鲍明刚对斯卡利观点有自己的见解，他归纳了四点：一、没有民主不是独裁，决策权是分层的；二、没有民主但是让优秀人才觉得自己对自己做事情是有话语权的是受重视的；三、没有民主的本质是敢于决策和善于决策，本身是一种机制；四、成功者的成功因果关系是复杂的，避免光环效应。

众所周知的马云、刘强东、周鸿祎，是互联网时代的成功者，也都是"独裁者"。有人评论，马云的独裁渗透到了阿里的灵魂里，他的直觉和战略方向永远是阿里的战略方向。民主是社会进步的基石，但不适用于企业管理，世界上最伟大的公司都是一个开明的领袖一手造就，尤其在科技无所不在的今天，开明的独裁更显重要，企业老板更能透过各种方式收集民意，继而做出对公司、员工、股东而言最好的决策。

杜克大学创业中心和商业化研究总监Vivek Wadhwa撰文表示，一个好的企业老板要能够做困难的决定、承担责任，一旦做了决定，每个人都要遵守，无论决定是对或错，且能够在成功时与人分享，失败时能承担所有责任。

好的领袖有决断力、说服力，有独到的价值观，有美好的愿景，并且充满力量。员工们总是愿意被这样的人带领，因为有奔头。

南方物流从货运部到集团公司，员工像走马灯一样流转，但是有一批老员工始终跟随左右，同甘苦共患难。他们是公司的元老，更是灵魂人物，无论在什么位置，无论是在一线还是身处管理层，共同点是开荒牛精神，踏实苦干，任劳任怨。他们不一定都是人才，但是他们以信念和坚持，得到了人们的敬重，成为企业发展的中坚力量。

李建中是其中之一。回忆到广州之初，那真是苦啊！他是1995年到南方物流的，早期负责番禺的业务，后来担任惠州分公司负责人，再后来被委以项目部总监、集团公司副总裁之重任，堪称官金仙的左膀右臂。老板会重用什么样的人？有才华的人，也就是人才，可谓的求贤若渴，自古皆然。但是，有一种东西比才华重要，那就是人品。始于才华终于人品的故事很多，有大才华却人品不好的人是可怕的。苏格拉底说"美德即智慧"很有哲理。有人认为才华比品德重要，因为品德可以慢慢培养；也有人认为品德比才华重要，因为才华也可以慢慢学习增进。江山易改，禀性难移，才华的提高完全有可能，而品德的改善总是微乎其微。

官金仙深谙其中之道，她的眼里，李建中是个好人，敬业、正直、踏实、忠诚、责任心强、吃苦耐劳，这其中忠诚尤为重要。主管工程的人，从他手上过的资金几千万甚至上亿元，一直不为所动确实是一种考验。大权在握，只要他有那么一点贪念，不经意间把钱放在自己口袋是很容易的。官金仙相信李建中，因为对他知根知底。

早年在德清时，李建中和张水林同是德清化纤厂的工友，结下了深厚的友谊；李建中的妻子于敏琦和官金仙同为德清服装厂的工友，两个人意趣相投，姐妹情深。他们夫妻一起到广州，跟着官金仙闹革命。上元岗工程、云埔工程、无锡工程、状元谷工程，全是李建中负责的。官金仙说："无论多大的工程，交给他，我放心。"

千里马之伯乐，李建中感念官金仙的知遇之恩，鞠躬尽瘁，死而后已。官金仙说，老李，这个工程就交给你了，你放心大胆去做。李建中肩负重任，一方面心存感激，另一方面也觉得压力巨大。质量、安全都是性命攸关，不能有半分差错，无论是大的主体，还是小的细节，他都务必一一检查。

建设状元谷的时候，工期紧，工人日夜赶工，他吃住都在公司，饿了吃个盒饭，实在困得不行睡几个小时。睡也睡不踏实，梦里都是工程的事，脑子里的弦绷得紧紧的，继而焦虑、失眠。他带领项目部的同事，监督工程，处理事务，尤其是采购原材料，更要亲自把关，精挑细选，货比三家。状元谷一期工程完工之后，很多人对低碳节能之类很感兴趣，问他如何攻克难关，他好久没有回答上来，似有千言万语，又仿佛此处无声胜有声，最后，只是轻描淡写地说："也没有什么特别的，都是常态吧。"

看外貌，李建中朴实无华，往建筑工地一站，就是个建筑工人。但是，了解他之后才发现，他其实对技术很内行并且着迷。还在老家时，他就喜欢搞一些小发明，机电、木工、电器、园艺之类难不倒他。这让他在管理工程项目中得心应手，起码有一条，他即使不专业，但是他懂；即使不懂，也是一点就通。在跟工程承包方打交道的过程中，因为他的内行和敬业，谁也不敢糊弄他。因此，这么多大工程，每次都能够有惊无险顺利完成。

"工程，有时候还要靠运气。"李建中说得淡然，跟他的外貌一样朴实无华。

同是1995年加入南方物流的吴亮，从一名普通员工到无锡分公司老总，见证了南方物流二十几年历程的苦辣酸甜。铁打的营盘流水的兵，在"跳槽"犹如过家家一样的年代，坚持显得难能可贵。老板与员工，一厢情愿是很难长久的，唯有两情相悦，才能同舟共济。老板知人善任，员工兢兢业业，大河水涨小河满，荣辱与共，利益共赢。

　　财务中心副总经理江如钢，2001年到南方物流。总裁办是公司的大脑，财务部是公司的心脏，通常的理解是，一个单位的财政大权，老板往往会交给"自己人"，沾亲带故或者亲信，但是，江如钢似乎是例外，因为老总官金仙对手下一贯一视同仁，有才能的委以重任，初出茅庐的给予学习、成长的机会。江如钢一来就在财务部，从年轻小伙子到沉稳中年，近20年的时光，他都是在南方物流度过，为南方物流贡献了自己的青春与才华，也实现了自己的人生价值。

　　数一数，老员工还不少。惠州公司负责人沈海伟、车队长陈长林都是1996到公司的，1998年左右进入公司的有一批，营运总监郑志荣、人事部高级经理雷翠云、LG项目总负责人陈涛、工程部经理张龙、出纳邓巧环等；到了2000年之后，财务高级顾问蔡森林、董事长助理李芳娴、云埔物流园行政经理黄悦、云埔物流园行政经理陈娟、广东南物国际商贸城副总经理戴天伟、集团副总裁傅江等先后进入公司并成为骨干力量。

　　官金仙深感欣慰的是这些人都一直跟着她，时间长了，亲如一家。她的用人观点是，人无完人金无足赤，全能全才的人毕竟少之又少，即使碰上了，也很难留得住。有一技之长，把他的长处发挥出来，用得其所，把分内的工作做好做漂亮，那么这个人就是可用的。比如做工程的就把工程管好，做运营的就把项目做成，种花的把园区侍弄整洁美观，做财务的把账目做得细致，诸如此类。每个人身上都有或多或少的毛病缺陷，不要盯着不放，只要不是原则问题，瑕不掩瑜，看人要看长处。

官金仙说："在我心里，人和人都是平等的，从来就不会认为谁的地位低，看不起谁。我的性格虽然不会主动热情地和别人接近，但是，所有只要愿意和我打交道的人，我都是一视同仁，坦诚相待。"

感触最深是她的司机陈长林，每次出去参加会议，吃饭前她必定要打电话给他，要他到哪个楼哪个宴会厅吃饭，有人说："你还这样关心司机呀？放心吧，他会找到饭吃的。"官金仙说："我的司机吃不上饭，我是绝对不会先吃的。"有时候晚上送客人，她总会关切地问一声："是不是很累啊？要不要派别人去啊？"正是这种发自心底的尊重和关心，才能让这些人忠心耿耿的跟随她这二十多年。这一类的细枝末节，并非是刻意的，而是出自内心，自然而然的天性。不仅是对陈长林，对身边的其他人，包括她的下属，司机，或是保安，都有一种自然而然家人一般的关心。

让一个人信服你不难，让一群人都信服你那就要靠人格魅力了。官金仙培养的这个团队，经过风风雨雨的考验，去芜存菁，越战越勇，百炼成钢。亚运会是对这个团队的大检阅，各路人马协同作战，体现出超强的战斗力。在亚运会的庆功宴上，官金仙笑得很灿烂。

孤军作战是一种胆识，群策群力是一种胸怀；亲力亲为是一种表率，运筹帷幄是一种气度。小老板和集团公司总裁的差别，一个是自己很出色，一个是让整个团队都很出色。一声号令，将士们冲锋陷阵奋不顾身，这是何等威仪！中国人崇尚一个好汉三个帮，众人拾柴火焰高，官金仙无疑深得其中三昧。

一波未平一波又起

天有不测风云。

2013年的广东，有关气候的报道有几件大事。其一是台风，"温比亚""尤特""天兔""贝碧嘉""西马仑""飞燕"等重创广东；其二是强降雨，降水量为5年来最多，全年共出现29次暴雨和强对流过程，其中24场出现在汛期期间；其三是龙卷风，2013年3月20日下午东莞市部分镇街先后出现了雷雨大风、冰雹、短时强降水、龙卷等强对流天气；其四是5月中旬连续大暴雨，5月18日夜间到22日，在"5·16"特大暴雨导致粤北山区重大灾情后仅仅两天，广东省又遭受了一次强降水过程，除雷州半岛外大部分市县均出现了暴雨以上降水，大暴雨降水主要位于广东省东部和珠三角南部地区，其中珠海香洲区录得全省最大累积雨量405.3毫米，广州、韶关、河源、梅州、清远等市38县（市、区）不同程度遭受暴雨洪涝灾害。

5月20日，强降雨伴随着龙卷风，山呼海啸而来。猝不及防，云埔南方物流园一栋库房屋顶被掀翻，建筑物体被肆虐的龙卷风卷上半空，掠过一排排建筑物，疯狂地砸向远处。附近有库房，办公楼，还有人家，要是砸到了人，后果不堪设想。

官金仙从二楼的办公室往外看，暴风骤雨犹如恶魔在狞笑，天黑沉沉的要塌下来一般。她心急如焚，打李建中电话，没有人接。转身找秘书，秘书也不在。她正要往外冲，只见篮球运动员一样的黄悦咚咚咚跑过来，一身湿透，片刻，脚下流了一摊水。

"怎么样？"官金仙问。

黄悦胡乱抹了一把脸，操着一口德清话说："我和几个保安去看过了，那一大块东西砸到了那边山上。"

"人有事吗？"官金仙盯着黄悦。

黄悦说："看过了，没有伤到人。"

官金仙暗暗松了一口气，心里念着："上天保佑！"拿起雨伞，对黄悦说："走，到库房看看。"

黄悦说风雨太大了，雨伞根本撑不住，人都能给吹走了，还是等等再看。官金仙哪里能等？那里有好几家老客户，ABB、施耐德、欧迪办公、佐藤雅诗、林德等，屋顶都被卷走了，他们怎么样了？

正在这时，李建中走了进来，落汤鸡一样。官金仙知道他一定在外面跑，应该已经了解了情况。果不其然，李建中刚去看了库房，所有人都在安全的地方，只是货物损失严重，要赶紧和客户沟通协调，落实受损情况，协助转移搬迁和维修库房。

第二天，附近的村民找来，说是那一大块建筑物体砸中了他们的墓园，要索赔。而且，有多个坟地受损。傅江带着安全部经理龙海战接待村民，跟他们协商解决方案。台风过去，雨也渐渐停了，李建中开始组织施工抢修库房。

一波未平一波又起，5月28日，一个正在施工的工人失足从屋顶摔下，伤重不治。这个工人是附近的村民，是施工队招来的临时工。维修工程是承包给施工队的，按理说施工队要为事故负责。但是，死者家属不管那么多，反正这个人是在施工的时候出事的，干的是南方物流的活，就要找南方物流赔偿。

墓园损坏事件，工人死亡事故，库房货物受损，应急，协调，安抚，赔偿，能协商解决的协商解决，不能协商解决的走法律程序。一场龙卷风，卷走了南方物流500多万元，人力也耗在那儿，元气大伤。还好，博江、李建中他们经验丰富办事得力，一场风波总算平息下来。

官金仙的表现平静，到了她拿主意的关键，一点不含糊。但是，这大半年她都没能好好入睡，心被一块大石头压着，气短胸闷。经济损失是一回事，这个她看得开，钱没了再挣回来就是。她难过的是事故本身，尤其是那个不幸离世的工人，虽然是天灾难于防范，但是这事故出在她南方物流，总归是跟她有关系的。犹如她含辛茹苦拉扯大的孩子，不小心摔了一跤头破血流，伤在孩子身上，痛在娘的心里。她在思考今后如何在防范事故上做得更到位，在规避风险上有更行之有效的措施。

到了年底，官金仙因劳累过度大病了一场，在南方医院住院治疗整整十天。医生告诫，她的心脏还是有老毛病，不能太操劳了。病情好转出院，已经是2014年元旦过后了。

官金仙清楚地记得这个日子，2014年1月5日，农历的小寒，天气寒冷。她刚到家，接到了无锡分公司老总老范（化名，下同）的电话，以为是得知她出院，特意来问候的，心里想着这个老范还不错，毕竟是她栽培重用多年的老员工。谁知，老范报告了一件事，给官金仙兜头泼了一盆冷水。

据老范说，无锡上上电缆厂的货物，让一批司机给扣下了，收货方没有收到货，电缆厂找承运方南方物流查问缘由，要求尽快解决问题，客户那头急等着这批货。司机扣货事件以前也曾经发生过，如果不是恶意的，通常都因为运费没有按时支付。扣货造成的影响很大，不仅关乎承运方的信誉，要是耽误了收货方的生产，损失可就大了。如果因为承运方的原因，赔偿必须由承运方承担，这是合同条款明文规定的。

"什么原因？"官金仙在椅子上坐下来，问老范。

老范回答："司机没有拿到运费。"

官金仙说："运费不是拨给你们了吗？"

老范回答："交给康晓磊他们的，钱打给了康晓磊，他没有给到司机。"无锡上上电缆厂的货运业务，发包给当地一家公司，负责人叫康晓磊。运费由总公司拨给无锡分公司，分公司转给康晓磊，再由康晓磊支付给司机。听上去，好像是在康晓磊这个环节出了事。

官金仙又问："找到这个人了吗？他为什么不支付？"

老范回答："找到了，问他为什么，他也没说出个理由，反正没给。"

那是什么意思呢？官金仙后来听明白了，老范打这个电话，是向总公司报案，要求派人协助处理，因为他已经处理不了了。官金仙心里憋得慌，想把这个老范狠狠批一顿，但是想想又没力气了。老范是个老实人，从来都是言听计从忠心耿耿，出了事他也着急。还是赶紧回公司商量，拿出应对方案吧。

公司的老将，除了李建中，就是这个老范了，官金仙对老范的信任，几乎超出所有人。他老家江苏淮安，出身贫寒，1998年初到南方物流，600元的月薪，高兴得喜笑颜开。这是他在老家工资的翻倍了。

跟许多出身贫寒的人一样，老范的身上带着泥土的质朴和本分，艰苦奋斗的作风，忠厚勤劳的秉性，又是来自江浙沪那一带，多少跟官金仙沾点地缘关系，从一开始，官金仙就看好他。1998年创办南方物流天津分公司，1999年开辟河南新乡办事处，2001年驻扎无锡办事处，2003年回南方物流总部担任营运总监，2010年担任总公司副总、无锡分公司老总，老范的点滴付出都得到了回报。

他是人人羡慕的大红人，又是德高望重的"老范"。其实，他被叫"老范"的时候才三十出头，这里边包含着对他的肯定和敬意。

其实，老范本来想把事情解决了，不让总公司知道。然而，一段时间下来，不但没有解决问题，还越闹越大，上上电缆厂方面催得急，实在没有办法，他只好向总公司求助。当时把他派往无锡分公司，因为无锡分公司太重要了，将在外军令有所不受，远离总公司，独揽大权，只有交给绝对信任的人。环顾左右，能够胜任的只有老范。老范久经考验，以沉稳老道著称，几乎没有出过什么差错。

官金仙办公室，李建中、老范、傅江几个高层领导之外，还有法律顾问，大家听取了老范的描述，官金仙指示向黄埔区公安局经侦大队报案。

正赶上年关，方方面面的事情都要应对，到了春节后的2014年3月3日，由傅江带着龙海战，陪同黄埔区公安局经侦大队的干警，前往无锡展开调查。

所有的员工都找来谈话了，有关的司机也一个个了解情况，又到上上电缆厂和收货方客户那里，询问了事件始末。从广州启程时目标就锁定了一个人——康晓磊。听老范说，款打给了康晓磊，康晓磊欠了司机的款，那么这个款哪儿去了？只要有足够的证据，就可以把康晓磊作为嫌疑人带回广州。

康晓磊没有露面。通过各种渠道找他，都说出去了，人没有在无锡，找不到。康晓磊没在，又没有足够的证据，还不能把他怎么样。进一步调查发现，公司的款并不是转到康晓磊的名下，收款人是个谁也不认识的局外人，打听来打听去，是康晓磊老舅的女儿的小姑子的家婆，七拐八弯，复杂得很。如此一来，既然收款人不是康晓磊，不能证明他跟这些款项有关系。进程卡壳了，调查组的人急，老范也急。傅江说："范总，还是想办法叫这个康晓磊来一下。"老范挠头为难说："这……上哪儿找去？电话一直关机。"

整理完资料，已经是半夜。经侦大队的小钟对傅江说："副总，我觉得事情没有那么简单。即使是康晓磊做的，他一个人也没有那么大胆，而且，没有人配合，他自己也很难完成。"傅江一听有道理，脑海里一激灵。

第二天，傅江到了老范办公室，两个人交换了一些意见，又闲聊了一会儿。后来，傅江不经意地问："范总，你是不是知道一些什么不便说？"老范警觉起来，回答说："怎么会？我知道的都告诉你了。"傅江突然话锋一转说："范总，你是公司的元老，有功之臣，如果真的有什么失误，你主动说出来，我想官总会很好处理的。你知道，这样的事情是要负法律责任的。"老范脸上挂不住了，生硬地说："我跟你说了，没有什么。"

节骨眼上，康晓磊从天而降。

见了调查组的人，开口一句话："听说你们在查我，想把我抓了。我要是有事，别人也脱不了干系。我有事，还有人也有事。"大家为之一振：有戏。等到坐下来要从头说，他却不说了。只说还有事等着他，屁股拍拍走了。

傅江和小钟他们已经听出点什么，康晓磊话中有话，看他的样子，不像是有顾虑，更像是时机未到。

江南的早春，一年中最寒冷的季节。房间没有暖气，问话做笔录，一忙起来从早到黑，整理资料打印出来，常常是夜深人静了。傅江脚指头冻得麻木，双手僵硬发疼，没过几天，生出冻疮来。但是顾不了那么多，工作要紧，官总那边还等着消息呢！

傅江每天跟官金仙汇报，有时是中午，有时是夜里。有一天半夜过后，傅江突然接到老总电话，详细询问调查进展和一些细节。

官金仙操心哪！这么大的事情，她哪能睡得着！听完傅江的汇报，官金仙感慨："派你去是对的。"原来，公司打算让龙海战陪同经侦大队的小钟他们到无锡的，后来官金仙觉得不妥，因为老范是集团公司副总，位高权重，一个部门的小负责人去，恐怕不好对话，这才派了副总裁傅江前往。

调查了解得越深入，发现的问题越多，原来沉落水底的，也渐渐浮出水面。首先是合同不规范，权利义务不明确，不能有效规避风险；其次是库房的出租有利益输送的嫌疑，明明是1000平方米，合同上却只显示500平方米，按500平方米收费；再者，库房的货架是租赁的，出租方竟然是老范自己，明显是假公济私；其四，跟松下公司的合同条款明明有按照百分比逐年涨价这一条，应该涨多少收多少写得清楚，这笔款却多年没有收，叠加起来是一笔大数目；其五，上上电缆厂货物被扣，承包运输业务的康晓磊一方，有迹象表明老范知情并参与其中。除此之外，还有诸多管理上的漏洞，混乱不堪一团糟。

傅江在电话里跟官金仙汇报："官总，老范应该有问题，他是知情的有参与的，我问过他，他说没有。但是，我和小钟他们都觉得他有，我想再问问他。"官金仙在电话那头沉默了一会儿，说："问吧。"很虚弱的样子。傅江明白，如果这个老范真有事，官总所承受的打击绝对不亚于老范。

这一天依旧很冷，寒风凛冽，傅江他们由老范陪着去上上电缆厂。回程的时候路过一个热闹的集镇，大家一起吃了个便餐。到了结账，老范很积极，说是大家辛苦了，他要请客。饭后出来，经过一条街道，小钟看中了一幅画，想买下来。老范抢先一步买单，说是小意思，他是主人，理应表示一下。小钟怎么推辞他都不让。傅江看老范的笑容，怎么看怎么觉得不对劲。

晚饭后，傅江把钱拿出来，要龙海战送去给老范。"你就跟他说，钱是小钟的，小钟他们是来办案的，有规定，不能吃也不能拿任何东西。"龙海战出去找老范没一会儿，老范来找傅江了。傅江一看老范的脸色，对他的心思已经猜中了七八分。本来嘛，老范尽地主之谊，吃顿便饭还是要领情的，但是把钱还给他，传递的信息就是要跟他撇清关系。也就是说，调查组已经掌握了一些情况。谁知道康晓磊怎么说的？傅江不止一次话中有话，老范这些天着实忐忑不安。那么，说出来吧，凭着跟官总的交情，也许还能从轻发落。

老范说了。老范说的时候一边观察傅江的神态，说说停停，不是一口气说完，而是挤膏药一样，一点一点往外挤。傅江打开手机，做了录音。傅江说："对不起，我要录音。"老范说："录吧。"老范把他如何与康晓磊吃喝玩乐混在一起，康晓磊如何把钱贪了的败家内幕说了个大概。后来老范上了趟厕所，回来见傅江出去了，就打了个电话，傅江进来时，听见老范压低嗓门说："他录音了。"

傅江刚刚去见了小钟，小钟要他把老范说的打印出来，要老范签名。到这个时候，老范也没有别的退路，只好把录音打字，然后签上大名。老范心想，反正他也没有拿到什么钱，钱都是康晓磊得的，最多就是个失职吧。

后来的调查结果显示，老范确实没有得到钱。整天跟那帮人混，糊里糊涂的，犯了多大的错也不自知。你说这老范情商不高也不是，他待人接物人际关系处理得不错；你说他智商不够也说不过去，他以往办的几件大事都有口皆碑，为公司做出过贡献。那么，公司的钱让别人拿了，直接损害了公司的利益，自己却没有受益，这不是蠢蛋是什么？

对官金仙无疑是当头一棒，她曾经最看好最器重的人，偏偏出了这样的事。这也证明她看人也有看走眼的时候。人不可貌相，海水不可斗量，真是知人知面不知心啊！痛定思痛之后，她依然不忍把老范划归为道德败坏的人，而是认为自己不应该把老范放出去，没有在眼前看着，缺乏监管，放任自流，才导致了老范犯错。老范是有才能的，老范的才能是做一个时时有人监管的部下才能发挥出色，而不能把他放在远离监管的地方当一把手。每一个人的角色几乎都是特定，有的人天生能当领袖，而有的人，一辈子只能当副手。

面临刑事责任的老范在官金仙面前痛哭流涕，上有老下有小，他要是去坐牢了，一个家就散了。恳求老总看在他跟随多年为公司做出过贡献的情分上，不要起诉他。至于公司经济上的损失，他愿意赔偿。公司的法律顾问以及公司大多数人的意见，老范坐牢是铁定的。官金仙又一次心软。把人逼死了怎么办？逼死了他也赔不出钱来。让他赔偿吧，只要他赔偿了，也就算了。老范感激涕零，就差跪地对官金仙叩谢了。

"官总，我对不起您！这么多年，您一直对我这么好，这么信任我，重用我，我辜负了您，我糊涂啊！官总，对不起！真的对不起！！"老范老泪纵横，痛心疾首。一失足千古恨，为时晚矣。老范这一生的事业彻底终结了，公司把他清除出队，他这把年纪，恐怕不会有翻身的机会了。那是官金仙最后一次见他，老范走后，官金仙仰头看着天花板，早已经泪眼模糊。

悲悯情怀

无锡分公司经过大整改，刮骨疗疮，百废待兴。新一任老总吴亮肩负重托，走马上任。

时间也不知道哪儿去了，花谢花开，转眼又一年。不会再有什么事了吧？经过这么多折腾，总该消停了。然而，树欲静而风不止，年关将近，又闹出一桩事故来。

情况跟无锡事件如出一辙，也是司机扣货，运费没有到手。不同之处是出事这个人不是南方物流的人，而是承包者。钟勇（化名，下同），曾经是南方物流某办事处员工，人机灵，有本事，业务精通，后来离开南方物流自己当老板，凭着跟南方物流的渊源，拿到了承包业务。毅昌公司的业务就是承包给他的。

毅昌公司生产液晶显示屏、电视、电脑配件，货什么时候送到生产厂家都有严格要求，万一耽误，工厂停产，每一个环节都是环环紧扣，这个环节出问题，影响全局。合同是跟南方物流订的，毅昌公司只跟南方物流对接，至于业务承包给谁，与他没有关系。毅昌公司找到南方物流，报称有6车货被司机扣下了，没有按时运到，价值600多万元还不是最要紧的，要紧的是耽误了生产，违反了合同，损失可就难于估算了。

官金仙叫来集团副总裁傅江、财务副总江如钢、安全部经理龙海战等，请他们把事情说说并商讨对策。江如钢说，钟勇前天才来借了17.5万元，借款理由是支付司机运费。钱借出去了，为什么还被扣货？傅江说："他来借款的时候，就说有一车货被司机扣了，得赶紧借钱救急。现在毅昌公司的人说有6车货都被扣了，这里边应该是有问题的。"

官金仙说："我们跟毅昌是有合同的，我们的诚信不能受影响，工厂等着这些货开工，耽搁不起的。你们马上去毅昌弄清楚，需要的话，运输费先垫付给司机，再怎么样也先让司机把货送到。"

傅江、江如钢、龙海战他们几个又是好一阵忙乱，终于搞明白了，原来钟勇欠了大笔司机的运费，而且这种情况已经有很长时间了。司机催得急他就给一点，到南方物流把运费支出来，拆东墙补西墙，裂开的口子太多，无法一一盖住，于是爆发了一群司机都扣货的事件。按理说，钟勇承包毅昌公司的车业务是有相当不错的利润的，开始几年做得很好，他也很高兴，每次见到官总都一再感谢。怎么后来就不行了呢？钱哪儿去了？

进一步的调查得知，钟勇近年来染上了赌博恶习，赌博这个无底洞让他越陷越深难于自拔，不仅花光了积蓄，还欠下了巨额债务。父母奈何不了他，老婆奈何他不了，鬼迷心窍的他最后把自己也当赌注压上去了。

赌徒的命运是可悲的，钟勇注定逃脱不了法律的制裁。南方物流垫付了300多万元，钟勇承包合同终止，业务由南方物流重新安排运作起来，该负的责任，该承担的义务，毫不含糊。

原来深圳分公司的蒋红斌、老范、钟勇，这些人都有才能，曾经受重用。他们的共同点是从艰苦的农村来，有梦想，有干劲，吃苦耐劳，最后都是因为抵挡不住欲望的诱惑而沦陷。吃着碗里看着锅里，得到越来越多，过得越来越好，却不珍惜不知足，到头来人为财死鸟为食亡。

之前还有人猜测，官金仙在对待钟勇的问题上，会不会又像前几次一样，采用感化的温和方式。结果，不一样。钟勇是个赌徒，赌红了眼丧失了理智，如果不采取法律的手段，没有人能救他，包括他的家人。这也是拯救他的唯一出路。

有个业务骨干，伙同他人做假账侵吞公款中饱私囊，而且不止一次，数额不小。事败后，此人仓皇离去，失联了。律师跟官金仙说："报案，起诉，让法律解决是最简单最有效的途径。"材料都准备好了，证据确凿，如果起诉他，少说也要被判好几年。

官金仙把几个部下叫来商量，听听他们的意见，一致认为律师说的方法是最妥当的。这种监守自盗的行为，不从严惩处不足以杀一儆百。官金仙一直沉默着，等大家都表态了，她长叹一口气说："我最不愿意看到这样的事情发生，偏偏还是发生了。你说他收入也不低，养家糊口过日子没有问题了，怎么就不满足？我见过他的母亲还有他家孩子，都挺不容易的，把他抓起来，他老母亲，还有老婆孩子怎么办？他在南方物流时间也不短了，平常我觉得这人并不坏，业务也蛮好的，可能也是一时间脑子进水不清醒了。我的意见是，这两天大家再想想办法看能不能联络上他，有老有少的，他不会永远不回家的。"

第三天，这个人回到了公司，把钱如数退回了。有跟他关系好的同事问他怎么失联的，他说出去找钱了，下了决心，能找到钱把自己掏的那个洞补上就回来，找不到钱就从此在人间消失。官金仙听取汇报后，只说了一句："回来就好了。"

起诉的事情按下了，官金仙没有找他谈，其他人也没有说什么，更没有公开抓典型批斗他，他还在原来的岗位。那是个很重要的岗位。一切如常，好像什么事也没有发生。他坐不住了，终于有一天敲响了董事长办公室的门。

官金仙让他坐下说，他站在那儿，不知从何说起，嘴唇嗫嚅半天，说："官总……我……"头上的汗珠和着眼泪一起往下流。

官金仙平心静气地说："你回来我已经明白你的心意，人都不是神仙，都有犯错的时候。这件事情，我不再追究，你也别再提了，把它放在心里，时时提醒自己，以后不能再犯。"

他说："多年前，是您给了我机会，我才能在广州站稳了脚跟；现在，您再一次给了我机会，让我重生。官总，这次要不是您放过我，我就完了，我的家就完了！我真浑啊，我怎么会做出这种事……"

官金仙说："别想那么多，没事了，回去好好工作吧。"

他走到门边，回过头来，欲言又止。官金仙说："我这正忙着，你做事去吧，那个事，过去了。"

他突然说："官总，那个谁谁谁，是他让我做的，他怎么做的，拿走了多少，我跟您说……"

官金仙举起了手，制止他往下说。"不要说，永远不要告诉我，我不想知道。回去吧，把你的工作做好。别的事情，我会处理的。"听语气，很难猜测官金仙是已经知道了，还是真的不想了解。此后，这个人的工作态度转变很大，认真负责，再也没有出错，年年被评为优秀员工。至于合谋者，也没有人提起，一切风平浪静。在事情过去很久之后，几乎都被人忘记了，有人在一次聚会上透露，那个合谋者早就退了款，也得到了官总的原谅。

诸葛亮"七擒孟获"，留下千古佳话；《圣经》里耶稣说的："要原谅别人七十七次。"这种宽容博大的胸怀，并非一般人所能为。

官金仙这种女性特有的温婉和同情心，成为她强悍的另一面。谁犯了错误，只要不是致命的错误，她总是心存悲悯。她对身边的人说："做人要有自知之明，你是谁呀？几斤几两呀？有什么大本事？有多了不起？人家跟着我，不是我多有能耐，而是信任我，看得起我，我就要对他们负责，要带着他们朝好的方向走，要越走越好。"

人性深层的东西，谁也无法改变。那么，最好的制约方法就是规范。国有国法，家有家规，规范、约束、防范、制止是积极应对的工具。人都是接受暗示的动物，真正聪明的人懂得，所谓的自由，所谓的任性，都是在自觉接受制约的前提下。没有约束，就不可能有真正意义上的自由。

事件中所暴露出来的管理上的漏洞，发人深省。随着企业的发展，管理永无止境，每一个时代、每一个阶段都会碰到新的难题。南方物流集团公司，新一轮的革故鼎新，呼之欲出。

2009年开始，官金仙参加了清华大学MBA培训；2015年又成为中山大学EMBA学员。路漫漫其修远兮，任重而道远，认识到自身的不足，就是进步的开始，勇于承认并改掉缺点，比发挥优势更重要。

有一次从北京飞广州，同行的还有董事长助理李芳娴。飞机晚点，两人聊了会儿，李芳娴拿出一本书来，企业管理类的，官金仙笑笑说："什么书？我看看。"企业管理这一类的书她看过不少，因为自己是"实战派"，那些观点总觉得未免过于刻板、浅显、教条、空洞。她翻了翻，还是老套路。

"后危机时代，我国企业管理存在着诸多问题，具体表现在企业创新管理、人才队伍建设、体制机制变革、协调持续发展、企业竞争能力等方面。这些问题的存在给我国企业发展带来了一定的影响和阻碍。因此，我们必须采取积极有效的措施加以解决，不断促进企业持续快速健康发展。"说的是普通层面上的理论，想想也还靠谱。

联想到曾经看过的一篇文章《总裁要做的七件事》，记不起什么人写的，当时因为好奇，哪个总裁还有时间琢磨这样的文章？七件事是：思考、人才、推销、沟通、倾听、激励、用人。每天醒来第一件事就是思考，昨天有哪些过失，今天要如何应对重大事件，发现错误及时修正，总结经验。不仅自己思考，还要引导员工也如此，如何每件事处理得更完美，每天都有进步。在选人用人上坚持原则，招纳贤才，拒绝庸才。团队精神很重要，缺乏团队精神的员工，再有才干也不用。不失时机地对外推销企业的愿景、使命、文化、核心价值观、自己的理念、优势。与员工，有亲和力，信任、理解、关心部属。善于倾听客户的意见，换位思考，顾客就是上帝，服务无止境。奖励、激励机制，能更好地发挥员工的积极性，激发良性竞争。在用人上，一定要用对的，而不是用最优秀的。这有点像挑对象，流行的一句话就是：不选最好的，只选对的。

她一一对照，会心一笑。脑子里涌上来一个个案例，成功的失败的，对的错的，她把整体的思路理了一下，做了一番反思，对自己还是满意的。纸上谈兵容易，事实上，实际操作起来，随机性灵活性很大，有时候根本无章可循。

从候机室的窗口望出去，天气灰蒙蒙的，飘扬着雾霾，吸了吸鼻子，甚至能闻到空气中污染物的味道。官金仙突然就想起了老范，自己用人的失误，心里犹如给雾霾蒙住了一般，十分滞重。

整改措施从小处着眼，防微杜渐。原有的规章制度，一一翻出来，该修订的修订，该完善的完善。比如合同，原来分公司办事处完全自主，就像原先无锡公司，老范跟客户直接签订。重新规范之后，每一份合同都必须先传到集团公司总部，由总部审核。发现问题可以及时纠错，还可以让法律顾问参与。

威严与慈悲，凌厉与温和，作为企业家必不可少。在分寸的把握上，官金仙很到位。

法国作家拉封丹的一则寓言：北风和南风比威力，看谁能把行人身上的大衣脱掉。北风首先来一个冷风凛冽寒冷刺骨，结果行人把大衣裹得紧紧的；南风则徐徐吹动，顿时风和日丽，行人因为觉得春意上身，始而解开纽扣，继而脱掉大衣，南风获得了胜利。南风之所以能胜利，就是它顺应了人的内在需要，这种因启发、自我反省、满足自我需要而产生的心理反应，被称为"南风效应"。

朱光潜的《悲剧心理学》指出："悲悯情怀"是一种普遍关注人性、人类生存状况的人道主义情怀。

悲悯情怀，最温柔而又最具震撼力。赞助亚运会、援助汶川地震灾区、设立奖学金、到老区建学校、帮助身边有困难的人……官金仙的这些行动，除了责任和道义，还有一份悲悯情怀。

状元谷崛起

广州人知道五山路科技街、深圳人知道华强北、北京人知道中关村，全国人民知道阿里、京东，突然平地冒出来一个状元谷，着实令人吃惊。状元谷在哪里？国家电子商务示范基地有什么名堂？人们慕名而至，一探究竟。

从天河区往东，沿广园路，进入护林路，过了黄埔体育馆，跟市中心的喧腾截然不同，这里显得安静、沉稳、洁净、有序。迎面而来一片现代化建筑，大幅广告牌整齐排列，"状元谷"三个字凸现出来。这就是状元谷电子商务产业园了，也是南方物流集团总部。从园区大门口朝里望，树木葱茏，花团簇锦。

称雄世界的电商巨头亚马逊落户状元谷，绝非偶然。

曾经的击掌为盟最终兑现，2012年10月1日，状元谷园区A栋8.6

万平方米如期交付亚马逊使用。尊重契约精神的美国人颇为赞赏，对南方物流和官金仙刮目相看。

美国亚马逊马克·奥内托等高层在2013年1月赴状元谷园区视察亚马逊华南基地时，对状元谷的建设速度甚为惊叹，对工程质量十分赞许。这一次，又来了一次约定：5月份举行状元谷开园仪式暨亚马逊中国广州运营中心开业庆典。

2013年5月8日，广州香格里拉酒店。"新起点粤生活——广东状元谷电子商务产业园开园暨亚马逊中国广州运营中心开业仪式"盛大举行，省、市、区各级领导、专家学者及社会各界人士纷至沓来，中国物流与采购联合会会长何黎明专程从北京赶来，出席活动并发表讲话；亚马逊全球高级运营副总裁戴夫先生更是亲自率领美国总部10人高管团队赶赴活动现场并发表讲话，据悉这是亚马逊美国总部迄今为止对中国市场最高规格的一次活动安排，可见亚马逊对状元谷园区的高度重视。

人逢喜事精神爽，官金仙这天满脸喜气，笑意盈盈，一身橘色基调的裙子，一条长丝巾，大方得体又飘逸柔美。她热情洋溢的致辞，极具感染力。

今天我们在这里举行"状元谷电子商务产业园开园暨亚马逊中国广州运营中心开业典礼活动"，寓意着广东状元谷园区步入电子商务发展的新阶段，新的挑战和机遇已经到来。

我相信，有各级领导和各界人士的大力支持，有国内大型企业的强强联合，在不远的未来，园区将逐一实现战略发展目标，肩负起社会发展的重任，在广州黄埔呈现又一张亮丽名片，为社会的全面发展提供服务。

热切期望各级领导继续对我们的指导和大力支持，给我们正能量，给我们鞭策，给我们的未来指明方向。我们将一如既往地珍惜机会，不负众望，认真履行社会责任和使命，以务实的态度，饱满的激情，扎实的工作作风，力争把每一项工作做好，做细，做漂亮。

状元谷是黄埔的，是广州的，我们有理由相信，在不远的将来，它是中国的，世界的！期待我们一起努力！

随后，媒体纷纷报道了亚马逊华南基地落户广州状元谷的消息，状元谷声名鹊起。仿佛是奇迹诞生，在短短的时间内，各类实体、虚拟资源聚集，电子商务及高端制造"大鳄"纷至沓来，除了亚马逊，又吸引了京东商城、苏宁易购、酒仙网、捷普电子等国内外知名企业及广东省电子商务总商会。状元谷，形成支撑服务黄埔区乃至广州市电子商务发展的电子商务产业链条和生态体系，充分释放产业集聚效应，发挥了产业发展"引擎"作用。

在"国家电子商务示范基地"的金字招牌之后，又获得了"省级现代服务业集聚区""省级低碳生态示范园区"等荣誉称号。

官金仙的经营管理思路确实有独到之处，她的重点在"服务"上，只有服务好，落到实处，才能聚集客户。园区虽然有特色，但是客户更看重的是服务。她千方百计在服务上下功夫，推出了一系列行之有效的服务措施。

针对中小型企业在创业或发展电子商务过程中，融资、技术、市场、信息、培训等共性发展问题，状元谷与黄埔区政府合作共建"全方位、一站式、开放化"的黄埔电子商务公共服务平台，为园区企业提供统一高效、资源共享、优质便捷的电子商务公共服务。

状元谷跨境电商监管中心的建成使用，为跨境电商构建绿色通道。监管中心加办公区域的建筑面积近5000平方米，配备有4条监管车入场卸货车道、6条离场装载通道，内设海关、国检联合查验平台，配备2套全自动X光检测系统。在园区内推进关检合作"三个一"，海关、检验检疫"一次申报、一次查验、一次放行"，以降低企业通关成本，缩短通关时间，实现海关、国检、国税、外管、电商企业、物流企业在园区内的"现场通关"流程化、便利化。在理货系统的配合下，包裹处理能力日均可达5万个，峰值每日可达8万个。

马云说过，"整合商流、物流、资金流、信息流，实现'四流合一'才能打造完善的产业生态链"。南方物流的"盘子大"，但是鲜活，分布全国的12大物流基地，覆盖华南、华东、华北、华中、西南、东北、西北等7大区域以及全国100多个大中城市，拥有灵活机动、优质高效的运作能力，并占据全国各区域"线上交易、线下配送"的物流枢纽位置，创新线上线下协同发展，构建了与电子商务发展相适应的现代快递、物流配送体系，加强与电子商务企业对接，为园区电商企业拓展国际国内市场提供了极大的便利。

国家发改委、国家应对气候变化战略研究和国际合作中心领导参观考察状元谷电子商务产业园时均表示，状元谷园区无论是从园区建筑规划、布局设计，还是从物流生产方式、环境绿化方面来看，都使绿色低碳理念与实践相结合，既有低碳园区的特点，又保留了物流园区的特色，够创新，够低碳，够环保，经验值得推广。

在公之于众之前，没有人知道官金仙下一步要做什么。她的脑子总有与众不同的想法，奇招迭出。因而，状元谷诞生之后，人们一片惊叹。

著名财经作家、"蓝狮子"财经图书出版人吴晓波，在2014年1月出版的《商战：电商时代》有如下描述：

比尔·盖茨曾说过："21世纪要么电子商务，要么无商可务。"

在这个一切皆电子商务的时代，人类数千年来的商业行为被颠覆，人们的购物方式、消费方式和生活方式也随之发生了前所未有的改变，我们主动或被动地步入了一个被电商颠覆的时代。

如果一定要为近十年的商业发展找一个关键词，那无疑是"电子商务"。

"这是最好的年代，这是最坏的年代，其实这是一个颠覆的时代，百年企业也可瞬间倒塌，新生企业也可引领潮流，一切都变得不可预测，我们能做的无非就是随机应变，以不变应万变，在时代浪潮中做一个弄潮儿，而不是一成不变地墨守成规。"

1999年，《世界是平的》一书作者托马斯·福利德曼在《纽约时报》专栏中毫不客气地说："亚马逊是注定失败的，别人在卧室里都能再建一个亚马逊。"事实证明，亚马逊没有被弗里德曼言中。亚马逊从开始时只经营网络的书籍销售业务，后来扩大经营范围，已成为全球商品品种最多的网上零售商和全球第二大互联网企业。根据亚马逊官方财报，2015财年净营收为1070亿美元，比2014财年的890亿美元增长20%，全年净利润为5.96亿美元。

亚马逊创始人兼CEO杰夫·贝索斯（Jeff Bezos）表示："20年前，我亲自驾车将包裹送至邮局，当时希望有朝一日能买得起叉车。今年，我们的年销售额突破了1000亿美元，用户数量达到3亿人。尽管如此，根据我们在各处看到的市场活力，以及为了客户利益而进行创新所带来的巨大机遇判断，我们仍然感觉就像是公司创建第一天。"

从1998年中国产生第一笔互联网交易以来，中国电商蓬勃发展，其巨额消费数字背后不仅是中国消费市场格局的演变，也是中国人生活方式的变化。据统计，2015年11月11日"双11"活动，中国网上销售额1229.4亿元人民币，仅淘宝、天猫的最终交易额就达到912亿元，而同期美国"黑色星期五"的销售额为284.4亿元。

毋庸置疑，电商时代的鼎盛时期已经到来。

电商时代的物流将何去何从？这是一个十分紧迫的问题。

南方物流的每一步，都是紧跟着时代发展的步伐；每一次创新，都带着鲜明的时代印记；每一次转型，都遨游于时代的滚滚洪流。20世纪90年代初期的自行车跑业务，90年代中期的火车皮抢夺，90年代后期的公路运输兴起，到2000年之后的初次转型，由基础的、源头的物流运作到大型仓储、电子物流的服务、管理，云埔南方物流园与无锡南方物流基地是这个转型中重要的节点，状元谷是紧跟时代的标志性符号。

一线的物流有TCL、松下、LG、长虹等老客户的合作，在快递业务如日中天的利好时机，南方物流没有出手，而是把目标定在绿色低碳国际标准电子商务产业园区的建设，以及跨境电商项目的完善、配套，着重点放在园区招商聚集电商大鳄，为电商搭建优质的服务平台。

路子走得对，走得稳，步步精彩，步步有风景。这归功于领头人官金仙，她的睿智、对市场的把握，甚至，她那神秘的第六感。

科学实验表明，人体除了有视觉、听觉、嗅觉、味觉和触觉等五个基本感觉外，还具有对机体未来的预感，生理学家把这种感觉称为"机体觉""机体模糊知觉"，也叫作人体的"第六感觉"。西方把人的意念力或精神感应称为人的第六感觉，又称超感觉力，国内通常称为直觉，与佛教的"心识"大致相通。

建起一个状元谷，也许只需要三两年，而品牌的创立和发扬光大，任重道远。官金仙给南方物流立了一个目标：用三年的时间，打造国际标准的一流园区，锻炼一支高水平的管理队伍。亚马逊、京东、酒仙网、捷普电子这样的国际知名企业进驻状元谷，看中的就是环境和服务。

"我们不但要把人请来，更重要的是把人留住。"官金仙常常这样说。她要求员工用脑思考，用心投入，争取把每一件事，哪怕是最细小的事，都做得接近完美。她痛恨马虎应付的作风、无所作为的懒惰，她说你今天应付明天应付，后天就自己应付吧；你今天也懒明天也懒，后天就回家睡觉去吧。

客户为什么选择我们？是因为对我们的支持和信任，是多年跟我们合作建立起来的友谊。但是，并非客户选择你就永远守着你，那些离婚的夫妻，曾经都是海誓山盟恩恩爱爱的。为什么离婚？因为发生了变化。维系跟客户的关系，与维系婚姻一样重要。

我们要时时刻刻问自己：是不是用心了？服务是不是到家？哪些方面可以改进？哪一些细节本来可以做得更好？客户有要求很正常，无论多么高、听上去多么无理的要求，我们都要用心聆听，换位思考，真正把服务做到位。要想把老客户留住，吸引更多的新客户，就看你的服务水准。虽然说客户的流动是正常的，但是，只要进来的客户，我们就要尽最大的努力留住。如果没有留住，就要反省自己。记住：服务永无止境！

不要骄傲自满，要有自知之明，要有危机感。不要以为我们状元谷多么好多么先进，我们要清醒地认识到，这个时代无所不能，说不定过几天就冒出来一个比状元谷更好的园区；有好的园区、先进的设备还远远不够，科学的、规范的、人性化的管理至关重要，电商时代，管理就是实力的组成部分！

进入2016年，电商时代风云际会，各路英雄豪杰横空出世，八仙过海，精彩纷呈。

御风而行

　　"2012十大经济风云人物"评选活动，由羊城晚报报业集团、南方广播影视传媒集团和广东电视台联合主办，颁奖典礼12月26日晚上在广州中山纪念堂拉开帷幕。

　　十大经济风云人物，官金仙榜上有名。颁奖舞台上，官金仙作为唯一的女性，站在男性队伍的中间，众星拱月，光华照人。她的颁奖词这样写道："她是江南女子的南方传奇，20年白手兴家，成就民营物流业第一；她主动求变，合作大宗商品交易，进军产业上游；她专注未来，建立智能园区，布局电子商务，从被动服务到创造需求，她重新定义了物流行业。"

　　面对记者访谈，官金仙坦言"没有想到"，在物流这条路上一路走来，只是因为心中的梦想。谈起梦想，她的双眼闪烁出动人的光芒，让人觉得，人生有梦想是如此美丽！

　　官金仙的追梦故事感动了无数的人，走到哪儿，聚光灯都追随着她。

　　2013年4月26日上午，在"感动广州60年最美女性、魅力女性"事迹报告会，"魅力女性"官金仙做了专题报告。

　　在报告中，她讲述了自己的创业历程，从第一次被骗货，到物流安检体系的产生；从一个人创业，到从南方物流走出的上百位千万富翁；从传统的物流服务，到贯穿物流与供应链体系，乃至电子商务园区的开发与营运、大宗商品交易与交割服务的探索；从为了家人生活改善，到为社会做出贡献。她还讲到了女性创业者的困惑、焦虑症的困扰，通过她大悲大喜大起大落的人生经历，分享了"去繁从简，人生最贵莫过于健康"的人生感悟。

她娓娓道来，情真意切，感动了在场300多位来自各界的妇女代表。谈到家庭，她说，作为一个女人，家庭在她心中的位置是至高无上的。"我认为评价自己的标准不是有多少财富，而是能否带给大家幸福，周边的人如果因为我的存在而感觉幸福，那我就成功了。"

在"2013中国—亚太物流交流与合作高峰论坛"，以低碳、合作、发展、共赢为主题，汇聚了亚太地区政府官员、专家学者、物流企业领袖等相关代表约500多人参加。官金仙在会上做了以"解析与亚马逊合作成功案例"为主题的演讲。引起了众多的关注。

"南方物流不仅要为我们的客户提供一个绿色低碳服务一流的园区，我们还要创造一个与国际接轨的智慧园区。"官金仙的演讲获得满堂掌声。

在商务部办公厅公布的第一批智慧物流配送示范基地（园区）名单中，状元谷名列其中，成为广东省仅有获此殊荣的一家。

智慧物流配送体系是一种以互联网、物联网、云计算、大数据等先进信息技术为支撑，在物流的仓储、配送、流通加工、信息服务等各个环节实现系统感知、全面分析、及时处理和自我调整等功能的现代综合性物流系统。发展智慧物流配送，是适应柔性制造、促进消费升级，实现精准营销，推动电子商务发展的重要支撑，也是未来物流业发展的趋势和竞争制高点。

状元谷筹建中的能耗监测云平台，通过能耗采集设备（智能电表等）对各个用电回路进行能耗智慧监测和精细化管理，计划为园区建立能源监测与管理系统，并通过云平台实现。国家发改委气候司领导到状元谷调研后指出："能耗监测云平台很有意义，能对各企业能源消费情况进行动态监测、分析，但若能加入更多的数据对比分析，将更有利于监督园区企业减少碳排放量。"

2016年8月9日，广东九大主流媒体到状元谷就"状元谷荣获商务部第一批智慧物流配送示范园区"进行集中采访。此次采访由黄埔区政府组织，包括《南方日报》《广州日报》《羊城晚报》、广东电视台、广州电视台等，对状元谷的投资建设者——南方物流集团董事长官金仙进行了采访，并先后参观采访了状元谷创新中心、状元谷跨境电商监管中心、城市配送系统、园区智能监控系统、低碳生态办公中心及酒仙网自动分拣线。

官金仙介绍了状元谷"智慧物流"园区建设发展情况和取得的效果。状元谷顺应"智能化""互联网+"的时代浪潮，利用互联网、大数据等为企业提供商贸数据和服务支撑，加快物流产业升级转型，抢占行业竞争高地，从物流配送服务体系、智能化仓储、智能化物流设施设备、跨境物流、智能化园区管理、中小企业科技孵化等多方面打造"智慧物流园区"。现场媒体记者饶有兴致，频频发问。

随后，记者们走入状元谷实地参观。京东、亚马逊、酒仙网等的车辆不断出入，人来人往，井然有序；多层立体货仓、气感式高度调节台，电动高架叉车及电动平移叉车，状元谷彻底改变了传统物流园区单层仓库、大堆场、大停车场的浪费局面，与"智能化""互联网+"等现代物流概念实现完美融合。

在智慧物流配送方面，状元谷开展了"电商物流配送服务标准体系"建设，注重设施设备智能化，包括货物自动分拣系统，FRID无线射频识别设备，城市配送监管调度系统，能进行条码扫描PDA，GPS位置跟踪设备和通信设备，实行配送车辆的专业化、统一化管理，实时记录配送车辆位置及状态信息，对运输车辆进行科学排序、合理调度使用，减少空载率、降低物流成本，实现物流配送的"智慧化"。

"配送只是物流的一个环节，是整个物流可视化的最末端，要实现智慧物流配送必须使整个物流环节都实现'智慧化'才能与之匹配。"官金仙表示，"状元谷作为现代化智慧物流园，在仓储、物流设施设备、跨境物流、园区管理方面也都实现了'智慧化'。通过智能化管理理念与智能化服务体系的创新，为客户提供更加智能化、专业化、多元化的运作。"

状元谷建设了24小时可视化、多层立体恒温货仓，仓库配备四标盘变频永磁同步牵引大型货梯、气感式高度调节台、电动高架叉车及电动平移叉车等；库房内采用最先进的物流分拣设备、包装设备，一件商品从分拣到打包完毕只需3分钟。

状元谷里的跨境电商监管中心，内设海关、国检联合查验平台，配备2套全自动X光检测系统，实现关检合作"三个一"，暨海关、检验检疫"一次申报、一次查验、一次放行"，实现"现场通关"流程化、便利化，包裹处理能力日均达5万个，降低了企业通关成本，缩短了通关时间。

在管理上，状元谷引入了物联网等技术，提高了园区的可视化和动态管理以及快速响应能力，包括园区一卡通智能化管理系统、智能化人车分流管理系统、园区视频安全监控系统、智能化安保系统、智能化能耗监控系统，实现了人、车、能耗的信息化管理。

"智慧物流"是一个体系建设，任何一个环节出现短板，都将无法实现，状元谷物流园正是秉承体系建设的理念，将每一个环节发挥到极致，打造智慧物流园区，突出低碳发展创新，引领物流发展的新理念，并借力"一带一路"战略，以国际枢纽广州为依托，用"智慧物流"描绘园区发展的壮美画卷。

获得"2015低碳中国行年度榜样人物"（全国仅4位）的官金仙，得奖的理由是：南方物流集团作为物流行业的佼佼者，怀揣对社会强烈的责任感，积极响应国家绿色低碳经济发展战略，先行先试，积极探索低碳物流园区发展的新路子，在状元谷建立了园区入驻企业低碳准入的基本准则，打造园区低碳配置、低碳物流、低碳运营与低碳管理的新运行模式，突出绿色低碳示范作用，力求打造中国标杆性低碳物流示范园区，促进物流行业转型升级。

状元谷另外一个重要项目是跨境电商，这是状元谷的组成部分。2016年9月22日，全国政协考察组在广东省开展"发展跨境电子商务"专题考察期间，实地考察了状元谷跨境电商监管中心。状元谷跨境电商监管中心作为先行先试的试点，加上园区内电商龙头企业集聚，平台、物流、支付、金融、校企科研机构等各类型企业进驻园区，产业集聚效应明显，将更有利于推动黄埔区乃至广东省跨境电商发展。

2016年10月，"第十三届中博会跨境电商展暨2016年中国跨境电商领袖峰会"在广州保利世贸博览馆举行，官金仙作为南方物流集团董事长、广东亚太电子商务研究院执行理事长特邀嘉宾出席。

会上颁发了中国跨境电商行业第一奖——"凤鸣奖"，表彰中国跨境电商行业的优秀企业和个人，通过树典型、立先进，促进中国外贸企业转型升级，状元谷荣获凤鸣奖的最佳电商示范园区。"世界跨境看中国，中国跨境看广东"，而广东跨境，状元谷已经占据一席之地。

"潮平两岸阔，风正一帆悬"，多么难得的境界。忙碌而充实的日子，官金仙忘记了路上的艰辛，忽略了往事中所有的坎坷，那些曾经的苦难，经过时间之火，淬炼成宝贵的财富。这是改革开放以来最好的时代，是物流发展最好的时光，是她官金仙最美的年华。

有意义的事

2016年12月24日，广东清远市，由南方广播影视传媒集团、羊城晚报报业集团共同主办的"2016广东年度经济风云榜"揭晓典礼，以"新常态、新动力"为主题，10位经济风云人物、10家风云企业、3个风云园区、2个风云商会荣登榜单，状元谷电子商务产业园是3家风云园区之一，南方物流集团董事长官金仙上台领奖。她一袭裙装，端庄得体，脸上温婉的笑意，散发出江南特有的韵味。观众们为她热烈鼓掌，2012年度经济风云人物之一的官金仙，在时隔四年之后，风云再起，再领风骚。

随后，广东电视台的记者采访了她："在英雄辈出的时代，长江后浪推前浪，某家企业，某个人，要在比较长的时间里保持发展的势头，引领行业潮流，这非常不容易。我们都知道，您是2012年年度经济风云人物，今年您的企业又被评为风云园区，请问您是怎么做到的？"

官金仙："我们建园区的时候，并不是冲着某个奖项，也不是为了申报什么项目，我们只是从客户的需求出发，从市场发展的长远目光，一开始就高要求高标准，力求打造具有国际水准的一流园区。几年下来，经过亚马逊、酒仙网等我们的老客户的检验，他们的满意说明我们的初衷是对的。低碳、环保、绿色、近零排放，这不仅是我们南方物流的目标，也是全社会全人类的理想。我很高兴今天得到这个奖，这是对我们的肯定和鼓励，更是一个惊喜！"

记者："说得太好了！不是急功近利，而是为更长远筹谋；只是按照本心专注做事，却收获了惊喜。官总，请您跟我们分享一下您是怎么走创新之路的。"

官金仙："在物流行业二十几年，我觉得，每一个关键，创新和快人半步都是至关重要的。尊重市场规律，在创新和变化中稳步前行。状元谷开始构思，我们的立足点就是国际标准，不走老路，不重复以前的，要有新意，有新理念。尽管，成本增加了将近35%，但是值得！"

记者："近零排放，环保低碳绿色，事实上也是在为社会做贡献。您的企业做得这么大，您也是在行业非常有影响的人物，据我所知，南方物流在慈善方面也做了不少事。请您说说。"

官金仙："这方面，就不多说了吧。"说完笑笑。

这是她一贯的作风。每当记者采访这个话题，她皆是避而不谈。为社会，为有需要的人尽一点微薄之力，她觉得是回馈和感恩的一种方式，没有必要宣扬。上天赋予一个人获得财富的能力，同时让这个人以奉献的方式，心怀喜悦并让灵魂升华。这是修炼的一种途径，也是修炼的至高境界吧！

回广州的路上，已是将近半夜。官金仙没有一点倦意，跟李芳娴他们谈兴正浓。她对芳娴说："芳娴，2016年还不错，尤其是你的项目部，表现突出，取得了好成绩。2017，继续努力！"

李芳娴回答："都是官总您指挥得好！靠我们几个，肯定是不行的。明年，我觉得压力也挺大的。"

官金仙笑说："别怕，压力就是动力！"

李芳娴说："有官总您统率，我们就有信心！"

微信不停地有消息来，官金仙打开看看，好多朋友、同行、领导、客户发来信息，祝贺状元谷获得风云园区。亚芬、双妹她们在群里送花放鞭炮鼓掌，赞叹她在台上风采依然，美美哒。官金仙边看边笑，说现在的网络时代，传播速度就是快。

快到家，芳娴说："官总好好休息，明天一大早要赶去江西。"官金仙说："江西那边正等着呢，开董事会。"

第二天，2016年12月25日清晨，天还没亮，官金仙跟助手小杨出了门，陈长林开车，赶往白云机场。此行目的地：江西省泰和县。

广东与江西是近邻，吉安市泰和县距离广州只有500多公里。沿着国道G45，过了广东河源的连平县，进入江西地面，道路通达。很多人对泰和的认识是因为井冈山，以前到井冈山旅游，通常是先抵达泰和县，再往井冈山而去，京九铁路上的泰和站曾经就叫井冈山站。另外，泰和是革命老区，出将军的地方。还有就是泰和乌鸡，那可是贡品，乌鸡白凤丸的原料。因为地缘关系，广东和江西两地比较亲近，新中国成立前粤东山区有"走江西"的情节，类似于西北的"走西口"，也是生活艰难，到江西去寻活路讨生计。

开放改革之后，广东与江西的距离逐渐拉开，去往江西的广东人依然很多，基本都是去看风景的，井冈山、庐山、三清山、婺源……江西到广东的都是年轻人，到珠三角打工。泰和县也不例外，根据县政府2016年的资料统计，泰和县在广东等地经商、务工人员超过10万人。泰和县的全县人口是53万。

跟长三角、珠三角人口密集、经济繁荣的状态相比，泰和县犹如世外桃源。井冈山下的泰和县，东南邻闻名全国的将军县兴国县，北接吉安市区，是井冈山革命根据地的重要组成部分，曾经诞生了18位开国将军。抗战期间，泰和为江西省省会，浙江大学曾在泰和办学、国立中正大学在泰和创办。2016年泰和槎滩陂入选世界遗产名录。

如此地灵人杰的泰和，自然引起了有识之士的关注。为了发展经济，泰和县通过招商引资等渠道，引进了一些投资者，南方物流便是其中之一。

南方物流要在泰和建学校办教育，这好像有点出人意料。投资房地产、修铁路、建高铁站、投资电信、电力等等，都是大热门，而投资教育，十年树木，百年树人，投入成本和效益回收难成正比，而且后续投资巨大，建设周期比较长。明摆着，这不是挣钱的项目。

明知道不挣钱，却要去做，似乎有点犯傻和不合常理。南方物流毫不犹豫地拿下了这个项目，于2015年9月与县政府签约。按照泰和县政府的规划，学校由南方物流集团首期投资1.2亿元兴建，属民办公助学校，系泰和县重点建设项目。学校占地面积64.92亩，建筑面积50515平方米，办学条件达到省规范化配备标准。学校规划办学规模100个教学班，内设幼儿园、小学、初中、高中，为十二年一贯制学校。

南方龙江实验学校2016年1月破土动工。

这次，官金仙和二哥管金生达成了共识。这也是分家多年之后，兄妹携手，齐心协力为一个目标。作为集团公司的一个项目，官金仙十分重视，不仅亲自担任南方龙江实验学校董事会会长，还派出得力干将李建中进驻现场，为工程建设筹谋、把关。

管金生干脆住到了泰和，成立"江西南方物流有限公司"，看上去像是要在江西撸起袖子大干一场的架势。官金仙了解他的脾气，做事情热汤猛火，效率高。这次她到泰和，除了考察工程建设，也正好参加南方龙江实验学校董事会第一次会议。

正值隆冬季节，山区的风有些寒凉。从泰和机场到县城，20多公里，半个多小时也就到了。迎接官金仙的，除了二哥金生，弟弟金荣、金虎也在，加上二哥的儿子，亲人见面，相见甚欢。大家边谈边走，直接奔学校而去。

学校地理位置优越，交通便利，毗邻县行政中心、体育中心，侧有龙江水，后有龙头山，闹中取静，十分清雅。走进学校，迎面一尊汉白玉孔圣人雕像，格外引人注目。校园里，还摆放着毛泽东、鲁迅、叶圣陶、爱迪生等中外名人的雕像，也都是汉白玉雕刻，洋溢出浓浓的学府味。一边走，管金生一边解说，教学楼、实验室、图书馆、中学区、小学区、幼儿园区，创意和构想，现状和展望，欣喜之情溢于言表。官金仙看着，听着，或是赞许地点头，或是询问了解。

他们不像以往那样谈投资和经济效益，而是论教育，谈人才，聊当地学生的状况。仿佛回到了从前，统一了思想，为同一个目标而努力。

官金仙感慨："比我想象中要好得多！"这句话对二哥管金生是极大的鼓舞和表扬。这句话的含义可能是，管金生的能力、魄力跟以前不可同日而语，这些年当家做主的锻炼，已经上了一个层次；他自己虽然不能面面俱到，但是知人善任，手下有副总经理汪东生等得力助手，又得到李建中的尽心尽力支持，无论是对外的联络沟通，还是对内的管理把关，都能到位；学校的建筑构思、设计、建设，有水准，有特色，大气而秀美，流畅而精致。原来认为，在泰和这样的山区县，建一所普通的学校，让学生们有相对好的学习条件，没想到管金生很花心思，把学校建得这么漂亮。

管金生的裤管上沾着尘土，风风火火的模样，不认识的以为是建筑工地监工。一年多时间，他几乎都是跑工地，一天不跑心里就不踏实。过个节回广州一趟，三两天已经待不住，就要赶回泰和。他的下半生，看来跟泰和已经结下了不解之缘。花甲之年了，还如此奔波操心，也真是不容易啊！

官金仙对二哥说："这件事看你做得挺带劲的，成果也出来了，很好。"

金虎打趣："看他这样子，就是一个泥水工。"

管金生心里高兴，脸上漾起了笑意，他说："我觉得蛮有意思的，建学校，办教育，有利于当地老百姓，又受人尊敬，所以，也没有考虑挣不挣钱，觉得做得很开心，很有意义。每天跑，有时候也自己动手，搬石头我也能干，不觉得累，就想尽早建好，把质量保证了。说实在的，这么多年，做这件事情我感到特别有意义。"

官金仙的心一热，对二哥投去赞许的目光。二哥的话朴实，却引起了她强烈的共鸣。经过岁月风雨，活到这个岁数，做有意思的事情，干有意义的事业，是发自内心的声音。犹如花开，必得经过漫长的等待和沉淀。时间改变了很多东西，让坚硬粗粝变得柔软细致；时间也让一个人返璞归真，铅华洗尽，本真最美。

管金生虽然独立出去，但依然是南方物流的一员。他担任广东南方物流集团董事总经理、广州南方物流投资有限公司法人总经理、泰和南方龙江实验学校副董事长、法人代表，还拥有广州市物流与供应链协会副会长、广州市白云区商业总会副会长、江西省吉安市物流协会副会长等头衔。无论时间过去多久，无论走到哪里，他心里亮堂着，"南方物流"这面旗帜是他的自豪与骄傲。

考察完学校，大家聚在宾馆，说说笑笑。有些时日没有在一起好好聚聚了，除了管金春，兄弟姐妹几个都在。金仙说："应该把大哥也带来，大家一起说说话，多好。"话题依然是学校，大家都很兴奋。

金荣问："再过两个月，春节后要开始招生，2017年9月份正式开学，半年多的时间，准备工作来得及吗？"

金生胸有成竹。他说："绝对没有问题，一切都在按部就班。

主要是政府非常支持，群众也高度关注，招聘公告一出，很多优秀的老师报名，也很多家长通过各种渠道打听，怎么才能进入这个学校。我们的学校建好，就是泰和最好的学校！"

金仙说："学校最好还不够，教师队伍、教学质量也要最好！我们南方物流的风格，要不不做，做就要做最好的。不仅是泰和县里最好，要把目标定得高一些，目光放得长远一些，要放在吉安市、江西省去考量，办成全市、全省最有特色的学校。这样，才更有意义。"

金生叫好。妹妹金仙的水平那是没得说的，眼界、才情、谋略、执行力可以说无人能比，更别说他们兄弟了。金仙专程从广州来，代表集团公司从行动上给予他肯定和支持。金生说："明天的董事会会议，已经安排好了，全部成员参加。大家听说董事长来了，很高兴，都想见见你。"

官金仙说："我觉得董事长还是二哥当比较好，这个项目你在抓，方方面面都比较了解，在当地的人脉也熟悉。"

管金生坚持一定要妹妹金仙出任董事长，兄弟几个异口同声，非金仙莫属。金仙不好再推辞，打趣说："看来，我还有点用。"

金生接过话来："没有你，怎么做得成？"

金虎也说："那是那是，我姐是谁呀？只有我姐支持，才能干得好。"

金仙说："打住！你们少来。怎么不想想你们当初怎么欺负我的？我为你们哭过多少回掉了多少泪，我可不会忘记。"她说得似真似假。

金生有点着急，也是心里有愧，急忙说："那些，过去的事情，忘了吧。我这个人，你知道的，脾气比较急，什么话说过就过了，不会放在心上。"

金虎卖起小弟弟的乖来，一屁股坐到姐姐身边，拉起姐姐的手，拍着姐姐的手背，说："姐，姐，不要再提过去的事了，我们是一家人。再怎么样，也是一家人。你说对吧，姐？"

金仙没有马上回答，大家都沉默着，气氛有点不和谐。金生看着窗外，好像是对对面坐着的汪东生，又好像对自己说："我这辈子，要是没有我妹妹，真的没有我的今天。是她把我带出来的，从德清那个地方带出来……"

金仙展颜一笑，手一挥，把滞重的空气驱散。她说："今天大家在一起，高兴！我们不说那些了。从今往后，我们要做有意义的事。"

大家跟着笑了。

出发　为了回家

2016年的中国商界风起云涌，你方唱罢我登场。最励志的是华为的创始人任正非，华为手机在欧洲攻城略地，击败众多对手，创造了销售神话。大赚外国人钱的任正非给中国人长足了脸，大快人心。另外，几乎从来不露脸的低调的任正非，终于走到台前，于是无数人被这个年逾古稀的智慧老人所感动，他成了民族英雄。

万科股权之争成为2016年商界的焦点，年末的格力集团董明珠发飙引发的大震荡也引发舆论热潮。

任正非、王石、董明珠，三个人都是年过花甲，他们有明显的相似之处，都是从底层一步步奋斗，历经艰难百折不挠，借中国开放改革春风，在各自的领域里长袖善舞独领风骚。

南方物流集团上档次上规模了，出名了，引来了不少策划公司、公关公司，国内的国外的，其中不乏很有实力的大公司。到底要不要上市？南方物流内部在关注，官金仙也在思考。小门店—营业部—小公司—集团公司—上市公司，这是一个规律，也是成功与否的标志。2016年11月11日，卖鸭脖子的湖北企业"周黑鸭"在港交所上市交易，交易首日市值154亿多港元。围观群众感慨："鸭脖子做成国际品牌，太牛了！"

　　这天，一家曾经操作多家公司成功上市的公关公司经理找上门来，希望说服官金仙。官金仙客气地接待了他们，耐心地听完他们的宏图大略。

　　"官总，有一个壳可以用，我认为非常适合南方物流。"公关公司经理说道。

　　经理滔滔不绝，演说充满激情。官金仙好生奇怪，怎么这些人整天跟打了鸡血一般，明明是一对一的对话，却好像面对几千人指点江山。见官金仙没有打断他，又把上市的好处说了一遍。

　　"官总，南方物流只要成功上市，迈入世界一流企业指日可待。首先，丰富融资渠道、增强融资信誉；其次，规范企业运营、吸引优秀人才；再者，利用股票期权等方式实现对员工和管理层的有效激励，有助于企业吸引优秀人才，增强企业的发展后劲。证明企业实力、提升企业形象。上市是对企业管理水平、发展前景、盈利能力的有力证明；通过报纸、电视台等媒介，可提高企业知名度，提升企业形象，扩大市场影响力。发现股票价值、增加其流动性。借助市场化评价机制发现企业股票的真实价值；增加股票流动性，是兑现投资资本、实现股权回报最大化的有效途径。"

　　"官总，我认为南方物流现在策划上市是最佳时机。"经理近乎慷慨激昂。

官金仙说："最近接触到好几家你这样的机构，让我增强了信心。我很高兴，南方物流得到大家的认可，这么多人关心我们，愿意帮助我们上市。前两天还来过一家韩国的，也是很有实力的一家公司。这么说吧，这个问题我也考虑了很长时间，觉得能够上市是大好事。不过……"她话锋一转，"目前还不到时候，暂时不考虑了，谢谢！"

为什么不上市？她的想法很简单：我的公司我做主，我自己掌控，干吗要交给别人，让别人指手画脚？我辛辛苦苦建立起来的公司，我的孩子一样，骨肉相连，不忍心有任何闪失。再者，上市的第一目的是融资，南方物流目前不需要。任正非甚至说："华为不上市，则有可能称霸世界。"官金仙倒是没有那么大的野心，公司正常发展，一切都在可控范围，这是她要的。

要说荣誉，不管是公司还是官金仙个人，数下来一长串，随便挑几项：

国家AAAAA级现代综合物流与供应链管理服务企业；

中国物流百强企业；

中国物流与采购联合会副会长单位；

广东省流通龙头企业；

广东省物流行业协会会长单位；

广州2010年亚运会综合物流独家供应商；

广州市企业信息化示范企业；

……

南方物流集团旗下状元谷电商物流园，行业翘楚，获奖无数：

首批国家电子商务示范基地；

国家智慧物流配送示范基地；

广东省优秀物流园区；

广东省风云园区；

省级现代服务业集聚区；

省级低碳示范园区；

省市共建战略性新兴产业基地；

······

官金仙的头衔可谓花团簇锦：

中国物流与采购联合会副会长；

广东省商业联合会执行会长；

广东省物流行业协会会长；

广州市妇联副主席；

中国民主同盟妇女委员会副主任；

广东省现代物流研究院理事长；

南方物流学院名誉院长；

浙江省湖州市政协委员。

此外，还是中山大学、华南理工大学、广州大学等多所院校的客座教授、企业家导师。

······

官金仙获得的荣誉，也是流光溢彩：

2004中国物流年度十大风云人物；

2004中国最具影响力民营物流企业家；

2007年全国物流行业劳动模范；

2008年中国民营经济十大风云人物；

2009年建国60周年杰出贡献人物；

2010年第十六届亚运会火炬手；

2012广东十大经济风云人物；

2015低碳中国行年度榜样人物；

2016年全国三八红旗手；

……

官金仙挺幸运，得到了认可，辛勤耕耘换来了硕果累累。回首走过的路，一重山水一重天，几十年过去，弹指一挥间。也该放慢脚步，好好歇歇了吧？她也很希望能够跟其他人一样，含饴弄孙，颐养天年。孙女、孙子天使一般，她每天东奔西跑，无论多辛苦，心头多少烦恼，回家看到孩子们，她就心花怒放。

这天晚上，孙女田田说："奶奶，晚上我可以跟你一起睡吗？"

田田妈妈说："不行，奶奶累了，要好好休息。"

田田撒起娇来："可是，我已经好久没有跟奶奶一起睡了。"

官金仙眉开眼笑，对田田说："好，田田，晚上跟奶奶睡。"

田田欢呼起来："奶奶，要给我讲故事。"

官金仙说："讲，讲故事。"

孙子小禹骑一部儿童电动车，呐喊着从门外冲进来，围着桌子转一圈，又冲出去，开心得小鹿一样。官金仙大声吩咐："小禹，慢点，别摔着了。"转头问儿媳妇："张敏什么时候回来？"儿子张敏去了美国。

儿媳妇回答："后天回来。妈，这才没几天呢！"说着笑起来。

张敏有自己独到的见解和思维，他没有追随母亲的脚步，他的兴趣在金融投资上，多年来潜心钻研，经营得还不错。官金仙也不强求，毕竟每个人都有自身的特质，喜欢的才是合适的。官金仙支持儿子，年轻人走自己的路，犹如当年她一样，只要勇敢地朝前走，总能迎来春暖花开。至于她毕生努力构建的物流王国，她心中早有安排。

女儿仪慧微笑着，始终没有搭话。女儿小，才二十出头，大学毕业后在公司上班，性格文静。官金仙拍拍女儿的肩膀，笑笑说：

"我们仪慧已经是大姑娘了，时间过得挺快的，只是一转眼，都要嫁人了。想当年我找对象，首先考虑的是这个人能不能对我的家庭有帮助，还好运气不错，你爸是个很好的人。仪慧，别的不用考虑太多，资产呀，地位呀，选择什么样的人你自己做主，妈支持你。不过有一点，女孩子一定要秀外慧中，德才兼备，不断丰富自己，提高自己。你优秀了，自然能遇到优秀的人。"仪慧默默点头。

官金仙的婆婆95岁了，请人专门服侍。老人身体蛮好，行动自如，脸色红润，看上去比实际年龄年轻得多。她晚饭后通常会坐一会儿，跟儿媳妇聊几句。她用德清话对儿媳妇说，照顾她的保姆听不懂她的话，她想喝水保姆以为她要上厕所，而且，这个保姆态度不够好，没有笑容。官金仙听了哈哈一乐，对老人说："妈，您是这个家的宝贝，您一定要每天高高兴兴的，您高兴了，一家人都高兴！"官金仙拉过老人的手，握着。老人看着儿媳妇，喜笑颜开。官金仙明白，并不是保姆的问题，是老人想跟她多说话。每天上班前，她对老人说："妈，今天要开心哈！"下班回家，见到老人第一句话："妈，今天怎么样？开心吗？"张水林看在眼里听在耳中，他是个大孝子，老婆也这样孝顺母亲，他嘴上不说出来，心里满是喜悦。

榜样的力量是无穷的，官金仙的儿媳妇耳濡目染，对婆婆也恭敬有加。官金仙特别疼爱儿媳妇，娘俩走出去，那亲密劲，那默契度，别人看了都说是母女。一大家子，四代同堂，其乐融融也。

"家庭是奋斗的动力，更是心灵的归属。回家，出发才有意义。"官金仙道。家庭和事业哪个重要？对她来说都重要。两者不是对立的，而是可以相辅相成的。

还有朋友，生命中重要的组成部分。

秋天，田野上的那棵银杏树叶子熟透了，太阳一照，金光闪闪，仿佛谁挂上去的一树纸钱。目光所及皆是平原风光，阡陌纵横，流水旖旎。银杏树就站立在那里，伞盖如云，显得极为突出和孤傲。秋风飕飕而过，叶子哗啦啦摇摆，片片飘飞，惊吓了一群麻雀。

一辆红色轿车在一旁停下，官金仙从车上走出来，仰头看着银杏树。秋风吹乱了她的头发，脖子上垂落下来的金黄色长丝巾，被风吹起，轻拂着她的脸庞，好像跟银杏树呼应一般。她在想，今天真巧，戴了这条金黄色的丝巾，也是很应景了。

"金仙！"有人叫她。

听声音，她就知道是玉梅。果然，玉梅迎上来，边走边说："看到车子，我就知道是你。"

官金仙每次回老家都会先联络玉梅，无论多忙，姐妹俩都是要聚聚的。这次，她到杭州开会，玉梅已经翘首盼望好几天了。

姐妹俩拉着手说话，官金仙觉得玉梅的手冰凉，看了看玉梅的脸色，官金仙心里一怔。玉梅的笑容挂在脸上，姐妹相逢，发自内心的喜悦。但是，眉宇之间锁不住的淡淡伤感，秋风一般飘过。金仙关切地问："玉梅，你怎么啦？身体不要紧吧？"

玉梅抽出手，用右手掠了掠垂落额头的一绺头发。顺着她的手望去，满头灰白。官金仙吓一大跳，上次见到玉梅，也就一年时间不到，怎么变成如此苍老不堪？即使身体不好，也不至于老的这么快啊！

官金仙很难过，心里隐隐的生疼。刚要问，玉梅仰头看着银杏树说："金仙，银杏的叶子，这样黄了，也蛮好看的噢。"

官金仙说："是呢，好看。"

玉梅说："以前我们经常在树下玩，跟你坐在这里织毛线的情景，就像是在昨天一样。那时候树没有多高，你看现在，都到天上去了。"

官金仙感慨："是啊！真快，我们也都老了。"

玉梅说："我们怎么长得过树呢？自然是长不过的。我们小时候树就在这里，我们老了树也在这里，等我们没有了，树还是在这里。"玉梅抬手揉了揉眼睛，官金仙看见了她的泪。

官金仙说："玉梅，你的身体不要紧，对吧？我会帮你，你不要担心。"

玉梅看着银杏树，缓慢地说："我不担心，人总归有这一天的，无论活得好活得不好，无论有钱没钱有面子没面子，都会有这一天。"回头看着金仙说："金仙，我最羡慕的就是你，敢去做自己想做的事情，可以走自己选择的路。不像我，过一天算一天，一辈子也不知道自己活着是为了什么。"

玉梅嘴角动了动，目光平和地看着金仙说："千人千般苦，没人苦相同，这世上的人，都是苦的。金仙，我知道你也不容易，也苦。往后，不要太苦了，这几十年，你受的苦也太多了，要多享福，多快乐，真的，谁也带不走一分一毫，人生在世，不要太苦了自己。"

金仙和玉梅，在秋风中的银杏树下，说着体己的话，一会儿哭一会儿笑。突然一阵大风刮来，金仙的丝巾被风卷起，飘起来，打了几个漂亮的转，落在银杏树上。金色之上，仙气飘飘，诗情画意，美丽不可言说。金仙纵身一跃去抓丝巾，眼看够着了，风儿仿若跟她调皮，又把丝巾揭起，飞舞左右，飘向蓝天。

金仙双脚一踮，竟然不可思议地离开了地面，飞向空中。她看见太阳，闪耀着丝丝缕缕的光，从她的头发间指缝间穿过；她听见风，弹奏出美妙的旋律，掠过她的发梢她的脸颊。她越飞越高，飞跃一条条河流一座座山岭，飞过一片片田野，一座座村庄；渐渐地，她的速度慢下来，犹如一片云，在天空中自由伸展，曼妙起舞。心里还想着玉梅，转身去看，故乡已经很远了。

梦中醒来，官金仙依然记得梦里的情景，玉梅说过的话，一句句言犹在耳。她常常会梦见跟玉梅在一起，或是天没亮就去割草，或者太阳底下一起割稻子。诸如此类的梦境反复出现。这一次，是个全新的梦，以前从来没有做过。以往每次从梦中惊醒，她都是一身汗，心脏激烈地跳动，情绪是着急或者恐惧的。这次，自己居然能够在梦里飞起来，无论是在梦中还是在梦外，都心情愉悦。想想那棵银杏树，如此清晰可见触手可及，可是，老家并没有这样一棵树。这是一个假设的场景？哦，不，想起来了，好像运河边上有一棵，她和玉梅从武林头去塘栖的路上，看见过这棵树。她想一会儿给玉梅打个电话，把这个梦跟玉梅说说，蛮好玩的。

玉梅却辞世了。玉梅的癌症有好几年了，这种病不会活太久。但是，怎么也没有想到这么快。突如其来的悲伤紧紧攥住了官金仙的心，天空刹那间沉下来，不见天日。

这些年，生命中至亲至爱的人一个个走了，说什么命运掌握在自己手中，其实生死都是天定。命运之神把你托在掌中，任由你撒野放肆，任由你尽情挥霍，却在你不经意的某一天，毫无征兆地猛然放手，于是，你从云端跌落，红尘消散，化为云烟。先是她的母亲，然后是她的父亲，接着，好姐妹于敏琦、玉梅，在短短的几年间先后离去，都不满60岁。生命是如此短暂，曾经以为的漫漫长路，回头望，不过是瞬间！流星之耀眼，烟花之绚烂，瞬息之后，还原为最初的寂静清冷，剧终人散。

于敏琦和李建中夫妇跟着她在广州多年，于敏琦生病的日子，官金仙对她关怀备至。不管多忙，每周也保证一次以上去探望她，跟她聊聊天，说说心里话。手术需要用钱，官金仙更是主动承担。

她要李建中尽心照顾老婆，工作上的事情暂时放下。从肺癌发病到离世，于敏琦坚持了6年时间。临终，于敏琦感动地说："金仙，要不是你，我活不了这么久。你的心太好了，对我太好了！"

玉梅一直在老家，嫁人生娃，柴米油盐，平淡得不能再平淡，几十年日子过得清苦。随着大环境好转，生活逐渐好起来了，后来，夫妻俩开了一个水产店，生意还不错，眼看就要熬出头了，不料，天堂一纸诏书，把勤劳吃苦的玉梅叫了去。官金仙尤其难过的是，自己一年忙到头，也没有常去看望玉梅，稍感欣慰的是，玉梅病重期间，她把玉梅接来广州，带玉梅看最好的医生用最好的药。以前总以为来日方长，等忙过这阵子，以后没有那么忙了，老姐妹一定要好好叙叙。哪能等啊！甚至连告别都来不及，一觉醒来，已经天人永隔。

"金仙，我最羡慕的就是你，敢去做自己想做的事情，可以走自己选择的路。不像我，过一天算一天，一辈子也不知道自己活着是为了什么。"玉梅的这句话重又浮现出来，官金仙犹如醍醐灌顶，浑身一激灵。

活着为了什么？我有答案了吗？！

回家，这个念头涌上心来，异常强烈。

还记得当年的毛竹房吗

官金仙的母亲罗阿头，临终前还操心大儿子管金春。这个儿子是她带来的，跟官金仙同父异母。她对大儿子说："你不用担心，你这个妹妹是会管你的。"官金仙一旁早已经泪流满面，握住母亲的手说：“妈，这个你放心，这是我大哥呀，我一定会管他的。”

本来，官金仙想让大哥一直留在广州的，大哥在公司也有股份，但是大哥想回家，毕竟一天天老了，而且，他的儿子也主张回老家创业。回家时大哥拿到了一大笔钱，在老家办起实业，日子过得不错。

老四管金荣在四川分公司多年，挣了钱，也回家养老去了。他和老大管金春算是见过大世面，最后荣归故里，在当地开公司买房子，衣食无忧，安享晚年。

母亲去世后，老二管金生把父亲接了去，夫妻两个对老父亲格外用心，照顾得无微不至。老父亲生病住院，他床前侍奉，嘘寒问暖，平常的火暴性子，在老父亲面前变得服服帖帖。听人说金龟对老爷子的病有作用，不惜花费70多万元从广西买了来。毫不夸张地说，老爷子想要天上的月亮，他也会想方设法摘了来。老爷子脾气跟小孩一样，要发就发，发起来没有道理讲。他全不当回事，依然耐心照料，笑眉笑眼。有人开玩笑说：“老爷子像小孩子一样任性了。”管金生发自内心地说：“我不管他怎么任性，只要他在着，怎么任性都行。”

官金仙每次去看望父亲，心里暖暖的，感动之情油然而生，心里头那些个若有若无的芥蒂，那些个若隐若现的结，渐渐地淡化了，松开了。也许二哥心中有愧，希望以这样的方式弥补和化解。无论他和金仙之间曾经有过什么不快，但是父亲毕竟是同一个父亲，同胞兄妹，血浓于水。官金仙也是个极感性的人，看在二哥对父亲的孝顺这一点上，她在心里已经原谅了他。

时间能改变一切，能把沧海变成桑田，把沙漠变成绿洲；时间还能把一个翩翩少年雕刻成满脸纹路的老人，也能让仇恨的荆棘盛开美丽的鲜花。转眼之间，到广州已经二十几年；转眼之间，父亲母亲已经撒手人寰。生身父母，是世界上至亲至爱的人啊！父母在，兄弟姐妹是一家，父母不在，兄弟姐妹就是亲戚。人海苍茫，擦肩而过都是五百年回眸得来的缘分，何况血液里有着同样基因的兄弟姐妹！

有一次，官金仙听人说起一件事：某村的一家人兄弟分家，因为一把锄头大打出手兄弟反目，那弟弟差点一锄头把哥哥的头给锄下来。一把锄头值多少钱？却让人丧失理智，令人唏嘘。官金仙听了，朗然释怀。她和二哥分家时，家大业大，人性的另一面突然成为主宰，想获得更多利益，不过是人之常情。并非是二哥存心欺负她这个妹妹，也不是他本质有多坏。事情过后，二哥冷静下来，深感不安，想尽办法弥补过错。原来不当家不知柴米贵，分出去自己当家了，方才明白其中的难处，对妹妹也有了更多的理解和体恤。

官金仙的血也是热的，二哥的心意她心领神会。她懂得，二哥的心里是有她这个妹妹的，是在乎她的，逢年过节，好吃的土特产一个劲往妹妹家送。有什么事喊他，第一时间赶到。嘴巴上说不出好听的话，但是不断有行动。在他的心中，妹妹做的事业，妹妹为这个家所付出的，他认可并且服帖。

二哥跟父亲的性格其实是很相似的，从小到大，她多么期待父亲给予她肯定、赞扬，在她取得成绩时说一句鼓励表扬的话，然而，她始终没有得到。是父亲吝啬吗？还是父亲不爱她？不是。只是父亲不习惯说出口，不会那样表达。事实上，父亲的内心是多么自豪啊！为他的子女们，尤其是为他的女儿金仙！也许是遗传了父亲的基因，二哥一辈子都不会说好听的话，很长时间官金仙都挺在意，一直到父亲离世，她才恍然醒悟，每一个人表达情感的方式都是不同的。

金虎在东莞的南方物流集团子公司经营得不错，多年的努力不断有回报，在东莞的物流行业，也是数一数二的。先后获得东莞"物流龙头企业"、广东省"著名商标"、中国"物流百强企业"、国家"AAAAA级综合服务型企业"等称号，是东莞市物流行业协会创始会长单位和终身荣誉会长单位。

他是兄弟姐妹当中读书最多的，脑子灵活，能说会道，场面上应付自如。他不仅在行业转型方面大胆创新有所建树，还"跨界"地产业，在东莞投资建设的"G1蜂汇"自2016年年中华丽登场，以崭新创意和时尚的理念，成为东莞的焦点。

位于东莞南城的"G1蜂汇"没有像其他项目那样叫"大厦"，而是取名为蜂汇，对此，管金虎有自己的见解："寓意就是聚集在这里的是一群像蜜蜂一样勤劳的创业者，欢快地劳作，从事甜蜜的工作。G1蜂汇外表上看是一个普通的商务综合体，跟别人做的似乎没有什么两样，但实质差异很大。我们用的是产业人的思维在建设G1蜂汇，不是把所有的产业都卖掉，而是很大一部分自持经营。我们的产品销售不同于一般产品的新商务方式，而是定位在国际大服贸中心，并为此构建独具个性的生活服务系统、商务服务系统和金融服务系统，整个项目是一个完整的生态系统。"

从物流跨界至地产行业，管金虎解读，近20万平方米的城市综合体G1蜂汇项目，还是和物流有点关系，是公司的产业升级考虑，做的"三旧"改造项目。因为是产业升级，所以想着还是尽可能与本身行业靠拢，定位上，也是考虑跨界与系统性结合经营。这个项目内有写字楼，有创客空间，有微商工作室，也有商业。线上线下，打造了整个O2O的生态链，是一个真正的智慧商业MALL。

盛大开盘那天，管金虎陪同姐姐官金仙在现场视察，金虎不无自豪地跟姐姐说："我对这个项目有信心，它在东莞绝对是与众不同的。现在这个时代，要的就是创意，差异化。"转头看看姐姐，还像小时候那样顽皮地一笑："全靠有我姐，没有我姐，做不成。"他这话一语双关，一是指姐姐一直以来的关照，二是这个项目启动的资金姐姐助了一臂之力。官金仙听了，笑笑，心里蛮高兴的。她一辈子最操心的弟弟，一点一滴的成就，都令她欣慰。

2016年清明节，德清县武康镇。天空照例飘着霏霏细雨，海棠花、樱花在雨雾中幽然开放。一座小山头，他们父母的坟前，兄弟姐妹们相继到来，金春、金生、金仙、金荣、金虎，还有各家的媳妇以及后辈们，摆上祭品，供上鲜花，神情肃穆，深深缅怀。

官金仙看着刻有父母名字的碑石，眼泪忍不住就下来了，往事一幕幕浮现眼前，那些酸甜苦辣，那些喜怒悲欢，那些艰难委屈的日子，那些相依为命的时光，电影镜头一般，回放，快速地回放。大哥和母亲回乾元镇去运玉米秆子，小船在激流中搁浅，母亲在黑夜中等待大儿子喊人救援，母亲站立的小船在河水中摇摇欲坠；猪圈里，母亲喝下了农药，宁可诀别人世间没有尽头的苦难，金仙抱住母亲的腿哀哀恸哭："妈！不能死啊，妈！"下雪的冬天，母亲长途跋涉，走过一山又一山，穿过一个村庄又一个村庄，去给她蒙冤受屈的二儿子送棉衣……画面上，父亲的面孔出现了，咚咚咚的敲门声响起，父亲在深夜里从砖瓦厂赶回家，给孩子们带回粮食和肉类；过新年了，父亲带回来新布料，金仙的红花布格外漂亮，她高兴得拿着花布一蹦一跳的；门前的菜园子，面对无理取闹总是欺负他老婆孩子的邻人，胳膊一抡，把恶人教训得服服帖帖……爸爸妈妈兄弟姐妹，我们是一家人，拆不散打不垮的一家人啊！

谁能想到，父母这么快就走了呢？虽然知道这是自然规律谁也无法抗拒，但是心里还是一千遍一万遍地期待，自己的父母能够活一百年两百年，永远也不要离开！而眼前，一缕青烟，一抔黄土，留下的是无尽的思念，满腔的感慨。生命如此短暂，不过是匆匆过客而已，哪个能例外呢？！

官金仙的泪水抹了又流，泪眼模糊。抬头的瞬间，她看见二哥的眼眶红红的，突然觉得，二哥长得很像父亲。

清明节第二天，武林头老家。临水的小楼房，门前开着野花，屋后种着枇杷，几步开外是油菜花盛开的田野，不远处是古老的大运河。大家在房前屋后转转，随意地说着话。大哥的儿媳妇阿辉特地送来本地烧饼，一咬，香，依旧是童年的味道。房子平常有人定期打扫，只有他们兄弟姐妹回去，才在那儿聚聚。在武林头安家的只有大哥管金春，他的儿子媳妇一家子去了县城武康发展，平常也就他老两口。金荣一家也在武林头和武康都买了房子。父母留下的这栋小楼，后来他们重新整修过。门前的菜园子还在，小河的流水依旧清澈，水底的水草长发一般漂荡。一艘小船停靠在水边，已经是破旧了，看上去像是岁月里的一个符号。

蚕豆花、桑田、油菜花，还是从前的模样，旁边的一块水田，曾经有很多蚂蟥在那里吓人，那田里的水，一点也没有减少；枇杷树是老了，叶子落了一地，金仙的手动了动，忍不住要去捡起来。蓦然回首，她上过五年小学的大同小学，半堵秃墙，几行残瓦，斑驳了时光。

"还记得当年的毛竹房吗？"不知道是谁说了这句话，一下子，所有的人都怔住了。是啊，毛竹房！他们一家从乾元下放到武林头的安身之处，有关武林头的最初记忆，留下了他们多少欢笑和眼泪！多么伤感的岁月，多么快乐的时光啊！怎么会忘记？怎么能忘记？！

官金仙这一生的愿望，让家人过上好日子，并尽力让身边的人都过得开心。家人、亲戚、朋友、员工，尤其是身边亲近的人，他们开心了，她就开心；他们不开心，她总是想方设法让他们开心。为此，她付出了大量的时间，更不用说金钱、物质了。不过，人心是这个世上最奇特的东西，一个人无论你怎么做，总是很难让所有人都满意。官金仙说："我一直是这样想、这样做的，并朝着这个目标去实践，也许我无法让所有人都开心，但是，起码这是我的愿望。"懂得这个世上没有完美，依然一如既往朝着完美的标准去努力。

这，已经难能可贵了！

时光花开

2016年8月26日晚上，"时光花开　金秋雅集"活动在东莞某五星级酒店举行，收到请柬的嘉宾很是好奇，请柬上写的是雅集，到底什么主题的雅集，没有明说。到了现场，一出电梯，迎面一个鲜花簇拥的世界，各式花篮、花束、花架、花柱装点得五彩缤纷，花香满溢。不像是开张，也不像是公司年会，整个氛围清雅脱俗，唯美浪漫。走进大宴会厅，几十张桌子，每张桌子上摆放着鲜花；专业搭建的大舞台上，四周花团簇锦，LED巨型屏幕的鲜花背景上打出"时光花开　金秋雅集"的字幕，喜庆、祥和。终于有细心人醒悟过来："这是官总的生日晚会吧？"

没错，正是官金仙的生日庆典。为这个庆典，弟弟金虎和弟媳妇宝兰费了不少心思，布置得别具一格。金虎说了，我姐的生日，一定要办得上档次、上规格。官金仙本来不想大操大办，既然盛情难却，也正好中秋在即，借此机会亲朋好友聚集一堂，拉拉家常叙叙旧。于是，专门请了专业人士，策划一场别开生面的、与她以往任何一个生日都不同的庆典活动。

晚会以《时光花开》为主题，以歌唱、朗诵、散文音画的形式，展现官金仙不同寻常的人生之路，她的梦想，她的悲喜，她的荣光。当晚会的主角官金仙穿一袭黑色长旗袍，施施然走上舞台，全场掌声雷动。

她本来是致辞的，结果她讲述了自己的故事，对梦想的执着，对家人的感恩。她说："这么几十年，我的家人一直在我身边，给我支持、鼓励，我们一起分担、分享，互相帮助，互相扶持。跟这世上所有的兄弟姐妹一样，我们也有过磕磕碰碰，有过意见分歧，严重的时候也有过冲突，有过误解。但是，我们一起走过，一起成长。俗话说，打断骨头连着筋，世界这么大，人海茫茫，回头看看，亲人也就这么几个，血浓于水，温暖莫过于亲情。"她发自肺腑的语言，质朴、有温度，感动着在场每一个人。

她的孙女田田上台朗诵了作家逸野的诗歌《归家的路》，小姑娘有表演天赋，落落大方，轻松自如。五彩的霓虹落在她的身上，童话一般唯美。"走过许多的路，也许曲折，也许坎坷，也许宽广，也许平坦。人生有多长，路有多长。有些淡忘了，有些模糊了，但有一条路永远认得，那是归家的路！"田田童真清纯的声音，犹如天使在吟唱。

晚会的高潮是家人全部上台给官金仙献花、送礼物、祝福，兄弟姐妹全到齐了，先生张水林和儿子、媳妇、女儿、孙子、孙女围绕身边，从德清赶来的后辈们蜂拥而至，美好的祝福一一送上。官金仙笑着，灿烂地笑着，花朵一般盛开。咔嚓！照相机定格了这一刻。

王老师因为家里有事走不开，胖哥、亚芬、双妹、朱红文他们都到了。除此之外，还有南方物流集团的老员工、中层负责人以及重要客户，原来计划小型的聚会，结果来的人远远超出预想。众人欢声笑语，喜气洋洋。

金虎跟一帮德清老乡一边喝酒，一边说着往事。"我跟我姐，就是《杨乃武与小白菜》的故事，我姐就是杨乃武的姐姐杨淑英，为给弟弟的冤情翻案昭雪，吃了多少苦，受了多少罪啊！当年我无知，跟人打架受处分，我和我姐找车间主任求情，人家正眼都不看我们一眼，根本不把我们当人看。大冷的天，下着雪，我和我姐在车间主任的家门口冻得全身发抖。我姐说：弟弟，我们不求他了！我们走！这样我们才到了广州。我姐完全是为了我啊！"说到这里，金虎的眼泪哗啦啦流了一脸，像个小孩子一般。

二哥和嫂子阿英一起来敬酒，二嫂一直说着祝福、开心、感恩的话，拉住金仙的手，由衷地赞美："金仙，你今天真漂亮！这身衣服，啧啧，洋气，真洋气！"金仙心里对这个嫂子很认可，勤劳朴实，会理家，懂人情世故。尤其这几年，对她挺好的，时不时给她送点吃的用的，蛮在乎她的。二哥还是那样，没有多说什么，仰头把杯中酒干了。金仙找话说："怎么样，今天的活动？"二哥说："有水平，蛮好，蛮好。"

小孙子拿着一朵鲜红的玫瑰花，冲到官金仙面前，把花往她怀里一送，有点害羞地说："奶奶生日快乐！"她伸出双手想抱抱他，小家伙往人群里一钻，不见了。官金仙目光搜寻着他的身影，若有所思。父母的去世曾经让她一度失去了方向，原来所有的努力都是为了父母，给父母争气，让父母因她而自豪。父母不在了，努力给谁看呢？为了谁呢？看着孙子的身影，她找到了新的答案。

生命的延续，一代又一代人的传承，再平凡普通的故事，也可以是震撼心灵的史诗！

她自豪，她看到了黑暗尽头的梦想之光，并朝着梦想一路狂奔。前路迢迢，千难万险，从来不放弃，不气馁。她战胜了重重困难，同时战胜了自我，梦想照进现实，风景这边独好。

她感恩，上天对她格外眷顾，亲人们一直陪伴在身边。并非所有的努力都能有回报，所有的奋斗都能成功，而她得到了，成功了。并非自己比别人更优秀，而是自己比别人更幸运。

她知足，本来只是希望吃饱穿暖，为父母争一口气，为家人过上好日子，却托了党的好政策，得了好时机，否极泰来，不仅心愿得偿，还有能力帮助更多的人，为社会担起一份责任。

她骄傲，把不可能变成可能，创造了一个个奇迹。与TCL独家合作的案例，亚马逊华南基地落户状元谷的案例，亚运会综合物流独家供应商的案例，首批国家电子商务示范基地的案例，低碳、绿色、近零排放标准化园区的案例……这些案例，将是中国物流史不可缺少的精彩篇章。

她常常回顾过去，从童年开始，从故乡德清县雷甸镇大同村切入，那些镜头如此清晰明朗。女人如花，在红尘中摇曳生姿。平凡的女人自有平凡的芬芳，非凡的女人也有着非凡的魅力。

每一个生命来到世上，都不是偶然的；每一朵花开，都有其特别的意义。我们从哪里来，这是终其一生要探寻的奥秘；我们在路上会遇见谁？谁将是父母至亲？谁将成为骨肉相连的兄弟姐妹？我们无法预知答案。只懂得，人海苍茫，我刚好就来到这个家，刚好与你做了亲人，这一定是前生注定的缘分。因而，每一滴眼泪，每一声欢笑，每一段故事，每一次相聚，都是心中美丽的风景，值得一辈子珍惜。

金仙对自己的出生地城关镇的印象模糊，在她的心中，木桥头才是真正的故乡。位于浙江湖州市德清县雷甸镇的木桥头，是京杭大运河边上的小村庄，婉约江南，鱼米之乡。20世纪60年代初期，金仙的父母从工厂下放到木桥头，一家人的命运从此发生了转折。那一年，金仙5岁。

穷人的孩子早当家。艰苦的生存环境，金仙过早地接触了社会的真实，了解了人间疾苦，懂得每一分收获都需要付出十分的努力。春天的油菜花田里，盛开着她童年的梦想；水边的毛竹房中，留下了她委屈的眼泪；烈日下寒风中的旷野，挥洒了她辛勤劳动的汗水；大运河奔流不息的歌唱，承载了她年复一年的忧伤和期待。木桥头，这个原本陌生的他乡，不仅收留了金仙一家人，也收留了金仙一生中最刻骨铭心的记忆。不经意地回首，他乡已然是故乡！

高中毕业后，金仙当过工人，下过海，做过服装生意，开过领带厂……看她柔弱的外表，很难相信居然隐藏着如此巨大的能量，拥有一颗如此坚强不屈的心！她不屈服于命运的安排，用自己的勤劳和智慧，最终闯出了一条属于自己的路。

一个人无论走多久，永远无法走出童年；无论走多远，永远走不出故乡。从故乡出发，走往县城，走到广州，走向全世界，在追梦路上一路前行，风雨无阻。多少坎坷曲折，多少挫败惊险，多少辛酸眼泪，多少辉煌光华，经过岁月的过滤，全都化成会心一笑。是故乡和亲人给了她前行的动力与温暖，无论走到哪儿，不忘初心：为了家，为了亲人们过上好日子。

生命犹如花开，天生是哪种花，撒落在哪片土地，我们无从选择。金仙用自己的拼搏，阐述了这样一个人生信念：即使是生长在贫瘠的土地，即使只是一棵默默无闻的小花，也要努力地盛开，热烈地盛开！盛开，是花的使命。

很多人问过金仙："你为什么选择物流？一个女人做物流，有点不可思议，因为物流这种行业应该是男人干的。"金仙的回答很简朴："我也说不清楚，只知道从一开始做物流，就再也没有想过改行。"这是实话。自从1988年试水物流业，她就认准了这条路，任凭风高浪急，从来无所畏惧。

1992年踏上改革开放热土的广州，金仙就是直奔物流而来。如果说是她选择了物流，倒不如说物流选择了她，她看中的是物流业在经济快速发展大背景下的大好前景，物流选择她是因为这个行业不仅需要五大三粗的装卸工，更需要刚柔并济的女企业家。

从小小的货运部，到创办南方物流集团公司；从传统物流的运作方式，到首批国家电子商务示范基地；从名不见经传的小企业，到广州2010年亚运会综合物流独家供应商。她倾力打造的状元谷电商物流产业园，更是在短短几年内屡获殊荣，成为行业标杆。二十几年励精图治，殚精竭虑改革创新，她掌控的南方物流集团公司，创造了一个又一个辉煌。

似乎是冥冥中的暗示，她与物流，难舍难分。有过低谷，也有过困境，有过切肤之痛，也有过致命之伤。然而，她从来没有想过放弃，犹如她为家人过上好日子的初衷，始终如一。

她当然知道这个行业的艰辛，尤其是对一个女人。她勇敢地迎上去，投身波澜壮阔的时代洪流，亲历物流业的起步、变革、飞跃、创新，见证从传统物流过渡到现代物流的疼痛与挫败、悲喜与荣光。她满腔的热情和热血献给了物流业，她一辈子专心致志一件事：物流！她创造了一个又一个奇迹，一次次成为焦点亮点；她是一个浑身洋溢出人间烟火味的普通女子，更是一个以非凡的毅力和不屈的信念谱写魅力人生的女总裁。

"你给我压力，我还你一个奇迹！"官金仙创造的奇迹，令人拍案叫绝。历经风雨花更艳，铿锵之花，别有一番动人心魄的魅力。

追逐梦想的人，也是追赶光明的人，披星戴月日夜兼程，为的是迎接那一缕曙光。当到达顶峰，张开怀抱拥抱光明，曾经的苦和累，又算得了什么呢？

时间如白驹过隙，数十年的光阴，不过是弹指一挥间。走过春天的葱茏，挨过夏日的锋芒，收获过金秋的硕果，感受过寒冬的凛冽，不期然转身，青山隐隐，沧海桑田。

她依旧那么雷厉风行，但是已经放慢了脚步。她看见了以前匆匆赶路的时候没有看见过的莺飞草长，听见了以前为了事业而忽略的鸟唱蝉鸣；她依旧那么豪情满怀，然而已经懂得了随缘，学会了取舍。时间的魔法棒，能够把弱质纤纤的小女孩，锻造成刚强的行业巨头，也能够让飞扬的青丝变成缕缕银光。铅华洗尽，那从容平和的微笑，那坦然豁达的胸襟，就是时光最丰厚的馈赠！

故乡春天的原野，她一头扑进油菜花田里，笑声洒落一地，仿若童年的某一天。无论过去多少年，生命本真的东西深入骨髓，永远不会改变。人生最幸福莫过于历经世事沧桑，依然葆有单纯、质朴的情怀，澄澈透亮的心灵。

木桥头的毛竹房在记忆里生动，提醒她和亲人们血浓于水。为了家和亲人，她付出了毕生的心血，无愧于心。如今，梦想成真，他们都好吗？过得幸福吗？我呢？对自己满意吗？幸福快乐吗？抬头看去，油菜花田的另一头，一个圆脸短发的女孩，披一身花香，在斜阳下欢快地跳跃。仿佛看见了小时候的自己，她轻轻地笑了。

女人如花，无关乎年龄。生命就是如此奇妙，每个季节都有花开，每一天都是崭新的开始。历经劫难后的雍容华贵，走过繁华后的纯粹天真，烽烟消散，山青水绿；尘埃飘过，历久弥新。这是造物主最得意的杰作：时光之花。

唯时代与梦想不可辜负

下班后，官金仙和李芳娴、秘书黄丹一起赶往花园酒店参加活动。屁股刚坐稳，李芳娴说："官总，下周的日程安排满了，还有一天几场活动的。"官金仙说："挑重要的，可去可不去的，不去，可以让傅总去的，让傅总去。"年底事情太多了，睁开眼就是事，忙个没完。

看着芳娴，语重心长地说："芳娴，北京那个项目，我完全放手，交给你去做的，结果做得不错，项目拿下来了。你在公司也十来年了，有进步。以后，大事情多交给你一些，锻炼锻炼。"

芳娴说："不行不行，都是官总您指导……"

官金仙面带笑容说："别着急，呵呵。这几年你提高得蛮快的，尤其是对外的联络、沟通，与人打交道，头头是道，蛮好的，我欣赏。做企业的，策划固然重要，但是要拿到项目，要得到各方面的支持，沟通能力也是不能忽视。只是，你年轻，遇事别着急。比如刚才跟周总讲电话，语速慢一点，少说一点，让对方多说，你多听。听清楚了他的想法，你再表达。倾听，是沟通的第一步。"

芳娴连连点头，又说："好久没有去看过演出了，下周广州大剧院有一场钢琴音乐会，去放松一下吧？"官金仙亲昵地说："好，你安排。"芳娴眨了眨眼，眼睛里都是笑意："是。"两人相视一笑。

董事长助理李芳娴是官金仙的儿媳妇。

官金仙很少再提起焦虑症，偶尔有人问起，她淡然一笑说：

"那都是过去的事了。"她是完全摆脱了，放下了。不仅是焦虑症，就连过往的种种不快、诸多不平，也都平复了，心安了。这世上的人，只要有所作为的，谁不是九死一生？哪个不是苦过累过伤过痛过？有什么大不了的呢？

朱元璋是个放牛娃，越王勾践卧薪尝胆，邓小平三起三落，李嘉诚怀揣5000港元创业；当年的马化腾，也曾经因为缺钱想100万卖掉腾讯QQ；当年的刘强东，困境之中34岁一夜白头；当年的柳传志，贫困潦倒，40岁了还在摆地摊；当年的王健林，一分钱难倒英雄汉，被迫借高利贷；当年的宗庆后，风里雨里骑三轮车到处送货；当年的潘石屹，低下头颅，从铁丝网下面爬进深圳开始创业；当年的马云，连续吃了八个月泡面……孟子云："故天将降大任于斯人也，必先苦其心志，劳其筋骨，饿其体肤，空乏其身，行拂乱其所为，所以动心忍性，曾益其所不能。"

逆境中往往蕴藏着巨大的创造奇迹和成才成功的机遇，逆境磨难人才但也磨砺人才的优良个性，逆境由不幸造成但也使人才获得升华性补偿，正如培根所说："奇迹多是在厄运中出现的。"巴尔扎克更是直接断言："苦难是人生的老师。"

官金仙用事实证明了这一点。

转眼，迎来了2017年。于官金仙而言，这一年具有划时代的意义。

她进入物流行业30个年头。

她创办的南方物流25周年。

她的创业故事被广东电视台拍摄成纪录片《从小家到大家　从小梦到大梦》。

她的传记《时代与梦想——官金仙与中国物流30年》出版发行。

南方物流集团下一个五年计划重点工程"南香谷"启动；

她60岁。

完全不敢相信，这就60岁了？到广州就有25年了？小时候，总觉得年过花甲这个词是用来形容满头白发行动不便的老者，她印象中60岁的人也是老得不像样子，没想到，她的时光列车也停靠在这个站台了。

那些热辣滚烫的名词，依然清晰可见在她的脑子里。三年困难时期、精减回乡、文化大革命、上山下乡、拨乱反正、邓小平南方谈话、改革开放、经济特区、民工潮、反腐倡廉……

那些活色生香的画面，依然切换跳跃在她的眼前。托运站、公路运输、火车皮、集装箱、电子商务、亚运物流、创业创新、绿色低碳、跨境电商、智慧物流……

是否，她开始打算功成身退？

什么季节开什么花，这是自然之神的造化；人在哪个高度看到什么风景，这是历练的境界。只有勇敢地投身熊熊烈火，才能涅槃成为美丽的凤凰；只有在前行的路上不断认识自我提升自我，方可脱胎换骨浴火重生。官金仙坚持信念矢志不移，专注于物流初衷不改，唯其坚持，唯其专注，终成大器。犹如一个工匠，为某种艺术，穷其毕生之力，终有一天打造出传世之作。

静下心来，官金仙常常看见过去的自己。脆弱敏感，容易流泪，有时候情绪突然变化。走出焦虑症之后，她明白了，其中有性格的一面，也有因病所致。她在高处，但是她那么孤单；她在人群中，但是她那么渴望被关爱。人们把她当成女强人，钢铁做的，刀枪不入。她说不清楚自己的病情，很多人也不相信她有病。精力充沛、智慧、敏锐、胆识过人，这样的人跟疾病根本挂不上钩。如今想起这些，哑然失笑。一个人终其一生的梦想和追求，如影随形的忧伤和莫名的孤独，那是真正属于自己的体验。至于别人怎么看，怎么想，有没有在乎，并不重要。

很多原来觉得永远不会原谅的，不知不觉就看开了。海纳百川，有容乃大，包容他人并非为了昭示自身的崇高，恰恰相反，是为了利己。原谅别人的错，不纠结于痛苦中，放下包袱，轻装前行，多么愉悦，多么美好啊！世上没有过不去的坎，最大的障碍最后的敌人往往就是自己。战胜他人可能需要一年，战胜自我有时候需要一辈子的时间。

几乎每个人都有梦想，智商的高低差别可能也不大，真正的差别就在于专注与坚持。专注，她做到了；坚持，她也做到了。于是，成功顺理成章。

官金仙很清醒，成功，不过是因为自己足够幸运。南方物流未来的方向在哪里？下一步如何走？是继续坚持还是转型跨界？这些都是她必须思考的。荣誉属于过去，成功也是阶段性的总结，要让企业健康地持续发展，运作起来行云流水，还需要她这个当家人费一番苦心。虽然现阶段她完全可以掌控，然而必须正视一个现实：岁月不饶人。再过十年二十年，她终究会老去，英雄迟暮廉颇老矣，再伟大的人也有这一天。那么，她必须跟时间赛跑，先做一番筹谋。

她可以让自己有所为有所不为，静下心来，聆听内心的诉求。毕淑敏说"这一生你最重要的事情是让自己幸福"，这话击中所有人的内心。著名犹太精神病学和神经学专家维克多·弗兰克在《生命的意义》一书中写道："每个人被不断催促着去追求幸福。但是，幸福是可遇不可求的。幸福只会伴随着某些东西款款而来，一个人必须有一个'变得幸福'的理由。"

"我幸福吗？"这样问自己时，官金仙发自内心地微笑。回首过往，尽力了，尽心了，无悔了，心安了。心安即是归途，幸福就在眼前。

2017年2月下旬，纪录片开拍。启动仪式上，官金仙饱含真情说出的一番话，感动了在场的每一个人：

我在1988年进入物流行业，将近30年，初心不改，专注如一，最初的愿望只是想让家人过上好日子。没想到，我不仅实现了我的愿望，让我的小家过好了，还有能力为社会、为"大家"做贡献，这是个很大的惊喜。

我1992年的春天闯广东，赶上了改革开放的好时代，又是在改革开放的前沿广东这片热土，我创办的南方物流从一个小小的货运站发展到今天集团公司的规模，在行业占有一席之地，25年的风雨和艰辛，甘苦寸心知。奋不顾身投身创业，只是想在广州站稳脚跟，通过自己的努力打拼实现梦想。我的努力不仅有了回报，还受到了鼓励和肯定，得到了多方关注与支持。这又是一大大的惊喜！

春华秋实，一分耕耘，一分收获。我深深懂得，南方物流能有今天，仅仅依靠我个人的力量远远不够，而是有赖于社会各界的鼎力支持，有赖于南方物流团队的同舟共济。我很庆幸，我遇上了一个好时代！事实证明，我来广东没有错，是这里给了我发挥才能实现梦想的机会，我的悲喜与荣光，与这片土地密切相连。

在我前行的路上，给过我帮助曾经扶我一把的人，我心怀感恩；在我的风雨岁月，始终给我理解和温暖的亲人们，是我朝前走的动力。我的一切努力，也是为了回报关心我爱护我的人们一个惊喜！

几天后，官金仙带着李芳娴，到了增城区。春寒料峭的广州，细雨如丝，清风轻柔。木棉花，广州人深深喜爱的市花，在天空下热烈绽放。只见那木棉花高擎一树火焰，钢枝铁骨努力伸展，仿佛要把火焰举得更高一些。木棉树没有叶子，只有繁花，集聚了生命所有的热能，只为了一季的灿烂！义无反顾追求梦想的人，不也是如此么？

官金仙对芳娴说："今年的木棉花开得早。真漂亮啊！"

芳娴答话："好快呀，年一过，三月又到了。"

1992年3月7日，她从浙江奔赴广州。每年的3月7日，是不能忘却的纪念日。

官金仙说："南香谷这个项目，我们要抓紧，5月份才能按计划启动。"

芳娴说："嗯，我知道了。"

官金仙说："你大胆去做，把这个项目做起来。经历整个过程，对你是很好的锻炼。"

芳娴说："妈，重大的事情，还要您亲自出马才行。"

官金仙说："10年，我再带你10年，没有问题吧？妈会老的。"说完笑起来。

芳娴说："根据最新的国际标准，65岁是青年，75岁是中年，80岁才算步入老年。您才到60岁，正年轻呢！"

李芳娴并非是安慰她，事实上，官金仙自己有感觉，现阶段她的状态确实不错。身体健康，精力充沛，思维活跃，行动稳健，吃得香，睡得着，笑得爽朗，正是她的好时光。最重要的是心态好，难怪说，心态好一切都好。

她不会像以往那样拼命，但是退休也为时尚早。工作着是快乐的，能够为社会做贡献是莫大的幸福；为目标而努力心里踏实，事业就是她最好的美容品。她觉得自己就是操劳的命，如果还能有所作为却不作为，活着没有什么意义。60岁，人生一个新起点。

2017年刚到，她又开始策划新的蓝图，新的愿景。追梦的路上只有起点，永远没有终点。一个目标实现了，还有新的目标；一个梦想达成了，还有新的梦想；生命不息，追梦不止，梦想的光辉让平凡的生命闪耀灿烂的光华。成功不过是鸿篇巨著里的标点符号，故事将追随主人公的脚步不断延续，可谓是且听下回分解。

人的一生什么最重要？官金仙交出的铿锵答案是：唯时代与梦想不可辜负！

新年的开年宴会上，官金仙面对与她同舟共济的同事们，举起右手朗声说："来，为新的一年，大家撸起袖子加油干！"

"撸起袖子加油干！"习近平总书记2017年新年致辞里的这句话，朴实无华而又振奋人心，犹如鼓荡的春风，传遍祖国大江南北，迅速成为新年最热门的新词。

唯时代与梦想不可辜负，撸起袖子加油干吧！

2016年2月18日－12月20日　初稿

2017年1月1日－2月8日　第二稿

2017年2月18日－2月27日　第三稿

2017年3月2日－3月13日　第四稿

2017年3月15日－4月12日　第五稿

后记

2015年底，广东省作协文学院院长熊育群对我说，有个采写任务，南方物流的董事长官金仙，在企业创新方面独树一帜，而且许多媒体都报道过，这个人有故事，值得写，你去看看。说实话，我当时心里颇不以为然。

创业传奇，励志故事，长江后浪推前浪，已经看得太多了，没有什么新鲜。而且，我有另外的创作计划。心想应付一下，找个借口推托也就罢了。

2016年春节前，第一次见到她。尚未进入主题，得知此前已经有好几个人写了或者在写她的传记，有一个还写了20多万字，但是都通不过。心里有了想法，这是个要求完美甚至苛刻的人。

外貌看，她很有江南韵致，圆润的脸，清秀温婉，皮肤很好，口音带着明显的江南印记。干事业的女人好像都是一头干练短发，她也不例外。

我说我只是来见见、聊聊，听听她的故事是否能把我感动。请她也权衡一下，我这个人能不能担此重任。我的想法是，如果她的故事确实能打动我，让我有创作冲动，我就接，毕竟，好题材可遇不可求。反之，走人。写这种非虚构的长篇，忠实于真实，最主要是主人公要认可，那不是一般地难。前面写她的人，不都被"枪毙"了吗？可见，她在挑人，而且特别严格。

40分钟后，尘埃落定。

她用20分钟讲述了她的故事梗概，追梦历程，在江南水乡度过的苦难童年，家庭命运；她如何年少当家，为了亲人的生存与尊严，不屈不挠地抗争。父母原是砖瓦厂的工人，1962年精减回乡，为把农村户口转为城镇居民户口，13年漫长的等待和努力。改革开放，先知先觉下海弄潮，做裁缝，办领带厂，推销劳保服装，倒卖钢材，1988年开始办托运站，进入物流业。1992年闯广东，从东莞起步，转战南北，历尽艰辛。

仅是她的创业线还不足于引起我多强烈的好奇心，当她用平静的口吻，轻描淡写地讲述她因为练气功走火入魔，三次进精神病院接受治疗，此后得了严重的焦虑症，与病魔经年累月作战，我开始用心聆听。还有她与兄弟之间的矛盾，相亲相杀，揪心的痛楚与绝望；她争取广州亚运会综合物流独家供应商的满怀豪情，她建设国际一流标准的电商园区状元谷的匠心智慧，她最终以毅力战胜焦虑症的新生喜悦，说得波澜不惊，却极富感染力。

"奋斗了半辈子，能够给后人留下点什么？钱吗？物业吗？我觉得那不是最重要的。我经历的时代，再也不会重复了，那些苦的痛的纯真的美好的，后人永远也不会感受得到。我想把我的故事记录下来，不是为了宣扬我个人，我希望，我的后代以及更多的人，能够通过这本书，了解艰苦创业的不易，感受到梦想的力量，从而更懂得珍惜和感恩。"她这样说时，沉静而谦逊。

那一刻，我被深深地打动。

不仅是因为她的故事，而是她专注如一、初心不改的信念，她为让亲人过上好日子而奋不顾身的壮烈，她出发是为了回家的温情，她那从眼神里传递出来的生命的柔韧与顽强，令人动容。

她是一个平凡女子，柴米油盐人间烟火。并非她天生就多么伟大，她的每一步都是汗水和泪水，她的困惑、悲伤、绝望、欣喜，都是如此真实，如此接地气。相比于她的功成名就，作为一个普通女子的苦辣酸甜更富有意义。

我说："我很久没有这样被感动，你这本书，我写。"

我也用20分钟陈述了我的理由。世上的事情就是这样巧合，虽然我是20世纪60年代出生的人，年纪比她小，她阅历的主线，却跟我几乎相同。我的父亲也是在那个时候回乡，后来落实政策回城；我也有成群的兄弟姐妹，我担负的重托，与她一样。同是在乡村长大，她有的那些童年往事，我也有；她干过的农活，我也干过；她的委屈、困惑、不安、矛盾，我也真真切切地经受过；她到广州寻梦创业，我到广州打工寻梦。她在广州25年所感受到的时代变迁，我亲历其中感同身受。她几十年对物流专注如一，终能凤凰涅槃；我几十年对写作痴心不改，从山妹子成长为一名作家。她的时代，也是我的时代；她的梦想，正是我和千千万万寻梦者的梦想啊！

殊途同归!

我说:"写得好的作家很多,但是经历跟你如此相近的人恐怕不多;我不是水平最高的那个,但是我敢说,我绝对是最全力以赴的那个。我这个人要么不做,做就要尽力。我是个一根筋的人,永远只做一件事。如果我接了这个任务,别的事我都做不了,直到这件事做好为止。"

话音刚落,她从座位上站起来,豪气地手一挥,说:"我们太像了!我喜欢这样的风格。就这么定了!"

我们双手紧紧相握,无须更多言语。

2016年的春节,我阅读了有关她的大量资料,对她有了大概的认识。春节后上班的第一天,她叫秘书联络上我,希望我尽快投入工作。按照计划,只有一年多的时间深入生活和采写,交稿日期在2017年3月。

2016年2月18日,我再次走进南方物流。

这一次,我住下了。

一住一年多。我跟着她一起上班、开会、谈判、拜访客户,一起生活、出差、探访她曾经落脚的地方、回老家采访她的亲友。我熟悉了她的员工,跟她的家人成为朋友。很快,我们相互信任相互欣赏,做了闺密知己,内心深处的真实毫无保留,她展现给我的,是一个完全真实的人,不同于叱咤风云的集团公司董事长的普通女子的真实,不同于炫目的光环下成功企业家的平凡女人的真实。

这就是投缘吧。有时候我想,让一个女人来写女人,实在是方便得多。不知不觉,她悲欢离合的故事,她喜怒哀乐的情节，她得失成败的焦虑，是如此真切地牵动着我的心。开始，我的身份是体验生活的作家，渐渐地，随着对她的了解越来越深入，对她的剧情越来越投入，我竟然进入了她的角色，把自己当成了她，许多次听着她的录音，泪湿衣衫。

我从来没有对别人的故事如此投入过，进入她的角色，我懂得了她。我在写她，也是在写我自己。从为了完成任务的被动，到灵感如火花闪现创作激情难以抑制的主动，我们心灵相通惺惺相惜。创作过程中，我们随时沟通，常常是我写到某一段，把握不好走向，我们又坐下来，话题打开，说也说不完。哪些描述没把握的，也请她随时提出意见。有时，我念其中的一些段落，念着念着就入境了，待到会心一笑，两个人都泪眼模糊。我们陷落在故事里的时代，浑然忘我。

创作后期，为了完全不被打扰，我搬到增城新塘的一处寂静所在。小区树木婆娑，但是极为潮湿，四月份还穿一件毛裤，膝盖阴湿湿地发寒。冬天，羽绒服都穿上了，感觉比天河区冷了许多。

我把手机停掉，除了单位和家里，没有人能联络上我。我怀着闭关修行的决心，发誓不完成创作不出关。

这一年，我回过几次家。记得中秋节回家跟孩子一起吃饭，本来在说着月亮，我突然说起我在写的书，讲主人公的故事，我自己都觉得神经兮兮的，难怪孩子奇怪地看着我。我跟母亲说没事不要打电话，我的脑子会短路的。

当有一天母亲的声音从电话那头传来："有没有吃饭啊？有喝汤吗？饭要记得吃啊！"张了张嘴，说不出话来，原来好多天我没有开过口。

搬到居所的第一件事，我请开陶瓷厂的朋友快递来26个花盆，阳台上种满了花草。绿萝、茉莉、石斛兰、龙船花、薄荷……当我想起来，会走到阳台，跟我的花草说会话。阳台外是几株茂盛的白兰树，初夏，白兰花是我尊贵的客人。

吃的不缺，官总照顾得很好，生活补给叫人送来，储存在冰箱里，可以十天半月不下楼。需要补充写作素材了，我一个电话打过去，官总再忙也会尽快赶来。

创作的过程也是学习的过程，跟物流有关的书籍，与改革开放有关的资料，和主人公命运相关的知识，比如气功、焦虑症之类，还有哲学、文学。丰富自己，方能游刃有余。

说不苦是假的。自己才疏学浅，觉得这一年的时间耗费了几十年的积累，倾其所有，用尽心力。我比较笨拙，过于认真，只会实打实地干，比如在资料的引用上，尽量不长篇大论照抄照搬，必得经过自己的大脑和心，以自己的方式表达。有一次我对官总说："这本书写完，我再也不写长篇了！"

如果不是遇见这个好题材，我是断不会有创作长篇的热情的；如果不是官总的信任、坦诚、理解，我也不可能这么卖命。我很幸运，这一年多的时间，我学到了很多，对中国物流30年的发展、现状、未来有了基本的认识，对这个行业有了更多的了解，并且，喜爱。

这不仅仅是一部个人传记，我希望我是一位时代的歌者，是书写人民在改革开放年代真实感受的记录者。

感谢广东省作家协会、花城出版社、南方物流集团公司以及所有帮助过我的人们！

高小莉2017年4月12日　于广州增城